der fluch der macht

der fluch der macht

Ein LitRPG-Roman

Heirs of the Phoenix
Buch Vier

lew marschall

// 1. Auflage 2024 (1.1.0)

// Website: lewmarschall.com
// Lektorat: Christian Quitschke
// Korrektorat: Nina Stietzel (https://niquinjas-korrektorat.com/)
// Coverillustration: AstroSheep
// Illustration Weltkarte: Patrick Pissang

// Testleser: Janine, Melanie

// ISBN E-Book: 978-3-910747-11-1
// ISBN Paperback: 978-3-910747-10-4
// ISBN Hardcover: 978-3-910747-12-8
// Buch erschienen bei: ZEMP Golden Goose GmbH, Salachweg 18a, 86807 Buchloe, Bayern

Bibliografische Information der Deutschen Nationalbibliothek

Die Deutsche Nationalbibliothek verzeichnet diese Publikation in der Deutschen Nationalbibliografie; detaillierte bibliografische Daten sind im Internet über http://dnb.dnb.de abrufbar.

Triggerwarnungen nehmen auf Menschen mit traumatischen Erfahrungen Rücksicht. Aus subjektiver Sicht können diese Trigger von Bedeutung sein oder nicht, unabhängig davon, in welchem Kontext oder Medium sie sich finden. Auch fiktive Texte, wie dieser Roman, können triggern. Wir weisen deshalb an dieser Stelle auf Trigger im vorliegenden Buch hin. Die Geschichte konfrontiert dich mit: Sexualität, Sucht und Abhängigkeit, Entführung.

Rezensionen sind die größte und sinnvollste Unterstützung. Wenn du das Buch durchgelesen hast, bitte hinterlasse mir eine solche auf Amazon, LovelyBooks oder Goodreads.
Lieben Dank im Voraus! Für ein gutes Karma.

Für Melanie.

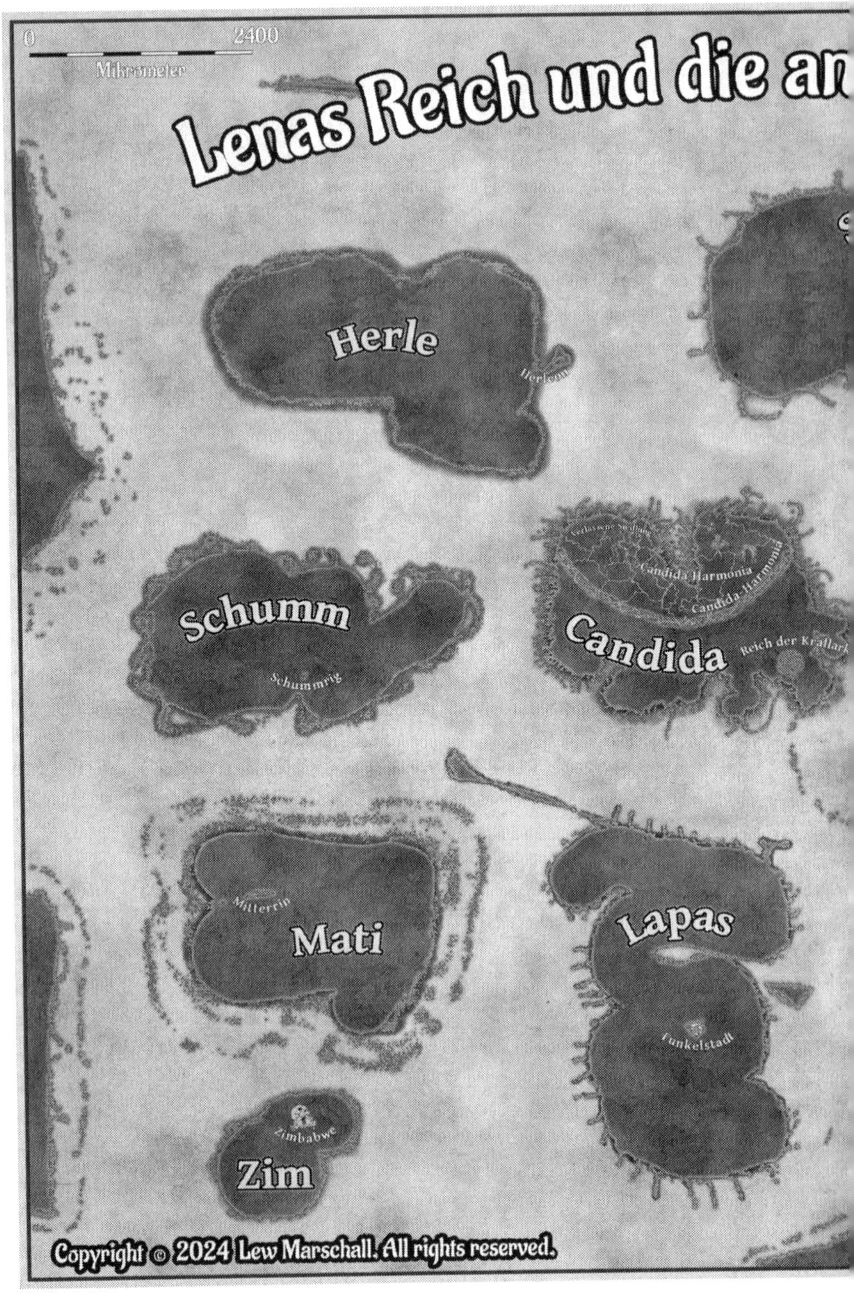
0
2400
Mikrometer
Lenas Reich und die an
Herle
Schumm
Schummrig
Candida Harmonia
Candida-Harmonia
Candida
Mati
Lapas
Funkelstadt
Zimbabwe
Zim
Copyright © 2024 Lew Marschall. All rights reserved.

zenden Gebiete
Grom
Klaffstein
Klaff
Lache des Leids
Cyan
ck der Nishu
Annaheim
Sammo
Sandriel
Bronk
Bronkwacht
affe
Graffenwolk
In-Game Karte
Heirs of the Phoenix IV+V
https://lewmarschall.com

zusammenfassung band iii

. . .

»Willkommen im Ursuppen-Zoo?« Lena schreit mich an, als ich durch Conans Schloss schlendere und über den Fortgang der Geschichte brüte. Sie hat sich unter eine Horde von Frauen gemischt, die in den Thronsaal strömen.

Ich schaue meine Protagonistin verwirrt an. Sofort drängen sich mir Schuldgefühle auf, weil sie mir deutlich klar gemacht hatte, dass sie in Band Zwei gerettet werden wollte.

»Findest du das witzig?«, fragt sie und packt mich bei den Schultern.

Ich versuche, ihrem Blick standzuhalten. »Ganz ruhig. Alles wird gut.«

»Dachte ich auch erst, als Tim Quantenkräfte bekommen hat. Und jetzt sitze nicht nur *ich* im Spiel fest, sondern auch Conan. Und Tim ist machtlos, weil er seine Kräfte für Benedikt geopfert hat.«

»Er hat eben erkannt, was im Leben zählt.«

»Na klar. Dafür musste er ja auch nur Sascha und Snyder töten.«

»Das war seine Wahl.«

»Du hast ihn mit deinem Geschreibsel doch in die Enge getrieben.«

»Na ja.« Eine Abenteurerin im Lederoutfit erregt meine Aufmerksamkeit und mein Blick driftet ab.

»Schaust du mich wohl an, du Lüstling?«

Ich seufze. »Hör zu. Tim hat, was er immer wollte. Er ist schlank, hat Janine aus den Fängen eines Kāla-Priesters befreit und sich in Indien und Inuvik neue Freunde gemacht.«

Lena legt den Kopf schief und mustert mich.

»Vielleicht stimmt dich gütig, dass Tim Frankl dazu gebracht hat, Jeffs Genkrankheit zu heilen.«

»Klar. Dafür eitert ein künstliches Auge aus seinem Hirn und der Metallfuß quält ihn mit Wundbrand. Tim ist süchtig nach seinen Quantenkräften.«

»Aber vergiss nicht, dass er Frankl seiner gerechten Strafe zugeführt hat und er jetzt CEO der Mammut-Gen Games ist.«

»Was soll uns das bringen?«

»Er weiß, was die Spieler in HotP gefangen hält und hat eine Menge Möglichkeiten.«

»Schön. Aber eine kryptografische Sperre, die ein Quantencomputer erzeugt hat, kann niemand knacken.«

»Stimmt.«

»Ich will, dass meine Odyssee endet, Herr Marschall. Mit diesem Band oder ich greife zu härteren Mitteln.«

»Du bist auf einem guten Weg, Lena. Dein Plan, einen Organismus zu erschaffen, kann funktionieren. Du hast all die tollen Mimikry-Räuber-Unterstützer: Anna, Zappel, Sandor, Desoxi und Tandriel. Und deinen Community-Manager Sax.«

»Dir macht es einfach nur Spaß, mich leiden zu sehen.«

Ja! »Die Welt dreht sich nicht nur um dich, Lena.«

»Bastel doch einfach nur deine Buchhalfter und schreib mich frei.«

Ich kratze mich am Kopf. »Ich … ähm.«

»Wo ist Tim?«

»In München.«

»Was macht er da?«

»Darf ich dir nicht sagen. Aber der werte Leser weiß es bald. Versprochen.«

»Und Frankl?«

»Liegt im VR-Pod in Inuvik.«

»Ist er etwa auch im Spiel?«

Ich setze ein erfreutes Gesicht auf und wippe mit dem Zeigefinger in ihre Richtung. »Übrigens finde ich toll, wie du deine Ursuppe managst. Du hast sogar Candida unter Kontrolle gebracht.«

»Lenk nicht ab!« Lena wird rot. »Aber danke. Nur, dass du mich mit Siphonex so übers Ohr gehauen hast, werde ich dir nie verzeihen.«

»Hättest du die Krallark lieber abgeschlachtet?« Die Räuber griffen Harmonia nicht an, sondern waren aus ihrer Heimat geflüchtet.

»Weiß nicht. Aber sie jetzt am Bein zu haben und einer merkwürdigen Kreatur namens Vorax gegenüberzustehen, lässt mich nicht vor Freude an die Decke springen.«

»Das kannst du als Zelle sowieso nicht.«

»Witzbold.«

»Wolltest du mir sonst noch etwas mitteilen? Andernfalls würde ich mich gerne weiter in Conans Schloss umschauen«, sage ich.

»Du willst doch nur der Ledertussi hinterher.«

»Also?«

»Wie viel schlimmer wird es noch?«

»Es muss erst schlimmer werden, bevor es besser werden kann.«

»Bist du jetzt Hobbyphilosoph?«

Ja. »Nee.«

lena: archa-schmaus

. . .

Questupdate: [Der Erzfeind (einzigartig)].
Siphonex bittet dich um Hilfe. Ein Vorax drang in die Ursuppe ein und stellt eine Gefahr für alle Kulturen darin dar.
[Diplomatie]: Nimm die Friedens- und Bündnisanfrage an.
[Militär]: Nutze die Schwäche der Krallark und zerstöre sie endgültig.
[Ego]: Richte Siphonex hin.

NA DUFTE, SO WIE SICH DIE SACHE DARSTELLTE, WAREN die Krallark gar nicht der Feind.

Mit meinen engsten Vertrauten Conan, Zappel, Sandor, Desoxi und Sax hatten wir uns auf den Weg gemacht, um Siphonex abzufangen, während das, was ich für seine Armee hielt, von den Schildvirionen eingekesselt worden war. Und hier inmitten der Ursuppe stießen wir auf den Räuber, der Harmonix hingerichtet hatte.

Ich musterte Siphonex eingehend. Sein Dreieckskörper

schimmerte orange, er schien irritiert. Wie eine Boje hing Anna an seinem vorderen Fangarm. Sein toter Tentakel krümmte sich wie ein abgebranntes Streichholz. Die verbliebenen zwei hatte er unterwürfig eingerollt. Das Wichtigste jedoch war, dass der Krallark schwieg.

»Soll ich ihn für dich hinrichten, Gründerin?« Mein Kriegsmarschall blinkte rot und schwarz und lud sich mit aggressiver Energie auf. Die wollte wohl raus.

»Noch nicht«, sagte ich, um die Spannung für Siphonex hoch zu halten. Schließlich hatte er Harmonix getötet und mir die Erzfeind-Quest verpasst. Und er hatte mir eine verdammte Angst eingejagt, als er mich hatte verschlingen wollen.

Conan schwamm heran. Mein Administrator war vernünftig und ich vertraute seinen Ideen. »Was immer wir tun, wir sollten handeln. Wir vergeuden Zeit. Wenn da draußen ein Vorax ist, dann sollten wir zur Siedlung zurück.«

Mein Körper schimmerte blau. »Hier lang!«

»Bist du sicher? Das ist nicht der direkte Weg«, sagte mein Baumeister Zappel. Er war ein schlauer Bursche.

Ohne ein weiteres Wort der Erklärung geißelte ich los. Mein Trupp aus Mimikry-Räubern, Siphonex und Anna folgten. Warum dockte Anna nicht von Siphonex ab? Beiläufig schaute ich nach hinten, doch sie waren immer noch verbunden. Waren sie eine Symbiose eingegangen mit Vorteilen für beide? Der Gedanke erzeugte einen Widerstand in mir. Ob das an der Quest lag? Ich hatte den Dialog nur verschoben, weil ich mich nicht entscheiden konnte, was mit Siphonex zu tun war.

Zuerst musste ich mehr Informationen sammeln.

»Scheint, als könntest du die Bauwerke der Krallark Siedlung nicht besuchen, Zappel.« Conan stieß seinen Kollegen an.

Zappel blubberte enttäuscht in die Ursuppe. Wenn der Vorax

in Siphonex' Stadt wütete, blieb wahrscheinlich nicht viel übrig, dass es wert war, besichtigt zu werden.

Desoxi hatte die ganze Zeit geschwiegen und mischte sich jetzt ein. »Hört mal, ich mag die Räuber auch nicht unbedingt, aber es war seine Heimat. Wir sollten etwas respektvoller sein.«

Sandor schnaubte und sein rotes Kreuz glühte auf. »Eben wollten wir jeden von ihnen killen und als Rohstoffe verwerten. Und jetzt sind wir beste Freunde?«

»Die Umstände haben sich geändert«, sagte ich zu Sandor. Dabei überspielte ich den winzigen Fehler in meiner Annahme, dass die Ankunft der Krallark irgendwas mit einem Angriff zu tun hatte.

»Aber Lena! Wir wissen, dass ihr Lebenszweck allein darin besteht, uns auszusaugen. Töten wir den Prinz der Krallark, sind wir sie auf immer los. Die Ursuppe ist sauber.«

»Bis auf den Vorax«, sagte Siphonex. »Sei dir sicher, Kriegsmarschall, dass ich mein Leben geben würde, um dieses Biest aufzuhalten.«

Ich horchte auf, als der Krallark sprach.

Sandors schwertförmige Fangarme zuckten. »Mutig bist du ja. Zumindest mit deinen Worten.«

»Da vorn«, sagte ich und beschleunigte. Meine Geißel trieb mich auf die Sphäre zu, die in der Ursuppe schwebte. Eigentlich hatte ich mir den Zangenangriff der Schildvirionen vorgestellt, als würde sich eine Armee Feinde auf dem Schlachtfeld einkesseln. Aber natürlich war die Ursuppe ein dreidimensionaler Raum und keine Wiese. Die Virionen hatten sich zu einer Kugel ausgebreitet. Die Formation war nicht abgeschlossen worden, weil wir sie abgebrochen hatten, und ich sah, wie einige Krallark dem Todesnetz entkamen. Doch ein Großteil trieb reglos darin.

»Wir haben euch auch nicht angegriffen.« Ein roter Schimmer flirrte über Siphonex' Körper.

»Ihr hättet keine Chance gehabt«, sagte Sandor.

Anna löste sich von Siphonex und glimmte Sandor rot an. »Du bist ein Idiot, Kriegsmarschall.«

In diesem Licht fühlte ich mich schuldig. Meine Strategie hatte nicht nur Candida-Harmonia wehrlos gemacht, es hatte auch eine Menge Räuber getötet, die auf der Suche nach Hilfe gewesen waren.

»Ruf die Überlebenden deines Volkes zu uns. Sie sollen sich hier versammeln, Siphonex.« Ich wandte mich an Sandor und flüsterte: »Beende das Manöver.«

Auch Sandor glühte rot und zeigte seinen Widerwillen.

Siphonex schwamm vorsichtig zu der Sphäre hinüber, die sicherlich Tausende von uns fassen konnte. Sie glimmte grünlich, wie ein Disco-Neonlicht. Irgendwie giftig.

Plötzlich stob die Sphäre aus Virionen auseinander. Eine Wolke aus Flimmerhärchen, DNA und Zellplasma stieg auf. Durch die Lücken erkannte ich die gesamte Katastrophe. Überall schwebten leblose Tentakel und Dreieckskörper großer und kleiner Räuber. Rohstoffe ohne Ende. Verheizte Kämpfer, die ich gegen den Vorax gerne eingesetzt hätte.

Ich schluckte.

Als die Räuber ihren Prinzen sahen, strömte die panische Horde auf ihn zu wie Gnus in der Savanne.

Execute Repair: 39%.

»Los, heimwärts. Kommt mit mir.« Ich deutete auf die Überlebenden.

»Werden die uns auch nichts tun?« Desoxis Algenpanzer blinkte aufgeregt.

»Sei einfach vorsichtig.«

»Wie denn? Die sind so viele.«

Mein Algenbauer hatte recht. Sollte ich sie wirklich mit nach Harmonia nehmen? Vielleicht war das alles hier eine riesige Falle. Hatte sich Siphonex diese Strategie ausgedacht, nachdem er bemerkt hatte, dass ein Großteil seiner Armee vernichtet worden war? Wäre doch möglich.

Meine Gedanken rasten. Selbst mit dem Rest seiner Räuber könnte er Harmonia ohne Weiteres überrollen. Andererseits, was hielt ihn davon ab, es jetzt zu tun?

»Wir müssen davon ausgehen, dass Siphonex die Wahrheit sagt.« Ich drehte mich zu meinen Mimikry-Räubern um. »So komisch es sich für euch anhören muss, es gilt, zusammenzuarbeiten.«

Siphonex geißelte voran und schwamm unter seine Leute. Es mussten Hunderte Räuber vom Stamm der Krallark sein.

»Lena, lass das nicht zu!«, rief Sandor. »Er wird uns alle töten.«

»Beruhige dich.« Erstaunt schaute ich zu, wie sich die Räuber sanft, fast liebevoll betasteten. »Alles, was sie wollen, ist Sicherheit.«

Schließlich kehrte Siphonex zu uns zurück, seine ihm anvertrauten Räuber im Schlepptau. »Wir bitten um Unterschlupf in Candida-Harmonia, Gründerin Lena.«

Ich sandte ein blaues Leuchten aus und geißelte voran. Keiner meiner Gefährten sagte etwas, als wir uns auf den Weg machten. Die Sphäre verschwand im Dunkel der Ursuppe wie der Millennium Falke, wenn er in den Hyperraum sprang.

Execute Repair: 40%.

———

In Sichtweite von Candida-Harmonia stoppte ich unseren Zug. Der Anblick, der sich mir bot, versetzte mir einen Schlag.

Die Gebäude hingen schlaff herum wie vertrocknete Pflanzen, anstatt lebhaft zu pumpen und zu pulsieren. Die Verbindungsrohre zwischen ihnen führten keine Blitze mehr. Ich musste die Siedlung mit Leben füllen, damit wir produzieren konnten. Es galt, eine Menge neuer Einwohner zu füttern.

Wo war mein Community-Manager? Er hatte sich vollkommen zurückgehalten. »Sax!«, rief ich.

Er tauchte neben mir auf. »Ja, Lena.«

»Hol unsere Leute. Sie müssen sofort an ihre Posten.«

Ohne zu zögern, schwamm er los. Irgendwas störte mich an ihm, so wie ein Schiefer, der fies unter der Haut am Zeigefinger saß und bei jeder Berührung ein unangenehmes Kribbeln auslöste.

»Siphonex, komm bitte mit mir. Der Rest wartet.«

Conans Flimmerhärchen sträubten sich. »Hast du mal hinter dich geschaut?«

Ich blickte mich um und erschrak. Die Krallark-Armee schwebte wie eine dunkle Wolke wenige Zelllängen entfernt. Wie mächtig musste der Vorax sein, wenn selbst diese Streitmacht vor ihm geflüchtet war?

»Sie werden euch nichts tun«, sagte Siphonex und schwamm neben mich. »Bin bereit.«

Gemeinsam näherten wir uns der Siedlung.

Eindeutig konnte ich Candidas Pilzfäden erkennen, die sich mittlerweile in alle Gebäude eingewebt hatten. So musste es unter der Erde im Wald aussehen. Bäume nutzten Pilze, die an ihren Wurzeln saßen, um zu kommunizieren und Nahrung auszutauschen.

Execute Repair: 41%.

Ich hatte das Gefühl, dass meine Erinnerungen schneller zurückkamen, je extremer die Situation wurde. Musste ich bei einhundert Prozent angelangt sein, um einen Körper zu bekommen oder überlebte auch ein halbes Bewusstsein? Doch die steigende Zahl beruhigte mich. Es zeigte mir das Licht am Ende des Tunnels.

»Was ist hier passiert?«, fragte Siphonex. »Ich habe noch nie eine Erbauer-Siedlung wie diese gesehen.«

»Wir haben uns einen Pilz eingefangen.«

»Ich höre zwar deine Worte, aber ich verstehe sie nicht.«

»Das geht vielen so.«

Als wir näher kamen, konnte ich das Gerüst der Pilzleiter sehen, das Candida helfen würde, an die Oberfläche zu gelangen. Es wuchs selbstständig. Genau, was ich gehofft hatte. Der Pilz und die Alge waren eine Symbiose eingegangen. Eine wunderbare Flechte.

Siphonex fragte nicht genauer nach. Wahrscheinlich hätte meine Antwort ihm sowieso nichts gebracht. Ich hoffte, dass Candida friedfertig und zu einem Gespräch bereit war. Vor allem hielt ich die Augen nach ihren Archas offen, als wir uns der Photosynthesefabrik näherten.

»Candida«, rief ich.

Ihr Faden strangulierte den Rüssel meiner Kommandozentrale. »Wir sind nicht sehr zufrieden mit dem Abkommen«, sagte der Pilz beleidigt näselnd. »Ihr lasst Uns hungern und das sollt Ihr bereuen. Niemand bricht eine Abmachung mit Uns.«

Jetzt erkannte ich, dass einige Gebäude bereits Flecken bekommen hatten, wahrscheinlich, weil Candida ihnen Nährstoffe entzog. Sie saugte die Siedlung aus. Wegen ihr fiel sie in sich zusammen.

Ich musste an das Interface, um den Schaden zu begutachten.

Vorsichtig geißelte ich näher. Es waren keine Archas zu sehen, die mich aufhalten wollten.

»Es tut mir leid, Candida. Wir haben ein größeres Problem. Lass es mich erklären.«

»Das interessiert Uns nicht!« Die Pilzfäden pressten den Rüssel am Interface, sodass er Blasen zeigte. »Wir verlangen, dass Ihr Unsere Abmachung einhaltet!«

Ich hatte noch nie einen wütenden Pilz erlebt. Es fühlte sich entsprechend unangenehm und verwirrend an.

»Wo sind die Archas?«

»Sie tun für Uns das, was Ihr nicht geschafft habt.«

Siphonex drängte sich an mir vorbei und sprach Candida direkt an. »Ein Vorax ist in die Ursuppe eingedrungen und hat meinen Stamm aus der Krallark-Siedlung vertrieben. Wenn wir nicht zusammenarbeiten, frisst er uns alle mit Kern und Membran.«

»Ihr müsst Uns beschützen und füttern. Wie Ihr das anstellt, ist Uns egal.«

Großartig. So hilfreich hatte ich Candida in Erinnerung. »Wo sind die Archas?« Ich befürchtete das Schlimmste und schaute hinüber in Richtung der Klippen, wohin alle Erbauer vor meiner Abreise geflüchtet waren.

Candida schwieg.

»Verflucht, sie holen sich unsere Erbauer«, sagte ich. »Candida, ruf sie zurück!«

Der Pilz antwortete nicht, sondern knetete den Rüssel.

Dann loggte ich mich in die Siedlung ein. An jeder Ecke des Interfaces blinkten rote Ausrufezeichen.

<u>Rohstoffe:</u>

Wasser: 0| Zucker: 0 | Lipide: 0 | Nukleotide: 0 |
Photonen: 0| Enzyme: 8

<u>Aktuelle Produktion:</u>
Wasser: -400 (0/Stunde - 400/Stunde)
Zucker: -150 (0/Stunde - 150/Stunde)
Lipide: -150 (0/Stunde - 150/Stunde)
Nukleotide: -50 (0/Stunde - 50/Stunde)
Photonen: -15 0/Stunde - 15/Stunde)
Enzyme: +130 (0/Stunde + 130/Stunde)
<u>Modifikatoren:</u>
Administrator (Level 2): 0% Rohstoffeffizienz
Mykologe (Level 6): -50% Strafzahlung

Unsere Rohstofflager standen auf Null, genauso wie die Produktion. Ich dachte an die toten Räuber, die die Sphäre zurückgelassen hatte. Ich hatte mir eingebildet, ihre Leichen als Rohstofflager für die Siedlung zu benutzen. Was für einen grausamen Plan hatte ich mir da ausgedacht? Jetzt, wo ich die Räuber sah, wirkte er abstrus, geradezu bescheuert. Erst, als das Unbekannte zum Bekannten wurde, konnte ich die anderen als Lebewesen wahrnehmen. Vorher waren es nur Objekte, vor denen ich mich gefürchtet hatte.

Execute Repair: 42%.

»Darf ich dir ein Geschenk machen?«, fragte ich Candida, in der Hoffnung, dass sie wieder mit mir reden würde.

»Wir sind immer offen für großzügige Gesten der Unterwürfigkeit.«

Ich vermied Siphonex' Blick, denn was ich tat, war pietätlos. »Ich möchte dir unsere Kriegsbeute schenken. Tausende tote Räuber, die nur dir und deinen Archas gehören.«

Siphonex drehte sich hin und her, blieb aber ruhig. Es musste ihm durch Mark und Bein gehen, die er natürlich nicht besaß.

Doch er war schlau genug, um zu verstehen, dass wir uns alle in einer Zwickmühle befanden.

»Danke, die verdauen Wir gleich nach den Erbauern.«

»Candida, wenn du nicht sterben willst, musst du die Erbauer verschonen! Wir müssen die Siedlung zum Laufen bekommen.«

»Wir haben genug gehungert.«

Das durfte doch nicht wahr sein. Dabei sah es kurz danach aus, als würde ich Candida-Harmonia retten und die Kurve kriegen.

»Saug mich aus«, bot Siphonex überraschenderweise an. »Bis deine Archas die Leichen meiner Leute erreicht haben.«

Vollkommen perplex starrte ich auf den Räuber. Verdammt, der hatte Ehre und Schneid.

»Und mich«, sagte ich. Wegen der Reisen und der ständig eingeschalteten Selbstversorgung hatte sich einiges angesammelt. Ich lud es in das Rohstofflager der Stadt.

»Gut, dann wollen Wir unseren ersten Krallark mal probieren.« Ein Pilzfaden Candidas umschlang Siphonex' Dreieckskörper. »Es mundet Uns. Wir werden Unsere Archas sofort vom Schlachtfeld abziehen.«

Ich atmete erleichtert auf. Weil mich das Geblinke im Siedlungs-Interface nervös machte, loggte ich mich aus. Das sollte Conan klären.

»Eine Sache erledigt.«

»Dafür schuldest du mir etwas«, sagte Siphonex. »Meine Leute einem Pilz zu opfern, ohne mich zu fragen.«

»Hör mal. Dieser Mist ist nur passiert, weil ihr zu uns geflohen seid. Was erwartest du?«

»Die große Anführerin, die hier angeblich leben soll.«

Musste ich mir das bieten lassen? Jeder hier spielte gegen mich.

»Ich muss nachdenken.« Schließlich hauste in meiner

Ursuppe noch ein Vorax. Mit klopfendem Zellkern schwamm ich zur Pilzleiter.

Das Gebäude war bereits auf die halbe Strecke bis zur Oberfläche angewachsen. Alge und Pilz arbeiteten zusammen, um ein Kalkgerüst aufzubauen, das sie dann mit einer lila Flechte überzogen. Das Gebilde wirkte einzigartig und wäre im Louvre ein Hingucker.

Execute Repair: 43%.

Der Louvre. Paris. Nicht, dass ich schon einmal da gewesen war. Ich hatte keine normale Kindheit gehabt. Mein Leben war von Anfang an ungewöhnlich gewesen. Zuvorderst ungewöhnlich traurig.

Obwohl ich mir alle meine Erinnerungen zurück wünschte, befreite mich mein Unwissen irgendwie. Leichtigkeit war in meine Gedanken zurückgekehrt. Vielleicht ging es gar nicht darum, was mir einmal zugestoßen war, sondern, wie ich heute darüber dachte.

Die Wesen hier unten baten mich um meine Meinung, hielten sie hoch und vertrauten mir ihr Leben an. Selbst Siphonex.

Ich sollte endlich eine Anführerin sein, mich committen. Die erste Entscheidung betraf die letzte Quest. Machte ich Siphonex zum Verbündeten, würde die Erzfeind-Quest sicherlich weiterlaufen. Vermutlich beendete nur sein Tod die Aufgabe sofort. Ließe ich ihn am Leben, läge mein Aufstieg zur Weltenbauerin in unbestimmter Ferne.

Aber wer wäre ich, wenn ich ihn tötete? Würden die anderen

einen grausamen Anführer akzeptieren? Vielleicht ging mir damit der Zugang zum Weltenbauer sogar verloren. Verzwickt unangenehm.

Questupdate: [Der Erzfeind (einzigartig)].
Siphonex bittet dich um Hilfe. Ein Vorax drang in die Ursuppe ein und stellt eine Gefahr für alle Kulturen darin dar.
[Diplomatie]: Nimm die Friedens- und Bündnisanfrage an.
[Militär]: Nutze die Schwäche der Krallark und zerstöre sie endgültig.
[Ego]: Richte Siphonex hin.

Ich wählte Diplomatie.

Schon, um Siphonex zu zeigen, dass ich eine Anführerin war. Und mir zeigte das, welche Anführerin ich sein wollte.

Questupdate: [Der Erzfeind (einzigartig)].
Siphonex bittet dich um Hilfe. Ein Vorax drang in die Ursuppe ein und stellt eine Gefahr für alle Kulturen darin dar.
Du nimmst die Bitte um Hilfe an.
Auftrag: Vereinige die Stämme der Krallark und Candida-Harmonia.
Auftrag: Besiege Oinotna, den Vorax.
Auftrag: Bringe Siphonex in ein Amt.
Du hast den friedlichen Pfad gewählt, was deinen Hass auf die Erbauer mindert.

Benommen starrte ich auf die Anzeige, die mir nun noch eine größere Herausforderung anzeigte. So viel zur Weltenbauerin.

Solange ich eine laufende Quest hatte, war die Spezialisierung unerreichbar. Einen Vorax zu besiegen, war ein ordentliches Hindernis auf dem Weg zum Ziel. Siphonex könnte ich problemlos befördern. Der Punkt wäre schnell gelöst. Ob sich Erbauer- und Räuberstämme vereinen ließen, konnte ich beim besten Willen nicht einschätzen.

Nachdenklich glitt ich durch die Zwischenräume der Pilzleiter. Das sanfte Glühen und das frische Wasser hoben meine Laune. Zu meinem Erstaunen bewegte sich etwas auf der Oberfläche der Flechte. Ich schwamm näher und sah eine Art winzigen Wurm mit einem überdimensionalen Kopf und blauen Glubschaugen. Das hätte aus der Feder eines Kawaii-Malers stammen können. Das Würmchen schlängelte geschwind über den lila Bewuchs und verzog sich in eine der kleinen Höhlen, die das Gerüst als Unterschlupf anbot.

Beeindruckt starrte ich dorthin, wo das Tierchen verschwunden war. Wie ich es mir gewünscht hatte, bot die Pilzleiter neuen Arten einen Lebensraum. Gerade wollte ich mir selbst mental auf die Schulter klopfen, da rauschten Tausende Archas an mir vorbei. Der Strudel, den sie hinterließen, wirbelte mich einmal um die Achse und schüttelte mich kräftig durch.

Ich schaute ihnen nach wie einem Schwarm Raben.

Execute Repair: 44%.

Ihr Ziel lag tiefer in der Ursuppe. Dort, wo die Leichen der Räuber trieben.

Ein Blick zu den fernen Klippen offenbarte mir, dass auch meine Erbauer nach Candida-Harmonia zurückkehrten. Vielleicht konnte ich ja doch alles noch einmal einrenken.

»Wir produzieren wieder.« Conan blinkte orange, als er alle Fangarme ausstreckte.

»Gut.« Ich wandte mich Sax zu. »Du übernimmst meinen Posten. Mach die Erbauer glücklich und unterstütze Conan dabei, die Siedlung wachsen zu lassen.«

Sax glühte braun auf.

»Kein Grund, Angst zu haben. Die Archas sind gefüttert.« Als Conan das sagte, wusch eine gelbe Welle über ihn. Er hatte endlich Administrator-Level drei erreicht.

Ich schmunzelte. »Genau.«

Conan griff mich. »Aber du kannst nicht gehen, Lena.«

»Warum?«

»Dein Mykologie-Skill reduziert die Strafzahlungen.«

Das hatte ich glatt vergessen. Ohne mich wäre die Siedlung in den Miesen. Oder vielleicht auch nicht? »Muss ich dafür anwesend sein?«

»Gute Frage. Zumindest solltest du nicht sterben.«

»Setzt alles daran, die Pilzleiter fertigzustellen. Damit bekommen wir Candida aus der Siedlung.« Ich würde Zappel und Desoxi nicht mitnehmen können.

»Wir hören Euch zu. Das wisst Ihr?«, sagte Candida verschnupft.

»Ja, große Herrin. Was ich sagen wollte, war, dass du dich auf deinen Pilzkörper konzentrieren musst, sobald die Leiter fertig ist.«

Candida schwieg huldvoll.

»Was sage ich unseren Erbauern? Sie fürchten sich, weil die Stadt schutzlos ist«, sagte Sax.

»Wie steht es denn um meinen Ruf?« Ich hatte eine fünfstündige Schonfrist durch Sax bekommen, um den Auszug aus der Stadt befehligen zu können.

Sax strich mit seiner Geißel über die Flimmerhärchen. »Du

hast die Krallark besiegt. Siphonex folgt dir. Die Siedlung existiert noch und die Erbauer sind unversehrt. Du stehst sogar etwas besser da als zuvor.«

Schwer zu sagen, ob ihn das freute oder ärgerte. »Danke, Sax. Ich bin froh, dass du da bist.«

»Ich tue, was ich kann.«

Ich sprach zu beiden. »Als Nächstes ist der Aufbau neuer Schildvirionen an der Reihe. Das Upgrade ist teuer, spart es zusammen. Wenn es geht, lasst so viele Erbauer wie möglich in der Nähe der Pilzleiter Selbstversorgung durchführen.«

Zustimmend wackelten Sax und Conan mit ihrer Geißel.

»Was machst du, Lena?«, fragte Conan.

Eine immense Dummheit. »Ich besiege einen verdammten Vorax.«

Siphonex führte unseren Trupp an, als wir schließlich Candida-Harmonia hinter uns ließen, um in seine Heimat zu reisen.

Ich befahl ihm, den direkten Weg zu nehmen, weil der Vorax hoffentlich das Gleiche tun würde, sobald er seine grauenvolle Aufgabe vollbracht hatte und auf uns zuzüge.

Mein Trupp war nicht besonders groß. Neben Siphonex und Anna begleiteten mich Sandor und fünf weitere Mimikry-Räuber. Mehr hatten wir nicht. Alle anderen mussten die Stadt aufbauen und Candida beruhigen. Die Armee von Räubern hatte so schon nichts ausrichten können. Es bedurfte eines Sonderkommandos. Wie die Heldengruppe, dieser Haufen zusammengewürfelter Abenteurer in einem Rollenspiel, stellten wir uns dem übermächtigen Gegner. Hoffentlich ging das gut.

»Was passiert, wenn wir draufgehen?« Las Anna meine Gedanken?

»Nichts. Denke ich. Es macht keinen Unterschied für die Welt.«

»Sehr motivierend, deine Ansprache. Ich kann gar nicht glauben, dass ich dein Klon bin.«

»Was willst du hören? Dass uns jemand vermissen wird.«

»Sollte nicht etwas auf dem Spiel stehen?«

Natürlich tat es das. Ich war eine Frau, die ihren Körper endlich wieder spüren wollte. Einen Spaziergang durch den Englischen Garten machen. Mich betrinken, laut lachen. Ich wollte anderen Menschen begegnen, um mit ihnen zu philosophieren – ich hätte viel zu erzählen – und zu streiten. Ja, so richtig streiten. Das wäre es. Mit den Armen fuchteln, brüllen und die Lieblingstasse des anderen an die Wand werfen.

Ich berührte Anna mit meinen Flimmerhärchen. »Unsere Zukunft, liebste Anna. Die steht auf dem Spiel.«

tandriel: diplomatenmut

. . .

TANDRIEL GEIẞELTE UNMOTIVIERT DURCH DIE URSUPPE. Sie hatte den Auftrag erhalten, als Diplomatin für Candida-Harmonia neue Handelswege und Bündnisse aufzubauen. Doch wie sollte sie das machen, wenn sie nur gähnende Leere vorfand? Vielleicht sollte sie einfach mit dem Ursuppen-Wasser ein Bündnis eingehen. Es umgab sie in Unmengen. Eine dunkle Brühe, die unter ihren Geißelschlägen rauschte.

Und ihr blieb die Option, heimzukehren. Aber das kam nicht in Frage. Eher würden sie und ihre drei Erbauer-Begleiter umkommen. Sie entschied das einfach mal für die anderen mit. Schließlich war sie die von Lena ernannte Mimikry-Räuberin, die erste Diplomatin von Candida-Harmonia, und somit etwas Besonderes.

Anfangs hatte sie Stolz durchdrungen. Sie hatte sich gefreut, als wichtiges Mitglied von Lenas Helfern zu agieren. Sie arbeitete an etwas Großem mit, hatte sie gedacht. Dieser Gedanke verwandelte sich häufiger in ein: Wozu machte sie das alles?

»Tandriel, sieh«, sagte einer ihrer Begleiter.

In der Ferne schwammen zwei Wesen durch die Ursuppe. Die

beiden waren nicht größer als sie selbst, schimmerten silbrig und schwangen eine Geißel.

»Nähern wir uns, aber seid vorsichtig.«

»Sie schwimmen zu den Klippen«, sagte ein Erbauer-Begleiter.

Stimmte Tandriels innerer Kompass, peilten die silbernen Wesen die östliche Grenze der Ursuppe an. Vor ein paar Tagen war sie mit ihrer Gruppe das Gebiet schon abgeschwommen. Schließlich näherten sie sich den Fremden, die anhielten, als sie ihre Verfolger bemerkten.

»Das sind Erbauer«, sagte ein Begleiter.

»Nur mit einem Wurm auf dem Kopf«, sagte ein anderer.

Tandriel blubberte vor Überraschung in die Ursuppe. »Überlasst mir das reden.«

Je näher sie den beiden Wesen kam, desto klarer sah sie, dass es tatsächlich Erbauer waren. Aber dennoch anders aussahen. Zuerst war da ihr transparenter Körper, der silbern schimmerte. Zweitens fiel ihr ein Wurm auf, der sich jeweils um verzweigte Hörner auf der Vorderseite gewickelt hatte. Einer der unbekannten Erbauer war männlich und älter, der andere jung und weiblich.

»Ich grüße euch!«, rief Tandriel und blinkte orange.

Den beiden Fremden wusch eine Welle grünen Lichts über den Körper, was Tandriel erleichtert durchatmen ließ.

»Sei gegrüßt, Erbauerin«, sagte der Ältere.

»Mein Name ist Tandriel, Diplomatin der Gründerin Lena.«

»Wir sind Trompe und Danza vom Stamm der Nishu. Habt Ihr Euch verlaufen?«

»Nein, ich bin auf der Suche nach Verbündeten, die friedlich mit uns Handel treiben wollen.«

Die junge Erbauerin wandte sich ihr zu. »In dieser Richtung trefft ihr auf eine Siedlung der Krallark. Sprecht mit unseren

Händlern dort. Sie verladen Nak. Wenn Ihr Euch beeilt, erwischt ihr sie vielleicht noch.«

Die Nachricht von einer Siedlung in der Nähe erleichterte Tandriel. Vor allem, weil dort Handel getrieben wurde. Es sollte also einfach sein, eine Beziehung aufzubauen.

»Gehört ihr zu der Siedlung?«, fragte Tandriel.

»Sehen wir aus wie Räuber?«, fragte Danza.

»Moment mal. Räuber?«

Trompe lachte und der Wurm an seinem Kopf zog sich enger. »Mir scheint, Ihr kennt die Krallark noch nicht. Sie sind Räuber und werden von König Phitus und seinem Sohn Siphonex angeführt.«

»Interessant«, sagte Tandriel. »Wo ist eure Siedlung? Ich möchte euch unbedingt besuchen und Frieden schließen.«

»Wir leben in der Sammo-Ursuppe«, sagte Trompe. »Aber finden werdet Ihr uns nicht.«

Eine andere Ursuppe? Das musste ein Scherz sein.

[Tandriel] erlangt neue Stufe [Diplomatie – Level 2 – 76%].
[Tandriel] lernt neues Volk kennen [Nishu].
[Tandriel] erlangt Wissen über Handelsware [Nak].
[Tandriel] lernt neue Ursuppe kennen [Sammo-Ursuppe].

»Dann muss Sammo riesig sein«, sagte Tandriel.

»Nein, meine Gute.« Trompe stupste sie mit seiner Geißel an. »Wir wissen nur, wie man sich gut versteckt. Wie müssen weiter. Viel Glück bei deinen Aufgaben.«

»Aber wartet. Gründerin Lena bietet euch ein Bündnis und großzügige Handelskonditionen an.«

Danza schob sich vor Trompe. »Wir bleiben lieber unabhängig. Es hat uns sehr gefreut, Tandriel vom Stamm der Lena.«

Neugierig und verletzt starrte sie den davonschwimmenden Nishu nach.

»Na los, suchen wir die Siedlung der Krallark.«

Tandriel erkannte gewölbte Gebäude, die sich an die Klippen der Ursuppe schmiegten. Ihre Geißel zuckte aufgeregt hin und her.

»Eine … eine Siedlung!«, stotterte sie. Unfassbar. Heute war der erfolgreichste Tag in ihrem Leben als Diplomatin. Die Fehlschläge der letzten Zeit verblassten mit einem Mal. »Kommt, lasst uns handeln und Verträge schließen.«

Als sie an die Grenzen der Siedlung kamen, erinnerte sie sich an Lenas Befehl, ständig die Selbstversorgung zu nutzen. »Haben wir genug Rohstoffe aus der Ursuppe gefiltert?«

Ihre Begleiter blinkten Blau vor Zustimmung. »Wir besitzen Unmengen an Wasser, Lipiden, Zucker und einen kleinen Vorrat an Enzymen. Leider keine Photonen.«

»Gut, gut.« Natürlich wusste Tandriel, wie viele Rohstoffe sie gemeinsam besaßen, doch es beruhigte sie, darüber zu sprechen. Sie schwammen der Siedlung entgegen und ihre Struktur eröffnete sich dem Beobachter. Im Zentrum lag ein riesiges Gebäude, das eine Kuppel mit Rillen darstellte. Am höchsten Punkt des gewölbten Daches bewegte sich etwas, doch sie war zu weit entfernt, um es genau zu erkennen.

Die anderen Gebäude waren allesamt flacher, aber ebenso gewölbt und mit Rillen durchzogen.

»Das ist eine große Siedlung. Mindestens Stufe fünf«, sagte Tandriel.

Ihre Begleiter schwiegen. Das taten sie die ganze Zeit. Bis auf das Notwendigste sprachen sie gar nichts, was sie mit ihren Gedanken allein ließ. Ob es daran lag, dass die anderen einfache Erbauer waren und sie ein Mimikry-Räuber?

Gerade, als deutlich wurde, dass auf der großen Kuppel eine Art Riesenwurm kroch, rauschte eine Gruppe der silbrigen Nishu an ihr vorbei. Das mussten ihre Händler sein, denn sie zogen ein Netz aus Kugeln hinter sich her. Ob das das Nak war?

»Rettet euch!«, riefen die Nishu. »Ein Vorax greift die Krallark an. Dreht um!«

Tandriel verstand kein Wort. »Wartet! Was bedeutet das?«

Die Erbauer geißelten in Höchstgeschwindigkeit an ihr vorbei. Einer der Jüngeren hielt schnaufend an. Auch er trug einen Wurm am Kopfende. Definitiv einer dieser Nishu.

»Die Siedlung der Krallark ist verloren. Ihr solltet hier verschwinden«, sagte er.

Tandriel schaute zum Wesen, das auf der großen Kuppel kroch. Es hatte sechs Arme, an dessen Ende Klauen saßen, mit denen es auf die Hülle einschlug. Am Kopfende des Körpers, der aussah, als wäre er aus verschiedenen Kugeln gebaut, saß ein riesiges Maul.

»Ist das dieser Vorax?«, fragte sie.

Eine Antwort erhielt sie nicht. Der junge Erbauer war längst weiter geschwommen. In ihr wühlte ein unbekanntes Gefühl, dass sie drängte, dem Nishu zu folgen. Doch hier lag ihre Gelegenheit, eine diplomatische Beziehung für Lena zu ergattern. Wenn nicht mit den Besitzern der Stadt, dann mit dem Eroberer, diesem Vorax. Wer war sie, um ein Wesen moralisch zu bewerten, nur wegen der Meinung einiger Silberfische? Diplomatie entfaltete sich ohne Vorbehalte.

»Kommt, wir bitten um eine Unterhaltung«, sagte sie ihrem kleinen Trupp und schwamm auf die große Kuppel zu. Ähnlich wie in Candida-Harmonia schmiegte sich das Gebäude an die Klippen der Ursuppe.

Tandriels Zellkern hatte selten so schnell pulsiert. Mit jedem Geißelstoß wuchs ihre Unsicherheit. Ob sie hier das Richtige tat? Wem nutzte denn eine tote Diplomatin? Andererseits, wem nutzte eine feige Diplomatin?

Das Wesen wütete regelrecht auf dem Gebäude. Erst kratzte es an der Außenwand, dann biss es zu und entfernte krachend ein Stück. Das Knacksen schallte durch die Ursuppe. Der Wüterich spuckte den Splitter aus, woraufhin er davontrieb. Lange würde der – wie hatten es die Nishu genannt?, – der Vorax nicht mehr brauchen, um ins Innere des Gebäudes einzudringen. Ob sich dort dieser Phitus versteckte?

Tandriel entschied, sich nicht weiter zu nähern, sondern Kontakt aus der Entfernung aufzunehmen.

»Entschuldigt!«, rief sie dem Vorax zu. »Mein Name ist Botschafterin Tandriel. Seid Ihr an Handelsbeziehungen und Bündnissen interessiert?«

Der Vorax erstarrte. Dann drehte er langsam den Kopf in ihre Richtung. In diesem Moment war sie froh, nicht bis zum Gebäude geschwommen zu sein. Dieses Ding spreizte sein rundes Maul weit auf und präsentierte die spitzen Zähne, die wunderbar zum Zerreißen von Zellwänden geeignet waren. Der Vorax richtete seinen Wurmkörper zu ihr aus. »Woher kommst du?«

»Aus Can…« Vor Tandriels innerem Auge entstand das Bild, wie der Vorax an Candida-Harmonias Photosynthesefabrik herumknabberte. Sie durfte ihren Herkunftsort nicht verraten. Noch nicht.

»Can-was?«

»Was macht Ihr da?«, fragte sie.

Der Körper des Vorax drehte sich behäbig, folgte der Richtung seines Kopfes. Ganz gemächlich. »Wonach sieht es denn aus? Ich vertiefe die Beziehungen zu diesem mickrigen Volk.«

»Also bist du auch Diplomat?« Tandriel hoffte, irgendwie heil aus dieser Sache herauszukommen. Der Vorax musste zehnmal größer sein als sie selbst. In ihr schrillten alle Alarmglocken.

»Sozusagen. Ich wusste gar nicht, dass ihr primitiven Erbauer dieses Wort kennt. Wie heißt du noch mal?«

Tandriel schloss die Augen. Eine Diplomatin stand anderen Völkern offen, aber vorausschauend gegenüber. Es wäre nicht schlau, den Vorax zu verärgern, aber sie wollte auch nichts verraten, was Candida-Harmonia in Gefahr brachte.

»Tandriel ist mein Name. Wie ist Eurer?«

»Wie hübsch. Nenn mich Oinotna.« Der Vorax ließ sich auf alle sechs Beine sinken und starrte sie an. »Komm näher.«

Nein, auf keinen Fall. »Woher kommst du?«, fragte sie, ohne sich zu bewegen.

»Vom Zentrum dieser Welt.«

»Ich bin durch die Mitte der Ursuppe geschwommen. Dann habe ich Eure Siedlung wohl übersehen.«

Der Vorax gackerte. »Weil sie inmitten der imperialen Ursuppen liegt.«

»Wo ist die?«

Das kreisrunde Maul des Vorax öffnete sich zu einem Lachen. »Ihr winzigen, niedlichen, zarten Völkchen. Wahrscheinlich glaubt ihr, fortschrittlich zu sein, weil ihr einen Teil eurer Ursuppe kennt.«

»Wir stehen für einen friedlichen Austausch mit anderen Völkern. Als Diplomatin kenne ich natürlich mehr als die eigene Ursuppe«, sagte Tandriel. Vollkommen gelogen war das ja nicht, schließlich wusste sie seit Kurzem, dass es Sammo gab.

»Ihr seid euch nicht einmal bewusst, wie eingeschränkt ihr

lebt. Umgeben vom Imperium. In eurer Dummheit fürchtet ihr nichts, weil ihr es nicht wahrnehmen könnt.«

»Was wahrnehmen?«

»Eure Ausrottung.«

Tandriels Außenhaut flackerte rot, als sich der Vorax auf sie zubewegte. »Ich muss mich leider verabschieden«, sagte sie, während sie schleunigst umdrehte. »Danke für das Gespräch, Oinotna.«

Ohne zu zögern, gab Tandriel ihrer Geißel die Sporen. Ihr Begleiter taten es ihr sofort gleich.

Der Vorax verfolgte sie. »Hol mich hier raus!«, rief er. Seine Stimme klang plötzlich verzerrt, hallte blechern. Dann wurde sie wieder stark und klar. »Komm her, du Leckerbissen!«

»Ich muss doch bitten«, sagte Tandriel und trieb sich zur Höchstgeschwindigkeit an. »Ich bin Diplomatin höchsten Ranges und kein Futter.«

»Das ändern wir«, brummte der Vorax.

Zu Tandriels Erstaunen hielt sie Oinotna auf Abstand. Dennoch blieb er an ihr dran. Zum Glück hatten sie genug Zucker gesammelt, um einige Zeit weiterzuschwimmen.

Tandriel presste vorwärts. Wenn der Vorax sie erwischte, wäre es vorbei.

[Tandriel] erlangt neue Stufe [Diplomatie – Level 3 – 33%].
[Tandriel] lernt neues Volk kennen [Vorax].
[Tandriel] lernt neues Reich kennen [Imperium].

Dicht neben ihr schnellte ein Pfeil vorbei, der an einen Faden geknüpft war. Als sie zur Seite blickte, traf sie ein Schock. Das Geschoß hatte einen ihrer Begleiter erwischt, der Faden streckte sich von hinten nach vorn durch seinen Zellkörper. Dann zog der Vorax seine Harpune ein und der Erbauer neben ihr fiel zurück.

Panisch ruderte sie vorwärts. Sie war keine Kriegerin.

»Hilfe, Tandriel!«, schrie der getroffene Erbauer. Sein Zellsaft ergoss sich in die Ursuppe.

»Nummer eins«, sagte der Vorax. Er konnte zählen.

Es gab nichts, was Tandriel hätte tun können. Kurz wollte sie anhalten, umkehren, ihrem Begleiter helfen. Doch wie? Nein, sie musste weg. Hätte sie bloß auf die Nishu-Händler gehört. In welche Richtung sollte sie fliehen? Zurück nach Candida-Harmonia? Nein. Niemals. Damit würde sie ihre Siedlung dem Vorax als nächstes Opfer anbieten.

Dieser Trompe hatte sehr erfahren gewirkt, er musste einen Ausweg kennen. Tandriel überprüfte ihre Möglichkeiten der Fortbewegung. Da gab es eine Spezialfähigkeit, die hieß *Beschleunigen*. Sie führte sie aus, zog sich zusammen und schnellte nach vorn.

Weil Oinotna mit ihrem Gefährten beschäftigt war, vergrößerte sich ihr Abstand endlich. Leider aber auch zu ihren anderen beiden Begleitern, die sie bald hinter sich ließ.

»Verlass mich nicht!«, rief einer von ihnen. »Er wird uns fressen.«

Ja, das würde er. Tandriel spürte eine merkwürdige Enge, ein Gefühl, das sie bis jetzt nicht gekannt hatte. Sie schaute immer wieder zurück, nur um ihre Begleiter verschwinden zu sehen. Die Harpune des Vorax glich die Behäbigkeit des Riesen aus.

Irgendwann war sie allein. Keine Begleiter und kein Vorax mehr. Sie war ein Feigling! Hatte die geopfert, die sie anführen sollte. Und was jetzt? Obwohl sie Oinotna nicht mehr sah, glaubte sie nicht, dass er aufgegeben hatte. Wahrscheinlich konnte das Ding sie in der Ursuppe erschnuppern.

Wie gerne würde sie Lena davon berichten, doch die Gefahr,

den Vorax zur Gründerin zu locken, war zu groß. So wanderte sie die östlichen Klippen hinauf, dorthin, wo die Nishu gereist waren. Sie erlaubte sich nicht, langsamer zu werden. Die Begrenzung der Ursuppe mit ihren scharfen Kanten zog an ihr vorbei. Diese Ursuppe war ihre Heimat. Der Ort, der ihr zum Leben zugeteilt worden war. Aus den Gedanken riss sie die kleine Gruppe Erbauer, die ein Netz hinter sich herschleiften. Sie hatte die Nishu-Händler eingeholt. Ihr entwich ein Seufzer.

Die Gruppe steuerte in eine Bucht, die von Felsen eingeschlossen worden war. Lagerten die Nishu dort? Tandriel schwamm ihnen nach, bis sie entdeckt wurde.

Die junge Erbauerin von vorhin begrüßte sie. »Schön, dass du noch geißelst. Unser Leute haben von deinem Mut berichtet.«

»Meine Freunde«, stotterte Tandriel. »Dieses Ding ... Vorax ... Oinotna.«

Ein beruhigendes Grün wusch über die Erbauerin. »Kannst du mit deiner Siedlung kommunizieren?«

»Was? Nein ...« Tandriel stockte und hasste ihre plötzliche Unsicherheit. Als sie damals aufgebrochen war, um die Ursuppe zu erkunden, hatte alles so klar vor ihr gelegen. Stolz und selbstsicher würde sie sich vorstellen und die besten Bündnisse für Lena erschaffen. Doch jetzt.

»Wir müssen weg. Der Vorax wird nicht lange alleine bleiben«, sagte Trompe.

Tandriel legte erschrocken ihre Fangarme an. »Was meint Ihr damit?«

»Es kommen mehr. Sie werden diese Ursuppe einnehmen.«

»Aber warum? Wir sind ein friedlicher Stamm.«

»Wegen der Minen in der Muschelstadt. Dort gibt es Nak. Und um das Imperium zu vergrößern.«

Lena würde wissen, was zu tun war. »Ich muss in unsere Siedlung. Sie liegt im Norden der Ursuppe.«

»Deine Entscheidung. Der Vorax kann deiner Spur folgen. Sie riechen uns Erbauer«, sagte Danza.

Tandriel drehte sich um und musterte die Nishu mit ihrem Netz. »Aber … was soll ich denn sonst tun?«

»Wir sollten ihr helfen, Vater«, sagte Danza zu Trompe.

Tandriel verstand nicht, was Danza meinte und starrte sie an.

»Oh, Tochter. Du und dein guter Zellkern.«

Tandriel schaute nur zwischen den beiden hin und her.

»Deine Entscheidung«, sagte Danza. »Wir verlassen die Ursuppe.«

»Wie, verlassen?« Tandriel begriff nicht, was das bedeutete. Ihre Ursuppe erstreckte sich fast unendlich weit. Wie konnte da noch mehr sein?

»Die Sammo-Ursuppe ist klein, sie bedeutet dem Imperium nichts. Kaum Rohstoffe und ungünstige Bedingungen. Aber wir haben uns angepasst«, sagte Danza.

Die Nishu-Händler zogen bereits weiter, ihr mit Kugeln befülltes Netz setzte sich klackernd in Bewegung.

»Kommst du?«, fragte Danza.

Tandriel schaute in die unendlichen Weiten ihrer Heimat zurück.

lena: pumpe

. . .

Wenn Zappel das sehen könnte, sein Architektenherz hätte vor Freude höher geschlagen. Aber ich hatte ihm befohlen, in Candida-Harmonia zu bleiben, um den Wiederaufbau voranzutreiben. Besonders enttäuscht hatte er sich nicht gegeben. Verübeln konnte ich es ihm nicht. Doch so verpasste er die Siedlung der Krallark, die viel freundlicher wirkte, als ihr Name anklingen ließ. Mir fiel sofort ein Gleichnis mit Atlantis ein – aber erbaut aus Muscheln, wobei jedes Gebäude einer geschlossenen ähnelte, die sich über den Boden bog. Das größte Bauwerk schmiegte sich an die Klippen und schillerte in den unterschiedlichsten Farben.

Execute Repair: 45%.

»Nett hier«, sagte ich.

»Psst.« Siphonex schwamm mit langsamen Zügen, als wolle er schleichen. »Der Vorax ist hier irgendwo.«

»Vielleicht können wir ihn überraschen.« Anna ging hinter mir in Deckung.

Sandor schnaufte in die Ursuppe. »Lena, ich weiß nicht, wie ich dich beim Kampf gegen dieses Untier beschützen soll.«

»Wir finden einen Weg«, sagte ich. »Doch dafür würde ich ihn wirklich gerne sehen. Meinst du, er versteckt sich vor uns?«

Siphonex wandte sich mir zu. »Der Vorax hätte keinen Grund dazu.«

»Er hat von uns gehört und sich verdrückt«, sagte Anna.

Lächelnd geißelte ich weiter. »Hoffen wir es.« Die Siedlung bot Ecken, um sich zu verstecken, aber warum sollte der Vorax das tun? Alles, was ich bis jetzt von diesen Untieren gehört hatte, sprach dafür, dass sie sich recht sichtbar gaben. Um nicht zu sagen, aggressiv.

Schließlich erreichten wir die ersten Gebäude der Siedlung. Nichts regte sich. Falls es hier ein Mörder-Alien gab, hockte es vielleicht in einer der Muscheln und hielt ein hartes Nickerchen. Ich schaute zurück, von wo wir gekommen waren.

»Meint ihr, wir haben den Vorax verpasst und dieser Oinotna ist auf dem Weg nach Harmonia?«, fragte ich.

»Candida-Harmonia«, sagte Sandor.

»Du bist so hilfreich wie Anna.« Einer wütenden Mama gleich, stützte ich meine Tentakeln gegen die Zellwand.

»Denkst du, ich will hier sein, Lena? Du hast mich doch in all deiner Weisheit erschaffen.«

»Die neue Quest ist schuld«, sagte ich. »Tut mir leid. Ich bin nervös«

Sandor stieß Anna an. »Zumindest sagt sie mal, was sie wirklich denkt.«

»Hast du auch konstruktive Vorschläge, Sandor?«, fragte ich. »Veräppeln kann ich mich selbst.«

Anna leuchtete rot auf. »Eigentlich veräppelst *du* mich ständig.«

»Wie haben die Erbauer so lange überlebt?«, fragte Siphonex.

»Bei eurer Zickigkeit wundere ich mich, dass ihr euch nicht gegenseitig die Zellwände aufgeschlitzt habt.«

Als wir alle loslachten, blubberte die Ursuppe. Erleichtert berührten sich unsere Flimmerhärchen und jeder murmelte eine Entschuldigung. Dieser Einsatz war das reinste Himmelfahrtskommando, aber es schweißte uns hoffentlich zusammen. Ich hatte keine Ahnung, wie wir zu viert dieses Ungetüm besiegen sollten, aber es war alles, was wir hatten.

Hinweis: Die Siedlung [Candida-Harmonia] produziert wieder Rohstoffe.

Ich plusterte mich auf und entließ die Anspannung langsam wieder. »Gute Neuigkeiten, unsere Erbauer sind zurück in der Stadt«, sagte ich. »Wir sind wieder im Spiel.«

»Klasse. Sollten wir umkehren und Truppen holen?«, fragte Anna.

Den Gedanken hatte ich selbst schon. »Vorher muss ich Oinotna analysiseren. Halte deine Freunde nah und deine Feinde näher.«

»Woher hast du diesen Blödsinn?«, fragte Anna.

Ich kratzte mit meiner Geißel an meinem vorderen Ende. »Sun Tzu, wenn ich nicht irre. Wir mussten das im Waisenhaus lesen.«

»Ich glaube, dass der Vorax in der Nähe ist«, sagte Siphonex. »Es ist zwar ruhig, aber vielleicht erkundet er auch die Umgebung.«

Wir brauchten irgendeinen Vorteil. »Siphonex, zeig mir deine Siedlung.«

»Klar.«

Wir wuselten durch die Muscheln, die allesamt als Wohnstätten für die Räuber dienten. Siphonex erklärte mir, dass sie nicht darin lebten, sondern darauf. Sie krallten sich fest. Die Muscheln wuchsen, wenn mehr Räuber darauf lebten. So gedieh mit der Zeit die Siedlung und bot Platz für eine große Population.

Nur die Hauptmuschel wurde auch als Schutz genutzt. Erst als der Blick auf die Seite freigegeben war, erkannte ich, dass es eine große geschlossene Muschel darstellte, die sich an die Klippen schmiegte.

»Ist der König da drin?«, fragte ich.

»Wenn er noch lebt«, antwortete Siphonex.

Ich schwamm zur Muschel. Sie übertraf das Blatt unserer Photosynthesefabrik um die Hälfte. Die Idee, eine Art Panic Room zu haben, war gar nicht so übel.

Execute Repair: 46%.
[Lena] entdeckt neues Gebäude [Verteidigung (Panic-Mush-Room)].

Ein Panic Room aus Pilzen? Über diese Aufgabe würde sich Zappel sicher freuen.

»Hier!«, rief Siphonex. »Der Vorax hat versucht einzudringen, hat es aber nicht geschafft.«

Worauf er anspielte, war ein Loch in der Hülle der Muschel. Da passte gerade einmal meine Geißel hinein. Rundherum waren Kalksplitter aus der Muschel gekratzt worden.

»Was machst du da?«, fragte mich Siphonex, als ich es ausprobierte.

»Nur ein Test.«

»Steckst du überall deine Geißel rein?«

Ich schwieg peinlich berührt. Nur mein Körper blinkte rosa und blau.

»Findet ihr Erbauer das höflich?«

Irgendwie musste ich vom Thema ablenken. »Warum hat der Vorax aufgehört? Er hat die Hülle doch schon geknackt.«

Siphonex antwortete, indem er weiter nach oben schwamm und sich umschaute.

»Wie finden wir raus, ob dein Vater noch lebt?«, fragte ich.

»Gar nicht. Sie werden die Muschel nicht öffnen, so lange der Vorax in der Nähe ist.«

»Woher wissen sie das?«

»Na ja, sie werden ein paar Stunden abwarten, um sicherzugehen.«

Ich ließ meinen Blick schweifen und entdeckte etwas Merkwürdiges. Direkt neben der Muschel, dort, wo sie mit den Klippen verschmolz, änderte sich die Struktur der Wand. Es sah porös aus, strukturiert wie ein Schwamm.

Ich trieb meine Geißel an, um genauer nachzuschauen. Die Schwammstruktur verlief über die gesamte Breite der Krallark Siedlung. In dem wabernden Durcheinander bewegte sich etwas. Die Ursuppe an der Klippe war geschwängert von weißsilbrigen Partikeln. Sehr ähnlich kleinen Metallplättchen, die in den Schwamm hineinflogen. Als saugte er sie auf. Und wie zum Ausgleich, total abgefahren, traten steinerne Kugeln daraus hervor. Einfach so. Die Klippenwand tauschte Partikel aus. Metall rein, Stein raus.

Ich schwamm in die Wolke. Die metallischen Partikel setzten sich auf mir ab und umflirrten mich. Etwas Abseits schmiegte sich eine aufgestellte Muschelhälfte gegen die schwammige Wand. Es war seltsam, denn die Muschel saugte die Steine ein und pustete im Gegenzug die silbrigen Partikel aus. Irgendwann hatte ich mal gekannt, was ich hier sah. Auf jeden Fall eine Art Kreislauf. Es kitzelte meine Erinnerungen, doch ich kam nicht darauf.

Plötzlich knirschte es. Ich schreckte auf und schaute nach meinen Begleitern.

Siphonex schwamm auf der Muschel des Hauptgebäudes. »Es öffnet sich!«

Doch so schnell. »Super, dann haben wir ja Unterstützung, falls der Vorax zurückkommt.«

»Es wird eine Weile dauern.«

Die Muschel machte jeden Bunker neidisch. Ich musterte Siphonex, der auf mich zukam, und fragte mich, wieso ich ihn bei der ersten Begegnung als so bösartig wahrgenommen hatte. »Warum hast du Harmonix getötet?«

Die drei lebendigen Tentakel des Räubers zuckten. »Weil der König mir eine Quest erteilt hatte. Eine Quest muss erledigt werden.«

Irgendwie machte das Sinn. »Worum ging es dabei?«

»Das weiß ich nicht genau. Es ging um unser Reich, soviel weiß ich. Mehr vertraut er mir nicht an.«

»Danke, dass du Anna nichts getan hast«, sagte ich.

»Sie ist lustig und klug.«

Na ja. Ich hüstelte. »Das stimmt.«

»Lena, ich möchte Frieden zwischen Krallark und Candida-Harmonia. Egal, was mein Vater später sagt, nimm ihm seine Ansichten nicht übel.«

»Würden Räuber und Erbauer friedlich miteinander leben, dann …« Meine Gedanken rasten. »Meinst du, wir haben einmal friedlich koexistiert?«

Siphonex kratzte sich mit einer Tentakel. »Wir handeln mit einem Volk namens Nishu. Sie glauben an eine Sage, bei der eine Erbauerin und ein Räuber ein Liebespaar waren.«

Das war es. Na klar. Räuber und Erbauer konnten zwar Feinde sein, aber sich auch gegenseitig stärken. Die einen erzeugten Erfahrungspunkte nahezu mühelos und die anderen nutzten sie, um stärker zu werden. Was, wenn sie diese Fähigkeiten nicht erlangt hatten, um sich gegenseitig zu vernichten, sondern, um noch stärkere Bedrohungen abzuwenden? »Okay, pass auf. Wir sind deswegen nicht die besten Freunde oder so, aber ich erlaube dir, mich auszusaugen.«

Consent war bei so was wichtig. Auch unter Zellen.

Ich hatte fast dreitausend Erfahrungspunkte und konnte gerade nicht viel damit anfangen. Vielleicht würde ich es bereuen, aber hier ging es um unser aller Überleben.

Ein freundlicher grüner Schimmer huschte über Siphonex. »Bist du sicher? Das ist eine große Ehre, noch nie hat ein Erbauer einem Räuber angeboten, ihn auszusaugen.«

»Na, dann geht das wohl in die Annalen unserer Reiche ein.« Nicht, dass ich auch meine Quest im Kopf hatte und ich ein Bündnis mit Siphonex aufbauen sollte. Ich wollte besser gleich damit anfangen.

Siphonex schaute sich um. Hinter uns pumpte der Schwamm Metallplättchen und Steine. Neben uns ragte die riesige Muschel, die sich in Superzeitlupe knirschend öffnete. Es wirkte fast wie in einem Hinterhof, in dem wir uns heimlich trafen.

»Hier?«, fragte er unsicher.

»Bist du schüchtern?«

»Was?«

»Jetzt mach einfach. Ist ja nicht so, als würdest du mich küssen.«

»Ich verstehe nicht. Schüchtern? Küssen?«

»Quatsch nicht. Wer weiß, wie viel Zeit wir noch haben. Nimm dir ein paar Tausend und pump dich ordentlich auf. Ich brauche dich als Tank.«

Fast zärtlich setzte Siphonex seine Tentakeln an meine Außenhaut und begann zu saugen. Kurz stellten sich mir die Flimmerhärchen auf, als ich die Berührung zuließ. Das fühlte sich gut an. Mein Vorrat an Erfahrungspunkten verringerte sich zügig.

Neues Achievement: [Blutspende]. Glückwunsch.
Du bist die erste Erbauerin, die einem Räuber seit Situ und Toto das Absaugen erlaubt hat.
Reward:
[Lena] erhält 2000 Rufpunkte.
Neuer Ruf: Candida-Harmonia: 1800/5000 (Legendär).
[Lena] erhält Fähigkeit [XP-Spender (passiv)]. Du behältst 10% der gespendeten XP.

»Was machst du da?«, schrie Sandor, der mich nach seinem Rundgang gefunden hatte. Anna geißelte in seinem Schlepptau.

»Schon gut, Sandor«, sagte ich. »Wollen wir überleben, brauchen wir Siphonex so mächtig wie möglich.«

Neben mir wuchs der Räuber an. Pumpend weitete sich seine Dreiecksform aus. Selbst der abgestorbene Tentakel erneuerte sich und verlängerte sich um das Doppelte. Schon vor meiner Spende hatte Siphonex uns zweifach überragt, jetzt war er fünfmal so groß.

»Na, wenn das nicht auch einem Vorax Angst einjagt, dann weiß ich nicht.«, sagte Anna.

Ich musterte meine Gruppe. Wir brauchten eine Strategie für den Kampf. Griffen wir den Vorax unkoordiniert an, könnte keiner von uns seine Stärken ausspielen. Ich schwamm zu einer einzelnen Muschel und landete darauf. »Schaut her. Das ist der Vorax.« Ich umrundete das kleine Gebäude, das ich als Strohpuppe auserwählt hatte. Ich würde eine Formation mit meinem Trupp üben.

»Siphonex, komm her und stell dich dem Untier.«

Er kam heran und streckte verwirrt die Tentakeln aus.

»Kämpf mit ihm«, sagte ich.

»Aber das ist ein Gebäude, Lena«, antwortete er.

»Tu einfach so. Okay?«

Hölzern schlug Siphonex mit seinen Tentakeln auf die Muschel. »Böser Vorax.« Das Ganze war ihm sichtbar unangenehm.

»Sandor, du schleichst dich von der anderen Seite an den Vorax an, während Siphonex seine Aufmerksamkeit bindet.«

»Ich bin der Damage Dealer«, sagte Sandor, nicht ohne Stolz in seiner Stimme.

Ich schüttelte mich vor Überraschung. »Ja, woher weißt du das?«

»Keine Ahnung. Ehrlich.«

Wir beiden starrten uns ein paar Flimmerhärchenschwünge lang an, ohne etwas zu sagen, bis sich Anna räusperte. Sandor schwomm um die Muschel herum und stieß mit allen vier Schwertern zu.

»Und ich?«, fragte Anna.

»Wir«, sagte ich, »halten uns bereit, um Siphonex XP zu spenden.«

»Das war's? Was ist mit unseren Giftbomben und Elektroschocks und so?«

»Dafür müssten wir den Vorax berühren. Das könnte ganz schnell dein Ende bedeuten.«

»Na, hör mal. Entweder, wir kämpfen gemeinsam oder wir lassen es«, sagte Anna.

Ich überlegte, als ich mir die Muschel anschaute. »Gut, dann halten wir uns beide zwischen Sandor und Siphonex auf. Du auf der Seite und ich auf dieser.«

»Und dann?«, fragte Sandor.

»Lasst uns etwas probieren.« Ich streckte einen meiner Fangarme zu Sandor und den anderen zu Siphonex aus. »Nehmt euch bei den Hän… Tentakeln.«

Eher zögerlich griffen alle einander, sodass wir einen Kreis bildeten, der viel größer wurde, als ich gedacht hatte. Wir umspannten die Muschel problemlos, schon weil Siphonex Tentakeln gewachsen waren. Er war kein Räuber mehr, sondern ein Bollwerk. Wahrscheinlich hatte er noch nie so viele Erfahrungspunkte in sich hinein gepumpt.

»Jetzt konzentriert euch auf die Muschel. Anna, feuer deinen Elektroschock ab«, sagte ich.

[Lena] wirkt [Elektroschock] auf [Muschel].
[Anna] wirkt [Elektroschock] auf [Muschel].
Lena entdeckt [Kombo] [Exponentielle Ladung].

Ein Blitz bildete einen Ring über unseren verbundenen Tentakeln. Laut knisternd schossen hunderte Fäden auf das Zentrum der Muschel zu und schlugen ein. Die Muschel erzitterte, hob vom Boden ab und flog ein Stück Richtung der schwammigen Wand. Staub wirbelte auf. Die steinernen Kugeln hefteten sich wie Kletten an die Oberfläche der Muschel.

»Interessant«, sagte Sandor.

Ich staunte nicht schlecht. »Diesen Spezialangriff auszuführen, ist riskant. Und ob wir Oinotna damit verletzten, weiß ich nicht.«

Ein Kreischen jagte durch die Ursuppe, gefolgt von einem Knirschen.

»Er kommt«, flüsterte Siphonex.

Endboss-Warnung: [Oinotna – Level 23 – Vorax Boss] greift euch an.

[Lena], [Sandor], [Siphonex], [Anna] bilden eine
[Party].
[Lena] ist Anführerin der Party.

Über uns, auf der sich öffnenden Hauptmuschel, tauchte das Monstrum auf. Es hatte uns entdeckt und schickte uns seinen Kampfschrei entgegen. Selbst Siphonex wirkte noch klein gegen das Tier, das dem bösen Onkel eines Bärtierchens ähnelte.

Execute Repair: 47%.

Die sechs klauenbewehrten Arme streckte es ab, wodurch es noch größer wirkte. Mit dem riesigen Maul hackte es mehrmals auf die Schale unter ihm ein, was wie eine Kriegstrommel klang.

»Wir sind am Arsch«, sagte Anna.

»Wie wir es eingeübt haben«, befahl ich und zog mich hinter Siphonex zurück. Besonders heroisch hatte das wohl nicht gewirkt. Dennoch, Siphonex folgte dem Plan, positionierte sich schützend vor uns und Sandor versteckte sich hinter unserer Übungsmuschel.

»Komm her!«, rief Siphonex. »Jetzt bekommst du es mit mir zu tun. Für den Angriff auf mein Volk wirst du büßen.«

»Ich mag ihn«, sagte Anna und schaute zu mir. »Das nenne ich einen Anführer.«

Ich seufzte. Doch ich musste gestehen, dass mir die Worte Mut machten.

Oinotna ließ sich nicht lange betteln und ruderte wie eine Galeere zu uns herüber, die Arme nutzte es wie viel zu kurze Riemen. Siphonex streckte alle vier Tentakeln aus wie ein Igel. Wenig beeindruckt stürmte Oinotna heran. Mit dem Maul voran verschlang es einen Tentakel und biss die Spitze ab. Milchige Flüssigkeit strömte aus Siphonex' Wunde.

[Oinotna] verursacht 10 Schaden bei [Siphonex]
durch [Biss].
Lebensenergie [Siphonex]: 289/299.

Ich starrte schockiert auf die Verletzung. Das musste weh tun.

Im Gegenzug hieb Siphonex kreischend auf den Körper des Vorax ein. Seine Stacheln drangen in die Haut, doch nur einer durchstieß die Rüstung, um eine Wunde zu verursachen.

[Siphonex] verursacht 4 Schaden bei [Oinotna]
durch [Stich].
Lebensenergie: 3996/4000.

Was zum Geier? Wir waren absolut dem Tode geweiht.

»Lena, stimmt die Zahl?«, fragte Anna.

Oinotna hieb mit seinen kurzen Armen nach Siphonex, der dem Angriff auswich und seinerseits einen Tentakelangriff ausführte.

[Siphonex] verursacht 4 Schaden bei [Oinotna]
durch [Stich].
[Siphonex] verursacht 4 Schaden bei [Oinotna]
durch [Stich].
[Siphonex] verursacht 4 Schaden bei [Oinotna]
durch [Stich].
[Siphonex] saugt 3 [XP] von [Oinotna] ab.
Lebensenergie [Oinotna]: 3984/4000.

Ich beobachtete den Kampf und hielt mich auf Distanz. Der Vorax war zwar langsam, aber wenn er traf, dann knirschte es in der Ursuppe. Klar, ich hatte 54 Lebenspunkte, aber die wäre ich schneller los, als ich Mitochondrien sagen konnte. Dennoch, wozu hatte ich die *Vergiftete Ladung* oder den *Elektroschock*. Ich hielt mich bereit. Sobald Sandor seinen Angriff aus dem Hinterhalt starten würde, würde ich mitmachen.

Siphonex und Oinotna rangen miteinander und obwohl unser Tank versuchte, seine Tentakeln außer Bissreichweite zu halten, schaffte es der Vorax, eine weitere zu kappen.

[Oinotna] verursacht 11 Schaden bei [Siphonex]
durch [Biss].
Lebensenergie [Siphonex]: 277/299.
[Siphonex] saugt 3 [XP] von [Oinotna] ab.
[Siphonex] saugt 3 [XP] von [Oinotna] ab.

Noch zwei Tentakeln saugten dem Monster Erfahrungspunkte ab. Schließlich schoss Siphonex seinen Pfeil der Pein ab und traf Oinotnas Brust, wo er stecken blieb.

[Siphonex] verursacht 1 Schaden bei [Oinotna]
durch [Pfeil der Pein].
Lebensenergie [Oinotna]: 3983/4000.
[Oinotna] ist gelähmt.
[Oinotna] prüft auf [Giftresistenz].
Schwellwert: 8. Misslungen.

Ein kleiner Erfolg und meine Gelegenheit. Ich entschloss, nicht auf Sandor zu warten, geißelte an den Vorax heran, berührte ihn und feuerte meine Waffen ab.

[Lena] verursacht 3 Schaden durch [Verteidigung
(Elektroschock)] bei [Oinotna].

[Lena] verursacht 4 Schaden durch [Verteidigung (Vergiftete Ladung)] bei [Oinotna].
Lebensenergie [Oinotna]: 3976/4000.
[Oinotna] ist gelähmt.
[Oinotna] prüft auf [Giftresistenz].
Schwellwert: 9. Misslungen.

Das war gut! Wir fügten ihm Schaden zu. Nicht genug, um dieses Jahrhundert fertig zu werden, aber wer rechnete in einer solchen Situation schon genau nach? Weiter! Auch Anna löste einen Elektroschok aus, der über die Haut des Vorax bruzelte und an seinem Maul explodierte. Wir knabberten an dem Biest.

Plötzlich brüllte Oinotna auf und bäumte sich dabei nach hinten.

Der Grund waren vier Schwerter, die Sandor ihm in den Rücken gejagt hatte.

[Sandor] verursacht 41 Schaden (kritisch) durch [Hinterhalt] bei [Oinotna].
Lebensenergie [Oinotna]: 3935/4000.

Was für ein Treffer und dennoch gerade mal ein Prozent der Gesamtlebensenergie dieses Monsters. Würden wir einhundert davon austeilen können? Wollte ich Weltenbauer werden, musste ich das Vieh erledigen. Die Quest sagte es eindeutig.

Also weiter, weiter.

Wie wild hackte Siphonex mit den verbliebenen beiden Tentakeln auf den Gelähmten ein. Auch Sandor stach heftig zu. Elektroschocks von mir und Anna komplettierten das Feuerwerk an Prügel. Die Ursuppe glühte regelrecht.

Lebensenergie [Oinotna]: 3871/4000.

[Oinotna] prüft auf Giftresistenz.
Schwellwert: 5. Gelungen.

Das Monster erwachte aus seiner Starre und aus seinem Maul schoss ein Pfeil, dem ich nicht ausweichen konnte. Ein schwarzer Stachel drang in mich ein und riss mich mit. Ich sah dabei zu, wie ich durch die Ursuppe gezerrt wurde, bis ich an der schwammigen Wand einschlug. Der Pfeil hatte mich festgenagelt. Ein Seil verband mich mit dem Vorax.

Vor mir stiegen sämige Fäden meines Plasmas auf. Ich hatte ein Leck.

[Oinotna] verursacht 19 Schaden bei [Lena] durch [Harpune].
Lebensenergie [Lena]: 35/54.

Verdammt! Ich versuchte, mich freizugeißeln. Erfolglos.

Oinotna nutzte die Überraschung, biss Siphonex den vorletzten Tentakel ab und verpasste Anna einen Hieb, der sie reglos zurückließ. Sandor sah ich nicht.

Ich war verdammt, reglos unserem Untergang zuzusehen.

[Oinotna] verursacht 2 Schaden bei [Lena] durch [Ausbluten].
Lebensenergie [Lena]: 33/54.

Mein Zellsaft floss in die Ursuppe und vermischte sich mit den glitzernden Metallplättchen um mich herum. Das sah gar nicht gut aus. Am Ende des Pfeils führte ein feiner Faden bis zu Oinotnas Maul. Normalerweise zog er seine Beute wohl zu sich heran. Das brachte mich auf eine Idee und ich betrachtete die Situation spieltechnisch: Galt diese Verbindung zum Vorax als

Berührung? Das nutzte ich sofort und feuerte Elektroschocks ab, die freudig am Faden entlangzogen und blitzend im Vorax einschlugen.

Oinotna reagierte, indem er an dem Seil zog. Woraufhin er sich mir näherte und die Augen aufriss. Wahrscheinlich hatte er mich zu sich ziehen wollen, doch sein Pfeil, der mich an die schwammige Wand nagelte, steckte wohl zu fest. Damit hatte er sich effektiv selbst angekettet. Mir wäre natürlich lieber gewesen, nicht Teil dieses Schaschlickspießes zu sein.

Da Siphonex jetzt mehr Freiraum hatte, feuerte er einen weiteren Giftpfeil ab und hieb mit seinem letzten Tentakel zu. Obwohl er kaum Schaden austeilte, machte er als Tank eine gute Figur. Er gab nicht auf, zog das Aggro auf sich. Oinotna hatte ordentlich an dem lästigen, überdimensionalen Räuber zu knabbern.

Als teleportierte er sich durch ein unsichtbares Portal, tauchte Sandor aus dem Nichts auf und schlug zu. Doch der Vorax war vorbereitet. Er nahm die Treffer hin und konterte, sodass zwei Hiebe seiner Klauen meinen Kriegsmarschall erwischten. Wie Rauchfahnen stieg Zellsaft aus Sandor auf. Seine Schwerttentakel verkrampften in sonderbaren Winkeln, als er unkontrolliert durch die Ursuppe wirbelte. Er war schwer verletzt und nahezu unbeweglich.

Oinotna löste das Seil, das ihn mit mir verbunden hatte, folgte Sandor und fischte nach ihm. Ein schlürfendes Geräusch drang aus seinem stachelbewehrten Rundmaul, als er Sandor einsaugen wollte. Doch er hatte nicht mit Siphonex gerechnet, der Anlauf genommen hatte und Oinotna mit seinem gesamten Gewicht rammte. Sandor war frei und seine Betäubung endete.

»Das war ein Fehler!«, schrie mein Kriegsmarschall. Wütend rammte er seine Schwerter ins unersättliche Maul des Vorax. Abermals bäumte Oinotna sich vor Schmerz.

Erleichtert sah ich, dass endlich schwarzer Saft aus dem Maul des Endbosses floss. Jetzt sollte er begriffen haben, dass wir keine leichte Beute waren. Und schon gar kein Frühstück.

Ich checkte die Kampfanzeige.

Lebensenergie [Oinotna]: 3411/4000.

Meine Zuversicht sackte ab wie ein Gletscher in den Alpen. Wir mussten noch sechs mal so viel Schaden austeilen, wollten wir gewinnen. Anna schwamm heran und zog am Pfeil, der mich an die schwammige Wand nagelte.

»Warum hat sich Siphonex so aufgepumpt, wenn er eh nichts ausrichten kann?«, fragte sie.

»Was sagst du?« Plötzlich kam mir ins Gedächtnis, was mir vorhin nicht einfallen wollte. »Alle zu mir. Sammeln!«

Execute Repair: 48%.

Sandor verschwand im Schatten einer Muschel und Siphonex schwamm langsam rückwärts, wobei er einen Pfeil der Pein nach dem anderen abschoss. Diese lähmten Oinotna nur noch kurzzeitig. Es schien, als entwickelte der Endboss eine Resistenz. Der Vorax folgte ihm gnadenlos, Hieb nach Hieb zehrte an Siphonex's Leben.

Lebensenergie [Siphonex]: 138/299.

Ich blutete unter Schmerzen aus. Doch ich hatte noch genug Rohstoffe, um meine letzte Idee umzusetzen.

Lebensenergie [Lena]: 23/54.

»Bildet einen Kreis, wie wir es geübt hatten.«

Als ich das gesagt hatte, glitt der Vorax seitlich an Siphonex und riss mit einem Biss einen Teil seines Zellkörpers ab. Siphonex schoss einen weiteren Pfeil ab und wuchtete sich dann auf das Maul des Untiers. »Ich stopfe dir jetzt deine Fresse!« Mit der letzten Kraft seiner verstümmelten Tentakel umklammerte er Augen und Mund des Vorax. Siphonex war eine riesige Maske, die Oinotna Luft und Sicht nahm.

Wild beissend wehrte sich Oinotna. Das half meinem Plan nicht weiter, aber gab uns Zeit.

»Halt durch«, sagte ich und glitt mit Annas Hilfe vom Nagel. Endlich war ich wieder frei.

Sandor trat aus den Schatten und versetzte kritische Treffer mit seinen Schwertern. Siphonex blutete schneller aus, als mir lieb war. Nur noch achtzehn Prozent seiner Lebensenergie verblieb ihm.

»Greift euch bei den Fangarmen.« Ich berührte Siphonex an einer Seite, weil er sich immer noch an den Vorax klettete, und Anna auf der anderen. Sandor griff meinen und Annas Tentakel. Oinotna bäumte sich in unserer Mitte. Wir befanden uns direkt vor der schwammigen Wand, dessen Funktion ich hoffentlich richtig einschätzte.

»Elektroschock, jetzt!«

Es knisterte, als die Blitze an unseren Tentakeln entlang wanderten und wie Krallen in den Vorax stießen.

»Lass los, Siphonex. Weg, weg, weg!«, rief ich und ruderte selbst so schnell wie möglich, um Abstand zu den Klippen zu gewinnen.

Die steinernen Kugeln, die beständig aus dem Schwamm kamen, reagierten auf die elektrische Spannung. Sofort flogen sie auf Oinotna zu und hefteten sich an ihn. Aber nicht nur das. Mit einem mentalen Lächeln sah ich, wie der Vorax Richtung Schwamm gezwungen wurde.

»Nein! Das kann nicht sein!«, rief er.

»Natrium-Kalium-Pumpe, Schweinebacke!« Was Besseres fiel mir nicht ein. Aber das war es eben. Der Schwamm stellte eine Barriere dar, die elektrische Spannung hielt. Auf diese Art kommunizierten Nervenzellen, leiteten Informationen weiter. Und das negativ geladene Kalium hatte sich wegen dem Blitz an den Vorax geheftet. Zum Glück hatte ich in Physik aufgepasst.

Himmel, hier gab es einen weiteren Baustein für meinen Organismus. Zappel würde ein weiteres Mal Bauklötze staunen.

Der Vorax wurde wie ein Magnet an die Wand gesaugt. »Ihr sterbt! Der Imperator wird seine Armeen schicken, wenn ich nicht zurückkehre. Niemand greift die mächtigen Vorax an.«

»Niemand, nur die Weltenbauerin Lena. Und ich rate euch, mir aus dem Weg zu gehen.«

»Das war mutig«, sagte Anna. »Und ein bisschen lebensmüde. Musst du ihn unbedingt reizen?«

»Sonst willst du doch motivierende Reden. Kannst du dich mal entscheiden?«

»Lena? Das gibt es nicht.« Die Stimme des Vorax änderte sich. Klang hohl und blechern. »Es tut mir leid. Halte durch, Tim ist auf dem Weg.«

Die Worte prasselten zusammenhangslos auf mich ein. Es dauerte einen Moment, bis ich den Kontextwechsel aus der Erbauerwelt in mein früheres Leben schaffte. »Wie bitte? Wer bist du?«

Oinotna stemmte sich gegen seine elektrischen Fesseln und riss seinen Schädel hin und her.

Mein Zellkern klopfte aufgeregt. »Rede schon. Rede!«

Doch die Stimme war verschwunden. Knirschend öffnete sich

die Riesenmuschel soweit, dass die darin schutzsuchenden Räuber herauskamen.

Mit einem Blick auf die Verstärkung gab ich einen Schlachtruf von mir. »Zeit, den Vorax fertigzumachen.«

Sandors Schwerter schliffen Fetzen für Fetzen von der beuligen Haut. Siphonex stach und schoss, was seine Erfahrungspunkte hergaben. Er regenerierte seine Tentakel. Der Vorax hatte keine Chance mehr, denn der Schwamm hielt ihn fest. So funktionierte eben eine halbdurchlässige Membran. Auf der gegenüberliegenden Seite war sie negativ geladen und zog jedes positiv geladene Teilchen an. Deswegen verschwanden auch die metallischen Partikel in der Klippenwand. Sie strebten einen Ladungsausgleich an.

Und Oinotna stellte ein riesiges positives Teilchen dar. Gegen die Macht des Stroms konnte selbst er nichts ausrichten.

Krallark-Soldaten und ihr König, der eindeutig an seiner goldenen Aura zu erkennen war, halfen uns, ordentlich Schaden auszuteilen.

Wir erneuerten die positive Ladung des Vorax mit Elektroschocks, was ihm keine Chance mehr gab, dem Sog der Klippenwand zu entkommen. Sie saugte ihn gnadenlos an wie die Kalium-Teilchen. Nur war Oinotna zu groß, um durch den Schwamm zu gleiten. So hing er fest.

Gemeinsam bearbeiteten wir den bewegungslosen Vorax – stechen, hauen, absaugen. Bei dieser Schlachterei schnürte es mir die Kehle zusammen.

»Rede!«, befahl ich mehrfach. »Biete uns etwas für dein Leben.«

Seine eiskalten Augen jagten mir eine höllische Angst ein. »Das Gift des Imperiums fließt bereits!«

zappel: aussteiger

. . .

Zappel starrte auf das Gewusel in Candida-Harmonia. Erbauer und Räuber schleppten Rohstoffe von hier nach da, sie mauerten die Pilzleiter höher und schufteten in der Lipidmine.

Er saß unter dem Wasserfilter. Hier herrschte endlich mal Ruhe und der frische Strom tat ihm gut, spülte den Dreck aus seinen Mitochondrien. Zappel wusste nicht mehr, wofür all dieser Aufwand gut war. Durch seine Upgrades hatte die Siedlung genug Rohstoffe, damit alle ein gutes Leben haben könnten. Einschließlich der geflüchteten Räuber, die verhalten mitarbeiteten.

Warum mussten sie weiter wachsen? Welchen Zweck verfolgte Lena, die dieses Treiben auch noch anstachelte?

Doch er war der Baumeister dieses wahnsinnigen Kolosses. Was ihn sonst motiviert hatte, hinterließ jetzt erdrückende Leere. In Sichtweite lag seine Werkstatt, die lange bläuliche Röhre, in der er mit Lena die Pilzleiter entwickelt hatte. Seine Gründerin hatte ihn angespornt, über sich hinauszuwachsen. Das hatte er getan. Mit Level zehn als Baumeister schaute er stolz auf seine

Fähigkeiten und Errungenschaften. Dennoch. Irgendwas stimmte nicht. Mit ihm.

Aus der Ferne sah er, wie Desoxi auf seine Werkstatt zugeißelte. Die grünen Schuppenflechten seines Freundes glänzten wie eh und je. Den Algenmeister erfreute der Fortschritt von Candida-Harmonia. Im Gegensatz zu Zappel blühte er auf wie seine Algenfarm.

Alle pilgerten sie zu Zappel. Ständig hatten sie neue Ideen. Upgrade hier, neue Funktion da. Warum konnten sie nicht für einen Moment innehalten? Alles musste lebendiger und effektiver werden. Einer wollte sich ausbreiten. Die andere musste sich beweisen. ›Musste‹. Dieses verdammte Wort verkrampfte ihm die Geißel. Nichts musste.

Desoxi schwamm einmal um seine Werkstatt und rief nach ihm. Ungerührt beobachtete Zappel seinen Freund, verdeckt von den Schleiern des Wasserfilters. Ob er wegen Lenas nächstem Schritt gekommen war? Sie wollte Candida-Harmonia auf die umliegenden Ursuppen ausbreiten. Was das für ihn bedeutete, konnte er nur erahnen. Wie sollten sie denn die ganzen Siedlungen miteinander verbinden? Er wusste es nicht, doch es würde an ihm hängenbleiben. Genau wie die Aufgabe, die Desoxi da unten mit sich trug. Egal, was es war, sein Freund würde sie bei ihm abladen. Er verübelte es seinem Freund nicht, denn alle hatten viel zu tun, um das gemeinsame Ziel umzusetzen. War es denn nicht eigentlich Lenas Ziel?

Zappel blubberte in die Ursuppe. Es gab mehr zu tun, als gut für die Erbauer war. Aber deswegen vergaß er seine Manieren nicht. Als höchster Baumeister war es seine Pflicht, zu helfen. Vielleicht sollte er einen Lehrling ausbilden, jemand, der besser mit dem Druck des Müssens klar kam.

»Hier bin ich, mein Freund!«, rief Zappel und schwamm zu

seiner Werkstatt herunter, nachdem er einen letzten kräftigen Zug des frischen Wassers genommen hatte.

»Machst wohl eine Spaziergeißelung?« Desoxi winkte mit seinen Tentakeln.

Zappel lächelte und schwamm zum Eingang seiner Werkstatt. »Lass uns drinnen reden. Darf ich dir einen Lipidcocktail anbieten?«

»Lass mal, sieh doch, wie meine Membran sich schon spannt. Conan macht einen guten Job. Die Siedlung blüht auf, findest du nicht?«

Zappel wusste es nicht. »Ja, Conan ist der Beste.«

»Stimmt etwas nicht?«, fragte Desoxi. »Du ziehst dich in letzter Zeit öfter zurück.«

Nichts stimmte mehr. »Alles in Ordnung, nur viel zu tun, wie du weißt.«

Desoxi schimmerte erfreut. »Es ist so ... aufregend. Was wir gemeinsam aufbauen, ist unglaublich.«

»Wie kann ich dir helfen?«, fragte Zappel.

»Ist wirklich alles in Ordnung?«

Zappels Geißel zuckte. Sollte er seinem Freund seine Bedenken beichten? Andererseits wollte er ihn nicht nach unten ziehen. »Bist du wegen der Pilzleiter da?«

Desoxi schwamm einmal in der Werkstatt auf und ab. »Ja, ja, genau. Ich habe ein Problem an der Spitze. Wir sind schon fast an der Oberfläche, aber mir scheint, dass irgendetwas fehlt. Candida wächst nicht mehr weiter.«

Zappel brummte nachdenklich. Er hatte zwar keine Lust darauf, aber es führte wohl kein Weg daran vorbei, sich das einmal anzuschauen. »Gut, ich komme.« Seufzend verließ er die Werkstatt. Wenigstens ging es nicht um die Ausbreitung in die umliegenden Ursuppen.

Gemeinsam geißelten sie durch Candida-Harmonia. Die

anderen Erbauer grüßten freundlich. Jeder kannte die beiden. Vor der Photosynthesefabrik hielt Sax eine Rede, in der er für das Wachstum und den Wohlstand der Siedlung predigte. Nie mehr Hunger leiden, nie mehr Angst vor Räubern haben, weil sie zu Verbündeten wurden. Die große Anführerin Lena löste alle Probleme. Gerade jetzt stellte sie sich dem Biest Vorax.

Dabei wusste niemand so recht, was ein Vorax überhaupt war.

Aber die Erbauer schluckten die Nachricht. Sie arbeiteten, fügten sich und Lenas Ansehen stieg. Ihre Abwesenheit trug einiges dazu bei, denn es umgab sie mit der Aura einer geheimnisvollen Heldin. Conan und Sax glätteten viele der Wogen, die sie aufgewühlt hatte.

Schließlich näherten sich Zappel und Desoxi der Pilzleiter. Zappel konnte nicht umhin, Stolz auf seinen Bauplan zu sein. Gut, Lena hatte einen großen Anteil daran, aber die Details kamen von ihm. Ein zart-lila Pelz überzog das Gebäude.

»Du hast da eine wunderschöne Flechte gezüchtet«, sagte Zappel.

»Ha, ich werde besser. Ich muss dir noch etwas zeigen.«

»Klar. Lass aber erst mal sehen, was hier los ist.« Zappel schwamm hinauf zur Spitze der Pilzleiter. In den Zwischenräumen und kleinen Höhlen, die sich gebildet hatten, wuselte es vor Leben. Kleine Käfer krabbelten über die Flechte. Um sie herum schlängelten sich Geißeln, ganz selbstständig, ohne Erbauer. Wie ist das denn passiert?

Zappel staunte noch, als seine Flimmerhärchen kräftig gegen seine Außenhaut gepresst wurden. Er schaute sich um und sah einen Wurm. Der kurze und schlanke Körper hing an einem übergroßen Kopf. Riesige Glubschaugen standen seitlich ab. Er öffnete sein breites Maul und quietschte ihn an.

»Was ist das?«, fragte er an Desoxi gerichtet.

»Ein neues Tierchen. Sie tauchen einfach auf und vermehren sich dann«, antwortete Desoxi. »Schön, oder?«

Um es zu verscheuchen, schlug Zappel mit seiner Geißel nach dem Tierchen. Doch es dachte nicht daran, zu verschwinden. Stattdessen schmiegte es sich dicht an ihn, umkreiste ihn und schnappte spielerisch nach seiner Geißel.

»Hau doch ab!«, rief Zappel und beschleunigte seinen Weg zur Spitze.

Desoxi kicherte. »Sie mag dich.«

»Woher weißt du, dass es eine sie ist?«

»Sieht man doch. Die gelbe Maserung. Die Männchen haben schwarze Flecken.«

Zum Glück konnte Zappel die Unterhaltung auf das eigentliche Thema bringen, als sie die Spitze erreicht hatten. Er blickte nach oben. Nur noch ein paar Zelllängen, dann könnte er die Oberfläche berühren. Er war schon öfter so hoch geschwommen und jedes Mal fürchtete er, ein Untier bräche von oben hindurch und schnappte ihn. Außerhalb der Ursuppe würde er sterben. Dieses Wissen war fest in ihm gespeichert.

Das Problem des stockenden Wachstums erkannte er sofort. Candidas Fäden fanden keinen Halt, weil die Pilzleiter dünner wurde, je weiter sie wuchs. Wahrscheinlich half ein festes Zwischengeschoss mit genug Platz.

[Zappel] erreicht neues Level [Baumeister – Level 11].

»Hast du gerade ein neues Level erreicht?«, fragte Desoxi.

»Mhm«, brummte er. »Pass auf. Wir müssen hier einen

Kessel in die Pilzleiter setzen. In diesen pflanzen wir einen Knoten von Candidas Pilzgeflecht. Dann sollte es gehen.«

»Oha. Das macht Sinn. Bis wann kannst du das denn schaffen?«

Wieso er? In ihm sträubte sich alles. Klar, es war seine Aufgabe als Baumeister. Aber ... Ja, was bedeutete dieses aber? Es schien einfach falsch. Was quälte ihn da nur? Desoxi und Conan überschlugen sich vor Begeisterung, wie sich alles entwickelte. Aber Zappel mochte die neuen Wesen nicht. Er konnte es nicht leiden, wie viele Erbauer und Räuber auf einmal in Candida arbeiteten. Alle sprachen nur noch darüber, sich auszubreiten, ein Organismus zu werden.

Wer glaubte noch an die alten Werte? Eine funktionierende Siedlung mit Erbauern, die den ganzen Tag einfach ausruhten und Erfahrungspunkte produzierten. Erst jetzt bemerkte er, dass Desoxi immer noch auf eine Antwort von ihm wartete.

»Ähm. Ich schau mal, wie ich es unterkriege. Viel zu tun, weißt du ja.«

Desoxi musterte ihn eine Weile. »Das wäre super. Aber denk dran, dass es eilt. Lena hat uns einen klaren Auftrag gegeben. Candida muss vom Rüssel entfernt werden, damit wir uns endlich von ihren Strafzahlungen befreien können.«

»Die Siedlung ist im Plus. Sie muss gar nicht mehr abgekoppelt werden. Alles ist gut.«

»Mein lieber Zappel. So werden wir nie in anderen Ursuppen siedeln.«

Zappel hatte geahnt, dass sein Freund so etwas sagen würde. »Ich weiß«, antwortete er und entließ eine Menge Luft. »Die Arbeit ruft. Bis später.«

Als er sich auf den Rückweg zu seiner Werkstatt machte, stupste ihn das Würmchen an, das ihn seit der Pilzleiter verfolgte. Es quietschte nervig.

»Hau schon ab. Ich mag dich nicht. Verstehst du das?«

Das Wurmmädchen hielt an und verzog das breite Maul zu einem Schmollmund. Mit großen Augen schaute es Zappel an, um schließlich umzudrehen und davonzuschwimmen. Abschließend stieß es noch ein trauriges Klackern aus.

Zum Glück war Zappel das Ding mit Worten losgeworden. Mit Gewalt hätte er es nicht vertreiben wollen. Nur als allerletzte Option.

Er würde die schwierigste Aufgabe als Erstes angehen. Somit suchte er die verhasste Candida auf. Nichts repräsentierte das ausufernde Wachstum mehr als dieser schreckliche Pilz. Außerhalb der Siedlung folgte er ihren Fäden, bis er ein großes Geflecht fand – einen Knotenpunkt von tausenden Fäden.

Er wusste nicht, ob es daran lag, dass er Lenas Gene hatte oder ob Candida mit allen in der Stadt kommunizieren konnte. Doch als er fragte, ob er ihr das Geflecht für die Pilzleiter entnehmen dürfte, antwortete sie.

»Was fällt Euch ein, Uns beschneiden zu wollen?«

Zappel zuckte nervös. »Wir brauchen ein Geflecht von dir für die Pilzleiter.«

»Löst Eure Probleme gefälligst alleine und behelligt Uns nicht mit Belanglosigkeiten.«

Für Zappel hörte sich das nach einer Ablehnung an. Was nicht sein konnte, weil es um ihr Wachstum ging. Andererseits wäre das eine gute Ausrede, die Pilzleiter nicht weiter zu verfolgen. »Was wäre, wenn ein Erbauer dieses Geflecht auf die Pilzleiter umpflanzt?«

»Jeden, der an Uns ’rumschneidet, werden Wir in seine Einzelteile auflösen.«

Der Pilz drückte sich deutlich aus und Zappel überzeugte das. Er drehte um und geißelte zu seiner Werkstatt. Dort angekommen, machte er sich trotzdem an die Planung des Upgrades für die Pilzleiter. Vielleicht gab es ja einen Weg, ohne Candida zu beschneiden. Eben versank er in den Bauplan, da geißelte Conan hinein.

»Hallo, mein lieber Zappel«, sagte er. »Oh, schon Level elf. Gratuliere!«

Zappel blickte auf und stöhnte. Jede Störung zwickte in seinem Inneren. Er wollte mit seinen Projekten vorankommen, sie loswerden. Die anderen luden immer wieder Neues auf seinen Haufen. »Conan, willkommen.«

»Nur kurz. Ich brauche deine Hilfe.«

Was sonst? »Klar, ich habe gerade eh nichts zu tun. Worum geht's?«

Conan blickte sich verwirrt um, als suche er jemanden. Dann fragte er leise: »Ist alles in Ordnung? Brauchst du was?«

Meine Ruhe! »Nein. Also?«

Bevor Conan weitersprach, blickte er ein Weile reglos auf Zappel. Dann hüstelte er in die Ursuppe und sagte: »Das Virionenschild.«

Zappel regte sich nicht. Er wollte nicht nachfragen.

»In der alten Form ist es nicht mehr zeitgemäß und teuer. Ich dachte an ein Upgrade.«

Natürlich hatte er diesen genialen Einfall gehabt. »Was genau willst du ändern?« Das Wort verbessern vermied Zappel.

»Ich will das Schild mit Candidas Fäden durchziehen. Damit erhalten wir einen zusätzlichen physikalischen Schutz für die Virionen und eine Barriere. Genial, oder?«

Mit abstehenden Flimmerhärchen trieb Zappel durch seine Werkstatt. Wollten sie Candida überall mit reinziehen? Warum baute niemand mehr etwas durch reine Erbauer-Kraft? Schwierig war die Änderung nicht, aber er hatte keine Lust darauf. »Das klingt kompliziert. Warum fragst du nicht den Pilz?«

»Habe ich ja. Sie verlangt einen Bauplan und ein Upgrade.«

Sie wollte also Rohstoffe im Gegenzug. Zappel suchte die Baupläne der Schildvirionen heraus und studierte sie. Geduldig sah ihm Conan zu. Er hatte es wohl eilig, eine Antwort zu erhalten. Schließlich kam Zappel zu einem Schluss, der den Bau unmöglich machen würde. »Deine Idee funktioniert, aber …«

»Super«, sagte Conan und verließ umgehend die Werkstatt. Von draußen rief er: »Bitte, mach alles gleich fertig. Es geht um den Schutz von uns allen.«

»Aber!«, rief Zappel noch hinterher. Doch niemand hörte ihm mehr zu. »Dafür brauchen wir einen Knoten aus Candidas Geflecht.« Den Rest des Satzes hatte er für sich selbst gemurmelt.

Und wieder war er mit einem Problem allein. Immer ging es um Leben und Tod der Siedlung. Um ihr Fortbestehen, Wachstum oder Überleben. Gab es keine normalen Projekte mehr wie einen Marktplatz oder eine Werkstatt? Selbst die Algenfarm hatte Spaß gemacht. Aber mittlerweile forderte jedes Projekt seine Aufmerksamkeit. Und je dringender es war, umso kritischer war es. Wusste denn niemand, dass unter diesem Druck Fehler die unvermeidliche Folge waren?

Nein. Nicht mit ihm.

Zappel schwamm zum Marktplatz, den er gebaut hatte. Gerade zweigte er sich einige Rohstoffe ab, da fiel ihm etwas auf.

[Hinweis] Neuer Handelspartner hinzugefügt. Du kannst mit den Nishu der Sammo-Ursuppe Handel treiben. Willst du die Handelsroute für 10 Enzyme in Kraft setzen?

[Ja/Nein]

Was? Noch mehr Wesen, die bald in Candida-Harmonia ihren Unfug trieben? Auf gar keinen Fall. Ihn durchströmte eine

Erkenntnis, klar und rein wie das gefilterte Wasser. Er musste Candida-Harmonia für immer hinter sich lassen.

Die Handelsmeldung ignorierend, füllte er seine Ressourcen auf. Mit fünfzig Einheiten von allem tat er niemandem weh und schließlich hatte er sich das verdient. Dann geißelte er im Schatten der Gebäude aus der Siedlung, die er aufgebaut hatte.

Weil Tandriel und Lena nach Osten gereist waren, wählte er den Weg nach Westen. Er wanderte durch Candidas Geflecht hindurch und passierte den Abschnitt, der schon getrennt von Harmonia existiert hatte. Das Wesen musste alt sein. Im Grunde ähnelte ihm Candida. Denn sie wollte auch nichts mit anderen zu tun haben. Sie sträubte sich gegen Fortschritt, gab nicht mal einen Knoten von sich her, obwohl es ihr helfen würde.

Sonderbares Wesen. Aber wer war er, um das zu beurteilen? Ab und an hatte er das Gefühl, verfolgt zu werden. Immer wieder drehte er sich um, doch im Pilzgeflecht erkannte er nichts Ungewöhnliches. Nachdem er es endlich durchquert hatte, wandte er sich Richtung Norden, bis er die Klippen der Ursuppe erreichte. Diesen folgte er nach Westen. Er wusste nicht genau, was er suchte, doch er ahnte, dass er es erkennen würde, läge es vor ihm.

Mit den rechten Flimmerhärchen zu den Klippen gewandt, geißelte er weiter. Die Seitenwände zeigten ihre scharfen Kanten, boten wenig Möglichkeiten, sich zu verstecken. Wieder drehte er sich um. War da was? Er sah zwar nicht weit, aber diesmal hatte er eine Bewegung entdeckt. Indem er in einem Kreis schwamm, wollte er den Verfolger enttarnen. Niemand sollte ihn je mehr finden.

Also geißelte er einen Bogen in die Ursuppe und zirkelte zurück, sodass, was hinter ihm wäre, sich ihm näherte. Ihm blieb fast der Zellkern stehen, als er das Würmchen mit dem übergroßen Kopf entdeckte.

»Nicht du!« Alles, nur nicht so ein neuer Bewohner der Pilzleiter.

Quietschend kam das Wesen näher und leckte über Zappels Zellwand. Ein wohliges Kribbeln wanderte über seinen Körper. »Lass dieses merkwürdige Verhalten. Such dir was zu essen.« Er geißelte weiter. »Ich will mit dir nichts zu tun haben. Verschwinde.«

Aber das Würmchen folgte ihm. All sein Gezeter und selbst das Geißelschlagen half nicht. Dieses Ding hing an ihm dran wie Conan an Lenas Weltherrschaftsträumen. Er konnte nichts tun, außer den Verfolger hinzunehmen. Das Tier würde schon irgendwann verschwinden. Und niedlich sah es ja aus. Nein, sah es nicht! Mit sich selbst uneins, geißelte Zappel weiter. Und dann sah er es. Farblos, trostlos und hoffnungslos. Eine alte Siedlung der Erbauer. Wahrscheinlich war sie abgebrochen worden, weil die Bewohner weiterziehen mussten. Oder Räuber hatten sie angegriffen. Zappel entdeckte keine Überreste von einem Schild.

Sofort nahm er Geschwindigkeit auf und untersuchte die Ruine. Hinter der zerfallen Photosynthesefabrik drückte sich ein Loch tief in die Klippen. Das perfekte Versteck für sein neues Zuhause. Er schwamm hinein. Es bot genug Platz für ihn. Gerade suchte er sich eine gemütliche Stelle, um auszuruhen, da streifte ihn das Würmchen und schleckte über seine Flimmerhärchen.

»Was willst du von mir?«, fragte er. »Raus aus meiner Höhle!«

Das Würmchen strich seinen riesigen Kopf an Zappels Außenhaut und quietschte dabei.

»Sag bloß noch, du hast Hunger. Ich bin doch keine Flechte.«

Das Köpfchen nickte und die Augen zwinkerten ihn an. Zum Glück hatte Zappel seine Rohstoffe aufgefüllt. Und er wollte auch kein Vorax sein, was auch immer das war.

»Willst du Zucker?« Er entließ einige Moleküle.

In Windeseile saugte das Maul die leckere Nahrung ein. Die Zunge wischte den Kopf bis über die Augen sauber.

Zappel konnte ein Grinsen nicht vermeiden. »Weichei«, schimpfte er sich selbst und machte sich dann an die Arbeit. »Sei ein nützliches Ding«, sagte er zu dem Würmchen. »Hole mir abgestorbenes Material. Die Ruine sollte dir einiges bieten.«

Seine neue Gefährtin schwamm davon.

Zappel plante derweil, wie er einen Kokon vor den Höhleneingang bauen würde, um mehr Platz zu schaffen.

Nach einigen Stunden umschloss eine Hülle Zappels Versteck in den Klippen. Hier würde ihn niemand finden.

»Du hast gut gearbeitet«, sagte er zu dem Würmchen und belohnte es mit etwas Zucker. Das Tierchen schleckte die Nahrung auf. Die Kleine war ganz niedlich.

»Weißt du,«, fragte Zappel, »mir geht das alles zu schnell.« Er schmiegte sich in eine Spalte, um auszuruhen. Das Würmchen ließ nicht lange auf sich warten und kuschelte sich in Zappels Pelz aus Flimmerhärchen.

»Wir haben uns als Gemeinschaft noch nicht gefunden und wachsen dennoch ins Unermessliche. Gibt es keine Grenzen? Das ist doch ungesund, von Level fünf auf Level zehn aufzusteigen.«

Das Würmchen leckte erst an sich und dann an Zappel herum.

»Ich bin ja schon ruhig. Das Gemotze langweilt dich sicherlich.«

Zappel schlief ein.

Nach einigen Stunden des Nichtstuns langweilte Zappel die passive Art der Beschäftigung. So sehr er sich nach Ruhe gesehnt hatte, einfach nur zu sein, fiel ihm schwer. Seine Gedanken kramten ältere Bauprojekte hervor oder sorgten sich um seine Freunde. In diesen Momenten spielte er mit seiner neuen Mitbewohnerin fangen. Zappel rauschte durch die Ursuppe, verfolgt von dem Wurmmädchen, das nach seiner Geißel schnappte. Und sie wurde immer geschickter, sodass er bald kaum mehr schnell genug war. Außer Puste starrte er auf sein Versteck.

Zwar gingen ihm die Rohstoffe noch nicht aus, aber da er Candida-Harmonia für immer verlassen hatte, hielt er es für eine gute Idee, sich vollkommen unabhängig zu machen. Vorzusorgen.

Also baute er eine minimalistische Variante der Photosynthesefabrik. Die Ruine half ihm, weil sie ihm eine Struktur bot. Doch er musste darauf achten, dass sein Unterschlupf unsichtbar blieb.

Das Würmchen, das er mittlerweile Planaria nannte, wuselte ständig um ihn herum, schaffte Baumaterial heran und hellte hier und da seine Laune auf, indem es ihn quietschend anstupste.

Er genoss es sogar, von ihr abgeschleckt zu werden, zurückgezogen im gemeinsamen Kokon. Das Kitzeln tat ihm gut. Die Ruhe tat ihm gut. Die Einsamkeit tat ihm gut.

So einfach er auch lebte, auf seine Lipidcocktails wollte er nicht verzichten.

Und so baute er, als die Photosynthesefabrik ihren Dienst aufnahm, eine Lipidmine. Doch dabei geschah etwas Sonderbares. Als er die Außenhülle verwob, entwischte ihm ein Photon, das durch die Ursuppe davonzischte. Ohne zu zögern, schnellte Planaria dem Teilchen hinterher.

»Halt! Wo willst du denn hin?«, rief Zappel.

Doch Planaria war längst außer Hörweite.

Diesen Abend verbrachte Zappel allein. Er vermisste seine Begleiterin. Das Schlimme daran war, dass er sich Vorwürfe machte. Wie hatte ihm das Photon entwischen können? Wieso mochte er Planaria plötzlich viel mehr, als ihm lieb war? Er wollte nicht abhängig sein, von nichts und niemandem.

»Jetzt reiß dich zusammen«, befahl er sich selbst. »Du hast es so gewollt und du hast alles, was du brauchst.«

Er verdrängte die Sorge und vollendete seine Oase, indem er einen Wasserfilter baute, gerade groß genug, dass der Überschuss für ihn – und Planaria – reichte. Der frische Quell blubberte direkt in den Kokon.

So ließ sich das behagliche Erbauer-Dasein genießen.

Wäre nur das Würmchen da. Doch es zeigte sich nicht, es hatte ihn verlassen, so wie er die seinen. In den nächsten Tagen langweilte sich Zappel und er errichtete eine Werkbank. Als er Teile dafür sammelte, schwebte ein Bündel grüner Algen an seiner Ruine vorbei. Die mussten von der Pilzleiter oder Desoxis Farm entkommen sein. Ob mit den Bauwerken alles in Ordnung war? Ein beängstigender Gedanke traf Zappel: Hoffentlich hatten die Vorax Candida-Harmonia nicht vernichtet. Würden dann nicht auch andere Materialien angeschwemmt werden?

Er fing die Algen ein und brachte sie in seinen Kokon. Dort heftete er sie an die Innenwand, beschwemmte sie mit Zucker, Lipiden und einige Photonen. Genau wusste er nicht mehr, was sie fraßen. Aber vielleicht wollten sie sich ja hier ansiedeln. Sie saugten die dargebotenen Rohstoffe in sich auf.

Dann wartete er. Auf irgendwas. Wieder wurde ihm langweilig. Er könnte ja einen winzigen Marktplatz errichten. Den Bauplan hatte er im Kopf. Nutzen müsste er ihn ja nicht. Nur um seine Fähigkeiten nicht einrosten zu lassen.

Gerade als er an der Grundstruktur arbeitete, kehrte zu seiner großen Freude Planaria zurück.

»Mein Mädchen!«, rief Zappel schon von Weitem. »Wo hast du nur gesteckt? Du musst Hunger haben.«

Planaria öffnete ihr großes Maul, wobei ein Photon hervortrat. Mit freundlichen Augen schaute ihn das Würmchen an.

»Gutes Mädchen«, sagte er mit einem Lächeln und streichelte ihr Köpfchen. »Das macht dir wohl Spaß, hmm?« Schon ratterten seine Gedanken. Er wollte für Planaria eine Photonenrennbahn bauen. Im Grunde eine kreisförmige Photosynthesefabrik, die ein Photon aufnahm und herumschleuderte. Aber das verschob er auf morgen. Sie beendeten den Arbeitstag und kuschelten sich in den Kokon. Planaria schleckte ihn ab, wodurch seine Flimmerhärchen so schön seidig wurden, und er streichelte sie mit seiner Geißel.

Als Zappel mitten in der Nacht aufwachte, fand er Planaria schlafend an der Stelle, wo er die Algen angepflanzt hatte. Sie hatten sich an den Klippen angesiedelt und wuchsen mittlerweile aus dem Kokon heraus, um Licht einzufangen.

»Das findest du kuschelig, was?«, murmelte Zappel.

Leise verließ er den Kokon, um Planaria nicht zu wecken und begann mit dem Bau des Spielplatzes für seine Freundin.

Am Ende des Arbeitstages, als Zappel und Planaria im Kokon kuschelten, breitete sich Dunkelheit über seinem Gemüt aus. »Weißt du«, sagte er. »Ich konnte die Probleme der anderen nicht mehr ertragen.«

Die Algen beleuchteten ihr Zuhause grün. Planaria schlürfte ein Gemisch aus Zucker und Lipiden aus ihrer Felsenschale.

»Alle erwarteten, dass ich das schon regeln würde. Sie glaubten alle an ihre Vision. Doch keiner fragte mich, ob das auch in meinem Sinne sei. Anfangs war es das ja auch ...«

Planaria schmiegte sich an seine Seite und drückte ihr Köpfchen aufmunternd in seine Flimmerhärchen.

»Vielleicht hätte ich weitergemacht, wenn Candida mir ihre Knoten gegeben hätte.« Er streichelte Planaria. »Doch sie hat abgelehnt.«

Planaria schaute Zappel mit großen Augen an und schleckte, typisch für sie, mit der dicken Zunge darüber.

»Egal. Ich habe alles, was ich brauche. Nämlich dich und mich. Lass uns ruhen.«

Dann schliefen sie ein.

Als Zappel für seinen neuen Arbeitstag erwachte, war Planaria verschwunden.

lena: befindlichkeiten

. . .

Questupdate: [Der Erzfeind (einzigartig)]. Ein Vorax drang in die Ursuppe ein und stellte eine Gefahr für alle Kulturen darin dar. Du hast die Bitte um Hilfe angenommen und Oinotna besiegt.

Die Krallark sind vorerst gerettet.

Auftrag erledigt: Besiege Oinotna, den Vorax.

Auftrag: Vereine den Stamm der Krallark mit Candida-Harmonia.

Auftrag: Bringe Siphonex in ein Amt.

[Lena] erhält 450 XP für den Kampf gegen [Oinotna].

Punkte bis zum nächsten Aufstieg: 1884/1900.

[Lena] erhält die Fähigkeit [Angriff (Formation)].

[Lena] erhält die Fähigkeit [Verteidigung (Exponentielle Ladung)].

[Lena] erhält Rufpunkte [Krallark].

Alter Ruf: Feindlich

Neuer Ruf: Voreingenommen

DIE SOLDATEN DER KRALLARK TRANSPORTIERTEN DEN leblosen Körper Oinotnas in ihre Hauptmuschel. Eine rosa Zunge bedeckte den Boden und schreckte mich ab wie ein VIP-Teppich.

Reglos verharrte ich am Hinrichtungsort, als Zellsaft aus mir strömte. Nach dieser Hackerei musste ich mich erst mal sammeln. Natürlich wusste ich, dass Oinotna der Bösewicht gewesen war und uns angegriffen hatte. Aber dieses Gemetzel, das wiederkehrende Einschlagen auf den wehrlosen Vorax, war mir nahegegangen. Dabei hatte ich es befohlen. Wurde ich weich? War ich je hart gewesen? Irgendwo hatte ich mal einen weisen Spruch gehört: Wer alles weiß, verzeiht alles.

Execute Repair: 49%.

Ich wusste nichts darüber, was den Vorax angetrieben hatte. Sicherlich hatte er seine Gründe, die mehr oder weniger moralisch waren. Vielleicht wurde er erpresst? Diese merkwürdige zweite Stimme, mit der er gesprochen hatte, klebte wie Honig in meinen Gedanken. Der Vorax hatte meinen Namen genannt. Er hatte verwundert geklungen, so, als wäre ich ein Geist.

Meine Kameraden und ich verharrten am Ort des Kampfes und schnauften durch. Goldenes Licht fuhr wie ein Pinselstrich über jeden einzelnen. Sie erhielten ihre verdienten Level-Ups. Ihre Schweigsamkeit verriet mir, dass auch Siphonex, Anna und Sandor verarbeiteten, was gerade passiert war.

»Alles in Ordnung?«, fragte ich. »Ihr habt großartig gekämpft.«

Siphonex's Körper war unter den schweren Treffern des Vorax zusammengeschrumpft. Anna war wie durch ein Wunder unverletzt geblieben. Ich hatte keine Ahnung, wie ich das Loch in meiner Zellwand flicken sollte. Ebenso Sandors üble Verletzung, der von Oinotna aufgeschlitzt worden war.

Die letzte Heilung hatte ich erfahren, als ich mich geklont hatte, um Anna zu erzeugen. Siphonex heilte sich, indem er Erfahrungspunkte verbrauchte. Wahrscheinlich benötigte es bei einem Erbauer einfach Zeit und Ruhe.

Siphonex' Vater, der König der Krallark, schwamm auf uns zu. Sein Dreieckskörper überzog ein schwarzglänzender Lack. Rot leuchteten seine Spitzen und die Tentakel, als hätte ihn jemand in frisches Blut getunkt.

»Seid willkommen in meinem Reich, Helden«, sagte er. »Mein Name ist Phitus, Allherr der Krallark und Herrscher über die Candida-Ursuppe.«

Der spielte sich ja überhaupt nicht auf. »Seid gegrüßt, König Phitus«, sagte ich, und meine Kameraden wiederholten den Gruß.

Er winkte mit zwei seiner Tentakel. »Kommt herein, wir wollen diesen Sieg feiern. Eure Heldentat soll weithin in der Ursuppe bekannt werden.«

> [Lena] erhält Rufpunkte [Candida-Suppe].
> Alter Ruf: Bekannt.
> Neuer Ruf: Berühmt. (Heldin im Kampf gegen Oinotna.)

Lange ließen wir uns nicht bitten und geißelten in die Muschel des Königs. Niemals hätte ich bei den Räubern diese Etikette erwartet. In meiner Vorstellung waren sie Raubtiere, unfähig, sozial zu interagieren. Da sah man es wieder. Wer alles wusste ...

Den Leichnam des besiegten Vorax hatten die Räuber mittig in die Hauptmuschel gelegt, die aufgesperrt war wie ein riesiges

Maul. Das Innere leuchtete rosa, getragen von einer fleischigen Zunge am Boden. Im hinteren Teil, wo der Deckel der Muschel aufklappte, leuchtete ein Thron aus Perlen.

»Dieses Gebäude ist außergewöhnlich!«, sagte ich.

»Wir Krallark besitzen wenig handwerkliche Fähigkeiten, wie ihr sie habt«, sagte der König. »Deswegen ziehen wir in vorhandene Bauwerke ein. Dieses hier bewohnen wir schon seit Jahrhunderten. Wir halten Fressfeinde von den Muscheln fern, füttern sie und halten sie sauber.«

Das klang nach einer Symbiose. Interessant.

»Danke für Eure Einladung, König Phitus.«

Wir schwammen zum Ende der Muschel, dort, wo beide Schalen wie ein Scharnier zusammenhielten. Der Krallark-Anführer glitt auf seinen Thron aus Perlen. Wir setzten uns auf die Zunge und sanken sanft ein wie in einen Shaggy-Teppich. Wohlig blubberte ich in die Ursuppe. Es lag Gastfreundschaft in der Luft.

Phitus wartete, bis Sandor, Siphonex und Anna es sich bequem machten.

»Lasst uns reden, Gründerin Lena. Vielleicht können wir uns gegenseitig helfen.«

Mein Zellkern pochte schneller. Phitus war offen für Gespräche. Das hätte ich nicht erwartet. Damit würde ich die Erzfeind-Quest abschließen und zum Weltenbauer aufsteigen. Endlich!

»Was schwebt Euch vor, König?«

Er wandte sich hin und her. Es schien ihm schwerzufallen, auszudrücken, was er sagen wollte. »Eine Abmachung«, sagte er. »Zur Verteidigung meiner … unserer Ursuppe.«

»Das klingt vernünftig«, sagte ich. Gefühlt lag es an mir, einen Vorschlag vorzubringen. Da der König schon ein Bündnis angedeutet hatte, wollte ich einen Aspekt der Erzfeind-Quest lösen.

»König Phitus, ich möchte Eurem Sohn Siphonex ein Amt in Candida-Harmonia anbieten. Dies soll das Band zwischen unseren Völkern stärken.«

Der König schwieg und blubberte in die Ursuppe. Sein dreieckiger Körper pumpte sich auf und entspannte sich – wie ein Herzschlag. Der schwarz-rote Glanz gab ihm eine eindrucksvolle Aura.

»Ja«, sagte er. »Gut. Siphonex soll in Candida-Harmonia ein Amt einnehmen. Am besten den des Kriegsmarschalls. Der amtierende Erbauer ist etwas …«

Ich schaute zu Sandor, dessen Schwert-Fangarme verärgert zitterten.

»Ich danke Euch für Euren Rat, Phitus. Ich habe daran gedacht, Siphonex die Leitung der Siedlung zu übergeben.«

»Interessant«, antwortete der König.

Anna und Sandor zischten hörbar. Diese Nachricht war für sie definitiv neu. Aber würde ich Weltenbauer, hätte ich keine Zeit mehr für eine einzelne Siedlung. Ich würde die Zusammenarbeit aller Reiche organisieren, Armeen ausheben und neue Rohstoffquellen eröffnen. Selbst Anna und Sandor würden Siedlungen leiten.

Siphonex' Tentakel griff meinen. »Ist das dein ernst?«

Ich erwiderte seine Berührung. Genau genommen war die Idee extrem riskant. Ich hatte keine Ahnung, ob meine Erbauer einen parasitären Räuber als Führer anerkennen würden. Sie hatten noch nicht einmal den Pilz verarbeitet. Aber wenn ich den Auftrag der Quest umsetzen wollte, erschien mir dieser Schritt sinnvoll. Was wäre besser, um die Völker zu vereinen?

»Du wärst unter meiner Führung«, antwortete ich Siphonex.

»Aber was werden die anderen sagen?«, fragte Sandor.

»Sax wird das gut verkaufen müssen. Es ist einfach das Richtige, wenn wir unsere Ziele erreichen wollen«, sagte ich.

Anna stieß mich an. »Du meinst deine Ziele, nicht wahr?«

Ich schluckte. »Ja, und ich diene dem Volk der Erbauer.«

»Deswegen hast du dem Vorax gesagt, dass du eine Weltenbauerin bist? Weil du dienst?«, bohrte Anna nach.

Warum vertraute sie mir nicht einfach? Ich erhob mich von der Muschelzunge und sprach von oben auf sie herab. »Was hat denn das eine mit dem anderen zu tun?«

Sandor mischte sich ein. »Du entscheidest schnell, Lena. Vor wenigen Stunden wolltest du die Krallark töten und jetzt sitzt einer von ihnen auf unserer Photosynthesefabrik.«

Plötzlich schoss der König in die Luft. »Genug!«, rief er. »Ich habe genug gehört. Gründerin Lena, ich muss Euren Vorschlag überdenken, meinen Sohn in ein Amt zu bringen.«

Was? Nein! Grimmig schaute ich zu Anna und Sandor. Ihr Gezanke ruinierte alles. Ich riss mich zusammen. »Natürlich, König Phitus. Nehmt Euch die Zeit, die ihr braucht. Mit Eurer Erlaubnis ruhen wir uns noch aus, bevor wir nach Candida-Harmonia zurückkehren.«

Der König schwamm davon.

»Was hat er denn?«, fragte Anna.

»Das fragst du noch? Eure unqualifizierten Einwände haben alles ruiniert.«

Siphonex drehte sich zu uns um. »Nein, als das Wort Weltenbauerin fiel, hat sich sein Verhalten verändert.«

Verwirrt starrte ich zu Siphonex. »Weißt du, warum?«

Siphonex schüttelte sich. »Vater hält vieles geheim. So auch die Gründe für die Questen, auf die er mich schickt.«

»Wie der Angriff auf Harmonix?«

»Genau genommen habe ich die Quest noch. Nur, dass ich deinen Zellkern entnehmen soll.«

»Um was damit zu tun?«

»Ihn meinem Vater zu bringen.«

Na, das klang ja hervorragend. Was hatte der König vor und wozu um Himmels willen brauchte er meinen Zellkern?

»Ist seine Höflichkeit gespielt? Sind wir bei den Krallark sicher?«

»Ja. Seine Ehre verbietet es, euch anzugreifen, weil ihr uns gerettet habt.«

»Gut. Dann lasst uns ausruhen. Weiter zu spekulieren, bringt auch nichts.«

Während Sandor und Anna sich hinlegten, schwamm ich zum Vorax hinüber. Dieses riesige Bärtierchen wollte ich in Ruhe untersuchen.

Execute Repair: 50%.

Runde Einbuchtungen, die silbrig glänzten, übersähten die grünliche Haut. Dass sie widerstandsfähig war wie eine Rüstung, hatte ich im Kampf selbst erlebt. Die sechs Beine hingen schlaff zur Seite hinab und die Augen waren schwarz und leer. Es war fast zehnmal so groß wie ich. Irgendwie fühlte es sich an, als würde ich im Münchener Museum um einen Dinosaurier gehen.

Execute Repair: 51%.

Na gut, Zeit für die *Analyse*.

Analyse:
Name: Oinotna
Lebensenergie: 0/4000
Lebensform: Vorax, Mehrzellige Lebensform
Lebensweise: Imperialistisch, Sozial
Alter: 261 Jahre
Fortpflanzung: Sexuell

Besonderheit: Analyseskill zu gering
Dunkles Geheimnis: Analyseskill zu gering
Baukosten:
Voraussetzung: Lipidkokon (Gebäude); 2500 Wasser; 8000 Zucker; 1600 Lipide; 500 Nukleotide; 250 Enzyme.

Ich bezahlte den Skill mit Erfahrungspunkten aus meinem Vorrat. Interessant. Die Vorax waren intelligente Mehrzeller. Warum dann so aggressiv? Vielleicht ehrten sie nur die eigene Spezies. Ich hoffte es nicht. Aber ihr Ausbreitungsdrang und das kriegerische Verhalten mussten einen Grund haben. Irgendwie wünschte ich, dass alles einfacher gewesen wäre. Die Krallark hätten doch die Bösen sein können, miese Verräter, die Angst verbreiteten.

Da sah ich es wieder: Schwarz-weiß-denken brachte Klarheit, entsprach aber selten der Wirklichkeit.

Execute Repair: 52%.

Das war einer der Gründe, warum ich nicht unbedingt zurück in meine Welt wollte. All das wissenschaftsfeindliche Gebrabbel. Ja, die Probleme, die die Menschheit lösen musste, gestalteten sich komplex. Und ja, die Wissenschaft änderte von Zeit zu Zeit ihre Meinung. Aber das war das Gute daran, denn sie reagierten auf neue Fakten! Jeder, der auf das Alte in einer sich ändernden Welt beharrte, verstand nicht, dass er sich gegen das Unausweichliche wehrte und Rückschritte machte.

Plötzlich kehrte ein Bild zurück in meinen Geist. Genau das hatte ich doch mit Sandor, dem Zwerg, vor Zappels Shop diskutiert. Er hatte es verstanden.

Aber Menschen hassten Veränderung, weil die Evolution es

für sinnvoll hielt und sie sicherheitshalber in ihren Genen verpackt hatte. Die Furcht vor dem Neuen galt sicher auch für König Phitus. In einem Moment Feuer und Flamme, im anderen abweisend. Sollte sein Sinneswandel wirklich mit der Erwähnung des Weltenbauers zu tun gehabt haben?

In Gedanken versunken hatte ich mich vom Vorax entfernt und schwamm grübelnd durch die Siedlung der Krallark. Eine Muschelfamilie hatte sich hier angesiedelt. Die Ursuppen waren also gar nicht so leer, wie ich anfangs angenommen hatte. Welche Überraschungen wohl noch auf mich warteten?

Ich wünschte, ich könnte mit Candida-Harmonia chatten. Da ich keinen Hinweis bekommen hatte, dass ich keine Gründerin mehr war, existierte die Siedlung wohl noch. Aber dass alles glatt lief, konnte ich nur hoffen. Irgendwann fand mich Siphonex und holte mich in den Muschelthronsaal zurück.

Der König wartete bereits, sowie meine Kameraden. Diesmal strahlte Phitus' rot-schwarzer Anstrich Aggression aus. Das Gefühl der Gastfreundschaft hatte sich aufgelöst wie Zucker. »Gründerin Lena und Gefolgschaft«, sagte der König. »Ich habe eine Entscheidung getroffen.«

Er schwamm näher zu uns und stemmte seine Tentakel an seinen Körper. Ohne mir eine Möglichkeit zu lassen, ihm zu antworten, fuhr er fort. »Ich verzeihe euch.«

Sandor zischte. »Was?«

»Psst, lass ihn sprechen«, flüsterte ich.

»Ihr habt unsere Armee vernichtet. Tausende von uns. Das sei euch verziehen, weil ihr unsere Stadt von Oinotna befreit habt. Ohne euch wären wir tot.«

Ich zuckte aufgeregt mit der Geißel. Wo führte das hin? War das gut oder schlecht?

Dann sprach Phitus weiter: »Wir sind quitt. Mein Sohn wird

kein Amt in Candida-Harmonia bekleiden, denn damit würdet ihr mir mehr nehmen, als ihr gegeben habt.«

Der König hustete. Ich wartete ab, bis er sich beruhigte und fortfuhr. »Aber ich habe einen Vorschlag. Wir sollten mehr als ein Verteidigungsbündnis abschließen. Helft mir, den Imperator zu töten, und mein Sohn soll Eure Siedlung regieren.«

zappel: knotendrama

. . .

Um Candidas Fäden zu vermeiden, umrundete Zappel den fetter werdenden Pilz. Die gute Fütterung machte es möglich. Er schwamm von seinem Versteck im Westen in weitem Bogen südlich bis unter Lenas Siedlung. Das Virionenschild hatte Conan noch nicht erneuert. Wie auch, ohne Zappels Hilfe? Der Administrator wartete wahrscheinlich auf ihn, was Zappel verantwortungslos fand. Nur, weil *er* den Bauplan nicht lieferte, verschob Conan den Bau.

Doch Zappel musste sich an an die eigenen Vesikel greifen. Wieso hatte er Planaria von dem Knoten erzählt, den Candida ihm verweigert hatte? Es hätte ihm doch klar sein müssen, dass dieses unverbesserliche Würmchen dem Knoten nachjagen würde wie dem Photonenball. Und Zappel war unter den quietschenden Geräuschen einer freudig umherschwimmenden Planaria aufgewacht. In ihrem Maul hatte sie die Knoten des Pilzgeflechts gehalten.

Erst hatte er es geheim halten wollen. Bis er vermutete, dass Candida es wahrscheinlich mitbekommen hatte. Also eilte er zurück zur Siedlung, weil er das Problem lösen und Planaria schützen wollte. Damit brach er seinen Schwur, was immer noch besser war als die Bestrafung des Würmchens. Was im schlimmsten Fall ihren Tod bedeutete.

So geißelte Zappel zu seiner Werkstatt, die beiden Geflechte des Pilzes dicht an seinen Körper gepresst. Die wenigen Erbauer, die er traf, grüßten knapp. Ihnen schien nichts aufzufallen.

Endlich schlüpfte er in seine Werkstattröhre. Unter Bauteilen aus Kalk, Lipiden und Zucker versteckte er die Pilzknoten. Gut, dass er die Prototypen für die Pilzleiter aufbewahrt hatte. Sie eigneten sich hervorragend, um Planarias Diebesbeute zu tarnen.

Jetzt musste er herausfinden, ob Candida das Verbrechen überhaupt bemerkt hatte. Verbrechen ... wie das schon klang. Sturheit und Einfältigkeit dieses überdimensionalen Spinnennetzes traf es wohl eher. Planaria hatte zwar zwei Pilzgeflechte gestohlen, aber durfte man ihre Naivität wirklich bestrafen?

Zappel quetschte sich in eine Horde Zäpfchen, die von der Innenwand seiner Werkstattröhre abstanden. Hier hatte er früher nachgedacht, wenn es bei Bauplänen gehakt hatte. Diesmal beschäftigte ihn jedoch, wie er Planaria beschützen konnte. Er musste verhindern, dass sie gesucht, gefunden und bestraft wurde. So weit entfernt lag ihr neues Zuhause nicht, als das sie unauffindbar wäre. Ein Suchtrupp hätte sie in wenigen Tagen aufgespürt.

Ob Planaria gerade das Photon in ihrer Photonenbahn jagte? Es bereitete ihr so viel Spaß. Zappel konnte nicht aufhören zu kichern, wenn er ihr dabei zusah.

»Ah, schön. Du bist zurück und hast gute Laune«, sagte Conan, der plötzlich im Eingang schwebte. »Da du in deinen Zäpfchen hockst, denkst du bestimmt über die Schildvirionen nach.«

Zappel räusperte sich. »Äh, ja. Genau.«

»Wo warst du denn so lange? Es ist wohl eine harte Membran.«

»Absolut. Sehr hart.«

Conan wartete auf weitere Worte von Zappel. Als die nicht kamen, sprach er weiter. »Nun gut. Wir müssen den Schild aufbauen. Hast du eine Idee, wie wir Candidas Pilzfäden und die Virionen verflechten können?«

Zappel schaute zum Stapel der Prototypen. »Etwas Zeit brauche ich noch.«

Ein leichter, roter Schauer wusch über Conan. »Gut. Sag mir gleich Bescheid, wenn du weißt, wie es geht.«

Wurde Lenas Vorzeigehelferlein etwa ärgerlich? Das war aber unprofessionell.

»Eins noch, Conan«, sagte Zappel.

Die Geißel des Administrators zuckte ungeduldig. Wahrscheinlich hatte er unendlich viel zu tun.

»Wird denn jemand gesucht, der ein Verbrechen begangen hat?«

Lachend blubberte Conan in die Ursuppe. »Hast du was angestellt? Du krümmst doch Niemandem ein Flimmerhärchen.«

»Nein, nein. Nur aus Interesse. Bei der Pilzleiter entstehen ja neue Arten und ich dachte, das führt vielleicht zu Ärger.«

»Alles gut«, sagte Conan. »Bei dir auch?«

»Für mich geht hier alles ganz schön schnell.«

»Frag mich mal, mein Lieber«, sagte Conan, vermutlich mehr, um sich damit zu brüsten, anstatt Zappel ernst zu nehmen. Kurz darauf war der Administrator verschwunden.

Okay, die gute Neuigkeit war, dass es bis jetzt noch keine Verlustmeldung wegen der Knoten gab. Die schlechte: Niemand hatte Zappel vermisst. Hatten sie überhaupt mitbekommen, dass er verschwunden gewesen war?

»Hey, endlich!«, rief Desoxi schon von Weitem.

Zappel freute sich, seinen Freund zu sehen. Wenn ihn jemand verstand, dann Desoxi.

»Wie geht's deinen Algen?«, fragte Zappel.

»Wachsen und gedeihen! Wenn das so weitergeht, brauchen wir uns um Nahrung bald keine Gedanken mehr zu machen.«

Beide Erbauer umschlangen die Geißel des anderen zum Gruß.

»Wo warst du?«, fragte Desoxi.

»Ich habe nachgedacht. Mir geht es hier nicht gut, weißt du.«

»Ja, es ist verrückt. Die Siedlung verändert sich von einem Moment auf den anderen. Überall gibt es neue Möglichkeiten, etwas zu entdecken oder zu erschaffen.«

Das war genau, was Zappel meinte. Oder eben nicht. Er seufzte. Sein Freund missverstand ihn auch. Den Anderen waren seine Gefühle fremd. »Stimmt, stimmt«, sagte Zappel und grinste.

Mit einem verschwörerischen Unterton fragte Desoxi schließlich: »Uuunnnd? Hast du alles, damit wir die Pilzleiter beenden können?«

Zappel hatte gehofft, dass Desoxi nicht fragen würde. Lag dem Algenbauer wirklich etwas an der Freundschaft oder nutzte er ihn nur aus? »Gib mir noch etwas Zeit. Conan macht auch Druck.«

»Wegen unserem Schild, nicht wahr?«

Zappel nickte.

Desoxi legte seine Geißel um ihn. »Ich weiß, dass wir dich ganz schön gescheucht haben wegen der Baupläne und so. Doch das sind die letzten beiden Großprojekte und alles hängt davon ab. Danach wird es ruhiger.«

Ungerührt schwebte Zappel neben Desoxi. Warum spürte er

diese Last auf seinen Flimmerhärchen? »Habt ihr was von Lena gehört?«

»So viel wir wissen, ist sie auf dem Rückweg. Wir wollen die Pilzleiter und den Schild bis dahin fertig haben.«

Nur kein Druck.

Zappel arbeitete an der Lösung für die beiden wichtigen Bauprojekte. Zumindest tat er so. Denn mit den Pilzknoten in der Werkstatt ereilte ihn die Lösung schnell, sodass er Zeit schund. Ein weiteres Level beschied ihm das ganze auch noch. Sein Plan reifte. Er würde ein paar Tage warten und wenn es bis dahin keine Klage wegen fehlender Knoten gäbe, würde er seine Pläne für die Bauwerke freigeben. Und danach würde er sich verdrücken, mit der Gewissheit, dass Planaria niemand in Pilzenzyme auflösen wollte.

Diesmal wäre der Abschied wirklich für immer.

Zappel stockte. Konnte er das seinen Kumpanen antun? Konnte schon, aber er wollte es nicht, wenn er ehrlich mit sich war. Eine Lösung musste her und in Zappels Vorstellung hatte sich eine entfaltet. Er schwamm zu der Fortpflanzungshöhle, wo einiger Betrieb herrschte. Mittlerweile gab es genügend Nährstoffe, um die doppelte Anzahl Erbauer zu unterhalten.

Hatte Conan das überhaupt bei der Planung der Schildvirionen bedacht? Sie mussten ein viel größeres Areal umschließen als zuvor. Er riss sich von dem Gedanken frei und schaute sich bei den frisch gezüchteten Erbauern um.

Einer geißelte etwas Abseits und stieß ständig gegen eine Leitung, die vom Fortpflanzungsgebäude bis hinüber zur Photosynthesefabrik führte.

»Was machst du da?«, fragte Zappel. Der Mimikry-Räuber,

den er ansprach, war kleiner als die anderen. Seine Geißel war kurz, aber seine Tentakel waren verhärtet, fast steif. Das könnte ein Vorteil für einen Baumeister-Gesellen sein. Dieses Wesen war vor Kurzem erschaffen worden, der Überrest an Geburtsenzymen in seiner blauen Flechte deutete darauf hin.

»Ich prüfe die Leitung auf Festigkeit«, sagte er. »Hier ist die Wand dünn. Ein fehlgeleiteter Blitz und die Leitung reißt.«

Erstaunt überprüfte Zappel die Analyse. »Fast, mein Junge. Das ist eine Dehnungsdelle. Das wächst wieder zu.«

»Wer bist du?«, fragte der Mimikry-Räuber.

»Zappel, der oberste Baumeister. Ich suche einen Gesellen, hast du Lust?«

Die Frage war nicht unbedingt fair, weil ein Geselle auf eine langjährige Ausbildung hoffen durfte. Zappel wollte so lange nicht mehr hierbleiben.

»Ja. Ich bin so was von dabei.«

[Zappel] ernennt [Mimikry-Räuber] zu [Baumeister-Geselle].

[Zappel] benennt [Baumeister-Geselle] zu [Appal].

»Was machen wir als erstes?«, fragte Appal.

Zappel zeigte ihm die Baupläne für die Pilzleiter und den Schild. Bei letzterem stellte er die Frage, die er selbst gehabt hatte.

»Wie groß müssen wir den Schild planen, um den Platzbedarf einer Level-Zehn-Siedlung zu berücksichtigen?«

»Dehnungsfalten!«

»Was?«, fragte Zappel. Nach einer kleinen Pause, in der ihn Appal grinsend anschaute, fügte er an: »Oh, ja!«

Der Junge war schlau und hatte sofort zwei Level als Baumeister geschafft. Er würde ein guter Nachfolger werden.

Gemeinsam überarbeiteten sie den Bauplan des Virionenschildes. Wenig später hatten sie die Lösung für ein wachsendes Bauwerk aus Pilzgeflecht und Virionen.

Appal zeigte Intuition bei der Verwendung von Pilzbestandteilen für die Bauwerke. Was wohl daran lag, dass er DNA von Candida in sich trug. Äußerlich konnte Zappel keinen großen Unterschied erkennen: vier Tentakel, eine Geißel, Flimmerhärchen ... nur die pelzige Außenhaut glänzte bläulich. Diesen Anstrich hatte er bei keinem anderen Mimikry-Räuber je gesehen.

Als Zappel das Pilzleiterprojekt in seiner Werkstatt überarbeitete, schreckte er plötzlich mit einem Gedanken auf. Warum gab er Appal nicht einfach die Knoten des Pilzgeflechts und beauftragte ihn damit, die Bauwerke zu beenden? Jeglicher Verdacht würde von Zappel abgelenkt werden und auf den Jungen fallen.

»Appal«, sagte er zu seinem Lehrling, der gerade den Bauplan der Photosynthesefabrik studierte, um zu lernen.

»Ja, Meister?«

»Dort hinter den alten Prototypen findest du zwei Pilzknoten, um die Bauwerke für Conan und Desoxi zu beenden.«

Der junge Baumeister wühlte sie hervor. »Wunderbar. Die sind perfekt. Candida hat uns damit ein großzügiges Geschenk gemacht.«

»Können wir sagen, dass du sie gefunden hast?«, fragte Zappel.

Aufgeregt zuckte Appal. »Ist für mich kein Problem. Darf ich los? Wohin zuerst? Leiter oder Schild? Jetzt? Oder soll ich noch einmal die Pläne überprüfen?«

»Sprich mit Desoxi und stell die Pilzleiter fertig. Das stimmt Candida vielleicht gnädig.«

»Das klingt so, als würdest du hierbleiben.«

»Werde ich auch. Du bist gut genug und ich will dir deine Level nicht nehmen.«

Voller Freude schnappte sich Appal einen Knoten und verschwand Richtung Pilzleiter. Endlich würden die Projekte zu Ende gebracht werden. Kam es hart auf hart, hätte Appal nichts zu befürchten, weil er erst nach dem Raub der Knoten geboren worden war.

Jetzt galt nur noch eins: raus aus der Siedlung, denn Zappel vermisste Planaria sehr. Was er natürlich nie jemandem gestehen würde. Um Candidas Geflecht zu umgehen, geißelte er zuerst nach Südosten. Alle hatten das, was sie benötigten: Appal die Knoten, um die Projekte zu beenden, und Conan und Desoxi einen hochmotivierten Baumeister. Gerade, als er hinter der Lipidmine abbog, um einen großen Bogen Richtung Westen zu machen, trieb unverhoffte Gesellschaft in Sichtweite.

»Zappel! Schön, dich zu sehen«, rief Lena von Weitem. »Hast du uns etwa erwartet?«

Unangenehm! »Alle anderen sind zu beschäftigt, um das Empfangskomitee zu spielen.«

Nach einer knappen Begrüßung folgte er sauer dem Trupp der heimkehrenden Helden. Es gäbe viel zu bereden, sagte Lena und berief sofort ein Treffen ein.

Soviel zu seiner Flucht ... Auswanderung.

Zappel blickte auf die Photonen, die wie goldene Bälle auf das Blatt der Photosynthesefabrik knallten und unter der Oberfläche verschwanden. Wie viel Freude hätte Planaria an diesem Anblick gehabt? Jemand stupste ihn an, damit er sich in den Kreis der Versammelten einreihte. Im Zentrum drehte sich Lena und schaute nacheinander jedem in den Zellkern. Neben Zappel waren Sandor, Conan, Desoxi, Anna und Sax anwesend. Und natürlich die unvermeidliche Candida. Alle Geißeln zuckten nervös. Große Neuigkeiten und Veränderungen zeigten ihre Knospen. Zappel wollte keine Blüte dieses Triebs werden.

»Ich freue mich, wieder da zu sein«, sagte Lena. »Es gibt viel zu erzählen. Ich will ehrlich sein. Darunter sind nicht nur gute Neuigkeiten. Zuerst klärt euch Sandor über die militärischen Dinge auf.«

»Natürlich, Lena.« Der Kriegsmarschall straffte seinen Zellkörper und legte die Schwerter an. »Wir haben ein Militärbündnis mit den Krallark geschlossen.«

Ein Stöhnen entwich den Anwesenden.

Sandor wartete kurz ab und fuhr fort: »Das Bündnis wurde notwendig, weil wir einen gemeinsamen Feind haben, den keiner von uns alleine besiegen kann. Das Imperium der Vorax. Ihre Soldaten sind hervorragend gepanzerte, mehrzellige Organismen. Wir haben herausgefunden, dass sie sich brutal von Ursuppe zu Ursuppe vorkämpfen, um ihr Reich auszubreiten.«

Zappel ärgerte diese einseitige Bewertung. »Woher wisst ihr das, und ist Krieg wirklich notwendig?«

Lena übernahm die Antwort. »Wir haben den Vorax, der die Krallark angegriffen hat, gesehen und bekämpft. Er drohte uns, bevor er starb, und seine Worte waren eindeutig. Kehrte er nicht zurück, würde eine Armee in unsere Ursuppe einreiten. Wir müssen uns also auf einen Krieg vorbereiten, Zappel.«

»Warum habt ihr ihn nicht ziehen lassen?«

»Weil er der Späher war«, sagte Sandor. »Auf der Suche nach einer Schwachstelle.«

Zappel dachte an den zerbrechlichen Kokon, in dem Planaria lebte. Kämen Krieger in die Ursuppe, wäre sie ihnen ausgeliefert. Er selbst wäre ungeschützt. »Ich verstehe.«

»Das hoffe ich, Zappel. Denn wir brauchen dich mehr denn je. Es müssen Baracken errichtet werden und Gebäude, in denen wir Krieger ausbilden können.«

Soviel zu Desoxis Versprechen, dass es nach Pilzleiter und Schildvirionen ruhiger werden würde.

Desoxi fragte: »Was bedeutet Krieger? Wir sind Erbauer.«

»Ich habe die DNA des Vorax und eines Räubers bei mir. Zusammen mit Sandor und Zappel werden wir einen Weg finden, das Beste aus diesen drei Stämmen herauszuholen«, sagte Lena.

»Das hat noch niemand versucht«, sagte Conan. »Ich will gar nicht wissen, was passiert, wenn das schief läuft.« Endlich schien auch der Administrator verunsichert zu sein.

»Nur weil es noch nie jemand gemacht hat, ist es nicht unmöglich. Dank mir könnt ihr vier *Symbiotische Brücken* bilden. Jeder ursprüngliche Erbauer hätte gesagt, das sei unmöglich«, antwortete Lena.

»Möglich ist es vielleicht, aber ist es auch richtig?«, fragte Conan.

Verärgert schimmerte Lena rot. »Wenn wir der drohenden Gefahr von den Kriegern der Vorax widerstehen wollen, dann schon.«

»Moment«, sagte Anna dazwischen. »Sandor hat mir erzählt, dass du das Gleiche gesagt hast, als die Krallark auf Candida-Harmonia zuwanderten. Da wurde auch schnell Krieg gerufen.«

Sandors Schwerter sausten durch die Ursuppe, als zerteilten sie einen unsichtbaren Gegner. »Weswegen unser Schild verloren gegangen ist und wir jetzt hilflos sind.«

Das rote Schimmern auf Lenas Außenhaut intensivierte sich zu einem Glühen. »Jetzt mal langsam, alle zusammen. König Phitus' Reich wurde von einem Vorax zerstört.« Lena pausierte. »Von einem! Den Krallark fehlten die Mittel, ihm gegenüberzutreten.«

Desoxi hüstelte. »Aber wie habt ihr es dann geschafft?« Er schaute auch auf Sandor und Anna.

»Gemeinsam mit den Krallark und einem Trick. Ich habe Siphonex tausende Erfahrungspunkte gespendet, um ihn aufzubauen. Ich glaube nicht, dass je ein Räuber so mächtig gewesen ist.« Lena strich sich mit der Geißel über die Flimmerhärchen und das Glühen ebbte langsam ab. »Wir haben als Team gearbeitet. Siphonex als Tank, Sandor als Damage Dealer, Anna und ich als Heiler.«

Mit einem grünen Blinken machte Sax auf sich aufmerksam. »Du sagtest etwas von einem Trick.«

Anstatt ihrem Community Manager zu antworten, blickte Lena zu Zappel. »Ich habe etwas entdeckt, das uns helfen wird.«

Genau wusste Zappel nicht, warum sie gerade ihn anstarrte, doch es hatte sicher etwas mit einer Aufgabe zu tun. Aber er wollte es nicht hören. Wie kam er hier weg? Sollte er beichten, dass er sich aus dem Baumeister-Geschäft zurückzog?

»Die Krallark erbauten ihre Siedlung an einer Nervenleitung. So was nutzt ein Organismus, um Informationen mittels Elektrizität zu transportieren.«

»Ich verstehe den Trick nicht«, sagte Sax mit leiser Stimme.

»Damit Nervenzellen ihr Potential aufrechterhalten, pumpen sie positive Ladungen von der Innen- zur Außenseite. Dadurch entsteht ein elektrischer Sog. Der Trick besteht darin, dass wir Oinotna mittels Elektroschocks positiv aufgeladen haben. Die Kraft des Gefälles setzte jetzt alles daran, ihn durch die Wand nach außen zu transportieren. Weil er aber nicht durch die schmalen Öffnungen passte, hing er fest und wir haben auf ihn eingeprügelt, bis er … starb.«

Es herrschte Stille um den Thron.

»Hast du Daten über die Vorax?«, fragte Zappel.

»Mehrzellig; Viertausend Lebenspunkte; werden Hunderte Jahre alt; gezüchtet im Lipidkokon, was sauteuer ist.«

»Danke.« Gut, das waren mächtige Gegner. Ob ein Krieg das richtige Vorgehen darstellte, bezweifelte Zappel dennoch. Natürlich vertraute er seiner Anführerin. Aber er wäre gerne einfach in einer sicheren Ursuppe, gemütlich sein Dasein fristend, ohne, dass ihn jemand brauchte. Außer Planaria.

Lena wartete weitere Einwände ab. Als niemand sprach, fuhr sie fort: »Um erfolgreich zu sein, müssen wir mehr Ressourcen abbauen und uns schneller vermehren. Wir brauchen Candida und die Pilzleiter. Unser Ziel ist es, in den nächsten drei Tagen eine neue Ursuppe zu besiedeln. Geschwindigkeit ist unsere einzige Hoffnung.«

Neue Quest: [Ursuppen-Spaß]. Ihr habt [72:00:00], um eine neue Ursuppe zu besiedeln. Gelingt das nicht, endet eure Zivilisation gleich hier.
Diese Quest kann nicht abgelehnt werden. Viel Erfolg.

Wenn das nicht dramatisch klang. Zappel fand keine Worte. Er lehnte das alles ab. Wütend peitschte seine Geißel und seine Flimmerhärchen sträubten sich. Wieder blickte Lena zu ihm.

»Du musst herausfinden, wie wir effektiv neue Siedlungen in anderen Ursuppen aufbauen können. Wir müssen mit ihnen kommunizieren und wir brauchen hocheffiziente Minen, die weniger kosten.«

In Zappels Zellkörper rauschte es. Er konnte den Worten

Lenas nur schwer folgen. Sie wollte, dass er alles neu entwarf und am besten alles auf einmal. Das ging nicht. Das war eine Lebensaufgabe, doch sie verlangte es natürlich in zwei Tagen. Schnell, schneller, Zappel!

Die versammelte Mannschaft schwieg. Wahrscheinlich waren sie betroffen wegen der unlösbaren Aufgabe, die er eben erhalten hatte, und wollten vermeiden, dass sie selbst etwas Ähnliches aufgebrummt bekamen. Tolle Freunde. Könnte nicht wenigstens ein Anwesender ihn verteidigen?

»Ich weiß, das ist viel«, sagte Lena schließlich. »Aber gemeinsam werden wir bald in Frieden leben. Versprochen. Jeder von euch leistet hervorragende Arbeit und Candida-Harmonia läuft rund. Ich danke euch allen. Ihr dürft gehen.«

In die Gruppe kam Bewegung, als eine Stimme aufbegehrte: »Moment! Eine wichtige Sache haben Wir noch mit euch zu besprechen.« Es war Candida.

»Sicher. Wie können wir dir helfen?«, fragte Lena.

»Jemand hat Uns beschnitten. Zwei Unserer Knoten wurden ohne Unsere Erlaubnis entfernt. Wir verlangen die Hinrichtung des Verbrechers. Gerne zersetzen Wir ihn in Unseren Enzymen.«

Desoxi schwamm verwundert in die Mitte. »Wir nutzen einen deiner Knoten auf der Pilzleiter, damit sie weiter wächst. Du weißt doch, dass wir ihn brauchen. Zappels neuer Lehrling hat ihn heute angebracht.«

»Dann hat Uns dieser Wurm bestohlen?«, fragte Candida.

Conan sagte: »Appal hat einen Knoten für das neue Schild gebracht. Ich dachte, du hättest es ihm gütigerweise überlassen, weil das zu deinem Schutz ist.«

»Dann ist der Mörder überführt! Bringt ihn Uns, damit Wir ihn in Uns aufnehmen können.« Candida würgte den Rüssel, ihrem Zugang zum Siedlungs-Interface.

Sandor wetzte seine Schwerter. »Holt den Jungen und das Problem ist aus der Welt.«

Nein, schrie Zappel innerlich. Wie konnte der Kriegsmarschall so herzlos sein? Ihn interessierten nicht einmal die Hintergründe.

»Hat jemand etwas dagegen?«, fragte Lena.

»Der Junge ist von der neuen Mimikry-Räuber-Pilz-Zucht«, sagte Desoxi. »Vielleicht ist etwas bei der Mitose schiefgegangen.«

Suchten hier alle Rechtfertigungen, um ohne schlechtes Gewissen einen Mitstreiter zu opfern?

»Gut, dann soll es ...«, sagte Lena.

»Halt!« Zappel preschte in die Mitte. »Ihr liegt falsch. Ich habe die Geflechte 'rausgeschnitten. Du hast es abgelehnt, Candida. Aber ohne die Knoten hätten wir zwei unserer wichtigsten Projekte nicht fertiggestellt. Wenn jemand bestraft werden sollte, dann ich.«

»Das ist Uns auch recht. Kommt, schwimmt in Unser Geflecht.«

Zappel schaute sich um, wobei alle Berater eine andere Farbe angenommen hatten. Sandor glühte rot vor Wut und Conan lila vor Verwirrung. Desoxi dunkelblau vor Angst.

»Wenn das aus uns geworden ist, trete ich gerne ab.« Zappel näherte sich Candidas Rüssel.

»Spinnst du!«, rief Lena. »Seit wann bist du suizidgefährdet? Hier wird keiner aufgesaugt, verstanden, Candida?«

»Ihr widersprecht Uns, Gründerin?«

»Aber wie! Candida, versteh doch. Wir sind auf deine Güte und Mitarbeit angewiesen.« Lena machte eine Pause und Zappel füllte in Gedanken die Lücke – *bis du auf die Pilzleiter umgezogen bist, und wir dich endlich los sind.* »Wir haben es in der Vergangenheit versäumt, dir für all deine Gaben zu danken. Und glaub mir, alles, was wir tun, tun wir auch zu deinem besten.«

Inzwischen knetete Candida ihren Rüssel kraftvoll durch. Keiner sagte etwas. Lenas Worte waren gut gewählt und sie wirkten.

»Gut, Wir wollen Baumeister Zappel nicht. Er hat gute Arbeit für Uns geleistet.«

Erleichtert blubberten alle Anwesenden. Zappels Zellatmung setzte wieder ein und die Anspannung verließ seinen Körper.

»Aber dieser Appal klingt lecker. Wir würden Uns ...«

»Candida!«, rief Lena. »Es reicht. Sobald wir die neue Ursuppe besiedelt haben, findest du sicher eine Spezialität, die du dir einverleiben kannst.«

»Wir hoffen es.«

Bestimmt schaute Lena jeden ihrer Untertanen an. »Gibt es sonst noch einen Punkt?«

Da keiner antwortete, löste sich die Versammlung auf und Zappel schwamm zurück zu seiner Werkstatt. Worum sollte er sich kümmern? Kasernen, Wohnhäuser, Rohstoffe, Mischwesen ... War das alles? Diese Kleinigkeiten erledigte er doch vor dem Frühstück. Er kicherte über seinen eigenen Witz. Traurigkeit erstickte ihn schnell.

Einige Stunden nach der Versammlung räumte Zappel seine Werkstatt auf. Für Appal sollte alles so hergerichtet sein, damit er Candida-Harmonia ohne ihn dienen konnte. All die Baupläne, die er entwickelt hatte, ordnete er in Kategorien wie Rohstoffe, Handel, Forschung oder Militär ein. Zufällig öffnete er den Plan des Marktplatzes. Wie naiv die Struktur angelegt worden war. Man merkte der Zeichnung das niedrige Baumeister-Level von damals an. Er versank in die Zeichnung und verbesserte sie. Der Marktplatz bekam mehr Lagerplatz und erlaubte zusätzliche Rohstoffarten. Damit hob er auch die Beschränkung auf, dass Candida-Harmonia nur mit Zucker und Lipiden zahlte. Somit wurde das Handeln für alle Partner attraktiver. Nun musste ein geschickter Baumeister die Änderungen nur umsetzen.

Zappel seufzte. Wann hatte er die Lust an seiner Kunst verloren?

»Können wir reden?«, fragte Lena, die im Eingang schwebte.

Der Plan fiel ihm aus den Fangarmen und segelte zu Boden. »Herrje!«, rief er. »Hast du mich erschrocken.« Er mochte Lena von tiefstem Herzen, aber warum schlich sie sich so an?

»Du hast mein Klopfen nicht gehört.«

»Schau mal«, sagte Zappel, um abzulenken. Er zog ein Rolle aus der Ablage. »Unsere erste Version der Pilzleiter. Daran hast du noch mitgearbeitet.«

Lena lachte. »Bitte, zeig das niemandem. Peinlich.«

Zappel wurde ernst. »Ich kann das nicht mehr. Die vielen Aufgaben, die vielen Erbauer, die vielen Räuber, all das erdrückt mich. Dann sagst du, dass wir in den Krieg ziehen. Es ist, als wäre ich in einer fremden Welt aufgewacht.«

Sanft berührten Lenas Flimmerhärchen die seinen, als sie sich anschmiegte. »Unsere Aufgabe ist es, zu wachsen.«

War es das? Etwas tief in Zappel bezweifelte das. »Das ist dein Ziel, nicht wahr?«

»Ja.« Lena klang traurig.

»Vielleicht solltest du mal ehrlich mir gegenüber sein.«

»Meine Erinnerung, mein Selbst sind verschüttet und kommen nur Stück für Stück zurück. Ich denke, dass ich fast gestorben bin und mich mit dem kleinen Finger am Leben festgekrallt habe. Als Erbauer.«

Ungerührt wartete Zappel, dass sie weitersprach, ohne genau

zu wissen, was ein kleiner Finger war. Er glaubte, das Bild zu verstehen.

»Ich sehe eine Chance zu leben. Wir Erbauer, die Krallark, die Pilzsporen, die Ursuppen sind Bausteine des Lebens. Ich denke, ich kann sie zusammensetzten, um in meine Welt zurückzukehren. Deswegen arbeiten wir daran, einen Superorganismus zu erschaffen.«

»Es geht also um dich.«

»Was hättest du denn gemacht, wenn ich nicht wäre?«

Er würde mit Planaria spielen und die Ruhe der Ursuppe genießen. Aber Moment. »Ohne dich wäre ich nicht da.« So bewusst, hatte er das noch nie ausgesprochen.

»Nenn es Schicksal, wenn du willst. Wir gehören zusammen, geben uns Sinn und eine wichtige Aufgabe. Du kannst nicht ablehnen und bekämpfen, was dir das Leben gab.«

Zappel drehte sich weg. Diese Worte trafen ihn.

»Genau das habe ich lange auch gemacht und es führte nur tiefer ins Unglück. Was auch kommt, ich versuche es, als Geschenk anzunehmen. Als eine Aufgabe, einen Sinn. Wenn das wehtut, rede ich mir ein, dass ich gerade wachse. Zu einer besseren Version meiner selbst werde.«

»Ist ja gut.« Zappel berührte sie mit seiner Geißel. »Du hattest mich schon beim ›Können wir reden‹«.

Beide lachten.

Flüsternd sprach Lena weiter, fast verschwörerisch. »Ich habe einen besonderen Auftrag für dich. Willst du ihn hören?«

Diesmal seufzte Zappel erleichtert. Er wollte versuchen, es als seine Lebensaufgabe zu sehen. »Gut, erzähl.«

»Bei den Krallark habe ich eine Struktur gesehen, die einer Nervenzelle gleicht. Wenn wir so groß werden wollen, wie es notwendig ist, müssen wir über Ursuppen hinweg kommunizieren können.«

»Verstehe. Wenn Befehle nicht schnell ankommen, ist Größe nur ein Hindernis.«

»Genau. Befehle, Feindbewegung, Gesetze … all diese Dinge.«

»Ich kann mir nicht vorstellen, wie eine Struktur das löst.«

»Deswegen will ich, dass du zu den Krallark reist und die schwammartigen Klippen untersuchst. Was du dort finden wirst, nennt sich Elektrizität. Damit werden Informationen übertragen. Du sollst aus dem, was du siehst, Nervenbahnen entwickeln, die wir über Ursuppen hinweg einsetzen können.«

Zappels Gedanken rasten wild hin und her. »Aber Lena, ich war noch nie außerhalb einer Ursuppe. Keine Ahnung, wie es da aussieht.«

»Ich auch nicht. Und die Erzfeind-Quest hält mich auch davon ab, unsere Ursuppe zu verlassen. Aber du könntest es.«

Zappel hasste die innere Anspannung, die sich in seinem Zellkörper ausbreitete. »Wow, das klingt aufregend. Doch ich wäre lieber allein, ohne viel zu tun.«

»Denkst du, mir geht es anders? Wir fangen klein an, okay? Bau eine Verbindung zwischen der Siedlung der Krallark und Candida-Harmonia. Alles, was du dazu brauchst, wirst du in der Schwammstruktur finden.«

Schlecht fand Zappel den Vorschlag nicht. Schließlich wollte er gerne andere Siedlungen und deren Architekturen erforschen. »Gut, ich mach's. Aber ich gehe allein. Appal bleibt bei euch.«

»Klar, er scheint voll motiviert.«

»Und noch eine Bitte.« Zappel öffnete die Karte der Ursuppe. »Wenn Conan den Schild in Auftrag gibt, möchte ich, dass der Ansatzpunkt an der Klippe hier ist.« Zappel deutete auf eine Stelle, so weit östlich, dass sie Planarias geheime Wohnung mit einschloss.

»Den Ort kenn ich«, sagte Lena.

Erschrocken wusch lila Farbe über Zappel.

»Keine Angst. Dort hatte ich mal eine Siedlung gegründet, denn ich wollte allein sein wie du. Alles, was von dieser Entscheidung übrig ist, sind Ruinen und Erinnerungen.«

»Und ein Samen für etwas Neues«, sagte Zappel.

lena: erborax

. . .

In Candida-Harmonia – oder sollte ich nur Harmonia sagen? – fing ein neues Zeitalter an. Aufgeregt schaute ich zu, wie Candida ihre Pilzfäden entwirrte und den Rüssel des Siedlungs-Interfaces losließ. Ich konnte mir ein Grinsen nicht verbeißen. Jetzt herrschte ich allein.

Conan, Sax und Anna bezeugten den Machtwechsel, während Desoxi, Appal und Sandor an der Pilzleiter nach dem Rechten schauten.

»Wir haben es geschafft«, sagte ich. »Keine Strafzahlungen mehr an Candida.«

Conan seufzte. »Ab jetzt wird es wohl einfach, was?«

»Hoffentlich.« Ich verschluckte die Erwiderung, dass uns eine Expansion und ein Krieg bevorstanden. Vorsichtig drängte sich Sax zu mir und sprach mit leiser Stimme.

»Weißt du schon, wann du mich zum Gründer ernennen willst?«

Ich hatte gehofft, er hätte dieses Detail unserer Abmachung vergessen. Damals hatte die Idee absolut Sinn gemacht. Denn er war meine letzte Rettung gewesen, um mir dic Loyalität der

Erbauer zu sichern. Doch ich zweifelte, ob er als Gründer meine Siedlung wirklich in den Griff bekommen würde.

»Lass uns gemeinsam zur Pilzleiter geißeln«, sagte ich zu ihm. »Ich denke, unsere fleißigen Erbauer verdienen ein kleines Update über die Situation.«

Sax brummte zustimmend. Glücklich war er über meine Antwort wohl nicht. Auf dem Weg durch die Siedlung stieß mich Conan an. Er flüsterte: »Nimm mich. Ich kann das. Du weißt, dass ich die beste Wahl bin.«

Ich antwortete zwar nicht, umfasste aber seinen Fangarm. Conan hatte ich die gesamte Zeit im Auge gehabt, um mir als Gründer zur Seite zu stehen. Zumindest solange, wie Phitus die Ernennung von Siphonex blockierte. Die Erzfeind-Quest erschwerte mein Vorankommen immens und ich sah keinen Weg, sie loszuwerden, außer, sie zu lösen. Trotz Widerstand eines störrischen Räuber-Königs.

Als wir die Pilzleiter erreichten, leuchtete sie hell lila. Im großen wabenförmigen Gebilde wuselte es vor Leben, das vom Boden bis zur Oberfläche die Ursuppe aufwühlte. Kleine Fischchen jagten Würmchen, die wiederum Algen aus der Umgebung fischten. Durch vereinzelte Lichtlanzen schwebte Plankton wie Staub in der Luft. Candidas Fäden überzogen die gesamte Leiter und schlossen oben mit dem Knoten ab, den Appal angebracht hatte. Die Stelle hatte sich verdickt und zu einer Säule ausgebildet. Das würde der Pilzkörper werden.

Candida steckte all ihre Energie dort hinein, denn der Pilzkörper wuchs schnell.

Ich spürte Sax' Blick auf mir. Er durfte zu recht sauer auf mich sein, denn er hatte großartige Arbeit damit geleistet, die Erbauer auf mich einzuschwören. Ihn dafür im Stich zu lassen, war unhöflich von mir. Aber mit Höflichkeit baute man keine Organismen auf, gewann man keine Kriege oder trieb keine

Evolution voran. Dank Sax' Hilfe und dem Sieg über den Vorax hatte ich einen hervorragenden Ruf gewonnen.

Ruf [Candida-Ursuppe]: Berühmt. (Heldin im Kampf gegen Oinotna.)
Ruf [Siedlung Candida-Harmonia]: Beliebt.

Eine Idee kitzelte plötzlich mein Bewusstsein. Ich gab ihr nach und schwamm zum höchsten Punkt der Pilzleiter, wo die Ursuppe in hellerem Blau strahlte, weil Licht von oben eindrang. Die Strahlen hatten es schwer gegen die dunkle Brühe, aber sie machten einen Unterschied. Klares Wasser umgab mich wie ein Glas, während ich in die düstere Ursuppe sprach. Die Flechte der Pilzleiter reinigte das Wasser in der Nähe. Ich atmete tief durch.

»Liebe Erbauer Candida-Harmonias. Lasst uns diesen großen Moment feiern! Ihr seid Bewohner einer Level-Zehn-Siedlung, die von Candida beschützt und erweitert wird. Das macht uns alle einzigartig.«

Weil Erbauer generell nicht jubelten, verwunderte mich die Stille nicht. Dafür verfärbten sich ihre Körper zustimmend Blau und Grün. Sie schimmerten wie Statuslämpchen von vielen Fernsehern im dunklen Wohnzimmer.

»Wie ihr wisst, habe ich Frieden mit den Räubern des Krallark-Stammes ausgehandelt. Dankt Sandor, Anna und Siphonex, die ihr Leben im Kampf gegen Oinotna aufs Spiel gesetzt haben. Wir haben dem Imperium gezeigt, wozu eine Erbauer-Räuber-Allianz fähig ist.«

Ich rauschte durch eine Wabe der Pilzleiter. Dabei bauschte ein Vorhang aus Fäden der Flechte auf. Willkommen auf der Show-Bühne. Mit meiner Geißel peitschte ich gegen einen kleinen Polypen und boxte mit meinen Tentakeln gegen eine

Luftblase, bis sie platzte. Wir hatten einen wunderbaren Spielplatz für unsere Siedlung errichtet.

»Wir sind zu weit mehr imstande, als ihr vielleicht denkt. Deswegen werden wir unser Reich auf die umliegenden Ursuppen ausbreiten. Damit schaffen wir friedliche Lebensräume für viele Familien. Wegen unserer Partnerschaft mit Candida und der Freundschaft mit den Krallark wird es allen besser gehen als jemals zuvor.«

»Was ist mit dem Imperium? Was, wenn sie ihre Armee schicken?«, rief Sax. Ließ er mich hier tatsächlich auflaufen?

»Wir haben einen besiegt, um unser Reich zu schützen, und wir werden noch weitere besiegen.«

Wieder leuchteten die Erbauer zustimmend. Mit dem einzigen Unterschied, dass sich ablehnendes rotes Blinken darunter mischte. Niemand wollte Krieg. Auch ich nicht. Aber das hässliche Übel stand vor unserer Tür und die Augen davor zu verschließen, machte keinen Sinn. Eine Welle Ärger durchströmte mich. Der Einwand von Sax war unnötig gewesen. Sollte er nachtragend sein, obwohl ich noch nicht einmal Nein gesagt hatte? Startete er politische Spiele? Das brauchte ich nicht. Übertrieben aufgeregt geißelte ich auf und ab und blinkte wie ein Ampelmännchen. Wenn Sax eine Machtprobe wollte, dann sollte er sie bekommen.

»Worauf Sax hinaus will, ist die mutige Mission, die er übernommen hat. Denn er wird der Erste sein, der eine neue Siedlung in einer angrenzenden Ursuppe aufbaut. Sax hat volle Handlungsfreiheit und verbindet mit Zappels Erfindung die neue Kolonie mit unserer.«

Um Sax herum stießen die Erbauer rückwärts, als wäre ein Tropfen Spülmittel in eine ölige Brühe gelaufen. Er blieb entspannt und antwortete: »Danke, dass du die großartigen

Neuigkeiten mit allen teilst, Lena. Diese Aufgabe ist eine Ehre für mich.«

Gut, er spielte mit. Einige Späher vermuteten eine nahe Ursuppe im Osten, dort wollte ich Sax haben. Vielleicht würde er Tandriels Überreste finden.

»Wer Sax begleiten möchte, melde sich bitte bei ihm. Ich erlaube einhundert Erbauer zur Unterstützung.«

»Ich will mit!«, rief Anna.

Hätte ich Augenbrauen, stünden sie hoch in meiner Stirn.

»Hi, Appal«, sagte ich, als ich in die Werkstatt schwamm. Liebend gerne hätte ich mit Zappel gesprochen, aber der war auf dem Weg zu den Krallark. Auf die erste Nervenbahn freute ich mich.

»Lena, was kann ich für dich tun?«

»Wir werden eine neue Ursuppe besiedeln. Ich brauche von dir eine Art Starter-Kit. Der Aufbau muss schnell gehen, genügend Ressourcen erzeugen und sicher sein.«

»Ich werde daran arbeiten«, sagte Appal.

Wegen seinem Flechtenüberzug weckte der Baumeisterlehrling das Bild eines vollbärtigen Hipsters in mir. »Bis wann hast du es fertig?«

Execute Repair: 53%.

»Einige Tage kann das schon dauern«, sagte er.

Ich drehte mich hin und her. »Das ist zu lange. Sax reist in zwei Tagen ab. Wir brauchen das Kit morgen.«

»Aber Lena, wie soll ich das schaffen?«

Ich wollte gehen und ihm den ganzen Kram selbst überlassen. Zappel hätte kein Problem damit gehabt. Aber ich blieb. »Komm, ich helfe dir mit der Grundidee.«

Appal stieg zwei Stufen auf, als wir nach ein paar Stunden die Geißeln ausstreckten.

»Das ist nicht schlecht«, sagte ich.

»Nein, das ist meisterhaft«, antwortete Appal.

»Deine Idee mit dem Candida-Knoten und dem Rohstoff-Ballon brachte den Durchbruch.«

»Jetzt müssen wir sie nur überreden, einen Knoten abzugeben.«

»Vielleicht nicht«, sagte ich. »Wenn sich ihre Sporen in andere Ursuppen ausbreiten, dann nutzen wir das Kit einfach dort, wo das Geflecht schon wächst.«

»Ja, das geht.«Appal strich mit der Geißel über seinen Bart. »Aber natürlich nur dort, wo Candidas Sporen auch hinkommen. Eine leere Ursuppe müssten wir ganz klassisch besiedeln oder Candida ein Geflecht abnehmen.«

Trotz allem bedeutete das einen Fortschritt. »Gute Arbeit«, sagte ich, verabschiedete mich von Appal und schwamm zum Marktplatz. Diesen hatte der Baumeister-Lehrling aufgewertet. Das Ergebnis wollte ich mir genauer ansehen. Wir konnten nun alles handeln, was wir als Ressourcen förderten. Es gab einen Tab *Handelspartner* und zu meiner Verwunderung erschien dort der Eintrag:

[Nishu].

Ich klickte darauf. Sie handelten mit Zucker, Lipiden und Kalium. Kalium? Das war großartig. Das würden wir für unsere

Nervenbahnen benötigen. Ich kaufte ihnen sofort zehntausend Einheiten für eintausend Zucker und achthundert Wasser ab. Conan würde der Schwund nicht erfreuen, aber unsere Siedlung entwickelte sich so gut, dass wir das verkrafteten.

Woher kam das Bündnis mit den Nishu? War das Tandriels Werk? Ich hatte mich schon damit abgefunden, dass sie umgekommen war. Hoffentlich irrte ich mich. Ich rief die Details der Nishu auf.

Dieses Volk von Erbauern lebt von der Selbstversorgung und sammelt ein, was sie in den umliegenden Ursuppen findet. Als anatomische Besonderheit gelten ihre Hörner am vorderen Ende ihres Körpers.

Das Volk der Nishu nennt eine verborgene Siedlung in der Sammo-Ursuppe ihre Heimat, zu der sie regelmäßig zurückkehren, um sich zu erholen und Vorräte einzulagern. Ihre Fähigkeit, selbst leiseste und weit entfernte Geräusche zu hören, macht sie zu den perfekten Spähern, würden sie Gewalt nicht ablehnen.

Ihre Verbundenheit zur Sammo-Ursuppe drückt sich über eine innige Beziehung zu Photowürmern aus, deren Brutstätte sie mit ihrem Leben bewachen. Als Gegenleistung für den Schutz gehen Nishu und Würmer eine Symbiose ein, in dem sich der Wurm am Horn des Erbauers festhält.

Die Nishu haben einen tief verwurzelten Glauben an die Sage von Situ und Toto. Es heißt, ihr oberster Schamane, Trompe, könnte besondere Kräfte beschwören.

Abgefahren.

Wo lag denn die Sammo-Ursuppe? Ich rief meine Karte auf. Weit im Osten erschien ein roter Pfeil, der aus meiner Ursuppe heraus zeigte. Leider konnte ich Sammo nicht sehen, ich vermutete aber, dass sie sich an meine Ursuppe direkt anschloß. Das vorher unbestimmte Ziel für Sax' Reise hatte sich eben konkretisiert.

So weit, so gut. Doch eine Sache fehlte noch. Nämlich die militärische Unterstützung für meine Ursuppen-Pioniere. Deswegen machte ich mich auf den Weg zu dem Zellteiler-Gebäude. Mit den verschiedenen DNAs, die ich mitgebracht hatte, arbeiteten meine Experten seit meiner Rückkehr, und ich war auf die Ergebnisse gespannt. Als ich ankam, herrschte Aufregung. Wie ein Schwarm Vögel, die vor einer anspringenden Katze flüchteten, stoben etliche Erbauer aus dem Gebäude. Sie blinkten lila-rot und waren verängstigt.

Keine zwei Geißelschläge später schwamm behäbig ein Wesen in unsere Siedlung, auf dem fünf Erbauer hätten reiten können. Die Haut sah aus wie ein zerbeulter Blecheimer. Grau und mit gleichmäßigen Einschlägen. Der Riese bog sich wie eine Hornisse beim Angriff. Doch ganz typisch für Mimikry-Räuber hatte es Tentakel. Sechs statt nur vier. Am Kopfende saß ein riesiges, kreisrundes Maul, das die Verwandtschaft mit Oinotna repräsentierte. Auf der Stirn stach ein Horn hervor, die Augen waren kleine, schwarze Knöpfe.

Ein Erbauer erkannte mich und schwamm zu mir. »Gründerin, es hat einen von uns gefressen. Einfach verschluckt.«

Na klar, was auch immer es war, es hatte Hunger. »Hol Sandor und seine Leute. Wir brauchen militärische Unterstützung.«

Erleichtert, dass er von dem durchgedrehten Mischwesen fliehen durfte, geißelte der Erbauer davon. Meine Leute hatten es geschafft. Wir konnten Kämpfer produzieren. Doch wie bekamen wir sie unter Kontrolle? Ich bereitete einen Elektroschock vor und führte die *Analyse* aus.

Analyse:
Name: Bumir
Lebensenergie: 120/2000
Lebensform: Erborax (Vorax, Erbauer, Räuber) – Mehrzellig
Lebensweise: Sozial
Alter: 0 Jahre
Fortpflanzung: Sexuell
Ernährung: Algen
Besonderheit:
Platzangst
Kampfrausch
Empfindlich
Dunkles Geheimnis:
N/A
Baukosten:
1500 Wasser; 3000 Zucker; 800 Lipide; 500 Nukleotide; 10 Photonen; 400 Enzyme
Beschreibung:
Dieses Monstrum ist das liebste Wesen in der Ursuppe, solange es genug Platz hat, um sich zu bewegen. Da es kaum etwas sieht, gerät es in Panik, wenn es das Gefühl hat, eingesperrt zu sein. Es liebt Algen, was seine Hauptmahlzeit ist.
Ein Erborax vermeidet Gewalt, verteidigt aber seine Herde mit seinem Leben.

Wieso hatte Bumir einen Erbauer gefressen, mochte er doch Algen?

»Hey, Bumir!«, rief ich. »Komm her, mein Guter. Ich weiß, wo du mehr Platz hast und leckeres Futter findest.«

Der Erborax horchte auf, bewegte den Kopf langsam von links nach rechts und hatte mich dann wohl geortet, denn er schwamm auf mich zu. Die sechs Fangarme bewegten sich dabei wie Schlangen, was seine gesamte Erscheinung Respekt einflößend machte. Plötzlich hielt er an und sein länglicher Leib walkte sich. Die graue Haut schlug Falten. Nach ein paar Zuckungen, die ich mit großen Augen verfolgte, würgte er den verschluckten Erbauer aus, der panisch das Weite suchte.

Ich grinste.

»Na dufte. Wir brauchen Krieger und keine überdimensionalen Bernhardiner. Du bist ein ganz Lieber, Bumir.«

Execute Repair: 54%.

Bumir näherte sich und schnüffelte an mir. Ich ließ es geschehen.

»Komm mit«, sagte ich und schwamm zur Pilzleiter. In der Nähe hatte Desoxi seine Algenfarm angelegt.

Wie Tausende Würmchen hingen die Algen am Boden der Ursuppe und streckten sich in Richtung des Lichts. Desoxis Farm hatte unglaubliche Ausmaße angenommen und war ein weiterer Pfeiler für die Versorgung der Siedlung geworden. Außerdem war der Sauerstoffgehalt in der Nähe des Feldes höher, ein netter Nebeneffekt der Photosynthese.

Bumir zappelte aufgeregt und steuerte auf das Festmahl zu. Ich schwamm vor das Riesenbaby, damit es nicht durch das Feld walzte wie ein Mähdrescher. Das würde ich Desoxi nicht erklären können. »Hey, Hey. Langsam, Bumir. Warte hier.«

Zu meiner Überraschung blieb der Erborax am Fleck, während ich einige saftige Algenfäden aberntete. Im Feld entdeckte ich tatsächlich Erbauer, die den von den Algen erzeugten Zucker sammelten. Wunderbar. Wenn ich überlegte, mit welchen Problemen ich am Anfang gekämpft hatte, um die Siedlung wachsen zu lassen, wie aussichtslos alles gewirkt hatte, lief es jetzt geradezu reibungslos. Mit einem Lächeln reichte ich Bumir die Algenfäden. Er verschlang sie wie ein Kind eine ausgerollte Lakritzschnecke.

Execute Repair: 55%.

»Na, das schmeckt wohl?«
Bumir stieß mich mit seinem riesigen Maul an.
»Du willst mehr?«

[Bumir] vertraut [Lena] und bietet seine Freundschaft an.
Möchtest du ein Band zwischen euch knüpfen, um Teil seiner Herde zu werden?
[Ja/Nein]

Oh, damit hatte ich nicht gerechnet. Würde er als mein Haustier gelten, wenn ich annähme? Wollte ich mich um ihn kümmern müssen? Andererseits, eine persönliche Leibwache hatte auch seinen Charme. Ich fand den Gedanken spannend und ich wollte herausfinden, was die anderen tun mussten, um die Erborax an sich zu binden. Laut der Beschreibung verteidigten die liebenswürdigen Riesen ihre Herde. Auf diese Weise konnten wir sie in Schlachten führen.

Ich wählte also *Ja*.

Glückwunsch! Du wurdest in die Herde der
Erborax aufgenommen.

Interessant.

Ich musterte Bumir. »Wir sind jetzt eine Familie.«

Er schmiegte sich an mich und ich verstand, dass er mehr fressen wollte. Hoffentlich musste ich sein Klo nicht säubern. Ich erstarrte, als mir Florin und seine tote Katze im Wandschrank in den Sinn kamen.

Execute Repair: 56%.

Während ich Bumir mit Algen vollstopfte, tauchte Desoxi bei seiner Farm auf. Aufgeregt strich er mit der Geißel über seine Flimmerhärchen, als er aus sicherer Entfernung mein Haustier beim Fressen seiner Algen beobachtete. Das lila Blinken seiner Außenhaut ließ mich schmunzeln. Verwirrt sah ich ihn selten. Ich winkte ihn heran.

»Wir brauchen Futtertröge für unsere Erborax.«

Er machte einen großen Bogen um Bumir. »Was soll das bedeuten, Lena?«

»Das ist Bumir, mein Begleiter.« Der Erborax versetzte mir einen kräftigen Stups und schaute mit großen Augen auf mich herab. »Ich meine, ich bin Teil seiner Herde.«

Ohne, dass ich es gemerkt hatte, brachte sich Desoxi außer Reichweite. »Und was soll ich jetzt dagegen tun?«, fragte er, als er hinter einem Stein Schutz suchte.

»Bumir liebt Algen. Er ist total ungefährlich, glaub mir«, sagte ich. »Meinst du, wir können eine Art Weide für die Erborax anlegen?«

Über Desoxi wusch ein roter Schimmer hinweg. Er war definitiv nicht begeistert. »Gibt's etwa noch mehr von denen?«

»Klar! Wusstest du, dass sie ihre Herde gegen Angreifer verteidigen?«

»Ah!« Er überlegte, indem er hin und her schwamm. »Wie viele Erborax werden es denn?«

»Na ja, ein paar kommen noch aus dem Zellteiler. Danach werden sie sich wohl selbstständig vermehren.«

»Verstehe, verstehe.«

»Und noch was. Wir brauchen eine Algenfarm zum Mitnehmen. Ich möchte Sax und seinem Team einige Erborax als Begleitschutz mitgeben. Die neue Siedlung muss die lieben Riesen unterhalten können.«

»Lena, du machst mich fertig.«

Bumir folgte mir überall hin. Immer, wenn er Hunger hatte, stieß er mich an und ich gab ihm einige Algen, die ich als Vorrat mitgenommen hatte. Ich fragte mich, wie viele Erborax unsere jetzige Farm unterstützen würde, bevor die Zuckerproduktion zu stark einfiel. Östlich der Siedlung wäre vielleicht ein guter Standort für eine weitere Algenfarm. Das kostete Rohstoffe. Dafür bauten wir aber eine Armee aus gutmütigen Verteidigern auf.

Schließlich fand ich Sax, der in der Nähe der Photosynthesefabrik mit anderen Erbauern sprach.

»Hast du einen Moment, Sax?«, fragte ich.

»Eurer Heiligkeit kann ich nichts abschlagen.«

Er wurde schnippisch. Nicht das beste Zeichen. »Ich will mit dir über deine neue Siedlung sprechen.«

»Du hast mir einen Platz da oben versprochen.«

»Ich weiß, da hatte ich noch andere Fakten. Dein Volk braucht dich. Mit deiner neuen Aufgabe wirst du in die Geschichte eingehen. Überleg doch mal, du wirst der erste sein, der unsere Siedlung auf eine neue Ursuppe erweitert.«

Sax schwieg. Ich stellte mir vor, dass er schmollte.

»Du bekommst meine Mimikry-Räuber als Unterstützung. Dazu schenke ich Anna und dir einen Erborax.«

Sax musterte mich und Bumir. »Der ist groß.«

»Ja, und freundlich. Ganz lieb. Die Erborax beschützen ihre Herde, weißt du?«

»Ich nehme deine Aufgabe an und werde die Siedlung gründen. Aber glaube bloß nicht, dass ich dir damit verziehen habe. Du hast mich ausgenutzt, damit dich die Erbauer nicht aus der Siedlung werfen. Nicht ein Wort des Dankes habe ich von dir deswegen erhalten.«

»Danke, Sax.« Was bildete er sich denn ein? Es gab so viele Probleme zu lösen und er dachte nur an sich. »Setz dich mit Anna in Verbindung und holt euch einen Erborax im Zellteiler ab. Am besten mit einem Büschel Algen als Geschenk.«

Schnaubend zog Sax ab.

»Hab ein Auge auf den Quest-Timer!«, rief ich ihm hinterher.

Du hast [64:13:02], um eine neue Ursuppe zu besiedeln. Gelingt das nicht, endet eure Zivilisation gleich hier.

Zum Glück setzte uns dieser Timer nicht unter immensen Druck. Wir hatten Zeit, die Quest durchdacht und in Ruhe zu lösen. Ich richtete meine Gedanken auf die Pilzleiter. Mir war vorhin etwas am Fruchtkörper aufgefallen.

»Komm mit, Bumir. Lass uns mal schauen, wie es bei Candida vorangeht.«

Bumir und ich schwammen die Pilzleiter hinauf. Der Erborax machte ein Spiel daraus, als wäre er ein großes Kind. In Höchstgeschwindigkeit zog er Kreise vor der Leiter und schnellte dann durch die Öffnungen. Da sie weiter oben enger wurden, war es nur eine Frage der Zeit, bis er feststeckte. Ich musste weitere Erbauer um Hilfe bitten und alle Kraft aufwenden, um Bumir zu befreien. Schließlich ploppte er aus der Öffnung.

»Was machst du für einen Unfug?«

Bumir wischte sich mit den Vorderbeinen über die Augen.

Ich schmunzelte. »Schon gut. Probier dich ruhig aus.«

Kurz darauf erreichten wir den Pilzkörper, der wie eine Säule eines griechischen Tempels aufragte und schon die Oberfläche der Ursuppe berührte.

Execute Repair: 57%.

Wie wohl der Hut des Pilzes aussehen würde? Ich studierte den Pilzkörper.

<u>Analyse:</u>
Name: nicht vergeben
Typ: Pilzkörper (Candida)
Lebensenergie: 1.000
Hutform: Kappe
Alter: 3 Tage
Fortpflanzung: Sexuell
Sporen: Unbegeißelt
Besonderheit: Verleiht Helden einen permanenten Punkt Stärke.
Beschreibung: nicht vergeben

Oha, interessant. Wenn Helden den Pilz aßen, verlieh er permanente Buffs. Aber wer sollte den schon finden? Name und Beschreibung konnten noch vergeben werden. Dann würde ich das mal nachholen.

[Lena] setzt [Name] auf: »Legendärer Pilz der Stärke. Giftig und tödlich!«
[Lena] setzt [Beschreibung] auf: »Das ist der Ursuppen-Pilz der Imperatorin Lena. Vorsicht, zickige Candida!«

Ich kicherte. Das machte Spaß. Lange sollte es nicht mehr dauern, bis die Sporen in den nächstgelegenen Ursuppen landeten. Hoffentlich auch in der Sammo-Ursuppe. Sax und Anna würden die Unterstützung Candidas brauchen. Außerdem basierte Appals Starter-Kit auf einem vorhandenen Pilzgeflecht.

Auf einmal traf mich die Erkenntnis. Es startete! Ich baute mein Reich auf und mein erster Ausläufer führte über Sammo. Mit den Erborax hatte ich Krieger, die meine Erbauer züchten konnten und die uns beschützten. Sie waren zu teuer, um jeden Bewohner damit auszustatten, aber eine kleine Armee würde ich über die Zeit aufbauen.

Mein Highlight war aber Zappel. Er hatte sich tatsächlich auf den Weg gemacht, um Nervenbahnen zu entwickeln, mit denen ich mein Reich steuern konnte. Nur ein Problem ärgerte mich immens, denn ich konnte nichts dagegen tun: Die Erzfeind-Quest fesselte mich an diese Ursuppe und blockierte meine Ernennung zur Weltenbauerin.

Es lag auf einmal klar vor mir: Ich musste den Kampf zu mir bringen. Der Imperator der Vorax, wer auch immer das war, musste mich angreifen. Ich würde ihn auf meinem Schlachtfeld besiegen. In diesem Fall wären die Erborax von unglaublichem

Nutzen, da sie uns mit allen Mitteln verteidigen würden. Ob sie sich überhaupt zum Angriff eigneten, galt es, herauszufinden. Vielleicht gab es dafür einen Forschungszweig und ein Upgrade. Ich wollte das gleich Conan fragen.

Die nächste Kleinigkeit betraf den geschätzten König Phitus. Ich musste ihn davon überzeugen, eine Falle aufzubauen, der der Imperator nicht widerstehen konnte. Gleichzeitig würden wir mehr und mehr Ursuppen besiedeln, damit wir genug Rohstoffe produzierten, um das Militär zu unterhalten.

Ich befand mich im Krieg. Ich schmiedete Pläne, mich mit einem anderen Volk zu bekämpfen. Ein Krieg, in dem es Opfer geben würde. Auch wenn es »nur« Zellen waren, schnürte mir der Gedanke die Kehle zu. Ich weiß nicht, wie lange ich nachgedacht hatte. Aber als ich nach oben blickte, öffnete sich ein kleiner Schirm auf Candidas Fruchtkörper. Er hatte Lamellen und ich meinte, die Sporen wie kleine Pünktchen im Wind fliegen zu sehen. Die Verbreitung hatte begonnen. Eine wohliger Schauer wusch durch mein Zellplasma.

Plötzlich wurde es düster, als ein riesiges Objekt von oben auf mich zuraste. Es war definitiv außerhalb der Ursuppe und würde gleich einschlagen.

»In Deckung!«, schrie ich und schwamm von der Pilzleiter weg. Bumir folgte mir quietschend. Nichts schlug ein. Alles blieb ruhig und es wurde wieder heller. Als ich mich nach der Pilzleiter umschaute, wackelte sie heftig und der Fruchtkörper war verschwunden.

conan: tierquäler

. . .

Seit der Logout-Deaktivierung herrschte herbstliches Regenwetter in Heirs of the Phoenix. Conan schnallte seinen Gürtel zu, huschte über den Schlosshof und trat in eine knöcheltiefe Pfütze. Matsch bespritzte seine königlichen Seidenhosen.

»So ein Mist!«

Das Wetter vermieste ihm die Laune. Eigentlich könnte es ihm egal sein, war ja nur ein Spiel. Aber ganz so einfach gestaltete es sich eben doch nicht. Sobald er sich daran erinnerte, dass die Realität unerreichbar war, wühlten sich depressive Gedanken aus seinem Inneren. Er hieb sich mit dem Handballen gegen den Kopf, um den Trübsinn zu vertreiben. Der Schmerz lenkte ihn ab. Endlich erreichte er den Eingang zu seinem Haupthaus. Nach menschlichen Maßstäben sah es der Villa in Downton Abbey ähnlich. Nicht sehr groß, doch groß genug, um sich unendlich allein zu fühlen.

In der echten Welt war Marianne Teil seines Tagesablaufs gewesen. Sie hatte ihn immer sanft mit einem Kaffee geweckt, wenn er zu lange geschlummert hatte. Seine Frau hatte ihm nach der Arbeit die Füße massiert. Sie hatte ihn angemault, weil er das Brot über Nacht nicht weggeräumt hatte und es hart geworden war. Es schien eine Art Naturgesetz zu sein, dass, wenn er Abends davon aß, die Tür zum Brotkasten sich nicht öffnen ließ.

Conan wusste nicht, wie lange er schon hier festsaß, doch er vermutete, dass sein Masala kalt und das Bier warm geworden war. Ärgerlich. Sehr ärgerlich. Außerdem langweilte er sich ohne Marianne, eh, Tandriel. Doch sie kam einfach nicht wieder und er konnte den Logout-Button nicht nutzen.

Die alten Dielen knarrten, als Conan Richtung Thronraum stapfte. Im Rhythmus seiner Schritte quietschte es, wenn er mit dem feuchten linken Fuß auftrat. Das klang nach dem traurigen Takt eines Celine Dion Liedes. Wer hörte sich so was an? Und dann sah er sie. Die Schlange von Frauen, die sich vor seinem Thron gebildet hatte. Conan stierte auf seine Stiefel, als er an ihnen vorbei zu seinem Sitzplatz platschte. Er fläzte sich in den gepolsterten Stuhl und zeigte seinem Verwalter an, dass er ihm aus den nassen Schuhen helfen sollte.

»Mein Herr, warum musstet Ihr auch unbedingt das Plumpsklo auf der anderen Seite Eures Anwesens nutzen?«

Conan starrte ihn an und dann zurück auf die Reihe grinsender Frauengesichter direkt vor ihm. »Ich dachte, sie gäben vielleicht auf.«

»Aber Herr, diese wundervollen Damen sind nur wegen Euch hier. Sie wollen Euch ehelichen, da ist nun wirklich nichts Abwegiges dabei.«

»Ich darf nicht!« Conan sprach zwischen zusammengepressten Zähnen hervor. »Ich bin verheiratet.«

Sein Verwalter schaute verwirrt. »Euer Charakterbogen zeigt nichts dergleichen an. Und vergesst nicht das legendäre Artefakt, welches jeder Eurer Nachkommen zur Geburt geschenkt bekäme. Unser Reich ist nicht mit einer vollen Schatzkammer gesegnet. Jedes bisschen …«

»Schon gut.« Conan wedelte mit der Hand vor dem Ohr, in das sein Verwalter sprach. »Ich schaue sie mir an.«

»Wundervoll«, sagte der Verwalter, um sich dann zu voller Größe aufzurichten, die Brust herauszustoßen und zu rufen: »Verehrte Damen, König Conan von Staffelmoor ist nun offen für eure Vorstellungen.«

Conan blickte in die vielen Gesichter. Da tuschelten bestimmt vierzig Frauen in pompösen Kleidern mit Blumenmustern, gestützt von ausufernden Reifröcken. Das Rauschen des Stoffes und das Flüstern der Lippen überrollte Conan wie ein Tsunami. Er hasste es, im Mittelpunkt zu stehen. Ihm war es schon zu viel, wenn Marianne ihn anstarrte. Es folgte eine unerträgliche Wolke aus Parfüm, die roch wie ein Rosengarten auf Drogen.

»Die Erste, bitte«, sagte der Verwalter.

Alles, was Conan sah, war die Falte zwischen zwei riesigen Brüsten. Wie hatte sie das alles ins Kleid gepresst? Vor ihm streckte die Karikatur einer Kardashian Hüfte und Brüste raus. Wobei ja eine Kardashian selbst eine Karikatur war.

»König Conan. Ich kann kochen, lesen und Schach spielen. Langweilige Abende gehören mit mir der Vergangenheit an. Meine Abstammung ist tadellos. Unsere Nachkommen werden die Diamanten unter den Adligen sein.«

»Aha«, sagte Conan. »Danke. Wer kommt als Nächstes?«

Mit wütendem Blick starrte die Frau erst Conan und dann den Verwalter an. Der wurde rot und zuckte mit den Schultern. Bevor sie abgehen konnte, schubste die nächste Dame sie ungeduldig davon. Ihre lockigen Haare waren zu einem Elfenbeinturm hochfrisiert. Eine Perlenschnur wandte sich daran hinauf wie die Lichterkette um einen Christbaum.

»König Conan. Mein Spezialgebiet ist das Bett.« Sie machte

eine künstlerische Pause, währenddessen sie ihn anlächelte. Er wiederum rutschte auf seinem Thron nach hinten.

»Ich stricke die weichesten Lacken und fülle die erholsamsten Bezüge. Alles, was darin geschieht, wird zu Eurem Nachteil nicht sein.« Die Zungenspitze wanderte über blutrote Lippen.

Conans Augenbrauen hoben sich ganz von selbst. Doch, die mochte er. Mit gutem Bettbezug und Ausdauer darin konnte er etwas anfangen. Moment, wer dachte das? Doch nicht er. Nein, er war verheiratet mit … ähm … wie war doch gleich ihr Name? Tandriel? Ja.

Komisch, denn verheiratet war er mit der Elfe nicht. Ganz im Gegenteil, sie tat doch so, als könnte sie ihn nicht leiden.

»Ist alles in Ordnung, Herr?«, fragte der Verwalter.

»Sicher, dass ich nicht verheiratet bin?«

»Ja, vollkommen, Herr. Wenn Euch die Dame verwirrt, sollten wir vielleicht die nächste bitten.«

Conan nickte. Die folgende Dame trug einen Schwertgurt um die Hüfte, ihre linke Hand umschloss kräftig den nach oben schauenden Griff. Conan starrte etwas zu lange auf die Kämpferin und schluckte. Die Frau verlagerte ihr Gewicht auf den anderen Fuß und räusperte sich. Reiterhosen betonten ihre Figur und ein weißes Rüschenhemd gab ihr ein abenteuerliches Aussehen. Ja, sie traf seinen Geschmack. Wild und aufregend.

»Wie heißt Ihr?«

»Coletta. Und ich sage es gleich. Ich habe keine Lust auf Frauchen spielen. Zuhause hocken macht mich krank. Vor ein paar Tagen war ich noch Teil einer epischen Quest und jetzt …«

Schmunzelnd schaute Conan auf die fluchende Frau. Oh, wie ihm das gefiel. Er stellte sich vor, wie sie beide miteinander zofften, an sich zogen und rangelten. Mit schief gelegtem Kopf fragte er: »Willst du auf meinem Drachen reiten?«

Keine Sekunde später brannte seine linke Wange.

»So redet selbst ein König nicht mit mir«, sagte sie und zog ihre Hand zurück.

Ein empörtes Raunen ging durch den Saal und die anderen Frauen tuschelten aufgeregt miteinander. Sie rechneten sich neue Chancen aus.

»Hier, mein König!« Eine bleich geschminkte Frau im blassrosa Kleid reckte ihren Fächer in die Luft. »Ich will auf Eurem Drachen reiten!«

Conan legte Zeigefinger und Daumen auf die Zunge und pfiff lautstark. Die Gesellschaft verstummte.

Verwirrte Gesichter und verdrehte Hälse.

Coletta lief rot an, denn sie befürchtete wohl eine Strafe für ihr Verhalten. Schließlich vernahm Conan den mächtigen Flügelschlag seines Ungeheuers.

»Ihr ... Ihr meintet das wörtlich?«, fragte sie.

In Conan regte sich Lust, als er ihre geröteten Wangen und die feuchten Augen betrachtete. Er liebte es, zu sehen, wie sie innerlich gegen die Tränen kämpfte und um ihre Pose rang. Mit ausgestrecktem Arm bat er um ihre Hand. »Komm. Willst du nun?«

Coletta nickte und legte ihre Finger zwischen die seinen. Ein Kribbeln schoss Conans Arm hinauf, den Nacken wohlig hinab und endete als ungekannte Aufregung in seinem Bauch. Irgendwo in der Ecke seiner Seele rief eine leise Stimme, dass er einen Fehler machte. Unsinn. Voller Vorfreude rannte er in den Innenhof. Coletta zog er hinter sich her.

Die grauen Wolken luden nicht unbedingt dazu ein, in sie einzutauchen. Zutargoshs grüne Schuppen glänzten vom Regen.

»Muss das heute sein?«, fragte der Drache.

Grimmig blickte Conan seinen Gefährten an und verdrehte

die Augen zu Coletta, um ihm klarzumachen, dass er wegen der Frau mitspielen musste.

»Du brauchst einen Medicus«, riet Zutargosh. »Dein Schielen könnte zu einer ernsthaften Krankheit auswachsen.«

Den Drachen ignorierend, half Conan Coletta auf den schuppigen Rücken. »Halt dich an seinem Kamm fest«, sagte er und schwang sich hinter seine Begleiterin. In diesem Moment tauchte seine Nase in ihr schwarzes Haar. Es roch verführerisch. Nicht süß wie bei den anderen Damen. Eher erdig wie in einem Sommerwald nach einem kräftigen Regen.

»Halt mich fest«, sagte sie.

Keine anderen Worte hätten ihn mehr erregen können. Vorsichtig legte er die Hand um ihre Hüfte. Er schnalzte mit der Zunge. »Los, Zuti.«

»Wenn's sein muss, Connie«, antwortete der Drache gelangweilt und stieg in die Höhe. Sein Rücken hob und beugte sich während des Starts, weswegen Conan seine Begleiterin gut festhielt. Er spürte ihre Hüftknochen und die angespannten Bauchmuskeln. Wenn er nicht gleich auf andere Gedanken kam, würde sie spüren, was er von ihr hielt.

»Einen Rundflug über mein Reich, bitte«, sagte Conan.

Zutargosh nieste. »Ganz schön nass bei dir. Du weißt schon, dass ich ein Feuerdrache bin?«

»Ist mir bewusst.«

»Warum fliegen wir dann während der Sintflut aus?«

Conan hörte schon gar nicht mehr zu, sondern deutete nach unten. »Schau, Coletta. Das ist mein Schloss.«

»Hüttchen«, sagte Zutargosh.

Coletta kicherte. »Ihr zwei mögt euch, nicht wahr?«

Mit einem Lacher stieß der Drache einen Feuerstoß aus. »So wie ich das Wasser. Der hinter dir ist dumm wie Stroh, kann nicht reiten und hat die dämlichsten Einfälle. Außerdem kotzt er nach jeder Landung.«

»Ich habe dich auch lieb, Zuti.«

»Conan, Euer Land besteht ja nur aus Moor«, sagte Coletta.

Zutargosh nieste. »Sag ich doch. Mit Connie habt Ihr den Fang des Jahrtausends gemacht. König Schlamm.«

Jetzt fiel es Conan auch auf. Unter ihm erstreckte sich sein Ansitz. Ein Garten und ein Getreidefeld schlossen sich direkt daran an. Wie ein grüner Fleck auf einem Gemälde, umgeben von brauner Suppe. Als hätte der Maler nur noch dunkle Farbe übrig gehabt.

Das meinte der Verwalter wohl die ganze Zeit damit, dass sein Königreich nicht mehr lange durchhalten würde, denn er hatte nichts, was Einnahmen erzielte. Ein Goldmine wäre doch nett. Aber lagen die unter Mooren? Er wünschte, er wäre kein Findelkind gewesen, dass bei einem Barbarenstamm aufgezogen worden war, sondern bei einer Kaufmannsfamilie. Aber ein Barbar konnte sich seine Vergangenheit nun mal nicht aussuchen.

»Tut mir leid. Es war dumm von mir, das zu sagen«, sagte Coletta.

»Ähm, was denn?«, fragte Conan, der erst jetzt aus seinen Gedanken erwachte.

»Na, das mit dem Moor.«

»Selten so ein verliebtes Geturtel gehört«, sagte Zutargosh. »Ihr seid füreinander bestimmt.«

Conan hieb mit seinen Stiefelspitzen in die Seiten des Drachen.

»Aua. Du Tierquäler!«

Conan hoffte, dass mit diesem Zeichen alles gesagt war. »Keine Sorge.« Er zog Coletta etwas fester an sich heran, um seine Worte mit der Geste zu unterstreichen. »Zuti, flieg über die Wolken. Wir wollen die Sonne sehen.«

»Zu Befehl, Eure Connie-Heit.«

Der Drache stieß einen Feuerstrahl aus und brannte sich auf seinem Weg nach oben durch die dunklen Wolken. Eine Art Hitzeschild entstand, der Conans Kleidung komplett trocknete. Immer höher stiegen sie in die nicht enden wollenden Regenwolken.

»Sollten wir nicht längst darüber sein?«, fragte er.

Zutargosh schnaufte genervt und flatterte kräftiger, um noch etwas mehr Fahrt aufzunehmen. Doch es half nichts. Die Wolken waren undurchdringbar.

»Ich will lieber wieder das Moor sehen«, sagte Coletta.

Jetzt wollte Conan erst recht über die Wolken hinaus. »Was interessiert dich an einem häßlichen Moor?«

»Ein Moor ist geheimnisvoll. Und ich würde gerne den Boden sehen.«

»Du hast sie gehört, Zuti!«

»Ach, ist sie schon der Chef, Connie? Das ging schnell. Selbst für dich.«

Coletta kicherte. »Ihr beide seid lustig.«

Grummelnd sank Zutargosh in einen magenumdrehenden Sturzflug. Conan wendete alle Selbstbeherrschung auf, um nicht alles auszukotzen, was er zum Frühstück gehabt hatte.

Schließlich landeten sie ohne weitere Zwischenfälle nicht weit weg von seiner Villa, aber direkt an der Grenze zum Moor. Hier verwandelte sich der Boden unter dem hohen Gras in eine tückische Brühe. Conan ging ein paar Schritte und sank mit jedem tiefer ein. Der Duft von Torf hing ihm in der Nase. Er rannte zu einem Busch und übergab sich. Peinlich. Nachdem er sich den Mund abgewischt hatte, drehte er sich um und lächelte. »Siehst du. Hier ist nichts. Einfach nur stinkendes Wasser.«

»Lass uns ein Stück gehen. Vielleicht entdecken wir ja etwas.«

Conan rechnete es Coletta hoch an, dass sie sich nicht über ihn lustig machte. »Ein ungestörtes Plätzchen. Zuti, du bleibst hier.«

Der Drache verdrehte die Augen, schüttelte sich das Wasser von den Schuppen und machte Platz. Eigentlich lud das Wetter nicht zum Spazierengehen ein. Doch Coletta sah in ihrer nassen Kleidung, die sich an ihre Gänsehaut heftete, verführerisch aus. Die schwarzen Haare glänzten in kraftvollen Strähnen.

»Würdest du meine Frau werden?«, fragte Conan.

»Was würdest du denn antworten, wenn du wüsstest, dass dein König morgen schon eine neue Gemahlin auswählen würde?«

»Ich würde sagen, dass ich das nicht erlaube.« Er zwinkerte.

Coletta blieb stehen, drehte sich zu ihm um und küsste ihn. »Ich wünschte, ich könnte ja sagen. Aber das geht nicht.«

Und da blitzte dieser Gedanke auf, dass er schon verheiratet war. Was hatte das zu bedeuten? Während er grübelte, fiel sein Blick auf etwas Merkwürdiges. Viel mehr als Entengrütze, ein paar Schilfrohre und brackiges Wasser bot sein Moor eigentlich nicht. Aber da wuchs etwas, ein paar Schritte tiefer im Morast.

Coletta nahm sein Kinn. »Wo glotzt du hin? Schau mich an.«

»Siehst du das?«, fragte er. Schön, dass seine Gegentaktik funktionierte. Wenn sie mit dem Katz-und-Maus-Spielchen anfing, machte er gerne mit.

Sie blinzelte hinüber. »Ja, erinnert mich an …«

Nickend stimmte Conan zu, weil auch er das Wort nicht fand. »Genau!«

»Was wolltest du denn sagen? Wegen der Frau am nächsten Tag.«

»Später, meine Liebe.« Vorsichtig stakte Conan ins Wasser

und auf den Fund zu. Es hatte einen fleischigen Stiel und eine braune Kappe. Auf der unteren Seite wuchsen Lamellen, die weißen Staub entließen.

Er brach das Ding ab und musterte seinen Fund. Ein Dialog erschien.

[Conan] sammelt [Legendärer Pilz der Stärke.
Giftig und Tödlich!]
Beschreibung:
Das ist der Ursuppen-Pilz der Imperatorin Lena.
Vorsicht, zickige Candida!

Krass, das Ding verhalf zu einem zusätzlichen Punkt in Stärke. Zu blöd, dass der Pilz giftig war.

Was sollte diese verwirrende Beschreibung? Und wer waren Lena und Candida?

tim: entzündung

. . .

Tim starrte von seinem Arbeitsplatz in die Nacht hinaus. Schon drei Tage hockte er im Münchner Büro der Mammut-Gen Games nach seiner Rückkehr aus Inuvik. Wütend stürmte der Wind aus der Dunkelheit heran, bog die Weide auf dem Vorplatz und rüttelte an den Lamellen vor dem Fenster. Eine Böe nach der anderen trug Regen heran, klatschte Wasser gegen die Scheibe. Im Glas spiegelte sich Tim. Sein Monitor spie blaues Licht aus, das ihn vollkommen einhüllte, während er mit aufgestützten Ellbogen Frankls Smartphone fest ans Ohr drückte. Er hatte es aus Inuvik mitgenommen und sich immer noch kein Neues besorgt, weil ganz andere Sorgen seine Zeit einforderten.

»Wir kümmern uns darum«, sagte Thorsten. »Die Bösewichte sind erledigt, Tim.«

»Saschas Tod ist überall in den Nachrichten. Die finden mich doch.«

»Es gibt keine Spur zu dir.«

»Frankl lebt noch.« Tim hieb auf den Tisch. »Er weiß alles.«

»Der hat von Aditje ZIP gespritzt bekommen. Wir setzen seine Waffe gegen ihn ein.«

Mit genervtem Laut atmete Tim aus. »Sie ist dort in Gefahr. Wird es wärmer, stürzt das Iglu ein.«

»Aditje passt auf sich auf.«

Tim zischte, als er sich mit der freien Hand über sein Gesicht rieb. Sein Auge brannte höllisch, weil es sich entzündet hatte. Sein Körper stieß das Implantat ab, obwohl es angewachsen war. »Ich bin der neue CEO. Wie lange habe ich, bevor mich die Journalisten ausfindig machen?«

»Keine Ahnung. Aber du hast nichts zu befürchten.«

Mit einem Blick auf die E-Mail-Inbox überkam Tim ein mulmiges Gefühl. »Seit wir sprechen, habe ich mindestens zehn E-Mails von Eltern bekommen, deren Kinder sich seit Wochen nicht mehr aus dem Spiel ausgeloggt haben. Mir rinnt die Zeit nur so durch die Finger.« Er betrachte seine linke Hand, während seine Finger imaginäre Cello-Saiten drückten.

»Finde eine Lösung. Nutze das vorhandene Kapital, solange du es kannst. Du bist die letzte Hoffnung für Lena und all die anderen.«

»Warum habe ich nur ...« Tim schwieg.

»Wie bitte, mein Junge?«, fragte Thorsten.

»Ich mache mich an die Arbeit.«

»Geh ins Bett. Es ist kurz vor Mitternacht. Morgen früh gehst du erholt ans Werk.«

Erholt? Tim lebte in Schmerzen, sein Kopf ständig benebelt von den Drogen, die er dagegen nahm. »Gute Nacht, Thorsten.«

Er legte auf. Mit geübtem Griff glitt er in die Hosentasche und zog die Pillen hervor. Anfangs hatte er eine alle drei Stunden genommen. Mittlerweile nahm er jede Stunde drei. Tendenz steigend.

In seinem linken Fuß hämmerte der Schmerz lautlos im Takt eines Heavy Metal Songs. Er zog das Hosenbein hoch. Der bionische Fuß steckte in einer dicken schwarzen Socke. Einige kleine

Adern streckten sich schwarz über den Rand der Socke, als hätten sie die Farbe des Stoffs aufgesaugt. Sein Herz schlug ihm bis zum Hals, er hörte das aufgeregte Trommeln klar. Mit zitternden Fingern griff er nach dem Bund der Socke, um ihn anzuheben. Er musste wissen, wie schlimm es war. Der beißende Schmerz ließ mit der Wirkung der Tabletten nach.

Dann zuckte er zurück. Aus heißen Augen liefen Tränen, die er sofort wegwischte. Alles gut. Kein Schmerz mehr. Das wird schon heilen. Er stand auf und prüfte den Fuß mit Belastung. Zum Glück hatte er wenigstens extrem abgenommen, was ihm Linderung verschaffte und ihm erlaubte, zu gehen, sobald die Schmerzmittel anschlugen.

Langsam humpelte er durch das kleine Büro. Hier hatten sechs Entwickler und zwei Support-Mitarbeiter gesessen. Er quälte sich die eingebaute Treppe ein Stockwerk herunter, wo drei Spieletester ihren Arbeitsplatz gehabt hatten und zwei VR-Pods aufgestellt waren. Irgendwie musste er den Patch wieder rückgängig machen. Gelänge das, würden ihn die Eltern und die Presse vielleicht in Ruhe lassen und er könnte alles daran setzen, seine Quantenkräfte wiederzuerlangen.

Tim schleppte sich zum vorderen VR-Pod. Den Lichtschalter missachtete er, denn die LED-Leuchten der PCs glommen wie die Augen von Feinden, die ihn aus dem Hinterhalt angriffen. Das Labor besaß keine Fenster. Hier, vor dem schicksalhaftesten aller Geräte, sackte er in die Knie. Die Stirn presste er gegen die gläserne Hülle wie damals im Krankenhaus.

Zwei Dinge waren anders: Es gab keinen Blitzschlag und heute weinte er nicht. Nein, das half nichts. Er brauchte einen Plan, um seine Superkräfte wiederzubekommen. Es kam ihm wie eine Ewigkeit vor, dass er sie benutzt hatte. Wie in einem Comic war er geflogen, durch Wände gegangen und hatte mit einem Photonenschwert gekämpft.

Tim schmunzelte, als er an den Typen im Flugzeug dachte, dem er die Lehne demontiert hatte. Hugh, dieser Lackaffe. Da kam ihm Janines Gesicht in den Sinn. Eine bewundernswerte Frau, schlau und zielgerichtet, die sich mutig für das Richtige in der Welt einsetzte. Ob ihre Candida-Forschung schon zu einem Ergebnis gekommen war? Er sollte sie anrufen. Aber nicht so, wie er jetzt aussah.

Nicht ohne die Quantenkräfte. Oder hatte er sich die Fähigkeiten eingebildet? Die Wahrscheinlichkeit, dass er allein ein Auserwählter mit Superkräften gewesen war, war so gering wie im Lotto zu gewinnen.

Tim schloss die Augen und krallte sich am Rand des Pods fest. Ein Gedankenfetzen überrumpelte ihn. Er hatte im Auto gesessen, auf dem Weg nach Hause, fort aus Inuvik. Sein letzter Blick zurück zu Jeff verfolgte ihn. Entweder war er einer Sinnestäuschung aufgesessen oder der Junge hatte sich vor die Tür des alten Inuit teleportiert.

Ihm blieb kein anderer Ausweg, als sich die Kräfte zurückzuholen. Diesmal aber nicht durch einen glücklichen Zufall, sondern geplant. Er wusste doch, wie er sie erhalten hatte. Fast wie Spiderman, nur ohne Spinnenbiss. Im Krankenhaus war ein Blitz eingeschlagen, der über Lenas VR-Pod gewandert und in ihn eingedrungen war. Ein Knall. Er war durch die Luft geflogen und mit Superkräften aufgewacht.

Zärtlich streichelte Tim den gläsernen Deckel des Pods vor ihm.

»Ich brauche einen Blitz«, flüsterte er. Er erinnerte sich an einen Generator im Münchner Museum, der einen starken Stromschlag erzeugen konnte. Diese Kammer hatte er mit seiner Schulklasse besucht, als sie auf Klassenfahrt in München gewesen waren. Er hatte Ausflüge gehasst, vorrangig wegen der unangenehmen Begleitung in Form seiner Mitschüler.

Vollkommen motiviert eilte er nach oben an seinen Schreibtisch, um zu recherchieren. Es gab einige Möglichkeiten: Van de Graaf-Generator, Impulsgenerator, Tesla-Transformator und Marx-Generator. Obwohl er keine Ahnung hatte, bestellte er über eine Bastlerwebseite, die sich auf Hochspannungsexperimente spezialisiert hatte, einen Marx-Generator, der eine Million Volt Spannung erzeugen konnte. In der Natur hatten Blitze einhundert Millionen Volt, aber ein Gerät mit dieser Power fand er nur als Industriemaschine, die Millionen von Euros kostete und in meterhohen Hallen aufgebaut werden musste. Er investierte die 2.500 Euro aus der Firmenkasse plus 250 Euro für die Expresslieferung. Schon morgen wäre das Gerät da.

Entspannt schmiegte sich Tim in seinen Chefsessel. Zuversicht kehrte zurück und er erlaubte sich ein Lächeln. Obwohl er den ganzen Mist nur wegen Lena auf sich nahm, hatte er sie noch nicht einmal im Krankenhaus besucht, seit er aus Inuvik zurückgekehrt war. Hatten sich seine Gefühle geändert?

Er schaltete die Kamera seines Smartphones an und untersuchte sein Gesicht auf dem Display. Die blasse Haut war eingefallen und Pickel sprossen rund um seinen Mund, als wäre er wieder vierzehn. Wahrscheinlich wegen der Tabletten. Die Sonnenbrille gab ihm einen zwielichtigen Anstrich. Was immer noch besser war, als die eitrige Wunde darunter. Weil er abgenommen hatte, wirkte er plötzlich viel älter. Seine fettigen Haare hingen über Stirn und Ohren. Die Kraft, zu duschen, fand er einfach nicht. Er hatte Angst, seinen Körper in diesem Zustand zu sehen. Die Schmerzen waren schlimm genug, die schwarzen Ränder an den Wundstellen konnte er sich keine drei Sekunden anschauen, ohne in Ohnmacht zu fallen. Außerdem brannte Wasser höllisch.

Was wäre, wenn Lena aufwachte und ihn so sähe? Wie sollte

sie sich in ihn verlieben? Aber sie würde nicht aufwachen. Wie denn, wenn er die Verschlüsselung nicht knackte?

Tim atmete tief durch und rief ein Taxi zum Krankenhaus. Es lag gerade einmal fünfzehn Minuten entfernt. Aber mit seinem schmerzenden Körper war jede Bewegung zu viel. Geübt flogen drei weitere Pillen in seinen Mund.

Als er in die Nacht trat, setzte er die Sonnenbrille auf, zog den Mantel enger und wankte zum Taxi. Da das Wohin bekannt war, brausten sie sofort los. Tim beachtete den Fahrer nicht, starrte nur auf das vorbeiziehende München. Am Krankenhaus angekommen, quälte er sich aus dem Auto. Ein Windstoß schmiss die Tür des Wagens zu und klemmte seinen amputierten Fuß ein.

Lauthals schrie Tim auf, fiel rücklings auf die Sitzbank und jaulte.

»Sir, ist alles in Ordnung?«, fragte der herbeigeeilte Fahrer und half ihm in den Empfangsbereich.

»Geht schon wieder«, sagte er, sobald er auf einer Bank Platz nahm. »Der Wind, nur der Wind.«

Mit misstrauischem Blick musterte ihn der Fahrer. »Ich kenne Sie.« Der Mann trug ebenfalls eine Sonnenbrille. »Ich habe sie hier abgeholt und zum Wirtshaus gefahren.«

Der Taxifahrer mit dem künstlichen Auge. »Rashid?«

Tim zog seine Sonnenbrille nach unten und präsentierte das entzündete Loch in seinem Gesicht.

»Ganesha hilf!« Rashid atmete zischend ein.

»Das war Kāla, würde ich sagen.«

Rashid legte die Handflächen aufeinander und verbeugte sich leicht. »Ich wünsche Ihnen alles Gute, Sir. Lassen Sie das untersuchen.« Mit tippelnden Schritten verschwand Rashid in seinem Taxi.

Tim verschnaufte und wartete, bis der Schmerz im Fuß abebbte. Dann stand er auf und ging zum Empfangstresen. »Ich möchte Lena Minz sehen.«

»Haben Sie mal auf die Uhr geschaut, junger Mann?«, fragte die Schwester, ohne aufzuschauen.

»Kann Frau Minz ja auch nicht. Ihr ist es wohl egal, wann ich sie besuche.«

»Aber uns nicht. Sie können hier nicht einfach ein- und ausgehen, wie es Ihnen beliebt.« Die Schwester schaute auf, wohl, um zu sehen, wer da mit ihr diskutierte, vielleicht aber auch, ob die Person wichtig war und sie nicht gerade den Falschen anraunzte. In dem Moment, als ihr Blick sein Gesicht traf, erschrak sie sichtlich, presste die Hände über Wange und Schläfe. »Um Himmels willen. Sind Sie sicher, dass es nicht *Sie* sind, der Hilfe benötigt?«

Tim schob schnell seine Sonnenbrille ganz nach oben. »Ja, alles gut.«

Das verzerrte Gesicht der Krankenschwester drückte eine Mischung aus Mitgefühl und Ekel aus. Sofort kroch Schmerz in Tims Augenhöhle und nagte fies an seinem Schädel. Würde das künstliche Auge wenigstens funktionieren. Aber das tat es nicht. Er konnte es auch nicht entfernen, weil es mit seinem Sehnerv verwachsen war.

»Etwas könnten Sie vielleicht doch tun. Haben Sie Schmerztabletten?«

»Die Apotheke hat zu.«

»Das weiß ich. Aber haben Sie was da?« Tim zückte einen einhundert Euro Schein.

»Gehen Sie. Finden Sie eine Notapotheke.«

»Können Sie mir wenigstens ein Taxi rufen?«

Die Krankenschwester nickte langsam. Sie beobachtete Tim weiter, schüttelte den Kopf und griff zum Telefon. Tim setzte sich wieder. Eine Frau kam auf ihn zu. Sie trug ein graues Business-Jacket über einer weißen Bluse und einen passenden Rock, der bis zu den Knien reichte.

»Ich habe gehört, dass sie zu Lena Minz wollen.« Sie streckte ihm die Hand hin. »Hi, ich bin Marianne Gloti.«

Einen Wimpernschlag später zog sie hörbar den Atem ein. »Ihr Auge. Sie sollten …« Sie zeigte hinüber zur Schwester am Empfang.

Tim korrigierte den Sitz der lockeren Brille. »Wollten Sie sich vorstellen oder mich einweisen?«

Die Frau richtete sich auf. »Ich habe eine Frage.«

»Ja, und? Was sind Sie? Eine Reporterin?«

»Genau genommen bin ich Anwältin. Aber darum geht es nicht. Sondern um meinen Mann.«

Tim hob die Augenbrauen, was einen Nagel aus Schmerz in seine Augenhöhle jagte. »Verdammt!«, schrie er und legte seinen Kopf in die Handflächen. Die Wärme und die Dunkelheit halfen. Aber nur für einen Moment.

»Sie sollten sich behandeln lassen. Mit Ihrem Auge ist etwas nicht in Ordnung.«

»Was wollen Sie?«

»Woher kennen Sie Lena?«

»Hab ihr mal geholfen, als es ihr schlecht ging.«

»Und jetzt statten Sie ihr deswegen um Mitternacht einen Besuch ab?«

Genervt schaute Tim auf. »Was wollen Sie? Ist es wegen Mammut-Gen Games? Ja, ich bin der neue CEO. Nein, ich weiß nicht, wie wir die Spieler nach dem Patch ausloggen.«

Langsam setzte sich Marianne neben ihn auf einen Plastikstuhl. »Wie heißen Sie?«

»Tim.«

»Hi, wie gesagt, ich bin Marianne. Mein Mann Ralf und ich haben mit Lena HotP gespielt.« Die Frau lächelte. »Wir nannten uns Tandriel und Conan.«

»Wir kennen uns. Ich bin Shogun Lord.«

Marianne lachte vor Überraschung laut auf. »Was?« Sie schaute ihn von oben bis unten an. »Wissen Sie noch? Wir haben uns in Zappels Shop getroffen. Mein Mann Conan war auch dabei.«

Tim lächelte. Es tat gut, einen anderen Spieler zu sprechen und etwas Bekanntes in sein Bewusstsein zu ziehen. »Es sieht nicht gut aus.«

Ein Klopfen lenkte Tim ab. Die Schwester schlug mit ihrer Faust gegen das Plexiglas vor ihr, das zum Schutz gegen Keime eingebaut worden war. »Ihr Taxi ist da.«

Tim quälte sich ins Stehen.

»Ich helfe dir«, sagte Marianne. »Ich darf dich doch duzen, Herr CEO?«

Lächelnd nickte Tim und sie humpelten zum Taxi.

Vielleicht war das Leben wie ein VR-MMORPG. Die großen Herausforderungen schaffte man nur in der Gruppe. »Komm gerne mit. Ich habe Unmengen Platz im Büro. Morgen früh fahren wir dann gemeinsam zu Lena.«

»Ich will unbedingt helfen«, sagte Marianne. »Mein Mann ist seit über zwei Wochen im Spiel gefangen und niemanden kümmert es. Die Nachrichten drehen sich allein um die Leiche von Immerswall und den vermissten Frankl.«

»Willkommen im Team, Tandriel.«

Sie grinste und stieg ein.

Dreißig Minuten später saßen sie vor dem Quellcode von Heirs of the Phoenix. Tim scrollte gerade durch die Prozeduren, die Sascha als Patch eingespielt hatte. Er hatte eine kryptografische Funktion hinzugefügt, der aus dem Code einen unleserlichen Mischmasch gemacht hatte.

»Kannst du das entschlüsseln?«

»Wäre es eine normale Hashfunktion, dann mit etwas Zeit schon. Aber quantenkryptografische Verfahren sind unknackbar.«

»Was heißt das?«

»Es gibt keinen Weg, den Patch rückgängig zu machen.«

Marianne sprang aus ihrem Stuhl auf. »Du sagst also, von außen hat unsere Tür kein Schloss. Aber vielleicht gibt es von innen einen Hebel?«

Tims Oberkörper hob sich, als er seufzte. »Ich bezweifle das. Außer … einer der Spieler findet einen Exploit.«

»Wenn das jemand kann, dann …« Nachdenklich legte Marianne den Zeigefinger auf ihre Lippen.

»Dann dein Mann?«

»Der? Niemals.« Sie schmunzelte. »Lena natürlich.«

Aber wie half Tim das? Er hatte keine Zeit mehr für große Abstimmungen, die voraussetzten, dass er mit Lena reden konnte. »Falls sie überhaupt noch lebt. Nur eine Sache kann uns noch retten.«

Seine Quantenkräfte.

tandriel: würmer

. . .

Pulsierende weiße Wellen begrenzten die Siedlung der Nishu. Sie ließen weder Geräusche, Gerüche noch Geschehnisse heraus. Vor allem verschleierten sie von außen betrachtet die Existenz der Siedlung, sodass die Nishu in der Sammo-Ursuppe kaum auffindbar waren.

Die Illusion hatte heftig geflimmert, als Tandriel hindurch geschwommen war und seitdem bei dem kleinen Volk lebte. Die Hörner auf ihrer Vorderseite gaben ihren Erbauer-Körpern eine gewisse Aggressivität, die Tandriel aber nicht bestätigen konnte. Sie dienten einem anderen Zweck.

Die Nishu betrieben einen Rohstoffmarkt, auf dem sie die sonderbarsten Dinge handelten, so auch die Kalium-Kugeln, die sie von den Räubern aus der Candida-Suppe mitgenommen hatten. Tandriel fand aber auch Baupläne für Aminosäuren und ATP. Was auch immer das war.

Gerade als sie den Marktplatz untersuchte, quietschte eine Nishu ganz aufgeregt und erzählte einem anderen, dass ein neuer Handelspartner ihnen eine riesige Menge abgekauft hatte. Die Nachricht verbreitete sich schnell, sodass bald elf Nishu aufgeregt um den Marktplatz tanzten und dabei orange blinkten. Tandriel schmunzelte. Die Freude der Nishu am Handel beeindruckte sie.

Erstaunlicherweise betrieben sie ebenfalls eine Photosynthesefabrik, eine Lipidmine, einen Wasserfilter und eine Photonenfalle. Vielleicht hatten die Nishu aus der Sammo-Ursuppe und die Erbauer aus der Candida-Ursuppe gemeinsame Vorfahren.

Tandriel tauchte tiefer in das Leben ihrer Gastgeber ein, als sie abseits der Siedlung den Vorbereitungen einer Zeremonie beiwohnte. Kleine und große Nishu versammelten sich und funkelten in allen Farben, aufgeregt wie vor einer Zellteilung. Tandriel schloss sich dem Treiben an und blinkte sich in einen Rausch. Sie reagierte auf den Farbwechsel der Gruppe, was bald funktionierte, ohne dass sie nachdachte. In Wellen floss es über sie. Ihre eigenen Grenzen verschwanden. Gedanken und Gefühle strömten durch sie hindurch. Sie wusste genau, was zu tun war.

Die Nishu stoppten jegliche Bewegung und auch Tandriel erstarrte. Aber sie hielt sich bereit, um gleich wie die anderen einen unsichtbaren Punkt zu umgeißeln. Einer nach dem anderen reihte sich in den Tanz ein.

Völlig erschöpft kam Tandriel am Rand des Reigens zur Besinnung. Die Nishu tanzten immer noch, doch sie musste bewusstlos geworden sein.

Trompe, den sie mit Danza in der Nähe der Krallarks kennengelernt hatte, schwamm in das geordnete Durcheinander der Zeremonie. Sein silberner, schlanker Körper schimmerte. An seine Hörner klammerte sich ein schwarzer Wurm. Tandriel hatte von anderen Nishu gehört, dass Trompe unglaubliche Kräfte besaß, mit denen er Bewohner der Ursuppe beherrschen konnte.

Zwei Wellen aus Grün und Rosa strichen über Trompes Zellkörper, als er sich unter sein Volk mischte.

»Meine Nishu, ich grüße euch. Ehrt unseren Gast Tandriel vom Stamm Candida-Harmonia.« Er schaute zu ihr und peitschte mit seiner kräftigen Geißel.

»Hört mir zu und lernt aus der Geschichte von Sisa und Totus. Es geschah zu einer Zeit, da die Ursuppe leer war. Knapp waren Zucker und Lipide. Sisa, geboren als Erbauerin, traf bei ihrer Suche nach Nahrung auf Totus, der als Räuber geboren worden war. Ihn plagte der Hunger.«

Die Nishu-Herde schwamm schnellere Kreise, sodass der Sand am Boden aufwirbelte und ein Loch freigab. Dieser Ort verschleierte ein größeres Geheimnis. Aufgeregt blickte Tandriel zwischen Trompe und der Öffnung im Boden hin und her.

»Sisa, die selbst kurz vor dem Verhungern war, bot Totus Erfahrungspunkte an, um ihn zu stärken. So könnten sie gemeinsam Rohstoffe sammeln und überleben.«

Während Trompe sprach, geschah etwas Merkwürdiges. Aus dem Boden unter ihm wühlte sich ein Wurm, der grün glitzerte. Er war dünn und nicht größer als der Geschichtenerzähler. Zielstrebig machte sich das Tierchen auf den Weg zu Danza, Trompes Tochter.

»Sisa und Totus verbanden sich zu einem Wesen. Ihnen war nicht wichtig, warum ihr Band sie stärker machte, wer von wem nahm. Alles wurde eins. Ihr Hunger, ihre Körper und ihre Ziele.«

Danza hielt vollkommen still, als der glitzernde Wurm ihre Flimmerhärchen entlang kroch und sich über ihre kurzen Hörner schmiegte, um dort zu verharren.

Tandriel war nicht nur von der Geschichte verwirrt, die wohl andeutete, dass Erbauer und Räuber eine Einheit bilden sollten – was für ein Unfug –, sondern auch davon, dass Danza vollkommen ohne Angst den Wurm auf sich dudelte. Was, wenn er sich in sie hinein fraß und von innen aussaugte?

»Öffnet euren Geist, Nishu. Alles ist eins«, predigte Trompe.

Etwas zog an Tandriels Geißel. Sie wich zurück, als im Schlamm unter ihr ein Wurm auftauchte, der sich nach ihr streckte.

»Halt still, Tandriel aus Candidas Ursuppe!«, rief Trompe.

Sie gefror.

»Als eine Wesenheit kehrten Sisa und Totus in die Siedlung der Räuber zurück, wo man sie als Ungetüm vertrieb. Totus hatte von den Räubern nichts anderes erwartet. Hoffnungsvoll wanderten sie in Sisa Heimat. Die Erbauer erschraken vor der Unnatürlichkeit der Verbindung. Sie zwangen sie, ihre Symbiose aufzugeben. Als sie sich weigerten, trennte man sie mit Gewalt.«

An Tandriels Außenhaut kroch der Wurm empor und quetschte dabei ihre Flimmerhärchen. Ihr Körper kribbelte wegen des ungewohnten Gefühles. Sie steuerte mit der Geißel gegen, um sich unter dem Gewicht und der Bewegung des Wurms ruhig zu halten. Einige Nishu sahen, was mit ihr geschah und staunten.

»Die Erbauer verbannten Totus, weil sie Sisa schützen wollten. Sein Stamm nahm ihn nicht wieder auf und so starb er einsam in der Ursuppe. Nicht, weil er verhungerte, sondern, weil ihm etwas fehlte. Eine Hälfte seines Seins.«

Der Wurm schmiegte sich um Tandriels Kopf. Seine Gedanken strömten wie ein Rauschen in die ihren. Es klang nach einem freundlichen Gruß. Dennoch erschrak sie und trieb ihre Geißel stark an. Die Nishu lachten daraufhin lautstark.

»Ich bin Tandriel«, sagte sie zu sich selbst und dem Wurm, als sie merkte, dass nichts Schlimmes passierte. Ohne auch nur einen weiteren Gedanken daran zu verschwenden, teilte sie ihre Photonen, Nukleotide und Enzyme mit ihm. »Für dich.« Dieses Geschenk fließen zu lassen, war das schönste Gefühl, das sie jemals empfunden hatte.

Plötzlich wurde es hell. Verdammt hell. Wie eine Welle,

dessen Zentrum Tandriel bildete, breitete sich ein greller Blitz aus, der die Ursuppe erleuchtete.

[Tandriel] erlernt symbiotische Fähigkeit [Lichtwellenangriff].

Die Nishu jauchzten, als sie davon getroffen wurden und aufglühten.

Trompe sprach weiter: »Die Erbauer hielten Sisa am Leben, nachdem sie sie von Totus getrennt hatten. Ihr Volk bedauerte Sisas törichtes Verhalten. Eines Tages wurde Totus' Stachel der Pein angespült und Sisa fand ihn. Sie stieß den Stachel in ihren Zellkern und hauchte ihr Leben aus.«

Als Trompes letztes Wort der Geschichte erklang, sandte auch Danza eine Blitzwelle aus, die kräftiger strahlte und weiter reichte als Tandriels zuvor.

Diesmal spürte auch Tandriel die Energie. Sie hob sie förmlich an, erfrischte und heilte sie.

[Tandriel] wird geheilt.

Vollkommen zufrieden beobachtete sie, wie sich die Versammlung auflöste. Der Wurm auf ihr war verschwunden, ohne dass sie es gemerkt hatte. Was für eine Erfahrung.

Neben ihr tauchte Trompe auf. »Du bist gesegnet. Noch nie hat ein Photowurm einen anderen Erbauer als einen Nishu gewählt.«

Tandriel wusste nicht, was sie dazu sagen sollte. Ihre diplomatischen Sinne warnten sie, dass sie damit einen kritischen Bereich der Nishu-Kultur berührte. Sie durfte Trompe weder beleidigen, noch ihm das Gefühl geben, sie störe seine Traditionen.

»Es war eine außergewöhnliche Erfahrung, an die ich mich für immer erinnern werde. Mein Stillschweigen sei Euch gewiss. Ich ehre und respektiere Eure Traditionen sowie dass ich ein Teil davon sein durfte.«

»Du sprichst nicht mit dem Herzen, aber dennoch die Wahrheit.«

»Verzeiht. Wie meint Ihr das?«

»Der Photowurm hat dich auserwählt, Tandriel. Damit bist du ein Teil der Nishu, ein Teil von uns. Was denkst du, erzählt die Geschichte von Sisa und Totus?«

Tandriel dachte anfangs, sie handelte buchstäblich von Räubern und Erbauern. »Um die Nishu und die Photowürmer, denke ich.«

Ein zustimmender grüner Schimmer wusch über Trompe hinweg.

»Erlaubt Ihr mir, zu meinem Stamm nach Candida-Harmonia zurückzukehren, um von allen Neuigkeiten zu berichten? Es war meine Aufgabe, andere Stämme zu finden und Kontakte zu knüpfen.«

»Jeder muss seinem Lebenslicht folgen.«

»Ich hoffe, bald wiederkommen zu können.«

»Du solltest dich in der Ursuppe umsehen, bevor du abreist. Das könnte deiner Anführerin wichtige Informationen geben.«

Eine Stunde später brach Tandriel mit einem Nishu-Späher als Begleiter auf. Sie plante mit so vielen Informationen wie möglich nach Candida-Harmonia zurückzukehren. Dafür durchquerte sie die wellenartige Barriere im Osten und drang in die Sammo-Ursuppe vor.

»Was ist das eigentlich?« Tandriel deutete hinter sich auf die Wellen.

»Es beschützt uns.«

»Ja, aber wie?«

»Trompe sagt, dieser Schutz ist die Umkehrung unserer Fähigkeit.«

»Ah, also es dringen keine Geräusche nach draußen.«

»Genau«, sagte der Nishu. »Was willst du denn über Sammo wissen?«

»Gibt es hier noch andere Völker?«

»Es gibt einen Räuberstamm. Da es kaum weitere Erbauer gibt, die sie aussaugen können, bleibt ihre Zahl begrenzt.«

Tandriel horchte auf. Wenn Stämmen etwas fehlte, konnte man ein Handelsbündnis aufbauen. »Sind sie gefährlich?«

»Ja. Sie sind oft so hungrig, dass sie über alles herfallen, was sie sehen.«

Tandriel fühlte sich unwohl, doch es war ihre Pflicht, weitere Beziehungen aufzubauen oder zumindest die Information zu sammeln, wo sich weitere Völker befanden. Sie wollte für Lena die beste Arbeit leisten. Am Ende würde das auch ihr zugute kommen.

»Ich will es sehen. Aus der Ferne.«

Ohne ein weiteres Wort nahm der Nishu-Späher Fahrt auf und sie geißelten nach Osten. Etwa eine halbe Stunde waren sie unterwegs, als er langsamer wurde.

»Da vorn. Aber irgendetwas stimmt nicht.«

Tandriel spähte in die Dunkelheit. Alles, was sie sah, waren feine Staubpartikel, die durch die Ursuppe schwebten. »Was meinst du?«

»Ich höre keine Räuber, sondern andere Stimmen.«

Aufregung stieg in Tandriels Zellkern. »Wir müssen näher ’ran.«

»Sei bloß leise«, sagte der Nishu und schwamm langsam voraus.

Bald erkannte Tandriel eine riesige aufgeklappte Muschel. Dann schälten sich kleinere aus der Ursuppe, die die Große umgaben. Die Ähnlichkeit mit der Krallark-Siedlung verblüffte sie.

Ein sechsarmiges Wesen saß auf einer Muschel und musste zehnmal so groß wie ein Räuber sein. Die Haut des Wesen schimmerte leicht und war übersät von Beulen und Buckeln. War der Vorax aus der Krallark-Siedlung ihr gefolgt? Zu seinen Füßen glitschte ein schleimiger, langgezogener Körper, so groß wie drei Räuber, aber ohne Tentakel. Zwei Stiele auf seinem Kopf stierten ständig unabhängig voneinander in andere Richtungen.

»Den Verbeulten kenne ich aus der Krallark-Siedlung«, sagte Tandriel.

»Dort hast du nur einen Späher gesehen. Das da sind Vorax-Krieger«, flüsterte der Nishu-Späher. »Wir müssen hier weg.«

»Was ist das Ding ohne Tentakel?«

»Das Schleimige ist ein Schattenfühler. Denen willst du aus dem Weg gehen. Und nun hauen wir ab.«

In die Truppe kam Bewegung, als ein weiterer Vorax-Krieger zu dem mit der Schnecke schwamm. Sie tauschten Laute aus.

»Halt, was sagen sie?«

»Du willst echt, dass ich hier meine Fähigkeit anwende? Was, wenn sie uns entdecken?«

»Die sind auch eine Gefahr für euch, oder nicht? Was denkst du, will Trompe von dir wissen, wenn du ihm von dem Vorgang hier erzählst? Details, die helfen, euch zu schützen.«

Der Nishu stieß einen kurzen hohen Ton aus, der durch die Ursuppe schallte. Es blubberte. Tandriel hoffte, dass dies der Aufmerksamkeit der Vorax entgangen war. Nur die Schnecke schreckte auf und streckte ihre Fühler aus. Sie hatte definitiv etwas gehört. Nach ein paar Zellkernschlägen zog sie die Fühler ein.

»Beinahe hätte sie uns gesehen«, sagte der Späher.

»Da hatten wir wohl Glück. Also, was hörst du?«

»Sie warten auf einen Kundschafter namens Oinotna. Er späht ihre nächste Eroberung aus.«

»Candida.«

»Ja, woher weißt du das?.«

»Ich habe Oinotna gesehen. Wie viele sind sie?«

»Von dem, was ich höre, eine ganze Menge. Mindestens fünfzig Krieger.«

»Was ist mit den Räubern?«

»Keine Spur von denen. Die Vorax fressen sie, um sich zu stärken und zu vermehren. Wahrscheinlich hat keiner überlebt.«

Tandriel blubberte aufgeregt. Das klang nicht gut. Was, wenn sie in Candidas Ursuppe vordrangen, ohne dass sich Lena vorbereiten konnte? Tandriel musste handeln und so schnell wie möglich berichten. »Gut, Rückzug.«

Ihr Späher und Tandriel drehten sich um und geißelten davon. Sie nutzten jedes Algenblättchen und jeden Stein als Deckung. Plötzlich kam Tandriel die Sammo-Ursuppe fremd vor. Sie schmeckte salziger.

»Verfolgen sie uns?«, fragte Tandriel.

»Ruhig bleiben. Gleich sollten wir …« Der Nishu horchte auf. »Schneller. Sie haben uns entdeckt.«

Nicht gut. »Was machen wir?«

»Nur die Schattenfühler sind schnell genug, um uns zu fangen. Am besten verstecken wir uns in einem Seetangfeld. Das hält sie auf.«

Tandriel beschleunigte. Der Späher wäre alleine um einiges schneller als sie. »Wie weit ist es?«

»Nicht reden, sondern schwimmen. Sie holen auf.«

»Warte nicht auf mich«, sagte Tandriel. Irgendwie klang es falsch, sich selbst als Opfer zurückzulassen. Aber gesagt war gesagt.

»Nicht aufgeben. Folge mir.« Der Späher schwamm in Richtung Süden.

Tandriel gab alles, was in ihr steckte. Sie hätte ihren Geißelskill upgraden sollen, denn hinter ihr tauchte die Schnecke auf. Wie ein Pfeil der Räuber schoss sie mit ihrem schleimigen Leib durch die Ursuppe. Glücklicherweise tauchte endlich das Seetang-Feld auf. Die Säulen aus roten und blauen Pflanzen ragten hoch auf, ließen winzige Lücken, in denen Tandriel verschwinden und sich vor der Monstrosität verstecken konnte.

Der Nishu-Späher verschwand im rot-blauen Dickicht, als Tandriel noch hunderte Zelllängen entfernt war. Hinter ihr preschte der Schattenfühler schnell näher. Sie ahnte, dass das schlecht für sie ausgehen würde. Als sie auf ungefähr fünfzig Zelllängen an das Seetangfeld heran war, schnappte die Schnecke nach ihrer Geißel, was Tandriels Vortrieb sofort stoppte. Sie strudelte abwärts, um dem nächsten Biss auszuweichen, der sie vermutlich verschluckt hätte.

Der Richtungswechsel gab ihr noch einmal Luft zum Manövrieren. Sie tauchte in die dunklere Schicht ab, in der Felsen verschiedener Größe lagerten.

Der Schattenfühler folgte.

Urplötzlich bog Tandriel hinter einem Stein ab, der wie ein großer Zahn aussah, und quetschte sich dicht an dessen Oberfläche. Die Schnecke glitt an ihr vorbei. Die braun-glänzende Oberfläche wirkte schmierig und giftig. Sie sonderte einen Duft aus, der Tandriel Angst machte. Es erinnerte sie an verfaulten Schlamm. Erleichtert, dass der Verfolger sie übersehen hatte, entspannte sie sich, wobei ihr eine Blase entwich. Das einsame

Plopp reichte, damit die Schnecke eines ihrer Stielaugen drehte und sie entdeckte.

Tandriel huschte hinter einen anderen Stein, kämpfte sich Versteck um Versteck vorwärts, doch der Schattenfühler hatte sie im Blick und folgte ihr problemlos aus einer höheren Position. Das viele Beschleunigen und Verstecken zermürbte Tandriel. Ihre Kräfte ließen nach, was sie zu immer längeren Pausen zwang. Das Feld war noch zu weit weg, sie brauchte eine andere Taktik.

In diesem Fall bedeutete das, sich dem Untier zu stellen. Ganz wehrlos war sie schließlich auch nicht geklont worden.

»Na, komm her, und ich versetze dir eine vergiftete Ladung!«, rief sie. »Willst du das? Ja? Willst du das?«

Der Schattenfühler glitt näher und öffnete das Maul. »Du siehst anders aus«, sagte er. »Was bist du?«

»Ich bin Diplomatin Tandriel.«

»Woher kommst du?«

Tandriel schwieg, sie durfte ihre Ursuppe nicht verraten. Zuerst musste Lena gewarnt werden.

»Warum so schweigsam? Lass mich raten. Bronk.« Ohne sich zu regen, starrte Tandriel die Schnecke an, die ihre Stielaugen prüfend herunter beugte. »Nein, du bist nicht aus Bronk und auch nicht aus Umlax.«

»Doch doch, ich bin aus Umlax.« Eine falsche Information wäre genau das Richtige, um Tandriels Ursuppe zu schützen.

»Warte, du bist aus Candida. Nicht wahr?«

Tandriel zuckte zusammen. Woher wusste das die Schnecke?

»Erwischt. Schön, dass ich kosten darf, wie es da so schmeckt, noch bevor Oinotna zurückkehrt.«

»Glaub nicht, dass ich so einfach zu haben bin wie die Räuber, die ihr überfallen habt.«

Die stacheligen Augen bogen sich über sie und das Maul des

Schattenfühlers weitete sich, als er näher kam. Tandriel berührte das Biest, bevor es sie fassen konnte.

[Tandriel] verursacht 4 Schaden bei [Schattenfühler] mit [Verteidigung (Vergiftete Ladung)].
Lebensenergie: 1473/1800.

Sie entließ den grünen Blitz über ihren Tentakel direkt auf die Haut der Schnecke, wo er in einer Entladung mit Giftwolke explodierte. Der Schattenfühler war offensichtlich angeschlagen, aber nicht durch ihren Angriff. Dieser machte nur wenig aus, nicht einmal gelähmt wurde das Untier.

»Nett.« Die Schnecke biss zu.

[Tandriel] wendet Fähigkeit [Fortbewegung (Ausweichen)] an.
Gelungen.

Tandriel entkam dem Angriff. Ihr Körper zitterte und zuckte zurück, bis sie anstieß. Sie drückte sich so weit es ging in einen Stein und schrie: »Nein!«

»So viel Angst wegen nichts. Jetzt sei ein braver Happen.«

Über Tandriel wusch eine Lichtwelle hinweg, die sie selbst überraschte und auf die Schnecke traf. Das Untier zog seine Stielaugen komplett in den Leib und wandte sich ab.

Tandriel gab ihrer Geißel die Sporen.

siphonex: vaterträume

. . .

Siphonex schnellte mit kräftigen Zügen seiner Tentakel durch die Ursuppe. Die Klippen seiner Siedlung rauschten an ihm vorbei. Noch nie zuvor hatte er sich so stark, frei und unbesiegbar gefühlt. Lenas Erfahrungspunkte hatten ihn Level erreichen lassen, die selbst seinem Vater verwehrt geblieben waren. Phitus nahm ihn endlich ernst und erhob ihn über den Dienstboten-Status.

Eine unübliche Frage drang in seine Gedanken: Ob Phitus Angst vor seiner Kraft und Größe hatte? Nein, sein Vater buckelte vor nichts und niemandem. Nicht vor dem Imperator, einem Vorax, aber schon gar nicht vor seinem Sohn. Und auch den überragte ein Vorax noch um das Dreifache.

Interessanterweise hatte er dem Gegner Erfahrungspunkte absaugen können, obwohl Oinotna kein Erbauer gewesen war. Aus diesem Wissen musste sich doch ein Vorteil ergeben, den Siphonex im nächsten Kampf ausnutzen könnte.

Oinotna hatte die Krallark ausgespäht. Hoffentlich wurde er rechtzeitig besiegt, bevor er die Informationen weitergegeben hatte. Schließlich wussten sie nicht, wo er gewesen war, als

Siphonex und Lena in die Muschelstadt gekommen waren und sie sich die Zeit genommen hatten, eine Kampfformation einzuüben.

Gedankenverloren war Siphonex weiter als üblich die Klippen hinauf patrouilliert. Hier herrschte absolute Ruhe und Einsamkeit. Nicht weit entfernt stachen Felsen hervor, die die Sicht in eine Bucht verhinderten. Neugierig schwamm Siphonex darauf zu. Nicht, dass er etwas Ungewöhnliches erwartete, doch diese Formation strahlte etwas Geheimnisvolles aus. Er erreichte den Eingang. Nur eine dunkle Bucht, mit tief eingedrückten Klippen.

Gerade wollte er umdrehen, da verschwammen die Klippen, als wären sie aufgewühltes Wasser, und eine Erbauerin erschien.

»Anna?«, fragte Siphonex. War sie nicht nach Candida-Harmonia zurückgekehrt? Sein Zellkern pochte schneller. Es war schön, sie wiederzusehen. Siphonex' Welt veränderte sich schneller, als er jemals geglaubt hätte. Erbauer wurden zu Verbündeten, Vorax drangen in sein Reich vor und jetzt vermisste er sogar ein Weibchen einer anderen Spezies?

Die Erbauerin schaute sich orientierungslos um.

»Anna«, rief Siphonex. »Hier bin ich.«

Als Anna ihn sah, geißelte sie schlagartig davon. Warum floh sie vor ihm? Siphonex verfolgte sie und holte auf. Ihm fiel eine seltsame Wulst quer über dem Körper der Erbauerin auf. Das war nicht Anna, aber auch keine Nishu. Zeigten sich jetzt jeden Tag neue Spezies? War Siphonex ein Leben lang blind gewesen?

»Warte!«, rief er. »Ich tue dir nichts. Kennst du Anna oder Lena? Wir arbeiten zusammen.«

Plötzlich wurde die Flüchtende langsamer und er näherte sich vorsichtig. Vor ihm pellte sich eine Erbauerin aus der blauen Dunkelheit. Sie sah aus wie Anna, doch auf ihrem Kopf hatte sich ein Wurm festgeschleimt. Sie hatte die Tentakel in Kampfposition ausgestreckt.

»Siphonex?«, fragte sie und wich zurück.

»Wer bist du und woher kennst du mich?«

»Lass mich in Ruhe, ansonsten lernst du meinen Photowurm kennen.«

»Entspann dich. Ich bin ein Freund.«

»Beweis es.«

»Ich sauge dich nicht aus, obwohl ich es könnte. Reicht das nicht?«

»Nein.«

»Lena, Anna und ich haben einen Vorax besiegt, der uns angegriffen hat.«

Sie entspannte ihre Tentakeln und schaute sich um.

»Ich bin alleine«, sagte Siphonex. »Es ist alles gut. Wo kommst du her?«

»Lena hat mich fortgeschickt, um Handelspartner für Candida-Harmonia zu gewinnen. Ich fand eure Siedlung, nur um dort von einem Vorax vertrieben worden zu sein. In meiner Not floh ich mit den Nishu in die Sammo-Ursuppe.«

»Der Vorax hat dich verfolgt. Da war er also geblieben.«

»Ihr habt dieses Untier wirklich besiegt?«

»Klar!« Stolz stemmte Siphonex die Tentakel auf seinen Dreiecks-Körper.

Über die Erbauerin wusch ein rotes Flackern hinweg.

Das besorgte Siphonex. »Was hast du?«

»Ich habe eine Armee von denen gesehen. Schattenfühler und Vorax vereint. Mindestens fünfzig Einheiten. Sie warten auf Oinotna, ihren Späher.«

Siphonex drehte sich aufgeregt hin und her. Seine Gedanken rasten. Auf so einen Angriff waren sie nicht vorbereitet und alleine hätten sie keine Chance. Das musste Phitus sofort erfahren.

»Komm mit mir und berichte alles meinem Vater. Danach müssen wir zu Lena. Schnelles Handeln hat jetzt höchste Priorität.«

Die Erbauerin wirkte unsicher, weil sie erst in die eine und dann in die andere Richtung schwomm.

»Glaub mir, es ist das Richtige.«

»Nun gut, ich bin Tandriel, Lenas Diplomatin. Lass uns gehen. Wir dürfen keine Zeit vergeuden.«

Wenig später schwammen Siphonex und Tandriel in König Phitus' Muschel-Thronsaal. Obwohl Siphonex seinen Vater respektierte, wirkte er klein und schwach auf ihn.

Das Treffen mit Lena hatte Siphonex verwandelt. Wegen ihrer Großzügigkeit hatte er seine wahre Kraft entdeckt. »Vater, es gibt Neuigkeiten, um die wir uns dringend kümmern müssen.«

Hinter ihm flüsterte Tandriel. »Wow, hier sieht's genauso aus wie an dem Ort, wo die Armee der Vorax wartet.«

»Was ist denn so dringend?«, fragte Phitus.

Siphonex drehte sich zu Tandriel um und stellte sie ihrem Vater vor. »Sie hat Neuigkeiten über die Armee der Vorax. Es scheint, als plane der Imperator einen Angriff.«

Neugierig schaute Phitus zu Tandriel. »Sprich.«

»Ungefähr fünfzig Vorax warten auf ihren Einsatz, um in unsere Ursuppe vorzustoßen.«

»Worauf warten sie?«

»Auf die Rückkehr des Spähers Oinotna.«

Phitus zuckte. »Das ist doch der, den ihr getötet habt«, sagte er zu Siphonex.

»Vater, wir brauchen Kämpfer. Ich werde mit Tandriel zu Lena reisen, um einen Plan zu erarbeiten.«

»Viele Krieger haben wir nicht mehr, Sohn.«

»Ich weiß«, antwortete Siphonex. »Wir finden eine Lösung.«

»Darf ich Euch ein Handels- und Friedensbündnis anbieten, König Phitus? Damit können wir einfacher Rohstoffe austauschen und erhalten Boni, wenn wir gemeinsam in die Schlacht ziehen.«

Der König stimmte zu Siphonex' Erstaunen zu und Tandriel glimmte golden, als sie ein Level aufstieg.

»Sag Lena, dass wir eine Menge Krieger benötigen. Als Partner verlangen wir ihre volle Unterstützung, um das Volk der Krallark zu retten. Und nun geh. Ich muss mit meinem Sohn reden.«

Siphonex wandte sich an Tandriel. »Vielleicht willst du Zappel einen Besuch abstatten. Er erforscht etwas an den Klippen. Du wirst ihn ganz leicht finden.«

»Natürlich. Danke, König Phitus«, sagte Tandriel und schwamm davon.

Der König zuckte nur. Schließlich waren Vater und Sohn allein.

»Was denkst du?«, fragte Phitus.

»Wir müssen Lena zum Weltenbauer machen.«

»Nein und nochmals nein.«

»Die Erbauer haben Unmengen von Erfahrungspunkten, die sie gar nicht verbrauchen können. Wenn wir uns mit ihnen verbünden, wachsen wir über uns hinaus. Der nächste Schritt ist eine Symbiose, Vater.«

»So was gibt es nicht! Erbauer und Räuber gemeinsam. Igitt. Es reicht mir schon, wenn sie in unserer Siedlung herumschnüffeln.«

»Warum tötest du Lena dann nicht einfach und schnappst dir ihren Zellkern?«

Phitus schwieg. Natürlich wusste Siphonex den Grund. Die Erbauerin war zu stark geworden. Der Plan des Königs war schief gegangen, als ihn der Vorax mit dem Überfall auf die Siedlung überrascht hatte. Vollends war sein Vater gestolpert, als Lena etwas tat, was er nie hatte voraussehen können, nämlich, die Virionen ins Feld zu schicken. Eigentlich hatte der König seine Truppen in der Hinterhand behalten wollen, während Lena sich am Vorax aufrieb.

»Sag schon, Vater. Wie willst du die verbliebenen Aufgaben der Quest überhaupt noch schaffen?«

Phitus blinkte in schwarz und rot, als er aufgeregt um Siphonex geißelte. »Tandriel hat eine Muschelstadt erwähnt.«

»Eine, Vater. Du brauchst vier von denen auf Level fünf und dann musst du diese noch auf Level zehn ausbauen. Wie willst du das machen?«

»Zweifelst du an mir? Bist du auch einer dieser Schwarzmaler?«

»Nein, aber für das Überleben deines Stammes mag es das Opfer wert sein, die Quest aufzugeben.«

Phitus geißelte schweigend zu seinem Thron aus Perlen und setzte sich hinein. Eine rote Aura umgab ihn, als er wütend schrie: »Ich werde der Weltenbauer! Ich bin dazu auserwählt!«

Siphonex sprach leiser, fast verschwörerisch. »Ich verstehe dich, Vater. Wie kann das sein, wenn du Lena brauchst, um es überhaupt zu erreichen? Erlaube ihr, mir ein Amt zu geben. Als Gegenleistung verlangen wir XP.«

»Das kann nicht dein Ernst sein! In dem Moment wird sie Weltenbauerin und der Titel ist für mich verloren.«

»Vater …«

»Genug davon, Siphonex. Du bist der Prinz und kein Berater.

Was verstehst du von einzigartigen Questen? Hättest du Harmonix den Zellkern abgenommen, wäre ich weiter.«

»Gib mir nicht die Schuld.«

»Du kannst dich reinwaschen, indem du mir hilfst, den Zellkern vom Imperator zu holen.«

Siphonex starrte seinen Vater an. Am liebsten hätte er ihn umklammert und fest zugedrückt.

»Wir werden ihn stürzen«, sagte der König.

»Und wieder wirst du Lenas Hilfe brauchen.«

»Ja, sie ist naiv und einfältig genug. Das Gespräch ist hiermit beendet.«

»Was ist mit meinem Amt?«

»Beendet, Siphonex!«

»Ja, König Vater.«

Wütend geißelte Siphonex aus dem Thronsaal und fand Tandriel im Gespräch mit Zappel. Der Baumeister hatte eine Erkenntnis gewonnen, als er die Kalium-Mine untersuchte, und gab Siphonex die Nachricht mit, dass er jetzt wisse, wie man über Ursuppen hinweg kommunizierte.

Für Siphonex klang das unglaublich. Sein Stamm der Räuber lebte seit Generationen neben der Mine und alles, was sie daraus machten, war, das Kalium zu verkaufen. Wie schafften es die Erbauer, mehr in den Dingen zu sehen, als andere Spezies? Genau wegen diesem Geheimnis glaubte Siphonex an Lena.

Wenig später reisten Siphonex und Tandriel nach Candida-Harmonia.

Siphonex erklärte seiner neuen Gefährtin, warum er so groß war und Tandriel wirkte nicht verwundert, als sie davon hörte, dass Lena Erfahrungspunkte gespendet hatte. Im Gegenzug berichtete Tandriel von dem Volk der Nishu, die in der Sammo-Ursuppe ihr Versteck hatten. Siphonex kannte deren Händler, die für die Kalium-Kugeln Erfahrungspunkte eintauschten.

Schließlich erreichten Siphonex und Tandriel den Außenbereich von Candida-Harmonia. Ein Pilzgeflecht dehnte sich weit vor der Siedlung aus, viel weiter als das frühere Virionenschild. In den Zwischenräumen wimmelte es bereits von Schildvirionen, die nur darauf warteten, bei ihren Opfern anzudocken, um in sie einzudringen und sie zu sprengen.

Es dauerte nicht lange, bis sie von einer Patrouille im Inneren des Rings entdeckt wurden. Ihnen wurde ein Durchgang geöffnet, wofür die Wächter eine Flüssigkeit in Candidas Hyphen entließen, die sich daraufhin verbogen.

Siphonex staunte jedes Mal, wie schnell Lenas Siedlung wuchs. Die Anzahl der Erbauer musste sich mittlerweile verdoppelt haben. Noch dazu hatte sich ein Großteil der geflüchteten Räuber entschieden, in Candida-Harmonia ein neues Leben anzufangen.

Ein neues Gebäude stachelte Siphonex Aufmerksamkeit an: Es bestand aus einer durchsichtigen Kugel, die alle anderen Gebäude überragte und auf einem verwirrenden Pilzgeflecht thronte. Lena verband die Fähigkeiten der Erbauer mit denen von Candida, um einzigartige Gebäude zu schaffen.

Siphonex spürte Ehrfurcht in dem Moment, als er Schemen im Inneren der Kugel schwimmen sah. Sie besaßen Tentakel und dazu das Aussehen eines Vorax. Er konnte es kaum glauben.

»Warum bleibst du stehen?«, fragte Tandriel. »Da vorne ist die Photosynthesefabrik. Dort ist Lena.«

Siphonex zeigte auf den Kugelbau. »Sieh doch. Lena hat ihre eigenen Vorax erzeugt«, sagte er, ohne die Ehrfurcht aus der Stimme zu nehmen. Er starrte auf die Kuppel.

»Hattest du Zweifel an ihrer Macht?«, fragte Tandriel mit einem Lächeln.

»Selbst wenn, wären sie jetzt dahin. Allein das Gebäude. Wir Räuber sind auf Muscheln oder andere Strukturen als Siedlung angewiesen. Lena dagegen, erschafft diese Dinge aus dem Nichts.«

»Schön gesagt. Vielleicht wiederholst du es für sie.«

»Vielleicht«, sagte Siphonex. Sein Vater hatte keine Chance gegen Lena. Phitus musste seinen Traum vom Weltenbauer aufgeben. Die einzige Möglichkeit für die Krallark, den Angriff der Vorax zu überleben, war, mit Lena zusammenzuarbeiten. Phitus würde nie expandieren können, nicht ohne Hilfe. Doch der König war besessen von seiner Quest, die er vor Ewigkeiten bekommen und nie umgesetzt hatte. Immer fehlten Ressourcen, Skills und Glück. Ausreden gab es dafür im Überfluss.

Tandriel schnappte Siphonex' Tentakel und zog daran. »Willst du wohl aufwachen und mitkommen.«

Siphonex beschleunigte in Richtung Photosynthesefabrik. Ohne weitere Zwischenfälle erreichten sie den Rüssel der Gründerin. Siphonex fiel sofort auf, dass Candida fehlte und der zweite Rüssel unbesetzt war. Allein Conan hing an seinem Administratorrüssel ganz in Hörreichweite.

»Tandriel!«, rief Lena, dockte sich ab und schwamm auf die Diplomatin zu.

Diesen Ausdruck der Freude wünschte sich Siphonex bei seinem Vater. In dieser Siedlung war alles anders. Candida-Harmonia bedeutete Hoffnung und Wachstum. Die Krallark bedienten sich Stillstand und Frust.

»Wie ist es dir ergangen?«, fragte Lena.

»Gut! Du solltest ein paar Handelsbeziehungen im Interface haben. Mit den Nishu und den Krallark.«

»Gute Arbeit. Das habe ich. Und ich habe dich vermisst und mir Sorgen gemacht. Geht es dir gut? Was ist das für ein … Schlauch an deinem Kopf?«

Tandriel schwieg, blinkte rosa und blau.

»Entschuldige«, sagte Lena. »Komm erst mal an. Schön, dass du da bist. Sei auch du willkommen, Siphonex.«

»Es ist mir eine Ehre, Lena«, sagte er. Er hätte gerne nach Anna gefragt, doch hielt es für unangemessen. Dafür wäre später noch Zeit.

»Bist du hier, um endlich dein Amt anzutreten?«, fragte Lena. Ihre Stimme hüpfte, mischte Spott mit Zuversicht.

»Nein, Vater hat noch Bedenken.« Eher würde er sterben.

»Schade.«

»Worum geht's denn?«, fragte Tandriel.

Lena seufzte. Sie bildeten einen Kreis um ihren Rüssel, dem sich auch Conan mit einem Gruß an Tandriel und Siphonex anschloss.

»Es besteht die einzigartige Gelegenheit, dass ich mich zur Weltenbauerin spezialisiere. Damit wären wir unserem Ziel, ein Organismus zu werden, zum Greifen nahe.«

»Ja, und wo klemmt es?«, fragte Tandriel.

Lena schaute Siphonex an. Er fühlte sich schuldig. Andererseits hatte er versucht, seinen Vater umzustimmen. Der Alte blieb ein eitler Sturkopf. »Mein Vater, König Phitus, erlaubt es mir nicht, dass Lena mich in ein Amt hebt.«

Tandriel schüttelte sich. »Und warum ist das ein Problem?«

Conan mischte sich ein: »Weil Lena nur Weltenbauerin werden kann, wenn sie alle offenen Quests erledigt hat. Eine Weltenbauerin verfolgt keine Quests, sondern erbaut Welten. Ihre letzte offene Quest verlangt, dass Siphonex ein Amt in ihrem Reich annimmt.«

»Gut erklärt«, sagte Lena mit einem Schmunzeln. »Also tue ich, was Phitus von mir verlangt und stürze den Vorax-Imperator vom Thron.«

Damit Phitus den Zellkern des Imperators bekommt und vor Lena zum Weltenbauer würde.

Conan räusperte sich. »Entschuldigt, Prinz Siphonex, aber ist mir die Frage erlaubt, warum wir Phitus nicht einfach übergehen sollten? Ich meine, unserer Stärke hat er mittlerweile nichts mehr entgegenzusetzen und nachdem seine Truppen im Virionenfeuer vergangen sind, ist er doch mehr auf uns angewiesen, als wir auf ihn.«

Lena schwieg eine Weile und Siphonex spürte förmlich den Druck auf seinem Zellkern. Conan hatte recht. Sein Vater hatte sich in eine ausweglose Lage manövriert. Genaugenommen blockierte er den einzig sinnvollen Ausweg, weil er am Weltenbauer festhing, anstatt ihn Lena zu ermöglichen. Aber Vaters Eitelkeit versperrte ihm den Blick auf diese Wahrheit.

»Es ist so«, sagte Lena. »Erstens sind wir ein gutes Volk. Wir überfallen und drängen niemanden. Zweitens sind wir Verbündete und helfen einander. Ich habe mit Phitus verhandelt, dass wir gemeinsam gegen die Vorax vorgehen. Wir brauchen den König als erfahrenen Anführer an der Front, weil ich diese Ursuppe nicht verlassen darf. Drittens fühle ich mich schuldig, denn ich habe die Nachricht verkannt und dachte, die Räuber wollten uns angreifen, als sie Schutz vor den Vorax gesucht hatten.«

Die gesamte Gruppe schwieg und ließ die Erklärung wirken. Siphonex bewunderte, wie Lena es geschafft hatte, sich treue Untergebene zu schaffen. Sie schien ihm ehrlich und geradlinig. Siphonex brach das Schweigen, indem er sagte: »Apropos Vorax. Wir haben eine dringende Neuigkeit, die uns hergeführt hat. Willst du davon berichten, Tandriel?«

Die Diplomatin pumpte sich auf. »Es sieht nicht gut aus, Lena«, sagte sie. »In der Sammo-Ursuppe habe ich das Volk der Nishu kennengelernt. Sie haben mich auf eine Räubersiedlung aufmerksam gemacht. Als ich sie besuchte, um ein Bündnis zu schaffen, fand ich es überrannt von den Vorax. Eine Armee lagerte an der Stelle und wartete auf ihren Späher Oinotna.«

Siphonex blubberte in die Ursuppe. »Genau den, den wir besiegt haben. Es ist Zeit, zu handeln, Lena. Unsere Truppen müssen an die Grenze der Ursuppe gesandt werden, um die Armee des Imperators abzufangen. Sie dürfen keinerlei Informationen über unsere Siedlungen erlangen.«

»Meine Truppen, meinst du wohl?«

Lenas Antwort verärgerte Siphonex. Woher die plötzliche Arroganz? »König Phitus sagt dir unsere verbliebenen Truppenteile zu, um den Kampf zu unterstützen. Wir stecken da zusammen drin.«

Lenas Fangarme berührten Siphonex. »War nicht so gemeint. Du hast recht, wir müssen sie an der Grenze der Ursuppe abfangen. Sie dürfen nicht erfahren, was wir hier machen. Wie groß ist die Armee?«

»Es waren um die fünfzig Kämpfer«, sagte Tandriel.

»Fünfzig?« Lena streckte die Geißel von sich und verharrte erstarrt.

Aus dem grauen Dunst schälte sich ein Erbauer, dessen Körper weiß leuchtete, nur unterbrochen von einem roten Kreuz. Siphonex erkannte den Kriegsmarschall sofort.

»Wie kann ich helfen, Lena?«, fragte Sandor. »Conan hat nach mir rufen lassen.«

Lena erklärte ihrem Kriegsmarschall das Notwendigste und bat um Ratschläge.

»Wir haben fünf Erborax, zwei weitere können wir mit den aktuellen Rohstoffen noch brüten und unterhalten. Einhundert Erbauer könnten kämpfen, sie beherrschen die *Vergiftete Ladung*. Dazu kommen deine Mimikry-Räuber und wir.«

»Danke, Sandor. Gut, dass du da bist. Dein Vorschlag ist ein

Anfang«, sagte Lena. »Was noch? Wenn wir gegen fünfzig Vorax gewinnen wollen, brauchen wir mehr. Siphonex?«

Unter dem plötzlichen Druck und der Anwesenheit Sandors fand Siphonex keinen klaren Gedanken.

»Wer hat den überhaupt eingeladen?«, fragte der Kriegsmarschall.

»Bleib höflich. Wir sind Verbündete«, befahl Lena.

»Die Armee umfasst auch Soldaten, die sie Schattenfühler nennen. Lange, schleimige Biester, die Stielaugen auf ihrem Kopf haben«, sagte Tandriel.

Lena antwortete erstaunt: »Das klingt nach Schnecken. Ein weiterer Organismus. Die Vorax müssen hoch entwickelt sein. Hast du eine Idee, wie wir sie besiegen können?«

Tandriel deutete mit ihren Fangarmen auf den Wurm auf ihrem Kopf. »Zeit, deine Frage nach meinem Gefährten hier zu beantworten. Es ist ein Photowurm und er hat mich vor dem sicheren Tod bewahrt, indem er einen Schattenfühler mit seinem Lichtwellenangriff betäubt hat.«

Siphonex dachte, dass sowohl Lena als auch Sandor neidisch auf ihren Kopfschmuck blickten. Zu Recht, denn was Tandriel da hatte, war mächtig.

»Kannst du mit deinem Freund in unser neues Fortpflanzungsgebäude schwimmen? Vielleicht können wir mehr davon züchten. Das wäre ein Vorteil.«

An diesem Punkt fiel Siphonex etwas ein. »Lena, ich möchte noch einen Punkt einbringen.«

»Sprich frei.«

Sandor schnaubte, als Siphonex sagte: »Die Krallark erholen sich nicht, ohne dass sie Erfahrungspunkte bekommen.«

»Dafür siehst du ganz gut genährt aus«, sagte Sandor.

»Unser Volk vermehrt sich nicht mehr. Phitus hängt in einer Senke fest. Ich möchte offen sein: Er ist zu eitel, um eure Hilfe zu erfragen. Candida-Harmonia erzeugt eine Menge XP, vielleicht siehst du den Vorteil, sie mit uns zu teilen. Das würde unsere Chancen auf einen Sieg gegen die Vorax erhöhen.«

»Wie viel braucht ihr?«, fragte Lena.

»Mit zehntausend XP könnten wir eine starke Armee aufbauen. Mit fünfzigtausend bieten wir eine echte Waffe gegen die Vorax.«

»Geht das, Conan?«, fragte Lena.

»Ja, das wäre drin. Aber willst du das ohne Gegenleistung einfach so verschenken?«, fragte Conan.

Siphonex seufzte, denn er hatte mit sich gerungen, als Bittsteller aufzutreten. »Ihr spielt mit unserem Sieg, erpresst ihr meinen Vater damit. Das gebe ich zu bedenken.«

»Gut«, sagte Lena. »Conan, schick die XP über den Marktplatz zu Phitus.«

»Erledigt.«

»Was für ein Irrsinn!«, warf Sandor ein.

Tandriel schwamm in die Mitte der Gruppe,vermutlich, um einen Streit zu unterbinden. Ganz Diplomatin. »Ich habe etwas Interessantes erfahren, als ich die Nishu besucht habe. Trompe, ihr Anführer, erzählte eine Geschichte, bei der eine Erbauerin und ein Räuber eine Symbiose eingingen. Sie hielten das für eine Metapher. Aber ich glaube, da ist mehr dran.«

Siphonex schluckte. Wie gerne würde er mit Anna vereint sein. »So wie Anna und ich.« Hatte er das echt laut gesagt?

Alle Augen richteten sich auf ihn.

»Ich glaube, da ist was dran«, sagte Siphonex. »Das meinte ich.«

»Dumm ist der Gedanke nicht«, sagte Lena. »Vielleicht sind Symbiosen eine Möglichkeit, unsere Truppen extrem zu verstärken. Sandor, ich möchte, dass ein Teil unserer Armee sich Räuber sucht und symbiotisch unterstützt.«

»So ein Irrsinn«, sagte Sandor. »Was kommt als Nächstes? Wir haben durch deine Ideen bereits unsere Virionen verloren.«

Siphonex deutete zum Eingang der Siedlung. »Und jetzt baut ihr eine stärkere und sicherere Barriere auf.«

»Was geht dich das an?«, bellte Sandor.

Eine Weile starrte Siphonex ihn schweigend an. Er wollte sich nicht klein machen, aber ein Streit löste das auch nicht. Interessanterweise hatte Sandor einen Punkt erwähnt, der Siphonex auf eine Idee brachte. Er wandte sich Lena zu. »Was wäre, wenn wir die verbliebenen Virionen zum Eingang der Ursuppe schleppen würden? Dann müssten die Vorax erst dieses Hindernis überwinden. Das würde sie verlangsamen und uns einen Vorteil verschaffen.«

»Hervorragende Idee, Siphonex. Du setzt das um«, sagte Lena. Nach einer Pause fügte sie an: »Anna ist mit Sax in die Sammo-Ursuppe gereist, um dort eine neue Kolonie zu gründen. Es ist also wichtig, dass wir gewinnen. Sandor, mach die Truppen bereit. Ihr wisst alle, was zu tun ist.«

Ein merkwürdiges Gefühl der Sorge um Anna kroch in Siphonex' Zellkern. »Eine Sache noch«, sagte er. »Ich bewerbe mich hiermit um den Generalsposten.«

Sandor geriet außer sich. »Du hast sie doch nicht alle. Ein Räuber befiehlt keine Erbauer!«

»Dein Vater verbietet es«, gab Lena zu Bedenken.

Sandor stieß Lena völlig außer sich an. »Sag nicht, dass das der einzige Grund ist. Du würdest diesen Fatzke doch nicht …?«

»Ruhig, jetzt. Verhaltet euch wie Anführer. Wir müssen zusammenarbeiten. Alle. Siphonex, begleite Sandor als Berater.«

Sandor glühte rot vor Wut. »Wenn er mich nur begleitet, aber das Amt nicht einnimmt, verlieren wir die Boni in der Schlacht. Ich habe bereits einen hervorragenden Adjutanten.«

»Siphonex wird ein besserer sein, wenn die Zeit gekommen

ist. Die Schlachterfahrung wird euch beide enger zusammenschweißen.«

Knurrend schwamm Sandor davon.

Lena zuckte mit den Tentakeln. »Das Meeting ist beendet.«

»Warte.« Conan richtete sich vor Lena aus. »Was war das mit Candidas Pilzkörper? Hat unser Plan funktioniert?«

»Den hat uns jemand weggepflückt.« Lena bildete eine Luftblase mit ihrer Vakuole und zerstach sie mit der Tentakel, was ein *Plopp* erzeugte.

Ein lila Schimmer der Verwirrung überzog Conan. »Und jetzt?«

»Anna und Sax bekommen keine Sporen. Und die königliche Candida wird sich daran machen müssen, einen neuen Pilzkörper auszubilden.«

»Irgendwas geht wohl immer schief«, sagte Conan.

»Darauf kannst du wetten«, sagte Lena und wandte sich ihrem Interface zu. »An die Arbeit, Leute.«

Mit einem unguten Gefühl im Zellkern zog Siphonex ab. Hoffentlich ging es Anna gut.

lena: klippenschlacht

. . .

Meine Gefährten machten mir auf einmal Probleme, mit denen ich rang wie eine Jiu-Jitsu-Kämpferin. Wenn ich es kurz zusammenfasste, sah die Sache so aus: Sandors Ego wuchs bis ins Unermessliche. Zappel hatte Selbstfindungsprobleme. Conan blieb zwar ruhig, schielte aber auf einen höheren Posten. Sax war beleidigt, weil er kein Gründer wurde und Phitus spielte ein Spiel, das ich nicht durchschaute. Auf jeden Fall war da was im Busch. Außerdem wunderte ich mich über Siphonex, der mir hilfreich zur Seite stand und vermutlich einen Narren an Anna gefressen hatte. Um dem ganzen Schlamassel noch die Krone aufzusetzen, hatte jemand meinen Pilzkörper geerntet.

Ich hatte es mir zur Gewohnheit gemacht, dass ich ständig den Status von Candida-Harmonia im Interface überprüfte, wenn ich Ablenkung brauchte. Die Pilzleiter überprüfte ich am liebsten. Sie produzierte Nährstoffe, die meine Erbauer einsammelten und zum Bau neuer Einheiten zur Verfügung stellten. Den Zucker produzierten die Algen. In ihrer Gänze war die Flechte einfach eine Schönheit. Desoxi hatte sich selbst übertroffen.

Dass mir jemand den Pilzkörper geklaut hatte, machte mich wahnsinnig. Wie hätte ich das vorhersehen sollen und worauf musste ich mich denn noch vorbereiten? Befanden sich da draußen Spieler? Oder sogar die echte Welt? Wer wusste schon, wie die Quantenebene funktionierte? Selbst Wissenschaftler sagten ja: Wenn jemand behauptete, die Quantentheorie verstanden zu haben, verstand derjenige gar nichts.

Execute Repair: 58%.

Ich loggte mich in Candida-Harmonia ein. Der königliche Pilz hatte verschnupft über den brutalen Diebstahl reagiert, doch schließlich zugestimmt, es noch einmal zu versuchen.

[Candida] produziert [Fruchtkörper] (24%).

Ich schaltete die Prozentanzeige auf Zeitschätzung um. Conan hatte mir das eingerichtet.

[Candida] produziert [Fruchtkörper] (~180min verbleibend).

Drei Stunden. Okay, hofften wir mal, dass niemand da draußen eine Pilzpfanne zubereitete und wiederkam. Plötzlich poppte eine Nachricht auf.

Questupdate: [Ursuppen-Spaß]. Es ist Halbzeit. Ihr habt [36:00:00], um eine neue Ursuppe zu besiedeln. Gelingt das nicht, endet eure Zivilisation gleich hier.
Viel Erfolg.

Na dufte. Zum Glück waren Sax und Anna ja schon auf dem Weg in die Sammo-Ursuppe. Wo natürlich ein anderes Problem auf sie wartete: eine Vorax-Armee. Wir mussten sie vorher bekämpfen. Hatte meine Siedlung vielleicht Funktionen, die ich militärisch einsetzen konnte?

Noch dazu konnten sie das Starter-Kit nicht nutzen, weil Candida ihre Sporen noch nicht verbreitet hatte. Es war zum Mäusemelken.

Ich navigierte durch das Interface und fand eine neue Fähigkeit unter *Verteidigungen.*

Verteidigung:
> Schildvirionen (Mit Candida)
> Pilzbefall: (~190 min verbleibend)

Ich wählte die Beschreibung von *Pilzbefall* aus.

Diese Art der Verteidigung ist effektiv, kennt jedoch weder Freund noch Feind. Candidas Pilzkörper erzeugt einen geringen Anteil giftiger Sporen, die sie vor Fressfeinden schützt. Um Angreifer abzuwehren, können die Sporen über eine Fläche der Ursuppe abgeworfen werden, in der der Pilzkörper wächst.

Die befallenen Lebewesen im betroffenen Gebiet werden dabei zersetzt. Bei diesem Vorgang werden Nährstoffe freigesetzt, doch – viel wichtiger – auch Feinde besiegt.

Stelle sicher, dass du deine eigenen Truppen vom Einfallsort der giftigen Sporen Candidas fern hältst.

Klar, die Fähigkeit korrelierte mit dem Bau des Pilzkörpers. Und ich wollte mehr davon. Sobald Zappel zurückkäme, würde er mir eine zweite Leiter bauen müssen. Oder konnte mir sein Lehrling Appal weiterhelfen? Später. Ich musste mich dem bevorstehenden Angriff widmen.

Mal schauen, welche Einheiten zur Verfügung standen. Mittlerweile zeigte mein Interface eine beachtliche Auswahl an. Hier kam Generalin Lena!

Produktion:
> Erbauer [Wasser: 20 | Zucker: 50 | Lipide: 30 | Nukleotide: 10 | Enzyme: 5 | Photonen: 0]
> Mimikry-Räuber [Wasser: 100 | Zucker: 400 | Lipide: 300 | Nukleotide: 30 | Enzyme: 30 | Photonen: 5]
> Erborax [Wasser: 10000 | Zucker: 5000 | Lipide: 5000 | Nukleotide: 500 | Enzyme: 500 | Photonen: 50]
> Photowurm [Wasser: 10000 | Zucker: 5000 | Lipide: 1000 | Nukleotide: 1000 | Enzyme: 2000 | Photonen: 3000]
> Pilz-Erbauer [Wasser: 40 | Zucker: 100 | Lipide: 90 | Nukleotide: 15 | Enzyme: 10 | Photonen: 0]
> Algen-Erbauer [Wasser: 40 | Zucker: 100 | Lipide: 60 | Nukleotide: 30 | Enzyme: 20 | Photonen: 5]
> Planar [Wasser: 10 | Zucker: 20 | Lipide: 10 | Nukleotide: 5 | Enzyme: 5 | Photonen: 1]

Ich rutschte fast von meinem Rüssel. Die Kosten für den *Photowurm* waren astronomisch hoch. Die Beschreibung erklärte vielleicht warum.

Photowurm:

Der Photowurm ist eine frühe symbiotische Einheit, die sich auf Erbauer spezialisiert hat. Zur Zeit, als Erbauer und Räuber aufhörten, symbiotisch zu leben, kam der Wurm in Höchstform. Er verteidigte ganze Siedlungen und Stämme von Erbauern gegen Räuber und größere Organismen. Sein Lichtwellenangriff betäubte alle Feinde und heilte alle Freunde in Reichweite.

Der Angriff unterscheidet zwischen Gut und Böse.

Ein Erbauer muss Photonen bei sich haben, um den hungrigen Wurm zu füttern, ansonsten kann dieser seinen Angriff nicht ausführen.

Photowürmer stammen von Planaren ab und können sich mit ihnen paaren. Die Aufzucht der Nachkommen ist schwierig, weil sie sich kaum ansiedeln lassen, einen Erbauer befallen oder in Schwärmen durch die Ursuppen ziehen.

Fähigkeiten: Lichtwellenangriff; Heilung; Verschleierung; Erbauer-Symbiose.

Okay, in dem Wurm steckte eine Menge Potential.

»Conan, wie viele Photowürmer kannst du mit gutem Gewissen produzieren?«

»Keinen einzigen, Lena.«

»Okay, dann mach zwei möglich.«

»Hörst du mir eigentlich zu?«

»Was sagst du, Conan?« Ich schmunzelte. Es machte mir Freude, Conan zu fordern. Er war so gut in dem, was er tat.

Candida-Harmonia war nie reicher gewesen. Ich wollte das zwar nicht aufs Spiel setzen, aber jetzt brauchten wir Truppen.

»Ich kann keine Photosynthese«, sagte Conan merklich aufgebracht. »Was soll ich für deine Würmer abschreiben?«

Na dufte. »Gibt's eine Auswahl?«

»Da gibt es eine Forschung zum Bau von Nervenbahnen.«

»Auf keinen Fall!«, rief ich.

»Oder das Bauprojekt der zweiten Pilzleiter. Hast du das hinzugefügt, ohne mit mir zu sprechen?«

»Wie jetzt? Ich?«

»Lena«, sagte Conan. »Von den gebundenen Rohstoffen wären zwei der Würmer möglich.«

»Gut, mach es. Außerdem brauche ich dreißig Mimikry-Räuber und zwei Erborax.«

»Lena, die Weide ist noch nicht fertig. Wie soll ich sie ernähren?«

»Keine Angst, sie werden nicht so lange leben.« Selbst in meinen Ohren klang das schroff. »Leider, meine ich.«

Conan sagte nichts mehr. Die Warteschlangen der Siedlungsübersicht füllten sich mit meinen Aufträgen. Nun schaute ich ins *Forschungsmenü*. Hier liefen eine Menge Dinge ab, vieles davon von Appal oder Desoxi eingestellt: Upgrades für die Algenfarm, die Pilzleiter und die Werkstatt. Eine Forschung von Conan optimierte die Photosynthesefabrik und machte die Verwaltung noch effizienter. Doch wonach ich suchte, war Zappels Fortschritt. Er schuf eine Grundvoraussetzung, damit mein Reich wachsen konnte: Kommunikation.

[Zappel] erforscht [Nervenbahnen] (4%).

Ich wollte auch hier lieber wissen, wie lange er noch brauchte.

[Zappel] erforscht [Nervenbahnen] (>1000 min verbleibend).

Mehr als eintausend Minuten konnte alles bedeuten. Von Tagen bis hin zu Wochen. Aber ich wollte geduldig sein. Nervenbahnen erforschte man nicht nebenbei. Das galt auch für unseren genialen Zappel. Die gute Neuigkeit daran war, dass Zappel arbeitete und seine Sinnkrise überwunden hatte. Hoffentlich. Zuerst standen uns sowieso handgreiflichere Probleme gegenüber.

Schließlich öffnete ich das *Diplomatie*-Fenster. Hier hatte Tandriel doch einiges erreicht.

Diplomatie:
> Nishu Erbauer (Handels- und Friedensabkommen)
> Krallark Räuber (Handels- und Friedensabkommen)
> Vorax Imperium (nicht verfügbar)

Ich musste wohl erst einen Vorax kennenlernen, bevor ich mit ihnen interagieren konnte. Fein. Das machte Sinn. Ich wünschte nur, ich könnte ihnen eine Nachricht schicken.

Als hätte ich es beschworen, blinkte ein Dialog direkt vor mir auf. Es kam vom Vorax Imperium. Hey, wieso konnten die das?

Unterwerfungserklärung Candida-Ursuppe.
Grüße, Gründerin Lena. Mein Name ist Dregmond und ich spreche im Namen des großen Imperators der Vorax und meine Nachricht ist kurz: Unterwerft Euch oder Ihr werdet von unseren

Truppen getötet, verspeist, verdaut und ausgekackt.

Ihr habt zwei Stunden, um Euch zu entscheiden.

Willst du dich unterwerfen? [Ja/Nein]

Die Unterwerfung durch die Armee des [Vorax Imperium] beginnt in [02:00:00].

Ich seufzte. Verdammt, es wurde konkret. Viel zu konkret. Zwei Stunden war nicht viel Zeit, um uns vorzubereiten. Zum Glück hatten wir den Plan bereits besprochen.

»Conan, ich brauche dich und die Truppen in spätestens zwei Stunden hier.« Ich markierte die Karte der Ursuppe an dem Punkt, wo ich die Armee der Vorax erwartete.

»Jawohl, Lena.«

»Ich hole mir jetzt einen Photowurm. Sag Sandor Bescheid, dass er sich den zweiten nehmen soll.«

»Der bekommt auch alles hinterhergeschmissen«, beschwerte sich Conan. »Was bleibt für mich?«

»Das Gefühl, es aus eigener Kraft geschafft zu haben.«

»Wenn du glaubst, dass du witzig bist, irrst du dich gewaltig.«

Ich ignorierte sein Gemotze. »Dann los, lass uns in Vorax-Hintern treten. Bitte schicke Phitus eine Nachricht, dass die Schlacht beginnt.«

Eine Sache benötigte ich noch, weswegen ich zu Desoxi schwamm. Der grünschuppige Erbauer sah mich und versteckte sich hinter der Pilzleiter. Wovor hatte er denn Angst?

»Hey, Desoxi. Ich brauch dich.«

»Nein, weißt du. Ich bin nicht gut drauf. Meine Schuppen schmerzen vom vielen Arbeiten und meine Geißel fällt fast ab ...«

»Schon gut. Du sollst nicht kämpfen. Aber ich brauche ein

Schleppnetz von dir. Kannst du es mir aus Pilzfäden und Flechte zusammenbasteln? Es muss ein Vorax hineinpassen.«

Erleichtert entspannte sich Desoxi. »Ja, ist in zwanzig Minuten fertig.«

»Perfekt«, sagte ich und schwamm zur Kuppel, um meinen Photowurm abzuholen.

Die Unterwerfung durch die Armee des [Vorax
Imperium] beginnt in [00:15:02].

Ich überblickte das Schlachtfeld vor den westlichen Klippen meines Reiches. Aufgeregt erwarteten wir den Einfall der Vorax-Armee aus Sammo. Hatte ich an alles gedacht?

Unsere Truppen waren in drei Züge unterteilt und am Eingang zur Candida-Ursuppe aufgestellt. Meine Position war rechts außen, zusammen mit Phitus. Wir befahlen zwei Erborax, zehn Mimikry-Räuber, zwanzig Räuber und dreißig Erbauer.

An meinem Kopf klebte der Photowurm, den ich schubweise mit kleinen Mengen Nukleotiden bei Laune hielt. Er entließ einen mir unbekannten Stoff. Ich fühlte mich dadurch wacher und stärker. Ihn an mich zu binden, hatte sich so nervenraubend gestaltet wie das Herausfummeln einer Kontaktlinse mit nassen Fingern. Zur Bindung des Wurms hatte mir das Spiel ein Labyrinth präsentiert. Durch dieses musste ich einen dicken Wurm steuern. Ich hatte zwanzig Sekunden Zeit, um es zu durchqueren, aber ohne die Wände zu berühren oder in einer Sackgasse zu landen.

Das war wie eines dieser Old-School PC-Games. Es sah hässlich aus, und es war extrem schwer zu gewinnen. Nach mindestens zehntausend Versuchen hatte es dann geklappt.

Ich konnte mit Fug und Recht behaupten, dass ich stolz war, den Wurm tragen zu dürfen.

Sandor und Siphonex befahlen den mittleren Zug, der mit denselben Einheiten ausgestattet war. Sandor lehnte das Geschenk des Photowurms zwar zuerst ab, aber als Siphonex anbot, dass er ihn nähme, willigte er hastig ein. Ich grinste den Krallark-Prinzen an. Hinterlistiger Geselle.

Links außen flankierten Tandriel und Conan. Sie befehligten die gleiche Truppenstärke wie wir.

»Ich hätte ja nie gedacht, mit einer Erbauerin mal Seite an Seite in eine Schlacht zu ziehen«, sagte Phitus, der ruhig neben mir schwebte.

Denken war halt nicht seine Stärke. »Der Feind meines Feindes ist mein Freund.«

Execute Repair: 59%.

»Was soll das bedeuten?«

»Dass es mir eine Ehre ist, mit Euch auf dem Schlachtfeld zu stehen, Phitus. Es ist auch meine erste.«

Phitus reckte alle seine Tentakel und ließ sie wie Finger knacken. »Deswegen bekommt Ihr meinen Sohn noch lange nicht.«

Ich schüttelte mental den Kopf. »Nein, hier geht es um mehr.«

Mit einem Blick nach links beobachtete ich Siphonex, der mit Sandor Position bezogen hatte. Ob die beiden sich einig waren? Ich hatte dem Prinzen erlaubt, sich an mir noch einmal »aufzuladen«. Dem König täte das auch gut. Aber er hat nicht darum gebeten und ich scheute mich, es ihm anzubieten, weil ich vermutete, dass ich ihn damit beleidigte.

Die Unterwerfung durch die Armee des [Vorax
Imperium] beginnt in [00:02:00].

Mein Blick wanderte über die Virionentümpel vor uns. Siphonex und seine Räuber hatten sie herbeigeschleppt. Sie schillerten wie ausgefaserte Kugeln aus Öl. Hoffentlich hielt das die Vorax auf, schließlich blockierten die Virionen normalerweise viel kleinere Wesen.

Eine graue Box schob sich in mein Blickfeld. Rundherum nahm ich verschwommen die Umgebung war. Ein Schlagzeug trommelte ein Solo wie zu einem Heavy Metal Song. Von oben flog ein Schriftzug in mein Sichtfeld, landete in der Box und hüpfte auf und ab.

»Mächtige Streitmacht des Vorax Imperiums«.

Der Text flog nach links weg und wurde ersetzt durch:

»VS«.

Das verschwand nach oben und machte Platz für

»Rebellische Armee der Candida-Ursuppe«

von unten.
Zwei Blutbahnen zogen über die Schrift hinweg. Das war neu.

Gewinnchance: Armee der Candida-Ursuppe:
32,4%.

Die Chancen standen gegen mich. Wenigstens war das nichts Neues. Einen Augenblick später klärte sich mein Blick und ich atmete schockiert ein. Über die Klippen krochen die hässlichsten Nacktschnecken, die ich je gesehen hatte. Das lag zum größten Teil daran, weil sie unglaublich riesig waren. Jedes eklige Detail herangezoomt. Der schleimige Körper, das riesige Maul und die Stielaugen. Das Schlimmste war ihre Emotionslosigkeit. Die Dinger kannten keine Angst und es schien für sie keinen Unterschied zu machen, ob wir oder ein Erdbeerstrauch sich ihnen entgegenstellte.

Execute Repair: 60%.

Ich zählte die Schattenfühler. »Fünfundzwanzig«, sagte ich. »Stimmt das?«

»Ganz genau«, sagte Phitus kleinlaut.

Auf der schleimigen Spur folgten die Vorax. Die sechsarmigen Biester sahen aus wie die Monstervariante des süßen Bärtierchens. Sie brüllten, als sie in meine – Pardon: unsere – Ursuppe eindrangen. Ich spürte die Vibration auf meiner Außenhaut.

»Nur ruhig!«, rief ich meinen Truppen zu. »Wir lassen uns von ein wenig Gebrüll nicht einschüchtern. Das hier ist unsere Ursuppe. Bis zum Zelltod, für Candida-Harmonia und die Krallark!«

Meine Truppen befanden sich im Selbstversorgungs-Modus. Erstens beruhigte sie das und zweitens wollte ich, dass sie gut ausgestattet waren, um ein Maximum an Sonderfähigkeiten einzusetzen.

Wütend dachte ich an die Besprechung vor der Schlacht zurück. Ich wollte, dass sich ein Teil der Erbauer und der Räuber symbiotisch verbanden, um unser volles Potential auszuloten. Doch Sandor hatte mich überstimmt. Aus militärischer Sicht, hatte er gesagt, hätte das eingeübt werden müssen und das

Risiko, die Fähigkeit in der Schlacht zu testen, war zu hoch. Sogar Conan und Tandriel hatten zugestimmt und auch Siphonex war auf meiner Seite gewesen. Nur Phitus hatte sich 'rausgehalten, wohl, um Sandor zu bestärken.

Auch, dass Sandor letztendlich mit Siphonex Seite an Seite kämpfte, hatte wohl eher was damit zu tun, dass er ihn unter Kontrolle haben wollte.

Mir wurde das alles zu politisch. Sollten wir hier heil 'rauskommen, musste ich mir etwas überlegen. In der echten Welt hätte man Leute wie Sandor wegbefördert. An einen Ort, wo er nicht störte und trotzdem das Gefühl von Macht hatte. Ob es an dem Namen lag, dem ich ihm gegeben hatte?

Ich schrak auf, als Phitus mich anstupste, weil die Schnecken vorrückten. Gespannt schauten wir zu, wie sie vollkommen unbeeindruckt in die Schildvirionen krochen und anfingen, dieses aufzufressen. Ich konnte nicht glauben, was ich da sah.

»Die fressen unsere Verteidigung auf«, sagte Phitus.

»Sieht ganz danach aus.«

»Was machen wir jetzt?«

Gerade wollte ich »Keine Ahnung« sagen, da stürmten unsere Erborax nach vorn. Allen voran mein Begleiter Bumir. Er gab ein Zirpen von sich, dass ich noch nie von ihm gehört hatte. Ich schaute hinüber zu Sandor, ob er vielleicht den Befehl dazu gegeben hatte, doch sein lila Flimmern verriet mir, dass er ebenfalls irritiert war.

»Es sieht so als, als wollten uns die Erborax verteidigen«, sagte ich.

»Aber sah unser Plan nicht vor, sie erst später einzusetzen?«, fragte Phitus.

Was für ein schlauer König. »Das ist ihr starker Schutzinstinkt. Bumir, bei Fuß!«

Er hörte nicht. Zirpend stürmten die Erborax auf die Schnecken zu. Von den Virionen umgeben, sahen sie unsere sanften Riesen nicht kommen. Erst als Bumir seine spitzen Tentakeln in das schleimige Fleisch eines Schattenfühlers rammte, erkannte er die Gefahr. Hieb für Hieb öffnete Bumir den Schneckenkörper und weiße Flüssigkeit quoll hervor.

Schließlich biss der Schattenfühler zurück, der bis dahin so viele Virionen wie möglich vernichtet hatte. Ein Vorax brach aus seiner Gruppe aus und preschte nach vorn, so als hätte sich ein Hund von der Kette gerissen. Voller überdrehter Aggressivität attackierte er Bumir, der zwei Angriffe der lanzenartigen Beine abwehrte. Obwohl Bumir für mich ein Riese war, degradierte ihn sein Angreifer zum Zwerg. Der Vorax biss zu. Bumir wich nicht zurück, sondern ertrug die Wunde am Hals und stach seinerseits in den Kopf des Angreifers. Der schnellte vor Schmerzen zurück.

Mittlerweile hüllten den Vorax hunderte Virionen ein. Sie reagierten mit seiner Haut und schimmerten rötlich, als hätte er sich die Masern eingefangen.

Execute Repair: 61%.

Sponn ich? Der Vorax schrumpfte auf die Größe von Bumir zusammen, der seinerseits austeilte. Grauer Schleim waberte aus den Wunden des infizierten Angreifers, der schließlich in sich zusammensackte wie ein ausgehöhlter Kürbis Wochen nach Halloween.

Execute Repair: 62%.

»Seht Ihr das, König? Unsere Virionen sind das reinste Gift für die Vorax.«

»Nutzen wir diesen kleinen Vorteil. Schickt Eure Truppen«, schlug Phitus vor. »Meine Räuber feuern ihre Pfeile der Pein.«

»Gut«, sagte ich. Dann rief ich den Befehl. »Erbauer! Angriff mit Vergifteter Ladung und Elektroschocks. Räuber! Angriff mit Pfeil der Pein.«

Die Einheiten lösten sich aus ihren Verbänden und rückten vor.

Unsere Erborax hatten schon vier Schattenfühler erledigt und hieben wütend auf weitere ein. Auf Unterstützung der Vorax brauchten die Schnecken nicht zu hoffen, solange Virionen das Schlachtfeld blockierten. So würden wir die Schlacht gewinnen. Ich wusste gar nicht, warum uns das Spiel nur eine dreißigprozentige Chance gegeben hatte.

Ich revidierte meinen Gedanken, – denn Arroganz wird offensichtlich gleich bestraft –, als sich auf der linken Flanke drei Schnecken über einen Erborax hermachten. Tandriels Position stellte die Achillesferse dar.

Die geordnete Attacke mit Erbauern und Räubern glich den Nachteil aus. Grüne, geladene Giftwolken zuckten über das Schlachtfeld und peinigten die Schattenfühler. Ein Hagel an Pfeilen schoss in die Gegner und traf sogar die Vorax in den hinteren Reihen. Mit dieser Rückendeckung hielten unsere Erborax reichliche Ernte unter den Schnecken. Mindestens sechs waren mittlerweile gefallen.

Ich knirschte mental mit den Zähnen, als ein weiterer meiner Erborax trotz der Unterstützung von vier Schnecken getötet wurde. Die gierigen Mäuler zerrissen ihn wie ein labbriges Toastbrot. Einige mutige Erbauer ließen ihr Leben, als sie Elektroschocks aus der Nähe abfeuerten und gleich darauf von Schattenfühlern verschlungen wurden. Meine Armee schrumpfte.

Ich suchte nach Bumir und fand ihn. Er hatte eine Schnecke mit seinem Bein halbiert und stürzte sich auf die nächste.

»Erbauer, maximalen Abstand halten!« Auf meinen Befehl

hin wichen die Erbauer zurück, denn die wenigen Erborax bildeten keinen effektiven Schutz. Die Räuber feuerten ihre Pfeile ab. Wie in Gelee drangen die Stacheln ein. Bei jedem Treffer zuckten die Stielaugen der Schnecken zurück in den Körper.

Mittlerweile hatten wir dreizehn der Schleimbatzen erledigt, über die Hälfte. Aber dafür hatten wir drei Erborax verloren und mindestens zehn Erbauer. So traurig es mich machte, lief es viel besser als gedacht. Stiegen unsere Siegchancen? Ich verkniff es mir, auf die Anzeige zu schauen.

Wie bekam ich einen Schutzschild vor die lästigen Schnecken?

»Mimikry-Räuber! Bildet eine Mauer vor den Virionen. Keine Schnecke passiert euch!«

Jeweils zehn Krieger der drei Armeen schwammen nach vorn. Sie waren die letzten Einheiten, die wir noch hatten produzieren können. Wie die Berserker der Protos aus StarCraft reihten sie sich auf.

Execute Repair: 63%.

»Erbauer, in den Schatten der Mimikry-Räuber vorrücken und feuern. Räuber, saugt die Schnecken leer!«, befahl ich.

Ich schaute zu Phitus. Der nickte mir zu.

Wie eine römische Kohorte formierten sich unsere Einheiten. Die Ordnung hatte Lücken und ungleichmäßige Abstände, aber es funktionierte. Meine Mimikry-Räuber stießen ihre Fangarme in die Schnecken und schleuderten Vergiftete Ladungen. Die Erbauer teilten Elektroschocks aus und auf Grund unserer Überzahl wussten die Schnecken nicht, wo sie zuerst angreifen sollten.

Schließlich gruben sich die Tentakel der Räuber in die Schnecken und saugten ihnen die Erfahrung ab. Ich konnte nicht sehen, ob das klappte.

Nur zwei unserer Erborax waren noch übrig. Einer wütete in Sandors Einheit und Bumir bei uns. Mein Großer kämpfte wie im Rausch. Ich blickte nur kurz zu Tandriel. Ihre Flanke hielt, obwohl sie am meisten geschwächt worden war. Siphonex hätte bei ihr sein sollen. Ich verfluchte mich dafür, dass Sandor mich ausgestochen hatte und Siphonex in seiner Einheit war. Zuerst wollte er ihn nicht als Berater und als ich meinen Fehler eingesehen hatte, ließ er ihn nicht mehr gehen.

Zwischen den Vorax-Kriegern auf der anderen Seite des Schlachtfeldes zeigte sich einer mit goldener Haut. Ich hatte gehofft, dass ein Anführer wie der Goldene auftauchte. Nun musste ich nur noch Phitus zu meinem verwegenen Plan überzeugen. Oder ich überrumpelte ihn.

Der Goldene stieß einen Laut aus, woraufhin die Vorax-Armee vorrückte. Die Schnecken hatten wohl genug Virionen vernichtet. Dann brach das Chaos aus.

Die Vorax drängten hervor wie Panzer, langsam, aber unaufhaltsam.

»Tötet so viele Schnecken wie möglich!«, schrie ich.

Viele waren nicht mehr übrig. Die meisten auf Tandriels Seite. Zum Zählen blieb mir keine Zeit. Schließlich schwammen die Vorax durch unser Minenfeld aus Virionen. Tatsächlich hefteten sich unsere kleinen Freunde an die verbeulte Außenhaut, um dann im Inneren zu verschwinden. Kleine rote Flecken blieben zurück.

»Rückt weiter vor. Lasst den Vorax keinen Platz, um aus den Virionen zu schwimmen. Mariniert die Bastarde!«, rief Sandor.

Der Plan war gut.

Obwohl die Vorax in den Virionen schwammen, hieben und schnappten sie nach unseren Truppen. Mit vor Schreck geöffneten Augen sah ich zu, wie sie mit einem Bissen einen Erbauer erledigten und verschlangen. Ein anderer Vorax zerfetzte mit zwei Stichen einen Mimikry-Räuber.

Es war so offensichtlich, dass meine Einheiten Upgrades brauchten. Hoffentlich konnte mir Appal dafür ein Gebäude errichten. Aber zuerst mussten wir hier lebend herauskommen.

»Die Biester gewinnen die Oberhand«, zischte Phitus.

Ich drehte mich zu ihm und streckte meine Fangarme aus. »Symbiotische Brücke. Ihr und ich. Dann holen wir uns den goldenen Bastard da hinten.«

Mir war vollkommen klar, dass Phitus niemals ein solches Himmelfahrtskommando eingehen würde. Bis er es tat. Seine Tentakel drangen in mich ein und ich fühlte einen Sog. Er forderte förmlich Erfahrungspunkte. Ich baute die *Symbiotische Brücke* auf.

Plötzlich war alles ein Ganzes. Es gab keine Grenze mehr zwischen Phitus und mir. Gedanken wurden eins. War es mein Plan gewesen oder unser Plan? Ich wuchs auf die Größe eines Vorax an und auf meiner Brust trohnte ein massiver Pflock. Da ich genug Rohstoffe hatte, feuerte ich ihn auf den ersten Vorax ab, der sich an der Flanke befand und einen meiner Mimikry-Räuber bedrängte.

Der Pflock surrte durch die Ursuppe wie an einem Faden gezogen und stieß in den Schädel des Vorax. Headshot. Durch die Ablenkung setzte der Mimikry-Räuber tödliche Treffer und ein naher Erbauer beendete den Spuk mit einem Elektroschock.

Vorax down!

Freude stieg in mir auf. Dazu der Drang, weitere Feinde hinzurichten. Ich konnte das. Ich war stark genug. Ich war dazu bestimmt.

Nein, halt! Ich richtete meinen Blick auf den goldenen

Befehlshaber. Den mussten wir fangen. So würden wir die Moral der Angreifer senken und die Chance auf einen Sieg erhöhen.

Ich wollte lieber töten. Meinen Truppen im Kampf beistehen.

Und das tat ich, wenn ich den General ausschaltete. Eine bessere Unterstützung gab es nicht. Es kostete mich alle Kraft, den Goldenen anzusteuern. Ich zirkelte um die Flanke herum und feuerte zwei Pfeile in die Seite der Angreifer. Damit konnten wir den achten Vorax töten. Auch von den Schnecken gab es nur noch wenige, und die waren bereits schwer verletzt.

Den goldenen Anführer begleitete ein Leibwächter, der uns kommen sah und sich uns entgegen stellte. Er war der Dwayne »The Rock« Johnson aller Vorax. Ein massives Biest.

Execute Repair: 63%.

Doch ich war Phitus, König der Krallark. Moment, nein. Ich war Gründerin Lena und mich hielt niemand auf.

Zuerst feuerte ich einen Pfeil ab.

[Lena-Phitus-Symbiose] verursacht 87 Schaden durch [Pfeil der Pein] bei [Dwayne, the Final Vorax].

Dann wählte ich *Ausweichen* aus. Wir zuckten seitlich weg, genau in dem Moment, als der Leibwächter seine Rasiermesserkrallen nach uns hieb. Ich sandte ihm ein Geschenk in Form der vergifteten Ladung.

[Lena-Phitus-Symbiose] verursacht 92 Schaden durch [Vergiftete Ladung] bei [Dwayne, the Final Vorax].

[Dwayne, the Final Vorax] ist gelähmt.

Das machte Spaß, denn wir waren gut mit Rohstoffen versorgt. Vorbereitung zahlte sich eben aus. Ich schickte einige Elektroschocks ab. Knisternd zitterten sie über die graue, von Beulen übersäte Haut des Vorax. Die grüne Giftwolke drang in ihn ein.

Ein weiterer Pfeil war nachgewachsen, den wir ihm in den Kopf schossen.

[Lena-Phitus-Symbiose] verursacht 199 Schaden (kritisch) durch [Pfeil der Pein] bei [Dwayne, the Vorax].

Aber Moment, wieso sah ich seine Lebenspunkte nicht? Weil mächtige Vorax sie verschleiern konnten, antwortete ein anderer Teil von mir.

Gerade wollte ich andeuten, dass das alles viel zu einfach war, als »The Final Vorax« im Gegenzug seine Harpune abfeuerte, die sich schmerzhaft durch meinen Körper bohrte. Dann zog er mich blitzschnell heran. Sechs Krallen zerfetzten meine Außenhaut und Zellplasma schleierte in die Ursuppe. Ich verlor Rohstoffe und Kraft.

[Dwayne, the Final Vorax] verursacht 179 Schaden durch [Harpune-Krallen-Kombi] bei [Lena-Phitus-Symbiose].
Lebensenergie: 401/580.

Wie irre stach ich zu, rammte meine vier Tentakel in den Kopf des Monsters. Ich ließ einen Elektroschock nach dem anderen ab. Dazu entließ ich die Giftexplosionen und schoss einen weiteren Pfeil ab. Es war mir egal, dass ich einen Krallenhieb nach dem anderen aushalten musste. Ich kam ja nicht weg. Meine Erfahrungspunkte nutzte ich, um Lebenspunkte aufzufrischen. Wie praktisch. Konnte ich das schon immer? Natürlich, das war ja das Schönste daran.

Nach zwei weiteren Runden des heftigen Schlagabtausches erschlaffte der Leibwächter endlich. Ich hatte einige Wunden davongetragen und meine Erfahrungspunkte neigten sich dem Ende. Aber dafür hatte ich wohl den mächtigsten Krieger erledigt.

[Lena-Phitus-Symbiose] besiegt [Dwayne, the Final Vorax].
Achievement: Du besiegst einen der großen Helden der Vorax. Der Imperator wird nicht besonders erfreut sein, das zu hören.
Belohnung: Reicht das nicht? Na gut. Du darfst den Titel »Heldenbezwinger:in« tragen.

Jetzt verstand ich, warum es die Gender-Schreibweise gab. Das Leben war nicht binär. Vor allem nicht im Fall einer Symbiose. Ich wischte den Dialog zur Seite und holte das Netz hervor, das Desoxi für mich gebastelt hatte. Da ich selbst riesige Ausmaße hatte, stellte es kein Problem dar, es zu spannen. So schwamm ich auf den Goldenen zu, der zwar versuchte zu fliehen, aber ansonsten keine Anstalten machte, sich zu wehren.

»Abschaum«, sagte er, nachdem er im Netz zappelte. »Welch barbarische Methoden. Aber meine Krieger werden die Schlacht trotzdem gewinnen und mich befreien.«

Ich blickte in den Rücken des Schlachtfeldes. Meine Seite hatte zwar die Oberhand gewonnen, wahrscheinlich durch mein

Eingreifen, aber das änderte sich, je weiter ich zu Tandriel schaute.

»Sandor! Siphonex, mein Sohn. Vereint euch.« Es sah so aus, als würde Sandor weiteren Abstand zu Siphonex aufbauen. Verdammter Sturkopf. Eitler Erbauer.

Ich stürmte auf die Vorax vor mir zu, um in den Rücken der Angreifer zu fallen. Ein gut gezielter Pfeil kündigte mich an. An einem Tentakel hielt ich das Netz, in dem sich der Goldene wandte und vornehm die Klappe hielt.

Für Tandriel und Conans Einheiten sah es nicht gut aus. Nur eine Handvoll Räuber, Mimikry-Räuber und Erbauer standen fünf Vorax gegenüber, die mit jedem Hieb Tatsachen schafften. Tödliche Tatsachen.

Mein Angriff von hinten war zwar nicht besonders nobel, doch es sorgte für Unruhe, sodass wir uns neu formieren konnten.

»Im Kreis!«, rief ich. Diese Aufstellung war nicht gut, denn sie schwächte uns. Aber ich hatte einen Plan. Das konnte nicht funktionieren. Doch, das würde es.

Unsere Truppen bildeten eine Reihe, die sich wie ein Faden um die Vorax legte. Wie ich es gehofft hatte, reagierten die Angreifer und zogen sich zu einem Knäuel zusammen, der in jede Richtung verteidigte. Jetzt hatte ich sie, wo ich sie haben wollte.

»Photonenangriff!« Tandriel, Sandor und ich lösten unsere Photowürmer aus, nachdem wir sie die ganze Zeit mit Photonen geladen hatten. Drei Blitzwellen aus verschiedenen Richtungen trafen die Gruppe aus Vorax. Die Schattenfühler hatten wir mittlerweile alle erledigt.

Vor mir bog sich ein Vorax nach hinten und bot mir damit seinen Unterleib dar. Ich konnte nicht anders, als einen Pfeil hineinschießen.

Die Vorax überlebten den Angriff, waren aber gelähmt und geblendet. Damit ging ich zum abschließenden Element meines Planes über, denn mit den verbliebenen Truppen würden wir trotz gutem Kampfverlauf nicht gewinnen können.

»Rückzug!«, rief ich. Nein, ich werde sie fertig machen. Der Plan war ein anderer. Ich wusste, was ich tat. »Weiter angreifen!«, schrie ich. »Nein, Rückzug!«

Ich musste aus der Symbiose raus und brach die *Symbiotische Brücke* ab. Mit aller Kraft stemmte ich mich gegen die Tentakel von Phitus und wir lösten die Verbindung.

»Kommt schon, wir dürfen keine Zeit mehr vergeuden. Alle zusammen, mir nach.«

Unsere Armee geißelte davon. Phitus und ich zogen den Goldenen hinter uns her.

»Wir hätten sie vernichten sollen«, sagte Phitus.

»Mit welcher Armee?«, fragte ich.

»Wenn Sandor sich mit meinem Sohn …«

»Ich weiß«, sagte ich. »Doch ganz fertig bin ich noch nicht mit den Vorax.«

Ich checkte den Timer für die Aufladung des *Pilzbefalls.*

[Pilzbefall] verfügbar in [00:08] Sekunden.

»Weiter, weiter«, rief ich.

[Pilzbefall] verfügbar in [00:02] Sekunden.
[Pilzbefall] verfügbar in [00:01] Sekunden.

Ich löste den Angriff aus.

Die Vorax wachten auf, als hätten sie Jahrhunderte wie Rapunzel geschlafen und rieben sich nahezu niedlich die Augen. Ohne, dass sie eine Ahnung hatten, was sie da traf, rieselten weiße Sporen auf sie hinab, die sich auf ihre Haut setzten. Graue Streifen blätterten von ihnen ab. Immer mehr, immer schneller. Als würden sie von einer unsichtbaren Hand zerfetzt, lösten sich die beeindruckenden Monster auf. Candidas Sporen ließen ihnen keine Chance.

»Weg hier«, sagte ich.

Als Helden der Schlacht gegen die Armee des Vorax-Imperators kehrten wir erschöpft nach Candida-Harmonia zurück. Im Schlepptau hatten wir einen goldenen Vorax, der sich bald als jemand Besonderes herausstellen sollte.

tim: funken

. . .

Brütend heiß hing der Sommer über dem Münchner Büro der Mammut-Gen Games. Tim hockte schwitzend hinter seinem Schreibtisch. Ihm stieg der Geruch der glühenden Transistoren seines Laptops in die Nase. Besser als Mariannes Parfüm, das gestern Abend in der Luft gehangen hatte. Zum Glück war sie schnell wieder verschwunden. Zuerst hatte er es nett gefunden, über alte Zeiten zu reden und wie man die Freunde retten könnte. Doch bald hatten ihm seine Schmerzen keinen Funken Geduld mehr gelassen.

Tim konzentrierte sich auf das Online-Meeting. Obwohl sich drei Personen darin befanden, starrte er nur auf den Video-Feed mit seinem Gesicht, die anderen waren ihm egal. Schweißtropfen standen ihm dick auf der Stirn und der Ausschnitt seines T-Shirts war durchnässt.

»Are you having a shower during this?«, fragte einer der Venture-Capital-Geber, ein älterer Inder mit grauem Haaransatz. Der andere, ein junger Amerikaner, lachte mit strahlend weißen Zähnen, so, als wären sie mit Neuschnee überzogen.

»No, es ist heiß in Deutschland.«

»Habt ihr kein Geld für Klimaanlagen?«, fragte der Amerikaner.

»Die brauchen wir normalerweise nicht.« Tim hatte keinen Bock, ihnen zu erklären, dass deutsche Häuser massiver gebaut worden waren als in den USA, und Klimaanlagen, im Gegensatz zum Namen, nichts Gutes für das Klima bedeuteten.

Es war schon sein dritter Call mit ignoranten Idioten heute.

»The world is changing, pal. Warum genau sollen wir in dein Spiel investieren?«, fragte der Inder.

Tim strich sich über die Stirn und lüftete die Piratenklappe, indem er sie einen Fingerbreit anhob. Zum dritten Mal heute hörte er diese dämliche Frage. »Weil es der heißeste Scheiß ist: höchst immersiv und macht die Spieler süchtig. Dazu ist es unglaublich skalierbar, weil es schon jetzt auf Quantenrechnern läuft und der VR-Pod der Renner in der Szene ist.«

»Why do you look like a pirate? Ich mache keine Geschäfte mit Piraten.« Beide VC-Typen lachten laut. »Nur ein Scherz, pal.«

»Schon gut.« Tim zog die Stirn in Falten, um gegen seine bohrenden Kopfschmerzen anzukämpfen. Die Hitze tat ihr Übriges. Seine Handflächen schwitzten von der Wärme, die die Tastatur ausstrahlte.

»Honestly. Geht es dir gut?« Das Gesicht des Inders wurde größer, als er sich näher an sein Display lehnte, um Tim genauer unter die Lupe zu nehmen.

»Ja.«

»Haben Piraten das nicht getragen, weil ihnen ein Auge fehlte?«, fragte der junge Amerikaner, Dan. Er gab gerne mit seinem Wissen an.

»Eigentlich hat es einen anderen Grund«, sagte Tim und machte eine Pause.

»Go on«, sagte Dan.

Tim seufzte. »Das zweite Auge wurde mit der Klappe ständig dunkel gehalten. Falls der Pirat unter Deck musste, öffnete er das geschützte Auge und konnte sehen. Ein Trick also, um beim Entern schneller von heller zu dunkler Umgebung zu wechseln.«

»Crazy. Did you know that?«, fragte der Inder.

»Nope. Anyways. Was ist mit dem alten CEO passiert? Warum du?«, fragte Dan.

Wie wenig Lust Tim hatte, diese Frage zu beantworten, konnte er gar nicht umfänglich mit abweisender Mimik ausdrücken. Er verdrehte das verbliebene Auge. »Antonio Frankl hat Mist gebaut und ich bin hier, um das Schiff vor dem Sinken zu retten.«

»And what about the programmer, Sascha?«, fragte der Inder.

»Er ist im kanadischen Knast umgekommen. Steht alles in den Zeitungen. Mehr weiß ich nicht.«

»I mean, how do you plan to extend and maintain the system without its mastermind?«

»Deswegen brauche ich ja Sie. Ihr Geld stecke ich in die Weiterentwicklung und Vermarktung. Bei dem Suchtfaktor dieses Spiels haben Sie gar kein Risiko.«

Dan lächelte. »Das Risiko liegt nicht im Produkt, sondern bei der Auswahl des richtigen CEO.«

Der Inder übernahm nach einer kleinen Pause. »What about the business model?«

Unter einem tiefen Seufzen hob sich Tims Brustkorb. Er hatte gelinde gesagt keinen Bock auf diese Gespräche. Warum musste das so zäh sein? Er hatte ein geiles Spiel und brauchte Geld. Jeder, der investierte, würde Geld verdienen. Aber nein, alle wussten es besser.

Plötzlich übernahmen die Schmerzen sein Bewusstsein und die Leichtigkeit des Seins entglitt ihm. »Einen ... Moment.« Er schaltete die Kamera ab und krümmte sich. Als die Schmerzwelle abflaute, suchte er nach den Schmerztabletten, drückte sich vier heraus und warf sie mit etwas Wasser ein. Erst jetzt spürte er, dass sogar sein Stuhl durchnässt war. Er saß auch schon mindestens vier Stunden darin und diskutierte den gleichen Mist.

Tim zog die Nase hoch und startete die Kamera wieder. »Das Geschäftsmodell ist Subscription-basiert. Monatliche Raten. Dazu kann man im Spiel Land kaufen und Dynastien aufbauen. Anpassungen am VR-Pod und der Immersion lassen wir uns ebenso bezahlen. Wir haben bereits Tausende Spieler, die sich nicht mehr losreißen können.«

»Good, good«, sagte der Inder und nickte.

»Apropos, losreißen. Da gibt es diese Rumors, dass alle Spieler im Spiel festhängen. No logout possible. Is that true?«

»Wir arbeiten an einer Lösung. Es handelt sich um einen Bug des Programmierers Sascha, den er uns hinterlassen hat.«

»So, nothing to worry about?«, fragte Dan.

»Of course not«, antwortete Tim, dem der Schädel brummte wie der Lüfter seines Laptops. »Also, was sagen die Herren?«

»Typisch deutsche directness, was?«

Die beiden VC-Geber lachten. Sie investierten ihr Privatvermögen, dass sie bei Börsengängen ihrer eigenen StartUps verdient hatten und vermehren wollten. Soviel wusste Tim. Das bedeutete, sie konnten selbst und gleich entscheiden. Warum länger warten?

»For me«, sagte Dan. »It's a … wait for it.«

Der Inder lachte. »Don't do that to him.«

Dan räusperte sich. »Sorry. It's a clear and direct no. Or better, a maybe. I'm not sure. But it's more a no, I guess.«

»Ich kann das nicht«, sagte der Inder. »Es wirkt wackelig. Das Produkt, der Bug, der Business Plan und der CEO. Du bist krank, Tim.«

Ohne weiter darauf einzugehen, schlug Tim den Deckel seines Laptops zu und stand auf. Schmerz fuhr ihm blitzartig vom Fuß in den Nacken. Er zuckte zusammen und schrie: »Scheiße, verdammte!« Mit der Faust drosch er auf seinen Laptop.

Eines wurde immer klarer: Er brauchte seine Quantenkräfte zurück. Damit würden seine Wunden heilen und er könnte im Handumdrehen die Probleme der Firma lösen. Zum Glück war Marianne gestern wieder gegangen. Sie hatte sich ein Hotelzimmer gebucht, in dem sie übernachtete. Wahrscheinlich hatte sie heute morgen Lena besucht. Gemeldet hatte sie sich jedenfalls nicht. Tim hatte sein Telefon aber auch nicht beachtet.

Aber was kümmerte es ihn, dass ihr Mann im Spiel festhing? Conan war selbst Schuld. Gegen Saschas Patch kam Tim mit normalen Programmierwerkzeugen nicht an. Die kryptografischen Verfahren eines Quantencomputers überwand niemand, nicht mal ein Quantencomputer selbst. Aber alles wäre möglich, kombinierte er die Quantenkräfte mit seinem Verstand.

Marianne glaubte, dass Lena eine Lösung wäre, dass sie einen Exploit finden würde. Tim schüttelte den Kopf. Er konnte nicht auf Lena warten, sie war nicht mehr als der letzte Strohhalm. Wenn sie überhaupt noch bei Verstand war. Tim würde sich auf niemanden mehr verlassen, außer auf sich selbst und seine Quantenkräfte. Mit diesem Gedanken humpelte er die Treppe hinab ins untere Stockwerk.

Als er in den Raum eintrat, fand sein Blick sofort den VR-Pod, über dessen Kopfende eine Kupferstange von der Decke ragte. Keine zehn Zentimeter über dem Pod endete sie. Von dort sollte der Blitz übertreten und ins Gerät einschlagen, während er darüber lehnte. Genauso wie damals im Krankenhaus. An jenem Abend, der alles verändert hatte. Er hatte Lena seine Liebe geschworen und dafür Quantenkräfte erhalten.

War sie verschwunden, die Liebe? So wie sie aus Sascha entwichen war, als er Aditje gesehen hatte? Konnte es so einfach sein? Tim schüttelte sich, um den Gedanken loszuwerden. Doch die Frage blieb kleben. Liebte er Lena? Sollte er nicht *ihr* helfen, anstatt sich selbst?

Sengender Schmerz krachte in seine Stirn, als er seine Augen bewegte. Er traute sich nicht, das Implantat selbst zu entfernen, aus Angst, zu verbluten. Wahrscheinlich war es auch mit den Nervenbahnen in seinem Hirn verbunden. Er würde es nicht ertragen, geschweige denn überleben. Einen Arzt aufzusuchen, kam aber nicht infrage, denn damit würde er seine Kräfte nie wiedererlangen.

Tim stellte die stumme Starlet auf den VR-Pod und umfasste seine Pistolenkugel-Kette. Alles sollte so sein wie damals. Er fuhr den Blitzgenerator hoch. Sofort roch es nach Elektrizität. Wie eine giftige unsichtbare Plasmawolke. Dazu mischte sich verbrannter Gummi.

Tim nahm den Auslöser in die Hand. Er stellte sich Lena vor: Ihre wunderschönen Augen und das Leid, das ihr angetan worden war; die verlorenen Wochen ihres Lebens, die sie einfach nur vor sich hin vegetiert hatte. Lena nahm Tims Gesicht in beide Hände und küsste ihn leidenschaftlich. Schließlich schaute sie ihn mit ihrem fesselnden Blick an. »Ich liebe dich, Tim. Denn wer Gutes tut ist bewundernswert, auch wenn er fällt.«

Zum Schweiß gesellten sich Tränen, die heiß und heilsam strömten, als würden sie die Entzündung aus dem kaputten Auge waschen. Er legte sich über den VR-Pod und weinte. Schließlich sagte er: »Ich liebe dich«, und drückte den Auslöser.

Knallend fuhr der Blitz in den VR-Pod, sengende Hitze fuhr in Tims aufgelegte Wange, bevor er in hohem Bogen durch das Labor geschleudert wurde. Er landete hart auf dem Boden, seine Gesichtshaut schrie vor Schmerz. Tim trat hinter sein Bewusstsein zurück, damit ihn die Verletzung nicht ohnmächtig machte, und sah sich dabei zu, wie er eine Salbe aus dem Erste-Hilfe-Schrank fummelte und diese in sein Gesicht schmierte.

Der Spiegel zeigte ihm das gesamte Ausmaß. Sein halbes Gesicht war mit Blasen übersäht und darunter hingen blutiggelbe Hautfetzen herab.

Er setzte sich und schloss die Augen. Wo waren die Quantenkräfte? »Zeige mir meinen Charakterbogen«, flüsterte er mit letzter Kraft.

Nichts geschah.

Mitten in der Nacht wachte Tim auf, weil sein Schädel hämmerte, als hätte es Thors Hammer auf ihn abgesehen. Sofort schmiss er sechs Schmerztabletten ein und betrachtete sich im Spiegel. Auf der frischen Brandwunde, die sich quer über seine Wange zog, glänzte fettige Salbe.

Tim schluckte die Abscheu herunter. Sobald seine Quantenkräfte zurückkämen, würde sich auch das beheben lassen. Irgendwie.

Dann untersuchte er den Aufbau von VR-Pod und Blitzgenerator. Hatte er etwas falsch gemacht? Nüchtern betrachtet hatte es ja funktioniert. Der Blitz schlug erfolgreich in den Pod ein, genau wie damals im Krankenhaus. Nur die Quantenkräfte hielten sich dezent versteckt. Der einzige größere Unterschied zu damals war, dass keine Person im VR-Pod lag, die im Spiel eingeloggt war. Das Gerät selbst hatte Tim zwar mit HotP verbinden können, aber es fehlte die Spielerin darin.

Aus reiner Verzweiflung kroch er selbst in den VR-Pod und brachte die Elektroden an seinem Kopf an, die er auch beim

Spielen tragen würde. Dann startete der Login, der jedoch beim Ladebildschirm hängen blieb.

Der Login zu Heirs of the Phoenix ist gerade nicht möglich. Wir arbeiten an einer Lösung.

Witzig, niemand arbeitete an einer Lösung. Er musste es ja wissen. Aber eins nach dem anderen. Der Blitzgenerator hatte mittlerweile seine volle Kapazität erreicht und Tim hielt den Auslöser in der schwitzigen Hand. Er zögerte. Verdammt, der letzte Einschlag hatte wehgetan und wahrscheinlich war er mit der Verletzung im Gesicht glimpflich davongekommen. Was, wenn der nächste Treffer tödlich endete? Kümmerte es ihn? Die Spieler würden nicht heil aus dem Spiel kommen. Mit ihrem Bewusstsein würde herumgepfuscht werden wie mit Soldaten, die aus einem Krieg zurückkehrten. Vielleicht war das auf eine abgefahrene Art sogar schlimmer, weil sie nie wirklich von der virtuellen Welt sanft abgekoppelt worden wären.

Tim erinnerte sich an Daniels Geschichte über einige gespaltene Persönlichkeiten. Eine junge Frau, die dachte, als Assassine im Supermarkt ein Zielobjekt entdeckt zu haben. Mit der Heckenschere vom Wühltisch war sie auf das nichtsahnende Opfer zugesprungen.

Egal. Tim musste es durchziehen. Er sah keine Alternativen und ohne Risiko blieb auch der Erfolg aus. Er drückte den Knopf des Blitzerzeugers. Um ihn herum summte das Labor, als der Blitz an der Kupferelektrode über ihm entstand. Er schaute den feinen Verästelungen zu, wie sie am Metall leckten und auf ihn zustürmten. Sie sprangen auf den VR-Pod und Tim schloss die Augen.

Vor Schmerz presste er die Zähne zusammen. Spastisch

verrenkte er sich, als der immense Druck sich durch seine Speiseröhre zwang wie sein viel zu großer Hintern in den Flugzeugsitz.

Der Ladebildschirm verschwand und vor ihm tauchte Benedikts Gesicht auf. Was machte Frankls Sohn hier? Für den Jungen hatte Tim seine Fähigkeiten aufgegeben. Wie bescheuert war er denn gewesen? Ein Kreischen ertönte. Ein kühler Windhauch fuhr ihm übers Gesicht, als der Eisvogel vorüberglitt.

Die Ereignisse in Inuvik schienen wie ein entfernter Traum. Dass sie sich ihm zeigten, deutete er als ein gutes Omen.

»Komm zurück, Quantenzugang!«, rief er. »Ich biete mich dir als Hülle an."

Vor seinem inneren Auge öffnete sich ein Display:

Willst du auf die Quantenhülle zugreifen?
[Ja/Nein]

anna: saxolution

. . .

[Anna] entdeckt [Sammo-Ursuppe].
Umgebung:
Temperatur: 36.1°C
Strahlung: 0,1 mSv
Salzgehalt: 170 mmol/L
Toxizität: 6 mg/L
CO2: 35 mmHg
O2: 80%
Druck: 120/80 mmHg
Zucker: 110 mg/dL
Lipidkonzentration: 25%
Jäger: Vorax, Schattenfühler.

DA SCHWAMM ANNA NUN MIT SAX UND IHRER Gefolgschaft durch eine unbekannte Ursuppe. Das Gefühl von Freiheit stieg in ihr auf, im selben Maße wie damals, als sie sich von Lena getrennt hatte, um die Krallark zu suchen.

Ihre Wahrnehmung schärfte sich, sie sah klarer und schlürfte den Saft der Ursuppe. Sie schmeckte anders: geheimnisvoller, artenreicher, aber auch gefährlicher. Es fehlten Candidas Sporen. Der Pilz hatte sich noch nicht bis hierhin ausgebreitet.

Nach dem Übertritt waren sie knapp einer Armee der Vorax ausgewichen, denn Lenas Befehl war eindeutig gewesen: Es galt, die Muschelstadt zu besiedeln und damit Sammo in ihr Reich einzugliedern; Kämpfe mussten vermieden werden, um unentdeckt zu bleiben.

Die Rohstoffe einer neuen Siedlung waren für Lenas großen Plan notwendig. Stolz und Spannung begleiteten die Quest. Dennoch nervte Lenas Verhalten gewaltig. So viel bla bla. Alles musste nach ihrer Nase tanzen. Jeder musste bedingungslos gehorchen. Lena ließ Anna keinerlei Freiheiten.

»Wo ist die Muschelstadt?«, fragte sie Sax, der neben ihr schwamm.

»Im Osten.«

Anna drehte sich zu den einhundert Erbauern um, die sie begleiteten. Sie flimmerten aufgeregt in gelb und rot. Der Erborax neben ihr ließ sich von der Stimmung anstecken und quietschte. Auf Lenas Anweisung hin war Anna mit ihm eine Bindung eingegangen und hatte ihn *Massiv* getauft. Die Gründerin hatte ihr also auch ein Haustier aufgezwungen.

»Hey, jetzt beruhigt euch mal«, rief Anna ihren Begleitern zu. »Es wird alles gut. Wir holen uns die Siedlung und leben bald in Saus und Braus. Weit weg von unserer Diktatorin.« Sie grinste in sich hinein. »Ach so. Werft mal die Selbstversorgung an. Die Suppe ist nicht so toxisch wie unsere, wir sollten gut was zusammen bekommen.«

Die Herde tat, wie ihr befohlen wurde, und das machte Anna stolz. Sie hatte das Zeug zu einer guten Anführerin.

»Also siehst du das auch so?«, fragte Sax.

»Dass wir ordentlich Rohstoffe brauchen, um eine Siedlung zum Laufen zu bekommen?«

»Dass Lena eine Diktatorin ist; sie uns unfair behandelt.«

Anna plusterte sich auf. »Klar, voll die Zicke.«

Erleichtert blubberte Sax in die Ursuppe. »Und ich dachte schon, sie hat dich als Aufpasserin mitgeschickt.«

»Iwo. Ich bin froh, wenn sie mir mal nicht auf den Zellkern schaut. Anna, tu dies. Anna, lass das ... so nervig.«

Sax schmiegte seine Flimmerhärchen näher an Anna und sie schwammen dicht beieinander. Im Flüsterton sagte er: »Sie hat mich betrogen und absichtlich hinters Licht geführt. Zuerst bot sie mir den Posten des Gründers an. Und in dem Moment, als sie mich nicht mehr brauchte, hat sie mich abgeschoben.«

So krass sah Anna das nicht, aber sie verstand seine Klage. Lena meinte es sicher nicht böse, aber es kam so an. Dennoch wollte Anna die Beziehung zu Sax nicht gefährden, wo er sich ihr gerade öffnete. »Sie ist eben eine Bitch.«

»Wir werden eine gute Zeit haben«, sagte Sax. »Da vorn.«

Vor Anna tauchten die Klippen der Ursuppe auf, vor der sich eine Schar von Riesenmuscheln niedergelassen hatte. Jede war geschlossen und wartete darauf, erkundet zu werden. Die Kleinen funkelten in hellem Blau und die Größte in leuchtendem Gelb.

Eigentlich sollte der Siedlungsbau mit Lenas Starter-Kit fast von selbst funktionieren, doch sie hatten weder einen Knoten Candidas mitbekommen, noch hatte der Pilz seine Sporen bis hierhin verteilt. So mussten sie den altmodischen Weg wählen.

Wie viel Zeit blieb ihnen noch?

Questupdate: [Ursuppen-Spaß]. Es ist Halbzeit der Halbzeit. Ihr habt [18:00:00], um eine neue Ursuppe zu besiedeln. Gelingt das nicht, endet eure Zivilisation gleich hier.

Viel Erfolg.

Das reichte. »Wo bauen wir die Photosynthesefabrik hin?« Anna suchte die Gegend nach einem guten Platz ab, als ihr Blick plötzlich stockte. Zwischen Muscheln und Klippen bewegte sich etwas. »Alle sofort Halt!«, sagte sie gerade so laut, dass man sie hörte.

»Zurück, zurück!«, befahl Sax, der ebenfalls zu der Stelle stierte.

Einige grünlich schimmernde Vorax hatten einen Kreis gebildet. Sie packten sich gegenseitig bei den Armen, wobei sie mit ihren unteren Gliedmaßen auf eine Muschel einhackten.

Als Anna noch einen längeren Blick wagte, fand sie weitere geknackte Muscheln. Die Vorax fraßen sich wohl daran satt. Zum Glück, denn so sind ihnen die Neuankömmlinge entgangen.

»Das sind Vorax«, sagte Anna. »Vier, nein, fünf von denen. Mist.«

»Können wir die besiegen?« Sax wagte keinen Blick und verbarg sich hinter einem Stein.

»Ich würde nicht darauf wetten. Jedem dieser Vorax können wir nur zwanzig unerfahrene Erbauer entgegensetzen.« Und Massiv. Aber den wollte Anna nicht opfern. Vielleicht mochte sie ihn ein wenig. Als hörte er ihre Gedanken, schaute der Erborax sie aus großen, runden Augen an.

»Folgt mir«, sagte Sax. »Ich habe eine Idee.«

So zog sich der Siedlertrupp von seinem Ziel zurück und folgte Sax Richtung Westen. Er geißelte zielgerichtet vorwärts, sodass Anna ihre Neugier nicht mehr zurückhalten konnte.

»Wohin willst du?«

»Ich muss meinen … unseren Plan ändern. Erinnerst du dich an Tandriels Erzählung?« Sax zeigte mit seiner Geißel in die Tiefen der Ursuppe.

»Ja, sie hat von wirren Halluzinationen mit Blitzwürmern erzählt.«

»Genau. Ich werde mit den Nishu Kontakt aufnehmen und sie überzeugen, uns zu helfen.«

»Aber warum sollten sie das tun?«

»Weil wir alle Erbauer sind und zusammenhalten müssen.«

Anna schwieg eine Weile und ließ das Gesagte auf sich wirken. Dann fragte sie: »Also weißt du, wo sie sind?«

»Nicht genau.«

»Was machen wir dann?«

»Ich hoffe, sie werden auf uns aufmerksam. Mit etwas Glück ziehen wir durch ihr Gebiet. Wir werden an den westlichen Klippen lagern und dort auf sie warten.«

»Deswegen jagst du uns von einem Ende der Ursuppe zum anderen.«

»Ja. Und weil wir so eine Menge Rohstoffe einsammeln.«

Das stimmte, die Selbstversorgung hier klappte hervorragend, und Annas Speicher für Zucker und Lipide waren fast vollständig gefüllt. »Gut, dann schauen wir mal, ob dein Plan funktioniert.«

Anna schaute auf den Questtimer. Plötzlich wirkten achtzehn Stunden nicht mehr so großzügig wie zuvor.

Schließlich lagerten die einhundertzwei Erbauer aus Candida-Harmonia an den westlichen Klippen der Sammo-Ursuppe. Alle hatten sich um den knuddeligen Massiv herum versammelt, der etwas döste.

Anna beobachtete Sax eindringlich. Ihn trieb etwas an. Klar war er sauer auf Lena, aber übertrieb er nicht ein wenig? Man musste ihm zugute halten, dass er ein Erbauer der Tat war. Die fünf Vorax an der Muschelsiedlung stellten ein kaum überwindbares Hindernis dar. In einem direkten Kampf würde ihre Gruppe immense Verluste hinnehmen müssen und Anna wollte weder Mitstreiter verlieren, noch verletzt werden. Nur als sie die Symbiose mit Siphonex eingegangen war, hatte sie Kampfeslust verspürt, die jedoch nicht ihre eigene gewesen war.

»Warum freust du dich nicht über den Posten hier in Sammo?«, fragte Anna an Sax gerichtet.

»Weil ich abgeschoben wurde.«

»Nur mal ein Gedankenspiel, Sax.«

Er schaute sie an und wartete.

»Hättest du dich über die Herrschaft hier in Sammo gefreut, wenn du nicht vorher gehofft hättest, Gründer zu werden?«

»Wahrscheinlich, aber das tut nichts mehr zur Sache.«

»Also bist du über einen Umstand unglücklich, über den du normalerweise glücklich wärst? Nur weil Lena ihre Meinung geändert hat?«

»Ja, genau so.«

»Wie geht das?«

»Was?«

»Das ein anderes Wesen seine Meinung ändert und du das in dir spürst.«

Sax schwieg und starrte in die Ursuppe. »Sie hat mich benutzt.«

Das hatte er schon gesagt. Anna bohrte nicht nach, in der Furcht, eine größere Wunde zu schlagen. »Das verstehe ich«, sagte sie. »Gemeinsam packen wir das.«

Gerade wollte Sax etwas erwidern, da stockte er und richtete sich nach Osten aus. Einige unbekannte Erbauer näherten sich ihnen. Sie schimmerten in allen Farben, machten sich sichtbar und signalisierten damit friedliche Absichten. Wie Sax hatten diese Erbauer nur eine Geißel und Flimmerhärchen. Am Kopfende ragten zwei Hörner hervor.

Das mussten die Nishu sein.

Anna folgte Sax, der ihnen entgegen schwamm und sie

sogleich begrüßte: »Willkommen, Stamm der Nishu. Ich bin Sax, Gründer von Candida-Harmonia.«

Annas Zellatmung setzte kurz aus. Hatte sie das eben richtig gehört? Was erzählte er da?

»Mein Name ist Trompe, Schamane der Nishu. Wir haben gesehen, dass ihr durch unsere Ursuppe gezogen seid.« Den älteren Erbauer umflossen lange, graue Flimmerhärchen. Der Wurm an seinen Hörnern pumpte, als walkte er etwas in ihm durch.

»Entschuldigt unser Eindringen. Wir suchen Euren Rat und Eure Hilfe, großer Trompe. Wir haben viel über Euch gehört von unserer gemeinsamen Freundin Tandriel, die mit einem Photowurm nach Candida-Harmonia kam.«

Trompe plusterte sich auf. »Tandriel brachte uns Frieden und Wohlstand. Das Bündnis mit Eurer Siedling, Gründer Sax, erleichtert unser Leben sehr.«

»Das ist schön, zu hören. Wir sind hier, um dieses Bündnis zu stärken.«

»Wir verehren dich und dein Volk, Gründer Sax. Lass uns an einem sicheren Ort alles Weitere besprechen. Dürfen wir dich und die deinen in unsere Siedlung einladen?«

Mit großen Augen starrte Anna auf Trompe und dann auf Sax. Der Gesprächsablauf erstaunte sie. Die Fähigkeiten eines Community Managers waren nicht zu unterschätzen. Vor allem wusste Trompe wohl tatsächlich nicht, wer die Gründerin Candida-Harmonias war. Sax hatte gezockt und gewonnen.

Anna folgte Sax und der Nishu-Gesandtschaft. Hinter ihr die einhundert Erbauer aus Candida-Harmonia. An einer Stelle vor ihr verschwanden die Nishu plötzlich. Gerade hatte sie noch ihre Geißeln im Gesicht, im nächsten Moment waren sie unsichtbar.

»Schwimmt nur einfach weiter«, hörte sie eine Stimme.

So geißelte sie voran durch eine wellenartige Barriere. Zwei weitere Geißelschläge mehr und alles wirkte wieder normal. Sie sah die anderen Erbauer hinter sich, doch die sahen sie wohl nicht mehr, denn sie schwammen verwirrt zur Seite.

»Hier lang! Gleich seht ihr mich wieder!«, rief Anna.

Der Trupp gehorchte und erreichte das Innere der zauberhaften Barriere. Anna schloss zu Sax und Trompe auf. Sie wollte nicht verpassen, wie es weiterging. Irgendetwas sagte ihr, dass hier etwas im Argen lag. Anna drängte Sax zur Seite und flüsterte ihm zu: »Was hast du denn vor?«

»Ohne die Nishu besiegen wir die Vorax nicht«, antwortete er, entronn ihr und schloss zu Trompe auf.

Verwundert blickte Anna Sax hinterher und folgte ihm schließlich. Die Gruppe schwamm ins Zentrum der Nishu-Siedlung, die genau wie alle Erbauer-Siedlungen um eine Photosynthesefabrik herum errichtet worden war. Das Blatt der Nishu hatte gerade mal die Höhe von vier Erbauern.

Trompe deutete wohl Annas Blick. »Wir mussten es schon Tandriel erklären. Sie dient nicht dazu, uns zu versorgen. Das leistet jeder Nishu auf seinen Reisen selbst. Es dient unserer Verwaltung und unserer Sicherheit.«

Sie erzeugten damit wohl die unsichtbare Barriere um ihre Siedlung. »Danke, für die Erklärung.«

»Sehr gerne. Wenn ihr wollt, ruht euch etwas aus, bis das Fest zu euren Ehren beginnt.«

Ein Fest? Die Nishu waren fast unerhört freundlich. Ob sich das für sie lohnte? Aber gegen etwas Entspannung hatte Anna sicher nichts einzuwenden.

»Sie werden uns einen Wurm schenken«, sagte Sax, als sie sich nach einigen Stunden der Ruhe auf den Weg zur Feier machten.

Seine Aussage verwirrte Anna. »Wie sollten wir uns das verdient haben?«

»Tandriel hat auch einen bekommen.«

Anna brummte nur. Es machte einfach keinen Sinn, mit Sax zu diskutieren. Seine Einstellung störte sie. Wo war der schüchterne Erbauer hin, der seinem Volk dienen wollte? Anna wurde mulmiger zumute.

Questupdate: [Ursuppen-Spaß]. Es ist Halbzeit der Halbzeit der Halbzeit. Ihr habt [09:00:00], um eine neue Ursuppe zu besiedeln. Gelingt das nicht, endet eure Zivilisation gleich hier.
Viel Erfolg.

In diesem Moment war Anna etwas erleichtert, dass Sax sich für seinen Plan so einsetzte. Wenn die Siedlung erst einmal stand, würde Anna ihn wieder in seine Schranken weisen.

Das Fest fand an einer lichtdurchfluteten Stelle der Ursuppe statt. So ein klares Wasser hatte Anna noch nie gesehen oder geschmeckt. Das Wundervolle daran war, dass sie zum ersten Mal die feinen Unterschiede jedes einzelnen Erbauers erkannte. Keiner hatte exakt die gleiche Form oder Oberfläche. Jedes Blattgrün schillerte anders; das eine matt, das andere glänzend. Kein Erbauer hatte die gleiche Größe und auch ihr Inneres unterschied sich in der Anordnung, wenn das Licht den Zellkörper durchstrahlte. Bei einem fügte sich der Zellkern an die Wand, beim anderen schwamm er in der Mitte.

Wunderschön. Alle wuselten durcheinander. Geißeln verschlungen und Flimmerhärchen berührten sich.

Anna suchte nach Sax, denn sie hatte ihn aus den Augen verloren. Sie entdeckte ihn schließlich mit einer Nishu, die Geißeln verknotet, die Zellkörper aneinander gepresst.

»Das ist meine Tochter Danza«, sagte Trompe, der plötzlich neben Anna schwebte. »Es macht mich stolz, dass euer Gründer sie auserwählt hat.«

»Auserwählt?« Alle Flimmerhärchen stellten sich bei Anna auf.

»Du scheinst verwirrt deswegen«, sagte Trompe.

Wie konnte sich überhaupt jemand in Sax verlieben? Anna war das schleierhaft. »Nein, nein. Wo die Liebe eben hinfällt, nicht wahr?«

Trompe glaubte wirklich, dass Sax ein Gründer war. Damit erschlich er sich einen Status, den er nicht innehatte und nur wenigen Erbauern zustand, weil die meisten ihn nicht ausfüllen konnten. In diesem Moment des Feierns wollte und konnte Anna aber nicht die Wahrheit sagen. Es stand einfach zu viel auf dem Spiel. Sie wollte warten und mit Trompe alleine sprechen, sobald Ruhe herrschte. Sobald die neue Siedlung stand.

Sax und Danza lösten sich voneinander. Die Gemeinschaft der Erbauer aus Nishu und Candida-Harmonia blickte zu den beiden.

»Erbauer!«, rief Sax. »Lasst mich zu euch sprechen.«

Sax blickte zu Trompe, dessen Haut grün blinkte. »Bitte«, sagte der Alte und erlaubte ihm des Wort.

»Schaut uns an! Wir leben weit voneinander entfernt und sind uns dennoch ähnlich. Wir lieben uns, obwohl wir in verschiedenen Welten aufgewachsen sind.«

Sax und Danza näherten sich und verwebten ihre Flimmerhärchen. Über beide wusch ein rosa Farbschauer.

»Doch seid vorsichtig«, sagte er weiter, die Stimme warnend lauter. »Nicht alle Erbauer sind gleich. Die Gründerin Lena, mit der ich Candida-Harmonia leite, hat mich ausgesandt, um eure Gastfreundschaft auszunutzen und euer Volk zu versklaven.«

Quietschend blubberten die Erbauer ihr Erstaunen in die Ursuppe. Nicht nur die Nishu schienen von seinen Worten gefangen, nein, auch die Erbauer aus Candida-Harmonia. Sax wusste ganz genau, was er tat, und Anna gefiel das überhaupt nicht.

»Lena wollte, dass ihr Teil unserer neuen Siedlung werdet und ihr Reich erweitert, um ihren überheblichen Plan zu unterstützen, einen Superorganismus zu erschaffen.«

Anna linste nervös zu Trompe, der jedoch vollkommen entspannt zu Sax blickte. Ob er ihm glaubte oder nicht, erkannte Anna nicht.

»Als ich gesehen habe, was für ein wundervolles, friedliches und fortschrittliches Volk ihr seid, musste ich ihren Befehl ablehnen. Noch dazu verliebte ich mich in eure Prinzessin Danza.«

Trompe geißelte einen Lichtkegel hinauf, der in die Ursuppe drang. Er wirkte wie eine Gestalt aus Photonen. Von dort oben, über allen anderen, sprach der Schamane: »Wenn das stimmt, Sax, dann ändert das alles. Was willst du stattdessen?«

Sax drehte sich zum Schamanen um. »Vater, helft uns, die Vorax zu besiegen und eine Siedlung zu errichten, die ich mit Eurer Tochter regiere. Bitte nehmt die Siedlung in Euren Schutzkreis auf. Somit können wir eine Armee aufbauen und uns sowohl gegen Lena sowie die Vorax verteidigen.«

An dieser Stelle konnte Anna nicht länger an sich halten. »Keine Ahnung, welches Hormon deine Mitochondrien durchwirbelt, aber was wird das?«

»Schweig! Du bist wie Lena.«

»Ich bin ihr Klon, ja. Und ich mag sie oft nicht. Weder ihre aufgesetzte Sprechweise noch ihre dämlichen Ideen. Aber …«

Trompe schaute Anna an. »Dann stimmst du Sax zu?«

»Nein! Lena will niemandem etwas Böses. Sie ist selbst eine Gefangene. Alles, was sie will, ist einen Organismus erschaffen, dessen Teil wir sein werden.«

Sax geißelte heran und glühte förmlich, so hellrot leuchtete seine Außenhaut. »Seht ihr? Lena will uns versklaven und sie hat ihr Wort mir gegenüber gebrochen. Warum sollte sie es anderen gegenüber halten? Einmal Lügnerin, immer Lügnerin.«

»Hat sie dich wirklich belogen? Du hast die Möglichkeit, der Anführer der Sammo-Ursuppe und dessen Siedlung zu werden. Unabhängig von ihr. Was mehr kannst du dir wünschen, als das Geschenk von Vertrauen?« Anna fühlte einen Stich. Lena hatte ihr schon mehrmals vertraut. Zuerst als sie sie zu den Krallark ziehen hatte lassen und dann, als sie sie mit Sax allein in die neue Ursuppe geschickt hatte.

»Du bist wie sie. Biegst dir die Dinge zurecht, nur damit sie schön klingen.«

»Sax, ich verstehe deine Gedanken. Aber du schwimmst in eine Sackgasse«, sagte Anna, geißelte näher an ihn heran und stupste ihn vorsichtig an. »Komm schon, lass uns das gemeinsam reißen.«

Anna besorgte sehr, was Trompe wegen dieser Situation über die Erbauer aus Candida-Harmonia dachte. Sie hatten ein Bündnis mit ihm, das Tandriel ausgehandelt hatte. Und jetzt bat eine zerstrittene Gesandtschaft um Hilfe gegen die Vorax. All das würde nicht hinhauen, wenn sie das Vertrauen des Schamanen enttäuschten.

»Ich wundere mich, welche ihrer Vasallen Lena in meine Ursuppe schickt«, sagte Trompe.

»Glaub mir, Vater. Ich will dich vor einer großen Enttäuschung bewahren«, sagte Sax.

Wie dreist war er eigentlich? Er nannte Trompe Vater und gab sich als Gründer aus. Wer genau log hier?

Anna schwamm auf den Schamanen zu. »Großer Trompe. Du hast Tandriel dein Vertrauen geschenkt und sie lebt Lenas Werte.«

Trompe verließ den Lichtkegel und die Ursuppe verdunkelte augenblicklich ein Schatten. »Lassen wir das. Dieses Wasser ist besonders und es berauscht uns Erbauer. Ihr dürft heute noch bleiben. Morgen früh werdet ihr mein Reich verlassen.«

Anna verstand die Reaktion. Trompe fragte sich zurecht, welche Leute ihm Lena geschickt hatte. Wankelmütig, zerstritten, lästerhaft.

»Tochter«, befahl Trompe und machte ihr mit diesem einen Wort unmissverständlich klar, dass sie Abstand zu Sax halten musste. Sax hingegen zog wortlos ab.

Als ihn Anna später bei den Erbauern fand, schwamm sie zögerlich zu ihm. »Wie geht es dir?«

»Niemand nimmt mich ernst. Alle halten mich für den kleinen Diener der großen Lena. Sieht denn niemand, dass sie uns ausnutzt?«

Obwohl es Anna schwer fiel, schlang sie ihre Geißel um die seine. Sie hoffte, dass diese Geste ihn beruhigen würde. »Denk doch noch einmal über deine Worte nach.«

»Weil sie mich abgewiesen hat, weist mich Trompe ab. Lena hat mein Dasein ruiniert. Ich wusste von Anfang an, dass sie nicht gut für unser Volk ist.«

Anna plusterte sich auf und entließ die Luft langsam in die Ursuppe. Auch sie musste sich beruhigen. »Sax, du wirst dich jetzt zusammenreißen und mit dem Gejammer aufhören. Dieses elendige Selbstmitleid steht dem zukünftigen Führer der Sammo-Ursuppe nämlich nicht.«

Kurz überlegte Anna, ob sie dieselben Worte nicht auch einmal gebraucht hätte?

»Verräterin.« Mit einem Zischen wandte sich Sax ab und schwamm davon.

Traurig schaute ihm Anna nach.

Alles, was ihr blieb, war den nächsten Morgen und beruhigte Gemüter abzuwarten.

Questupdate: [Ursuppen-Spaß]. Ihr habt
[08:27:00], um eine neue Ursuppe zu besiedeln.
Gelingt das nicht, endet eure Zivilisation gleich
hier.
Viel Erfolg.

Diese Meldung war nicht hilfreich und Anna verdrängte sie schnell.

anna: kugelblitz

. . .

Questupdate: [Ursuppen-Spaß]. Es ist ein Drittel der Halbzeit der Halbzeit der Halbzeit. Ihr habt [03:00:00], um eine neue Ursuppe zu besiedeln. Gelingt das nicht, endet eure Zivilisation gleich hier.

Viel Erfolg.

Am Morgen kam Bewegung in die Nishu. In der Ursuppe schwebte eine Menge Plankton und trübte sie ein. Hatte das mit dem abgebrochenen Ritual gestern zu tun? Jedenfalls durchstieß kein Lichtstrahl das Wasser.

Anna und ihre Leute hatten die Erholung benötigt. Sie beschloss, die Vorax anzugreifen. Was sonst blieb ihr übrig? Doch diesen Vorstoß würde sie lieber mit ausgeruhten Truppen ausführen. Jetzt galt es, so schnell wie möglich, die Siedlung zu bauen. Dass sie dafür fünf Vorax angreifen musste, die die Muschelstadt bewachten, drückte ihr heftig den Zellkern ein. Noch dazu war Sax durchgedreht.

Ob die Nishu ihnen helfen würden, war mehr als fragwürdig.

Eine gute Figur machte Annas Gesandtschaft nicht unbedingt. Normalerweise interessierte das Anna auch nicht, aber sie stand sonst auch nicht im Vordergrund.

Ihr dämmerte, dass sie es sich einfach gemacht hatte, Lena zu kritisieren. Die Gründerin war immer vorangegangen und hatte sich damit verwundbar gemacht. Und wer sich vorneweg durch eine dunkle Höhle tastete, strauchelte eben auch schneller. Zur Schadenfreude aller Nachzügler, die sich gerne lästern hörten.

Was für ein Mist. Kaum übernahm Anna Verantwortung, verstand sie die Schwierigkeit.

Sie suchte nach Sax in der Nishu-Siedlung, um die Probleme mit ihm selbst in die Tentakel zu nehmen. Aber egal, wo sie nachschaute, Sax blieb verschwunden. Auch die Gruppe der Erbauer war geschrumpft. Es fehlten mindestens zehn von ihnen.

»Hast du was gesehen?«, fragte Anna ihren Erborax Massiv, der sich gerade mit den Ärmchen über die großen Augen wischte. Schließlich hob er den Kopf und stopfte sich Algen ins Maul.

»Sehr hilfreich, danke.« Anna schwamm zum Zentrum der Nishu-Siedlung.

»Wo ist meine Tochter?«, rief Trompe schon von Weitem, als er rot glühend auf sie zugeißelte.

Daher die Aufregung. »Ich kann es nur erahnen. Sax ist verschwunden.«

Trompe stieß in die Höhe, überschlug sich einmal und brüllte Anna von oben an. »Ihr und eure Anführerin Lena seid unehrenhafte Lügner!«

»Moment mal«, sagte Anna. Sie hatte keine Angst vor Autoritäten. Nur weil sie brüllten, wurden sie nicht wichtiger. »Noch ist das nur eine Vermutung. Wahr ist, dass Sax mit einigen Erbauern verschwunden ist.«

»Dann finde ihn und bring meine Tochter zurück.«

Anna atmete tief ein und schluckte die schnippische Bemerkung herunter. »Das werde ich, Trompe. Es tut mir leid. Sax' Verhalten ist unentschuldbar.«

»Wie kann eine gute Gründerin zulassen, dass sie Erbauern wie ihm Verantwortung überträgt?«

»Niemand konnte das ahnen. Bis jetzt war er nie aufgefallen und unserer Siedlung gegenüber loyal.«

»Wenn meiner Tochter etwas passiert, sind alle Abkommen hinfällig. Haben wir uns verstanden?«

»Vollkommen, Trompe.« Anna spielte mit dem Gedanken, ihn um Unterstützung für die Suche zu bitten, doch sie war sich unsicher, ob ihn das weiter erzürnte. Ihn interessierte sicherlich auch der Timer nicht, der grausam in Richtung Untergang von Lenas Reich tickte.

»Leute, wir schwärmen aus«, sagte Anna an ihren Trupp gewandt. »Wir teilen uns in drei Gruppen auf. Norden, Süden, Osten. Ich übernehme den Osten, wir machen einen kleinen Abstecher zur Muschelsiedlung.«

Wenig später schwamm Anna gefolgt von zwanzig Erbauern und Massiv durch die Ursuppe in Richtung Muschelstadt. Sie nahm einen Zickzack-Kurs. Wenn Sax sich verbergen wollte, hatte er sicher diese Richtung eingeschlagen. Nahe am Feind war er schwer zu entdecken.

Anna ließ ihre Erbauer ausschwärmen, sodass sie eine größere Fläche absuchten. Als sie hinter sich schaute, breiteten sie ihre Leute aus, als wären sie ihre Flügel. Anna grinste. Falls Sax hier irgendwo steckte, würden sie ihn finden.

Nach einiger Zeit hörte Anna eine Nachricht, die von den

Erbauern ganz außen nach innen weitergegeben wurde. »Da ist ein Seetang-Feld. Sieht nach einem guten Versteck aus.«

»Das ist es«, sagte Anna. »Sammeln. Mir nach.«

Langsam und vorsichtig näherten sie sich dem Seetang-Feld, das sich als potentielles Versteck gut eignete. Die hoch aufstrebenen Pflanzensäulen schimmerten in rot und blau. Luftblasen stiegen in den Zwischenräumen auf. Das müsste Lena interessieren. Vielleicht wurde hier Sauerstoff erzeugt, was die Toxizität reduzieren könnte.

Anna steuerte am Feld entlang, mit dem Ziel, es zu umrunden. Vielleicht machte sich Sax bemerkbar. So folgte sie den lebendigen Gräsern, die sie mit schwingenden Blättern grüßten. Durch einige Pflanzen konnte Anna hindurchschauen, als ein Lichtstrahl sie erwischte.

»Bist du sicher, dass das eine gute Idee ist?«, fragte ein Erbauer hinter ihr. »Da drinnen könnte wer weiß was hausen.«

»Ich folge meinem Gefühl. Sax muss hier irgendwo sein.«

»Was ist, wenn dein Gefühl daneben liegt?«

»Dann überleben wir nicht lange. Also, drücke lieber mal die Geißel, dass ich recht habe.«

Ob das den Erbauer glücklich stimmte, wusste Anna nicht, aber ihr wurde klar, was es bedeutete, zu führen. Auf die eigene Intuition zu vertrauen, war schon hart. Aber damit das Leben anderer zu gefährden, eine vollkommen neue Erfahrung. Plötzlich verstand sie Lenas Zerrissenheit. Allein ein Anführer wusste, welchen Weg er gehen musste, um das Ziel zu erreichen. Alle anderen wollten nur ihren Arsch retten.

Der Seetang vor dem Suchtrupp neigte sich heftig, als rönne eine Strömung hindurch. Kurz darauf brachen Sax und einige Erbauer hervor. Bei ihnen war die schöne Danza. Anna erkannte sie sofort am Wurm an ihrem Kopfende.

»Danza, bloß gut, du lebst. Trompe will dich sehen«, sagte

Anna. Als hätte ihre Aussage das Unglück beschworen, stürmte hinter den Flüchtenden ein schleimiger Schattenfühler aus dem Seetang. Das sah nicht gut aus. Er schnappte sich einen der abtrünnigen Erbauer und zerbiss den Zellkörper, sodass das Plasma auslief und sich milchig in der Ursuppe verteilte.

Danza wandte sich dem Biest zu, als wäre sie unverwundbar.

»Sie braucht uns!«, rief Anna, schwamm dem Schattenfühler entgegen und hoffte, dass Massiv ihr folgte. Ihr Zellkern pochte laut und eine innere Stimme schrie: »Lass den Scheiß, Anna. Dreh um, Anna. Es ist nur Sax, Anna. Verdammt, du verreckst!«

Irgendwie schaffte sie es, die Worte leiser zu drehen. Sie hatte Trompe versprochen, die Sache zu klären. Hier ergab sich die gefährliche Gelegenheit. Sie musste die Prinzessin retten und nach Hause bringen.

»Sax!«, rief Anna. »Hier her.«

Er schaute und geißelte tatsächlich in Höchstgeschwindigkeit in Annas Richtung – ohne einen Blick auf Danza zu werfen, die nur langsam zurückwich. Was hatte sie vor?

Der Schattenfühler schnellte in einem Zug mehrere Zelllängen nach vorne und erwischte einen weiteren Erbauer, den er im Ganzen verschlang. Anna ging ihre Optionen durch. *Elektroschock* und *Vergiftete Ladung*. *Ausweichen* durch *Zucken*. Diese Fähigkeiten hatte sie von Lena geerbt und *sie* hatte damit ganz gut durchgehalten. Rohstoffe hatte Anna zum Glück genug, obwohl diese ja eigentlich für den Bau der Siedlung gedacht waren. Dennoch, Erbauer wurden geboren, um zu erschaffen, nicht, um zu zerstören.

Sax strömte näher. Ihm folgte eine Spur dunkler Flüssigkeit, die aus seinem Zellkörper lief.

Ohne ein Wort zog er dicht an Anna vorbei. »Sax! Gemeinsam haben wir eine Chance!«

Doch Sax dachte gar nicht daran, anzuhalten, sondern floh

schneller als ein Photon. Seine Geliebte war vergessen, genau wie seine Kameraden. Vier weitere Erbauer aus Annas Trupp verloren ihren Mut, als sie den Community Manager abhauen sahen, und taten es ihm gleich. Dafür klebte Massiv an Annas Geißel.

»Na, wenigstens hältst du zu mir.« Sie erhob ihre Stimme. »Weiter, ihr Erbauer Candida-Harmonias. Oder wollt ihr ewig leben?«

Als Danza die Unterstützung kommen sah, wich sie vor dem Schattenfühler zurück und Anna entgegen. Wieder schoss der Schleimbatzen nach vorn, erwischte einen weiteren von Sax' Erbauern, der verwirrt erstarrt war, und zerfetzte ihn.

Anna sah ihre Gelegenheit, huschte an Danza vorbei und berührte das Biest. Sie feuerte drei *Elektroschocks* und eine *Vergiftete Ladung* ab. Aus der Nähe erkannte sie, dass die Schnecke bereits verletzt worden war. Quer über dem Hals verlief ein Schnitt, der die Haut geöffnet hatte.

[Anna] verursacht 12 Schaden durch 3 x [Verteidigung (Elektroschock)] bei [Schattenfühler].
[Anna] verursacht 5 Schaden durch [Verteidigung (Vergiftete Ladung)] bei [Schattenfühler].
[Schattenfühler] prüft auf [Giftresistenz].
Schwellwert: 9. Gelungen.
Lebensenergie: 1501/1800.

Brutzend und brummend schlugen die Blitze ein. Die Schnecke biss wild um sich.

Anna führte *Ausweichen* aus und rettete sich hinter Massiv. Ihr sonst so sanfter Begleiter sperrte sein rundes Maul auf und trieb es in den Schneckenleib, um einen großen Fetzen herauszureißen. Gallertartige braune Stückchen quollen aus der Wunde.

[Massiv] verursacht 103 Schaden (kritisch) durch [Biss des Erborax] bei [Schattenfühler].
[Schattenfühler] prüft auf [Konstitution].
Schwellwert: 10. Gelungen.
Lebensenergie: 1398/1800.

»Hüllt es ein wie eine Wolke und dann alle Elektroschocks!«, befahl Anna.

Ganz ohne dass sie es sagen musste, bildeten die Erbauer *Symbiotische Brücken* und verstärkten damit den Effekt. Bald zogen Schwaden aus Schneckenblut und verbrannter Haut durch die Ursuppe, während Blitze knallten.

[Erbauer] verursachen 256 Schaden durch [Verteidigung (Elektroschock)] bei [Schattenfühler].
[Erbauer] verursachen 209 Schaden durch [Verteidigung (Vergiftete Ladung)] bei [Schattenfühler].
[Schattenfühler] prüft auf [Giftresistenz].
Schwellwert: 9. Gelungen
[Schattenfühler] prüft auf [Konstitution].
Schwellwert: 13. Misslungen
Lebensenergie: 933/1800.

Der Schattenfühler entpuppte sich als zäher Gegner, resistent gegen Gifte und mit einer unglaublich hohen Konstitution. Anna schaute ungläubig zu, wie ihre kleine Armee hingerichtet wurde. Ihre Hoffnung sank, als sie nur noch fünf lebende Erbauer und Massiv zählte. Danza hielt sich hinter Anna. Intuitiv verband sie sich über eine *Symbiotische Brücke* mit der Prinzessin der Nishu.

»Mir fehlen Photonen«, sagte Danza.

Anna ließ sie wandern. »Zu mir! Symbiotische Brücke«,

befahl sie den beiden Erbauern neben ihr. »Massiv, blockiere den Weg zu uns.«

In ihrem Geist entstand die Idee eines Superschocks.

»Alle aufladen und auf mein Zeichen feuern.«

Der Schattenfühler visierte Anna an, nachdem er den letzten Erbauer ihm gegenüber zerfleischt hatte. Das Erschreckende an dem Biest waren die fehlenden Gefühle, weil seine Außenhaut nicht flimmerte. Es verbiss sich in Massivs Hals, als der Erborax den Angriff auf Anna abfing.

Ihr Begleiter jammerte, als das Leben aus ihm entwich.

»Jetzt!«, schrie Anna.

Etwas Wunderschönes geschah, als die Elektroschocks von den Erbauern zu Anna wanderten. Sie vereinigten sich zu einer gemeinsamen Ladung. Anna leitete das Bündel Energie zu Danza, die es in sich aufnahm. Der Wurm auf ihrem Kopf erwachte zum Leben, riss das breite Maul auf und spie einen *Kugelblitz* aus, der gezielt auf den Schattenfühler zuraste.

[Anna] entdeckt eine neue Kombo [Kugelblitz].

Der Kugelblitz kann nur zwischen Nishu und Candida-Harmonia-Erbauer genutzt werden, wenn sie eine Symbiotische Brücke aufgebaut haben. Je mehr Photonen die am Ritual beteiligten Erbauer spenden, umso mächtiger wird der Kugelblitz.

Voraussetzungen: Nishu mit Photowurm. Fähigkeit: Elektroschock. Symbiotische Brücke.

Die Hitze versengte Anna einige Flimmerhärchen, als das Geschoss im Zickzack durch die Ursuppe zuckte. Sie starrte dem Energiebündel hinterher, griff wie ein Jedi mental danach und lenkte es auf die Halswunde des Schattenfühlers. Dort drang der Kugelblitz in die Schnecke ein.

Das Wesen erstarrte und riss die Stielaugen auf, so als hätte es eine Erkenntnis.

Die massive Explosion blendete Anna und schleuderte sie zurück. Plötzlich wurde alles schwarz.

[Anna] und [Danza] verursachen 1053 Schaden
durch [Kugelblitz] bei [Schattenfühler].
Lebensenergie: -120/1800.

Der Schattenfühler platzte. Innereien besprühten den Seetang und Massiv. Um Anna herum stöhnten die Überlebenden. Die Schnecke hatte sich in ungleichmäßige Brocken zerlegt. Was hatten sie da eben gemacht?

»Warst du das?«, fragte Anna Danza.

»Nein, mein Angriff ist stark, aber das da war nicht aus dieser Ursuppe.«

Anna checkte ihre Rohstoffe. Sie hatten gerade mindestens zweihundert Photonen verbraucht. Zwei Erbauer und Danza hatten überlebt. Gegen fünf Vorax hatten sie mit ihren verbleibenden Truppen keine Chance. Massiv schwebte schwer verwundet vor Anna. Sie fütterte ihn mit Zucker und Lipiden, um ihn aufzupeppeln.

»Dein Vater erwartet uns, Danza«, sagte Anna.

»Ich war so dumm. Es tut mir leid, dass ich Sax geglaubt habe.«

»Alles gut. Du bist nicht die Einzige.«

Zurück im Lager der Nishu nahm Trompe seine Tochter in Empfang. »Bei Sammo. Bin ich froh, dass es dir gut geht.«

»Vater, du musst Anna danken. Sie ist mutiger als die meisten von uns. Ohne sie wäre ich nicht mehr am Leben.«

»Ohne sie wärst du nie in Gefahr geraten.«

»Nein, ich habe mich von Sax' süßen Worten blenden lassen.«

Trompe wedelte mit der Geißel. »An dieser Gefolgschaft klebt das Pech.«

»Sag das nicht, Vater. Im Seetang hatte sich ein Schattenfühler verborgen und auf Beute gelauert. Er hätte auch andere Nishu erwischen können, aber Anna tötete das Untier.«

»Vielleicht hast du recht.« Trompe blubberte in die Ursuppe. »Ich vergesse meine Manieren.« Er wandte sich an Anna. »Ich danke dir, Anna aus Candida-Harmonia. Sei willkommen als Heldin unseres Stammes. Auch dir sei wie Tandriel die Ehre eines Photowurms gegeben.«

»Danke, Trompe.« Anna hatte ein mieses Gefühl, musste sie ihn doch um noch mehr bitten. Ohne die Nishu würde sie die Muschelstadt niemals einnehmen können. »Es gibt noch eine weitere Gefahr. Die fünf verbliebenen Vorax bei der alten Räuber-Siedlung.«

»Das wissen wir. Hier finden sie uns aber nicht. Ein Angriff würde zu viele Leben kosten.«

»Vielleicht kann ich dir auch ein Geschenk machen.« Anna schaute sich um und fand einen überwachsenen Stein, der einem Vorax glich. »Siehst du das Monster da drüben?«

»Was soll das werden? Das ist ein Stein.« Trompe blinkte verwirrt.

»Danza, bitte komm heran«, sagte Anna. Dann sprach sie zu ihren Erbauern. »Ich brauche drei von euch, die noch Photonen bei sich haben.«

Als alle versammelt waren, bildete Anna eine *Symbiotische Brücke*, zog die Photonen ab und sandte sie zu Danza.

»Ladet fünf Elektroschocks«, sagte sie zu ihren Erbauern und tat das gleiche. Sie sammelte die Ladungen und stellte sie Danza als Rohmaterial zur Verfügung.

Trompe schaute nicht schlecht, als die Energie in seiner Tochter verschwand und aus dem Maul des Photowurms austrat. Diesmal wich Anna aus, bevor sie davon verbrannt wurde. Dann visualisierte sie den Weg des Kugelblitzes und lenkte ihn zielsicher zum Gesteinsbrocken. Das Geschoss schlug ein und zersplitterte den Felsen.

Anna hatte die Fähigkeit *Kugelblitz* erhalten und war bereit, sie weiterzugeben. »Mit dieser Waffe sollten wir eine Chance gegen die Vorax haben. Denkst du nicht, Trompe?«

Seine grün blinkende Haut deutete auf Neugier hin. »Wie sieht dein Plan aus?«

»Ich zeige den Nishu, wie man eine Photonenfalle baut, wir laden uns auf und schmeißen die Vorax aus Eurer Ursuppe.«

»Photonenfalle?« Trompe schaute ungläubig zu Danza.

Questupdate: [Ursuppen-Spaß]. Schluss mit lustig.

Ihr habt [00:45:00], um eine neue Ursuppe zu besiedeln. Gelingt das nicht, endet eure Zivilisation gleich hier.

Viel Erfolg.

Anna verharrte hinter Trompes Schutzkreis, den er vor der Muschelstadt erzeugt hatte, in der die Vorax hausten. Hoffentlich ging ihre Idee auf. Fünf Vorax waren trotz der neuen Kugelblitz-Fähigkeit eine ernst zu nehmende Gefahr. Anna hatte den Nishu für ihre Hilfe die uneingeschränkte Kontrolle über ihre Gebiete versprochen. Candida-Harmonia würde sich in ihre Belange nicht einmischen und ihre Traditionen respektieren.

Hinter Anna hatten sich die Erbauer und die Nishu symbiotisch verbunden. Sie bildeten sechs Gruppen, die nur darauf warteten, ihre Kugelblitze abfeuern zu können. Die Fähigkeit des Verbergens beeindruckte Anna und sie fragte sich, ob das auch für ihre Siedlung nutzbar sein würde. Doch jetzt galt es, sich auf den Kampf zu konzentrieren. Das hier musste funktionieren, damit Lenas Zivilisation nicht endete.

Die Vorax patrouillierten abwechselnd durch die zerstörte Stadt. Ein Pfad führte sie an die Stadtgrenze. Nachdem der Vorax verschwunden war, hatte Trompe das Schutzfeld aufgebaut, und jetzt warteten sie auf den nächsten. Er würde keine zwei Zelllängen entfernt an ihnen vorbeiziehen, falls er eine ähnliche Route nahm wie der letzte.

»Da drüben«, flüsterte ein Nishu. Aus der trüben Ursuppe schob sich der Vorax mit seiner dicken, grünlichen Panzerhaut. Die silbrigen Einbuchten, die über den gesamten Leib verteilt waren, glänzten.

Anna beeindruckte allein die Statur von den Biestern, die nicht nur einem Erbauer oder Räuber, sondern auch ihrem Erborax um ein Vielfaches überlegen waren.

»Der kommt direkt auf unser Kraftfeld zu«, sagte ein anderer Nishu.

»Ist das schlimm?«, fragte Anna.

»Wenn er herein schwimmt, dann sieht er uns«, sagte Trompe. So aufgeregt er bei der Entführung seiner Tochter gewesen war, so unglaublich ruhig blieb er jetzt.

»Dann sollten wir den Kugelblitz einsetzen, bevor er uns sieht.« Anna geißelte zu zwei der Gruppen. »Aufladen und auf meinen Befehl feuert ihr gleichzeitig auf den Vorax.«

Sie schwamm zu einer Gruppe Erbauer. »Sobald die Kugelblitze starten, stürmt ihr hinaus und hüllt den Vorax in Giftwolken. Verstanden?«

Die steifen Flimmerhärchen zeigten grimmige Entschlossenheit. Gleich würden ihre Feinde erfahren, wie viel Macht in einem *Kugelblitz* steckte.

Annas Erborax stieß sie an, als wolle er auch einen Angriffsbefehl bekommen. »Massiv, halt dich zurück. Du bist zu schwer verletzt.«

Zuckende Blitze sammelten sich. Die Gruppen aus Nishu und Erbauern strahlten hell. Je länger Anna wartete, bevor sie Befehl zum Abschießen des Blitzes gab, je mehr Photonen wurden verbraucht und umso mächtiger wurde der *Kugelblitz*. Sie musste ein Gefühl dafür bekommen, wusste aber auch, dass sie nicht unendlich viele Gelegenheiten hatte. Genau genommen, war der Photonenvorrat knapp. Das hatte auch die Photonenfalle in der kurzen Zeit nicht ändern können.

Als die Erbauer in den Gruppen aus sich selbst heraus glühten, rief Anna: »Feuer! Erbauer, Angriff!«

Zischend und knisternd zuckten die Kugelblitze aus den Mäulern der Photowürmer. Erst umkreisten sie sich gegenseitig, als würden sie miteinander spielen.

»Konzentriert euch auf den Vorax«, sagte Anna und beobachtete den Gegner. Der war angehalten und horchte auf. Er drehte den Kopf verwirrt von links nach rechts, ohne zu erkennen, woher die Geräusche kamen.

»Hol bloß keine Hilfe«, betete Anna, als die Kugelblitze vor dem Vorax aus dem Kraftfeld rasten und in den massigen Körper einschlugen. Der erste Blitz traf die Brust. Die Explosion war laut und heftig, aber oberflächlich. Das zweite Geschoss sauste auf den Schädel des Monsters zu, schlug ihn zur Seite und explodierte. Fetzen des Vorax verteilten sich in der Ursuppe. Der halbe Schneckenkopf fehlte.

Sofort waren die Erbauer heran, umringten das verletzte Monster und hüllten es in dutzende Giftwolken. Der Vorax wandte sich im Schmerz, da sein Maul fehlte, konnte er nicht schreien. Schließlich zuckte er heftiger und unkontrolliert, blaue Flüssigkeit pumpte aus den Wunden, bis er jegliche Bewegung einstellte.

Anna grinste und Trompe berührte sie mit seiner Geißel. Sie hatten eine Chance!

»Nicht auf den Bauch zielen. Dort sind sie gepanzert«, sagte Trompe.

»Das war großartig. Weiter so«, sagte Anna. »Wie viele Kugelblitze können wir noch einsetzen?«

»Wir sind leer«, antwortete die erste Gruppe.

»Es sind nur noch wenige Photonen übrig«, berichtete die zweite Gruppe ihren Status.

Der Angriff war mächtig, aber auch teuer.

»Schaltet auf Selbstversorgung«, sagte Anna, auch wenn das nur minimal Photonen erzeugte. Schon vor dem Kampf hatten sie über *Symbiotische Brücken* alle verfügbaren Rohstoffe den Kugelblitz-Gruppen überlassen.

»Sie haben was spitz gekriegt«, sagte ein Nishu, der die Siedlung beobachtete. »Zwei Vorax sind auf dem Weg hierher. Zwei weitere sind ins Zentrum der Siedlung gewandert.«

Anna hoffte, dass das ein gutes Zeichen war. Kämen alle vier, würde ihr Plan wahrscheinlich scheitern.

»Gut, das schaffen wir! Die nächsten vier Gruppen, aufladen.«

Anna schwamm zu ihren Erbauern. »Ich brauche euch noch einmal. Teilt euch auf die beiden Vorax auf und seift sie ordentlich mit den Giftwolken ein.«

Massiv quietschte.

»Du nicht, mein Freund. Ein Treffer und das war's für dich.« Anna tätschelte den Kopf ihres Erborax mit einem Tentakel.

Vorsichtiger als der letzte Vorax, näherten sich die beiden Bestien ihrem Standpunkt. Sie behielten die Umgebung genau im Blick, als sie auf den Leichnam ihres Kameraden zusteuerten. Der Anblick der Bestien machte Anna nervös. Sie strahlten eine Kraft und Erbarmungslosigkeit aus, die sie nicht verstand. Wenn sie nur miteinander reden könnten. Doch diese Wesen würden nicht verhandeln.

Schließlich erreichten die Vorax ihren Kameraden.

»Feuer!«, rief Anna. »Erbauer, ausrücken.«

Diesmal waren es vier Kugelblitze, die sich anschickten, die Vorax zu töten. Sie tanzten umeinander, als begrüßten sie sich, und schossen auf die Bestien zu.

Anna wurde heiß und kalt, als ihr bewusst wurde, dass sie keine Ziele zugewiesen hatte. Was, wenn alle Blitze auf einen Gegner zielten?

Gebannt schaute sie dem Schauspiel zu.

Ein Vorax wich tatsächlich dem ersten Kugelblitz aus, der aus dem Kraftfeld schoss. Das zweite Geschoss zerfetzte ihm den gesamten Schädel. Mit dem dritten und vierten Kugelblitz drängten auch die Erbauer-Einheiten hervor.

Ein Blitz explodierte auf der Außenhaut des bereits toten Vorax.

Mist, vergeudet.

Kugelblitz Nummer drei schlüpfte dem verbliebene Vorax ins offene Maul und explodierte im Leib, sodass er seine Innereien als Schleim spie und verreckte. Die Giftwolken der Erbauer dekorierten die Hinrichtung.

»Schickt den letzten Blitz zu den beiden Vorax im Zentrum

der Siedlung!«, befahl Anna und wandte sich an Trompe. »Jetzt gilt es.«

»Viel Glück«, sagte der Schamane.

Anna schwamm auf der Rückseite aus dem Kraftfeld und machte sich auf den Weg, die Muschelstadt zu umrunden. Aus der Ferne sah sie, wie der Kugelblitz auf die beiden verbliebenen Vorax-Soldaten zustrebte. Die schauten verwirrt, zuckten vor und zurück, als wüssten sie nicht, ob sie fliehen oder angreifen sollten. Sie entschieden sich für letzteres und strebten dem Energieball entgegen.

Die Ablenkung war so gut, dass Anna ungesehen um die Siedlung geißelte. Schließlich explodierte der Kugelblitz zwischen den beiden Vorax. Wie schwer sie der Einschlag verletzte, sah Anna nicht. Sie strebte zielgerichtet auf die Klippen zu.

Noch einmal schaute sie sich um.

Trompe hatte das Kraftfeld aufgelöst, sodass die Vorax den Angriffstrupp sahen. Dann teilten sie sich auf und flohen. Die Vorax eilten jeweils einer Einheit hinterher.

Questupdate: [Ursuppen-Spaß]. Ihr habt [00:13:12], um eine neue Ursuppe zu besiedeln. Gelingt das nicht, endet eure Zivilisation gleich hier.
Viel Erfolg.

Anna öffnete ihr Baumenü und wählte die *Photosynthesefabrik*. Das Starter-Kit war ihr keine Hilfe.

<u>Gebäude:</u>
> Photosynthesefabrik: 20 Wasser, 3 Photonen, 3 Enzyme

> Lipidmine: 20 Wasser, 5 Zucker, 3 Photonen, 3 Enzyme [benötigt Photosynthesefabrik]
> Nukleotidmischer: 10 Wasser, 5 Zucker, 5 Lipide, 1 Photonen [benötigt Lipidmine]
> Wasserspeicher: 5 Zucker, 5 Lipide, 1 Nukleotide, 1 Photonen
> Photonenfalle: 30 Wasser, 20 Zucker, 20 Lipide, 5 Enzyme

Sie bewegte das Blatt über die Klippen, bis sie eine Position fand, in der es grün aufleuchtete. Dort platzierte sie das Hauptgebäude.

[Photosynthesfabrik] (1%).

Dann packte sie die *Schildvirionen* in die Warteschlange. Sie positionierte den Schild in einem kleinen Umfang um das Hauptgebäude. Sie wollte nur, dass es umgehend fertig wurde, aber mit genug Platz für eine *Werkstatt*, eine *Lipidmine*, einen *Wasserfilter* und eine *Photonenfalle.*

Darüber setzte sie eine zweite Reihe Schildvirionen.

[Photosynthesfabrik] (2%).

Plötzlich hatte Anna eine Eingebung.

lena: nervenstärke

. . .

CANDIDAS SPOREN SCHWIRRTEN DURCH DIE URSUPPE. Mit der Hilfe des Pilzes hatten wir die Schlacht gegen die Vorax und die Schattenfühler gewonnen. Alle verbliebenen Gegner waren vernichtet. Mit diesem Kampf sollten wir uns ein paar Tage Zeit erkämpft haben. Hoffentlich, denn wenn Anna und Sax nicht schnell eine neue Siedlung gründeten, endete meine Zivilisation gleich hier.

Questupdate: [Ursuppen-Spaß]. Ihr habt [00:30:00], um eine neue Ursuppe zu besiedeln. Gelingt das nicht, endet eure Zivilisation gleich hier.
Viel Erfolg.

Na, dufte. Ich hatte Zellgrimmen, doch ich vertraute Anna. Sie würde mich nicht im Stich lassen. Oder doch? Nein, ich würde mich wie eine gute Anführerin verhalten und ihr das Vertrauen schenken, das sie verdiente.

Ich atmete einmal kräftig durch und fokussierte mich auf die vor mir liegenden Aufgaben. Meinen Truppen befahl ich, die wertvollen Rohstoffe vom Schlachtfeld einzusammeln. Schön vorsichtig zwischen den Sporen. Ich erwartete reichlich Beute. Die verschiedenen Spezies, die mitgekämpft hatten, sollten Vielfalt gebracht haben: DNA, Aminosäuren, Mineralstoffe, solche Dinge eben. Einen Erbauer ernannte ich zum Unteroffizier, um die Mission zu überwachen.

Ich reiste mit meinen Generälen zurück zur Siedlung. Im Schlepptau führten wir ein riesiges Bärtierchen, das sich Diplomat Dregmond nannte. Der Vorax folgte stumm unseren Befehlen.

Als wir etwas Ruhe hatten, näherte ich mich Phitus. Ich wollte mit dem Krallark darüber reden, wie es weiterging und warum er mich blockierte. Anfangs sprachen wir über die Schlacht und beglückwünschten uns gegenseitig zum Sieg. Keiner von uns hatte geglaubt, dass wir gewinnen würden. Zum Glück starb die Hoffnung zuletzt.

»Ich habe Gründe für meine Entscheidungen, genau wie Ihr«, wiederholte Phitus, wenn ich tiefer bohrte, um herauszufinden, warum er mir seinen Sohn nicht überließ. Zwecklos.

Schließlich kam Candida-Harmonia in Sichtweite. Conan hatte ganze Arbeit geleistet, denn der neue Virionenring schindete ordentlich Eindruck. Die engmaschig gewebte Struktur würde große Gegner aufhalten, wobei in den Zwischenräumen die Virionen auf ihre Beute warteten. Hier hätten es die Schattenfühler zwar schwer, aber nachdem ich sie in Aktion gesehen hatte, wollte ich auf Nummer sicher gehen. Ich würde Conan bitten, ein Schneckengift zu erforschen, das die Pilzfäden bei einem Angriff absondern sollten. Jetzt, wo ich den Feind kannte, richteten wir unsere Abwehr darauf aus. Besonders deswegen, weil ich plante, die entscheidende Schlacht zu mir zu holen.

Als ich mich den Schildvirionen auf wenige Geißellängen

näherte, öffnete sich eine Passage und ich schwamm mit meinem Trupp hinein. Meine Siedlung veränderte sich. Sie wuchs beständig. Appal verbesserte Gebäude und hatte neue errichtet. Ich konnte mir kaum vorstellen, dass uns ein Reich der Vorax etwas entgegenstellen konnte, sobald wir auf Hochtouren Erborax und Mimikry-Räuber produzierten. Die Zukunft sah rosig aus. Anna musste nur bitte endlich in der Sammo-Ursuppe Fuß fassen.

»Wie gefällt dir meine Siedlung, Phitus?« Ich duzte ihn einfach seit unserer erfolgreichen Vereinigung auf dem Schlachtfeld.

»Beeindruckend.« Der König der Krallark schaute sich um.

Ich lächelte. Wenn das kein gutes Zeichen war, was dann? Ich war auf dem richtigen Weg und Phitus auf meiner Seite.

Der Diplomat Dregmond räusperte sich. »Tatsächlich. Von allen Siedlungen, die wir ausradiert haben, wird diese die am weitesten entwickelte sein.«

»Wir sollten ihn hinrichten«, sagte Phitus.

Ich blieb still, obwohl ich seine Ansicht nicht unbedingt teilte. Zumindest noch nicht. Ein gefangener Diplomat könnte uns Vorteile bringen.

»Hiermit verlange ich, dass ich freigelassen werde. Ihr Barbaren kennt ja wohl den Begriff der diplomatischen Immunität.«

Gut, der Botschafter wollte leben. Ein paar Informationen würde er sicherlich preisgeben für die Hoffnung auf Freiheit und eine verlängerte Zellatmung. Ich drehte mich zu dem etwas klein geratenen Vorax mit Napoleon-Komplex um. »Ihr habt uns angegriffen. Schon vergessen?«

Dregmond antwortete nicht.

»Sperrt ihn weg«, befahl ich meinen Mimikry-Räubern, die ihn ergriffen und fortschleppten.

Ich lud Phitus ein, mir zu meinem Siedlungs-Interface zu folgen, um dort in Ruhe alles weitere zu besprechen. »König Phitus, du und deine Truppen haben tapfer gekämpft.«

»Ihr auch, Lena. Eine Symbiose mit einem Erbauer einzugehen, war neu für mich, aber ich muss sagen, dass wir gemeinsam stärker waren.«

»Das stimmt.«

Wir schwiegen für einen Moment. In meinem Kopf lief die Schlacht ab. Was für ein Durcheinander und was für eine Verschwendung. So viele Erbauer und Räuber sind gestorben, um ein paar Vorax aufzuhalten.

»Die Biester sind zäh. Wie viele dieser Armeen es wohl noch gibt?«, fragte ich, mehr zu mir selbst.

»Etliche. Das Imperium der Vorax ist groß, umfasst unzählige Ursuppen und damit auch mehr Rohstoffe, als Ihr aufbringen könnt.«

Ich schreckte bei der Antwort auf. »Dann müssen wir handeln, um das Überraschungsmoment auszunutzen.«

»Was wollt Ihr denn tun?«

»Sie herlocken. Die Vorax wissen nicht, wie wir aufgestellt sind, weil wir sie an der Grenze der Ursuppe abgefangen haben.«

»Herlocken? Welchen Sinn sollte es haben, in der Nähe der Hauptstadt zu kämpfen? Solltet Ihr sie nicht eher von hier fernhalten?«

»Ich kann aus meiner Ursuppe nicht raus.«

»Ah, das ist also der Grund.«

»Ja, und du trägst eine Mitschuld. Ich würde meine Truppen in andere Ursuppen führen, aber solange die Erzfeind-Quest nicht abgeschlossen ist, kann ich hier nicht raus. Und um das zu ändern, Phitus, muss ich deinen Sohn in einen Rang befördern.«

Der König der Krallark schwieg.

Ich brachte ihn wohl zum Nachdenken. »Ich habe mich entschieden, die Macht zu ergreifen, um einen Organismus zu erschaffen, der viele Ursuppen umfasst. Dafür muss ich reisen können.«

»Man kann sich keine Macht nehmen; sie wurde Euch gegeben.«

Das verstand ich nicht und es beunruhigte mich. »Wie meinst du das?«

»Conan, Sandor, ja sogar Siphonex und ich. Wir unterstützen Euch und geben Euch eine Legitimation. Überlegt, auf wen Ihr mittlerweile angewiesen seid. Vielleicht sogar Candida.«

Natürlich, ich musste meine Unterstützer identifizieren und glücklich machen. Sie mussten einen guten Grund haben, dass ich Anführerin blieb. Welchen hatte Phitus? Ich konnte nur raten, dass es der Schutz seines Volkes war und vielleicht eine Möglichkeit, selbst wieder an Macht zu gewinnen. Ob ich ihm langfristig vertrauen konnte?

»Was soll ich deiner Meinung nach tun?«, fragte ich.

»Ihr müsst eine Möglichkeit finden, Krieg in den anderen Ursuppen zu führen.«

»Ja, erlaube mir, deinen Sohn in ein Amt zu bringen.«

»Jedes Imperium beruht auf drei Säulen: Kontrolle, Kommunikation und Handel«, sagte Phitus, ohne auf meine Ansage einzugehen.

»Kommunikation und Handel habe ich im Griff«, sagte ich. »Was meinst du mit Kontrolle?«

»Wie schafft Ihr es, dass die neuen Ursuppen-Stämme, die Ihr trefft, Eurem Imperium beitreten wollen?«

Ich schaute Phitus verwirrt an. »Wie machen das die Vorax?«

»Durch Terror.«

»Oh. Das klingt nicht besonders nachhaltig.«

»Ist aber effektiv«, sagte Phitus. »Hört mir zu, Gründerin

Lena. Eure Aufgabe muss es sein, ein Imperium zu schaffen, dem die Krallark und andere Räuber beitreten wollen. Dann haben wir auch eine Chance gegen die Vorax.«

Das war ein guter und hilfreicher Rat. »Ich denke darüber nach. Danke.«

»Kein Problem. Wie gesagt, ich bin beeindruckt von dem, was Ihr als Erbauer geschaffen habt.« Phitus schwamm näher heran. »Und nun lasst den Diplomaten hinrichten. Die Gefahr, die von ihm ausgeht, ist zu groß. Macht keinen Fehler, den Ihr nicht umkehren könnt.«

Eine Hinrichtung war der einfache Weg, aber noch etwas störte mich daran: Ich bekam nicht gerne gesagt, was ich zu tun hatte. Die freien Kapazitäten dafür hatte Phitus mit seinen Ratschlägen bereits verbraucht.

»Ich denke darüber nach«, sagte ich und entließ Phitus.

Dann klinkte ich mich ins Interface meiner Siedlung ein. Sie wuchs in Windeseile und Conan hatte alles so eingestellt, dass es nach vorgefertigten Prozessen ablief. Die Rohstoffproduktion erwirtschaftete massive Gewinne. Vor allem von Candidas Pilzleiter profitierten wir. Zusätzlich gab sie den Erbauern einen Platz zum Ausruhen und Vermehren.

Die Siedlung war perfekt. *Meine* Siedlung war perfekt. Ein Schmuckstück.

Ich navigierte zur Diplomatieübersicht. Dort fand ich nur Phitus' Krallark-Siedlung und die der Nishu vor, dabei sollten Sax und Anna schon längst unseren Außenposten gegründet haben.

Questupdate: [Ursuppen-Spaß]. Ihr habt
[00:05:00], um eine neue Ursuppe zu besiedeln.
Gelingt das nicht, endet eure Zivilisation gleich
hier.
Viel Erfolg.

Jetzt machte ich mir Sorgen. Hätte ich schon vor Stunden Siphonex danach schauen lassen und ihn zum Herrscher der Sammo-Ursuppe ernennen sollen? Aber damit wäre ich ein Risiko eingegangen. Was, wenn er verschwinden würde und die Erzfeind-Quest nie endete? Neben dem schlechten Karma hielt mich auch das davon ab, ihn umzubringen. Die Quest würde mit hoher Wahrscheinlichkeit scheitern. Aber musste ich sie denn im positiven Sinne beenden oder konnte sie auch schiefgehen?

Was war mir die Weltenbauerin wert? Auf jeden Fall kein schlechtes Karma. Soviel hatte ich hier im Spiel gelernt.

Nichts rechtfertigte mieses Verhalten.

Die Siedlung [Annaheim] wird gegründet und dem Reich von [Candida-Harmonia] hinzugefügt.

Annaheim? Ich lachte laut auf. Das konnte nur eins bedeuten. Nicht Sax hatte die Siedlung gegründet, sondern mein Klon. Ob mein Community-Manager sie wohl Saxen genannt hätte? Grinsend klickte ich auf den neuen Eintrag und sah, was gerade gebaut wurde: die Photonenfabrik und zwei Ringe aus Schildvirionen.

Das war nicht nur merkwürdig, sondern auch extrem defensiv. Anscheinend hatte Anna Probleme, aber auch einen Weg gefunden, sie zu lösen. Ich vertraute ihr. Was blieb mir denn anderes übrig?

Glückwunsch! Die Quest [Ursuppen-Spaß] wurde erfolgreich abgeschlossen. Eure Zivilisation wächst und ihr habt bewiesen, dass ihr mit Druck umgehen könnt. Weiter so!

Hörte ich da einen gewissen Sarkasmus heraus? Aber egal, ich pries meine Anna und sandte blubbernd ein Dankeschön aus. Da poppte schon die nächste Nachricht auf.

[Zappel] erforscht [Nervenbahn] (100%).
Die Forschung wurde dem Forschungsbaum hinzugefügt.
Neues Gebäude [Nervenbahn] verfügbar.

Wie cool! Jetzt kam die Sache hier ins Rollen. Ich rief die Beschreibung auf.

Nervenbahn:
Ein Imperium muss kommunizieren. Je zügiger die Befehle eines Gründers, Kriegsherren oder Weltenbauers seine Untertanen erreichen, desto effektiver kann er herrschen. Eine fehlende Anweisung oder eine Nachricht, die zu spät kommt, bedeuten langfristig den Untergang deines Imperiums.
Nervenbahnen benötigen viele Rohstoffe, sind aber robuste Gebäude und übertragen Informationen schnell und zuverlässig. Sie sind das Fortschrittlichste, was man in der Ursuppe so haben kann.
Besonderheit: Weltenbauer erhalten Vergünstigungen auf den Bau von Nervenbahnen.

Danke, dass ich immer wieder mit der Nase darauf gestoßen werde, dass ich keine Weltenbauerin bin. Noch nicht. Hört ihr? Wer auch immer gegen mich arbeitete.

Ich rief das Baumenü der Siedlung auf.

Gebäude:
> Photosynthesefabrik: 20 Wasser, 3 Photonen, 3 Enzyme
> Lipidmine: 20 Wasser, 5 Zucker, 3 Photonen, 3 Enzyme
> Nukleotidmischer: 10 Wasser, 5 Zucker, 5 Lipide, 1 Photonen
> Wasserspeicher: 5 Zucker, 5 Lipide, 1 Nukleotide, 1 Photonen
> Photonenfalle: 30 Wasser, 20 Zucker, 20 Lipide, 5 Enzyme
Besondere Gebäude:
> Pilzleiter: 8.000 Wasser, 500 Zucker, 3.000 Lipide, 100 Photonen
> Algenfarm: 10.000 Wasser, 100 Zucker, 1.000 Enzyme
>Erborax-Stall: 20.000 Wasser, 5.000 Zucker, 8.000 Lipide, 1.000 Enzyme
>Nervenbahn: 10.000 Wasser, 10.000 Zucker, 10.000 Lipide, 1.500 Nukleotide, 500 Enzyme

Mit einem Blick auf die Rohstoffe entschied ich, dass ich Zappels Erfindung gleich einsetzen würde. Ich wählte das Bauwerk *Nervenbahn* aus und die Weltkarte poppte auf. Sie hatte sich erweitert. Neben meiner Ursuppe zeigte sie nun auch die halb so große Sammo-Ursuppe an. Cool! Mit einem zufriedenen, mentalen Lächeln zog ich von der Krallark-Siedlung eine Nervenbahn nach Annaheim. Die erste Cross-Ursuppen-Verbindung war geplant. Eine weitere zog ich von den Krallark nach

Candida-Harmonia. Mein Kommunikationsnetzwerk wurde errichtet.

»Nimm dich in Acht, Imperium! Gegen meine Technologie hast du keine Chance.«

Der Ausbau würde ein paar Stunden dauern, aber wenn das nicht der erste Schritt in Richtung meines Superorganismus war, dann wusste ich auch nicht.

War die Evolution mit unseren Körpern auch so vorgegangen? Für einen Außenstehenden musste es unverständlich sein, warum die Nervenbahn nicht direkt meine beiden Siedlungen verband, sondern einen Umweg über die Krallark machte. Verflixte Zusammenhänge, die nie jemand sah.

Achievement: Große Kommunikatorin. Du bist die erste Gründerin, die ein Kommunikationsnetzwerk über die Grenzen von Ursuppen hinweg errichtet.
Reward: 10% geringere Kosten für den Bau von Nervenbahnen und deren Weiterentwicklung.
Neue Kosten [Nervenbahn]: 9.000 Wasser, 9.000 Zucker, 9.000 Lipide, 1.350 Nukleotide, 450 Enzyme.

Großartig. Noch ein Fortschritt.

Ich musste Zappel dafür danken. Er hatte es möglich gemacht und ich hoffte, es gab ihm Auftrieb. Über das Siedlungs-Interface beauftragte ich Appal, mit dem Bau der Nervenbahn auch von hier aus zu beginnen, um Zappel die Arbeit zu erleichtern.

Schließlich kümmerte ich mich um die Entscheidung, vor der ich mich drückte. Nämlich, wie es mit dem Diplomaten der Vorax weiterging. Hinrichten und kein Risiko eingehen oder ihn leben lassen. Aber unter welchen Bedingungen?

Ich schwamm zu Dregmond, der in einem Käfig aus Kalksäulen gefangen war, an denen Flechten wuchsen. Appal hatte das designt und gebaut.

»Fühlst du dich wohl?«, fragte ich.

»Interessante Konstruktion, die Ihr da habt.«

Obwohl das Gefängnis nicht besonders stabil aussah, konnte Dregmond wohl nicht ausbrechen. Was würde es ihm auch bringen? Durch einen Wall aus Schildvirionen konnte er nicht fliehen.

»Wir haben einiges drauf«, sagte ich, nur um mich gleich darauf über meine Prahlerei zu wundern.

»Und, was wollt Ihr nun tun, Gründerin?«, fragte Dregmond, nicht ohne einen arroganten Unterton seinerseits.

»Was würdest du mir denn raten, wenn du in meiner Lage wärst?«, fragte ich, um den Vorax etwas zu locken.

Der biss in eine der Korallensäulen und wich davon zurück. Grummelnd blickte er mich an. »Ein Diplomat genießt Freiheit. Ihr dürft mich weder gefangen halten noch verurteilen.«

Mental zog ich meine Augenbrauen hoch. »Ich denke, dass gilt nur für Siedlungen, die miteinander in diplomatischem Kontakt stehen.«

»Wie könnt Ihr das Imperium der Vorax nicht akzeptieren? Ihr liegt mitten in seinem Gebiet!«

Das war mir neu. Aber warum war die Candida-Ursuppe frei gewesen, als ich hier eingezogen war? »Kann nicht sein.«

»Wollt Ihr sagen, dass ich lüge?«

»Na ja, mit einer Armee aufzutauchen, anstatt zu reden, ist nicht besonders vertrauenserweckend.«

»Synergia und Harmonix hatten uns keine andere Wahl gelassen.«

Überrascht streckte ich meine Fangarme. »Du kennst sie?«

»Sie haben sich geweigert, dem Imperium beizutreten. Danke, dass Ihr sie für uns ausgeschaltet habt.«

»Das habe ich nicht für die Vorax gemacht.«

»Ihr habt keine Wahl, Gründerin. Unserem Imperium unterstehen Hunderte Ursuppen, unendliche Rohstoffminen und eine unbesiegbare Armee, die schon mächtigere Gegner als Euch unterworfen hat.«

Ich schwamm um seinen Käfig, ließ mir Zeit mit meiner Antwort, damit sie kräftig wirken konnte. »So wie ich das sehe, ist diese Armee besiegt worden.«

»Ich mache Euch ein Angebot«, sagte Dregmond, wahrscheinlich, um vom Thema abzulenken.

»Lass hören.«

»Tretet dem Imperium bei und ich beschaffe Euch einen Posten ganz oben in der Rangordnung. Direkt unter dem Imperator.«

Ich hätte kotzen können. »Und weiter. Was verlangst du dann?«

»Euer Beitritt bindet Euch, unsere Riten zu befolgen.«

Oha, hier begann wohl der Terror, den sie allen assimilierten Ursuppen aufzwangen. »Welche sind das genau?«

»Die Riten des Kults des Uferlosen natürlich. Ihr seid ungebildet für eine Gründerin. Wie genau gelangtet Ihr an den Posten?«

»Ich werde oft genug unterschätzt. Was beinhaltet dieser Kult?«

»Die wöchentliche Opferung von dreihundert Erbauern in der Lache des Leids. Und Ihr nehmt die Religion des Uferlosen an.«

Das erinnerte mich irgendwie an ein Krebsgeschwür.

Execute Repair: 64%.

Natürlich lehnte ich diesen Handel ab, genau wie die Hinrichtung des Diplomaten. Als Gründerin respektierte ich das Leben. Sobald Appal etwas Zeit hatte, sollte er Dregmond eine Botschaft bauen, die ihn sicher gefangen hielt. Das Gespräch hatte mich aber auf eine Idee gebracht.

»Wohin geht Ihr?«, fragte Dregmond, als ich schon wieder weg geißelte.

»Ein Imperium stürzen«, sagte ich, nicht ohne Spott.

Ich wusste, was ich zu tun hatte. Dregmonds Reich zwang den Assimilierten eine Kultur auf, damit sie sich zugehörig fühlten. So gliederten sie fremde Völker ein. Hatte Russland das nicht auch so gemacht, bevor ihr Reich wieder zerfallen war?

Execute Repair: 65%.

Ich wollte meinem Superorganismus Bedeutung geben: Schutz gegen das Krebsgeschwür des Imperiums, genug Rohstoffe für alle, schnelle Kommunikation und Reisen, dazu Unabhängigkeit. Und schließlich sollte jeder Einwohner Heldenruhm erlangen können, wenn er sich im Kampf gegen die Vorax bewies oder beim Aufbau des Superorganismus mitwirkte.

Das sollte auch Phitus begeistern. Erst jetzt merkte ich, dass er vorhin dem eigentlichen Gespräch, warum er mir Siphonex vorenthielt, geschickt ausgewichen war.

Ich geißelte zurück zu meinem Siedlungs-Interface.

Das Bild eines menschlichen Körpers kam mir in den Sinn. Und schließlich ging mir ein Licht auf. Na klar. Ich hatte jetzt Nervenbahnen und was ich noch brauchte, leuchtete vollkommen ein. Blutbahnen für den Transport von Truppen und Nährstoffen. Damit bräuchte ich mich gar nicht mehr in andere Ursuppen bewegen, sondern könnte von hier aus alles steuern.

Ich plusterte mich auf. Das wäre mein nächster Auftrag für

Zappel. Und obwohl der Ausbau der Nervenbahnen noch im Gange war, bereitete ich eine Nachricht vor, die versendet werden würde, sobald das Bauwerk funktionierte.

Ich schrieb Folgendes: »Lena bietet dir Schutz, Rohstoffe und Heldenmut! Tritt Candida-Harmonia bei, kämpfe für Freiheit und besiege mit uns das Imperium.«

tim: auffüllen

. . .

Tim blinzelte, als ihn ein Sonnenstrahl blendete. Sein Rücken schmerzte vom Fliesenboden, auf dem er wohl eingeschlafen war. Genau genommen brannte sein ganzer verdammter Körper. Er tastete nach dem Bürostuhl neben sich und zog sich daran hoch. Im letzten Moment rollte der Sitz davon und Tim klatschte auf den Boden zurück. Schwach und hilflos stöhnte er. Wässrige Augen vernebelten den Blick zur farblosen Decke des Büros.

Seine Kräfte, Lena, Mammut-Gen Games. Nichts davon würde er je unter Kontrolle bekommen. Er griff an die Halskette vor seiner Brust.

Quantenhülle aktiviert.
Füllzustand: 1/1.
Inhalt: Benedikt Taylor.
[Entlassen][Auffüllen]

Enttäuscht ließ er die Pistolenkugel fahren. Die Funktionen *Entlassen* und *Auffüllen* waren deaktiviert. Das Artefakt nutzte nichts. Die Finte des Hoffnungsschimmers hatte einen Pflock in seinen Lebenswillen getrieben und quälte ihn heftiger, als seine Verbrennungen im Gesicht.

Das Artefakt enthielt Benedikts Namen, seine Seele, sein Bewusstsein, sein ... was auch immer. Aber es verwehrte Tim die Quantenkräfte. Er musterte die Decke aus rechteckigen Platten. Sie verschwommen. Die Sonne wanderte in die Ecke der Büros und warf einen Schatten vom Fensterrahmen wie ein Christuskreuz auf den weißen Boden neben ihm. Sein Leben eine einzige Sünde.

Eine Welle aus Schmerz traf ihn heftig, sodass er sich zusammenrollte wie ein Baby im Mutterleib. Wo waren seine Pillen? Obwohl er auf kalten Fliesen lag, war Tims Kleidung durchgeschwitzt. Er tastete seine Hosentaschen ab. Vielleicht hatte er die Schmerztabletten dort, doch er fand sie nicht.

Plötzlich schob sich das Gesicht einer Frau in sein Sichtfeld. Sie lächelte.

»Lena?«, fragte Tim.

»Fast!« Sie lachte. »Marianne, du Dummkopf.« Als sie sich neben ihn hockte, wurde ihre Stimme besorgter. »Oh, mein Gott. Was hast du gemacht? Dein Gesicht.«

»Wie kommst du hier rein?«

»Du hast mir die Chipkarte hier gegeben.« Sie wedelte mit dem Plastik. »Erinnerst du dich?«

Nein, aber egal. »Schon gut«, sagte Tim. »Hilf mir bitte hoch. Eine orangene Schachtel.«

Marianne schüttelte die Pillendose. »Die hier?«

Sehnsuchtsvoll lauschte Tim dem Klappern. Mit ausgestrecktem Arm forderte er sie ein.

Marianne nahm eine Tablette heraus und steckte sie in Tims Mund.

Gierig schluckte er. »Mehr!«

Marianne fischte eine weitere hervor.

»Mehr. Mehr. Mehr!« Speicheltropfen hüpften durch die Sonnenstrahlen.

»Mann, Tim«, sagte Marianne. »Das ist extrem starke Medizin. Wo hast du die überhaupt her?«

Schließlich riss Tim ihr die Dose aus der Hand und warf sich eine Handvoll Erlösung ein. Mit geschlossenen Augen folgte er dem Weg der Tabletten seine Kehle hinab. Gleich wäre er oben auf.

»Ich komme von Lena«, sagte Marianne und musterte Tim.

Ihre Worte schnürten ihm die Kehle zu.

»Willst du nicht wissen, wie es ihr geht?«

Ja. Nein. Was sollte er schon tun? Tim krächzte. »Wie geht's ihr?«

Mit einem Seufzen setzte sich Marianne. »Körperlich schlecht. Sie ist dürr wie ein Gerippe und blass wie ein Zombie. Die Ärzte meinten, dass ihr Körper aufgeben würde, selbst mit der Notversorgung des Pods.«

Klar, das Teil war auf einen solchen Spielmarathon nicht ausgelegt.

»Sie vermuten sogar, dass sie im Spiel etwas Anstrengendes macht, was sie aufzehrt«, sagte Marianne.

»Wieder diese Theorie, dass sie im Spiel noch lebt? Ihr Bewusstsein ist hin! Sie ist hin.« Tim hielt sich an der Tischkante fest, zog sich hoch und hoffte, dass die Tabletten gleich wirkten. Dann wankte er in sein Labor.

Marianne folgte ihm, brabbelte etwas, ein Rauschen. Sie berührte ihn. Er schüttelte die Hand ab. Sein Blick musterte den Pod, seine Blitzkonstruktion. Mary Shelley wäre stolz auf ihn gewesen.

Als Tim Marianne neben dem Pod sitzen und über Lena sprechen sah, kam ihm ein Gedanke. Sein Experiment musste ja schief laufen, weil keine Frau im Pod gelegen hatte, als der Blitz eingeschlagen war. Marianne müsste sich hineinlegen. Das würde alles ändern, weil die gleichen Voraussetzungen erfüllt waren.

»Ich verstehe sowieso nicht, wieso du denkst, es sei eine Theorie. Wir müssen daran glauben, dass wir Lena retten können. Genauso wie meinen Mann«, sagte Marianne, als Tim seine Aufmerksamkeit auf sie lenkte. Er wankte zu ihr. Eine Brise des Ventilators wehte den Schmerz zurück in seinen Körper. »Ja, ja«, sagte er. »Leg dich mal hinein. Ich habe eine Idee, wie wir den Patch rückgängig machen können.«

Marianne zuckte und schaute hinter sich, wie um nach Hilfe zu suchen. »Was ist mit dir los, Tim? Du bist unsere letzte Hoffnung, und ich erkenne dich nicht wieder.«

Wütend beugte sich Tim zu ihr herab, starrte sie an und schrie: »Was weißt du schon? Ich bin der einzige, der wirklich etwas geopfert hat, um den Wahnsinn aufzuhalten. Was denkst du, wer Sascha zur Strecke gebracht hat?«

Ohne eine Erwiderung hielt Marianne Tims Blick stand. In ihren Augen schimmerten Tränen.

»Ich habe mehr gelitten, als du dir überhaupt vorstellen kannst.« Das Labor drehte sich und Tim stützte sich am Pod ab, um nicht hinzufallen. Dann griff er nach dem Artefakt vor seiner Brust. »Siehst du das?«

Der Dialog poppte auf.

Quantenhülle aktiviert.
Füllzustand: 1/1.
Inhalt: Benedikt Taylor.
[Entlassen][Auffüllen]

Diesmal war der *Entlassen* Button aktiviert. Tims Puls raste vor Aufregung.

»Sehe ich was?«, fragte eine Stimme im Hintergrund.

Willst du [Benedikt] in [Heirs of the Phoenix]
entlassen?
[Ja/Nein].

War das ein Weg vorwärts? Das Artefakt hing also mit dem VR-Pod oder dem Spiel zusammen. Jeder Schritt zählte, und was sollte schon passieren, wenn er Benedikts Bewusstsein freiließ?

Er klickte auf *Ja*.

Erfolg: Du hast Benedikt in [Heirs of the Phoenix]
entlassen.
Quantenhülle aktiviert.
Füllzustand: 0/1.
Inhalt: n/a.
[Entlassen][Auffüllen]

Tims Körper zuckte unkontrolliert. Er zwang sich zurück in die Realität. Marianne hatte ihn gepackt und schüttelte ihn heftig durch. »Tim, komm zurück. Was sehe ich? Komm schon!«

Tim blickte sie stumpf an.

Marianne zog ihr Smartphone aus der Tasche. »Ich hole einen Krankenwagen.«

»Warte«, sagte Tim. »Es gibt eine Möglichkeit, den Patch zu knacken. Hilf mir und lege dich in den Pod. In diesem Setup hatte ich Zugriff auf das Spiel, als ein Blitz einschlug. Wenn wir das nachstellen, gibt es Hoffnung.«

»Daher stammen deine Wunden«, sagte sie. »Du experimentierst mit Blitzschlägen. Jetzt ergibt der Stab über dem Pod einen Sinn.«

Ungeduld kroch an Tims Wirbelsäule hoch und ließ ihn nervös wippen. Schweiß in seinen Handflächen. »Also? Opferst du auch was?«

Sie wich einen Schritt zurück. »Tut mir leid, Tim. Aber das ist lebensmüde.«

Enttäuscht nickte Tim. Niemand half ihm, alle wussten es besser, waren aber zu feige, um etwas zu unternehmen. Er setzte sich auf einen Stuhl und starrte mit gesenktem Kopf auf den Boden. Die Bedeutung wich aus seinem Leben.

»Bekäme ich meine Kräfte zurück, dann wären alle frei.« Tims Lippen bebten. In seiner Brust baute sich ein Druck auf, der durch ein tiefes Jaulen aus seinem Mund strömte.

»Tim!« Marianne eilte zu ihm und hockte sich vor ihn. Ihre Hände legte sie auf seine Knie. »Von welchen Kräften redest du da ständig?«

Den Kopf gesenkt, hob Tim nur den Blick. »Ich bin ein Photonenkrieger. Ich fliege auf Drohnen über Hochhäuser und vernichte mächtige Gegner mit meinem gleißenden Schwert aus Licht.«

Mariannes Mimik erstarrte, nur eine Augenbraue zuckte.

Sie verstand es nicht. »Quantenkräfte. Ich manipuliere die Realität. So habe ich Sascha, Snyder und Frankl besiegt. Aus Dummheit und falscher Sentimentalität habe ich meine Fähigkeiten verloren.« Tim griff an die Halskette. »Wenn ich sie wiederbekomme, dringe ich ins Spiel ein und biege den ganzen Mist gerade.«

Marianne krallte sich in Tims Oberschenkel. »Es gibt einen anderen Weg. Da bin ich mir sicher. Zuerst brauchst du aber dringend medizinische Hilfe.«

Unsinn. Er brauchte nur seine Kräfte wieder. »Welchen Weg denn?«

»Ich habe nachgedacht«, antwortete Marianne. »Im Endkampf gegen die Heilige Königin hat diese eine Regel aufgestellt. Jeder, der im Spiel besiegt wird, sich aber wieder einloggen will, stirbt körperlich.«

»Was hat die Königin genau gesagt?«

»Sie sagte: ›Ich habe dem Spiel eben eine neue Regel hinzugefügt. Wer durch diese Speere stirbt oder sich während der Quest ausloggt, wird unsere Welt nie wieder betreten. Ein Versuch des Wiedereintritts führt augenblicklich zum Löschen des gespiegelten Bewusstseins.‹«

Tim starrte auf das Display seines Artefakts. Der Button *Auffüllen* war aktiviert.

Marianne klopfte mit den Fäusten auf seine Knie. »Überleg doch mal. Die Heilige Königin erschafft die Regeln im Spiel. Wenn wir sie zurückholen, dann macht sie den Patch rückgängig und öffnet den Zugang. Das klappt bestimmt.«

»Mhmm, mhmm.« Die Worte rannen an Tim vorbei, als wären es Sandkörner. Jedes davon sah gleich aus, keines trug nennenswerte Information. Vor ihm erschien eine Auswahl.

Möchtest du [Marianne] ins Artefakt laden?
[Ja/Nein]

Tim lächelte.

Von seiner Reaktion angetan, sagte Marianne: »Du denkst auch, dass kann funktionieren, oder? So cool! Komm, wir bringen dich ins Krankenhaus, machen dich heil und implementieren dann die Lösung.«

»So ungefähr«, sagte Tim und klickte auf *Ja*.

Marianne riss die Augen weit auf. Dann sackte sie in sich zusammen.

Erfolg: Du hast [Marianne] ins Artefakt geladen.
Neue Quest: [Der Seelensammler]. Nutze dein Artefakt, um weitere Seelen in »Heirs of the Phoenix« zu speisen.
Belohnung: Quantenzugang wird hergestellt.

lena: pläne

. . .

Ich geißelte zur Pilzleiter. Dieser Ort zog mich magisch an, wenn ich entspannen wollte. Nach all dem Stress mit der Besiedlung der Sammo-Ursuppe brauchte ich etwas Ruhe. Ich schmunzelte bei der Erinnerung, wie Zappel und ich an den Plänen des Bauwerks gearbeitet hatten. Nun ragte sie weit sichtbar durch die Candida-Ursuppe und verband Himmel und Erde miteinander.

Wir Erbauer konnten außerhalb der Ursuppe nicht leben. Candida dafür um so mehr. Sie produzierte fleißig Sporen in ihrem zweiten Pilz. Schon interessant, dass uns der Erste abgepflückt worden war. Ob der geneigte Pilzsammler meine Nachricht gelesen hatte? Liefen da oben die Spieler durch Heirs of the Phoenix? Anfangs vermutete ich, dass ich in einer Art Äther gelandet war, einer anderen Dimension im Quantencomputer. Aber vielleicht befand ich mich in einer Pfütze in Zappels Shop oder in Zutargoshs Höhle und es gab einen Weg, mit der Welt da draußen zu kommunizieren.

Ich schwamm ein paar Mal durch die von Flechten überwachsenen Ausbuchtungen und fand einen Platz, zu dem ein

Sonnenstrahl durchdrang. Ein weiterer Vorteil der Flechten und der Pilzleiter war, dass sie die dicke Suppe reinigten und deswegen Licht hinein schien. Doch ich lenkte mich von den eigentlichen Problemen ab, die es in meiner Ursuppe zu lösen galt. Ich hatte schon so vieles erreicht. Wir ertranken in Rohstoffen. Noch. Denn jedes Upgrade, das mir Conan anbot, kam mit exponentiell erhöhten Kosten einher. Dennoch standen wir extrem gut da. Vor allem, wenn weitere Siedlungen in den anderen Ursuppen Rohstoffe produzierten. Dazu vermehrten sich meine Erbauer prächtig, ich rekrutierte Erborax, Mimikry-Räuber und Photowürmer.

Unerfreulicherweise lagen meine wahren Probleme in den Befindlichkeiten der anderen.

Wie ging ich mit Phitus' Bedingung um, was seinen Sohn betraf? Sollte ich wirklich kämpfen und einen Imperator stürzen, den ich noch nie gesprochen hatte? Und wo steckte ich den Diplomaten Dregmond hin? Sollte ich ihn freilassen, um ein Zeichen des Friedens zu senden? Wieso zog sich Zappel zurück? Wollten Anna und Sax mir eins auswischen? Verlor ich Sandors Treue, weil ich Siphonex als wertvollen Unterstützer sah?

Ich hatte keine Ahnung, woran ich meine Entscheidungen ausrichten sollte. Ich wünschte, es gäbe einen Hitchhikers Guide Through The Ursuppe. Das wäre mal hilfreich.

Execute Repair: 66%.

Ein Reich aufzubauen, indem ich kriegerisch Gebiete eroberte, fühlte sich falsch an. Aber ohne Expansion entstünde kein Superorganismus und so befand ich mich in einer unlösbaren Konfliktsituation. Hatte Dregmond recht, gab es nur besetzte Ursuppen. Um zu wachsen, musste ich sie einnehmen. Deadlock.

»Warum seufzt Ihr so wehleidig? Das gefällt Uns nicht. Geht woanders dafür hin«, sagte Candida. Noch immer der gleiche Charmebolzen.

»Ich seufze vor Bewunderung für deinen Pilzkörper und deine Sporen.«

»Wir haben sie schon in Hunderten Ursuppen verteilt.«

Ich horchte auf. »Hunderte? Wahnsinn!« Damit würden wir in Rekordzeit wachsen. »So viele sind unbesetzt?«

»Natürlich nicht. Wir sagen es nicht gern, aber Wir brauchen Eure Hilfe. In einigen der Ursuppen werden Unsere Sporen gefressen. Noch schlimmer, selbst unsere Hyphen werden Opfer von Räubern.«

Das klang nach einem neuen Problem. »Was ist der Grund für den Sporenfraß?«

»Wir vermuten eine giftige Substanz.«

»Verstehe.« Ich erinnerte mich an die Schattenfühler und wie sie sich auf die Virionen gestürzt haben, um den Vorax den Weg freizufressen. Wahrscheinlich verschluckten sie auch Pilze, was sicherlich auch schmack- und nahrhaft war. Die giftige Substanz jedoch machte mich ratlos. »Dieser Umstand ist – unangenehm.«

»Wir sehen, Ihr versteht Uns. Damit gehen Wir davon aus, dass Ihr umgehend eine Lösung findet.«

Ich lächelte. »Natürlich, Candida.« Vor meinem inneren Augen sah ich kleine Eingreiftruppen aus Erborax, Mimikry-Räubern und Erbauern, wie sie in der Nähe der Sporen eine Siedlung gründeten und das Gebiet von Schattenfühlern säuberten.

Ich setzte an, Candida von meinem Plan zu berichten, da fand mich Tandriel. »Da bist du ja, Lena.«

»Gibt's diplomatische Probleme?«, fragte ich.

»So gesehen schon. Weißt du, wie du mit Dregmond weiterverfahren willst?«

Ich kreiste meine Fangarme und entspannte dann. »Das versuche ich gerade zu ergründen.«

»Es ist nicht gut, dass er hier ist.«

»Warum?«

»Weil er die Armee der Vorax anlocken wird. Ich bin mir sicher, sie wissen bereits, wo er ist, und Truppen sind auf dem Weg.«

Ein unangenehmes Gefühl fuhr durch meine Flimmerhärchen. Tandriel hatte vollkommen recht. Unfreiwillig hatte ich Dregmond zum Köder gemacht und damit Candida-Harmonia in Gefahr gebracht. Er wirkte so anziehend wie eine Apfelschorle im Biergarten auf Wespen. Unwiderstehlich.

Execute Repair: 67%.

»Ich weiß, dass du den Imperator anlocken willst, Lena«, sagte Tandriel, weil ich schwieg.

»Du hast recht. Den Zeitpunkt eines Angriffs muss ich bestimmen, nicht Dregmond. Wir sind unvorbereitet und ich weiß zu wenig über den Imperator.«

Ich dockte mich an den Rüssel von Candida-Harmonia an. Im Kommunikations-Interface waren die ausgebildeten Nervenbahnen sichtbar und für Gespräche einsatzbereit. Ich probierte unser Telefonsystem aus, indem ich *Annaheim* als Ziel auswählte. Hoffentlich ging jemand ran.

»Anna?«, sagte ich und ließ den Gedanken ziehen. Ich schaute nach Süd-Osten. Weit in der Ursuppe sah ich den elektrischen Blitz zu den Krallark wandern, dort, wo Appal und Zappel die Nervenbahnen aufgebaut hatten.

»Ja, wer stört?«, fragte Anna.

Wie gern hätte ich vor Freude die Mundwinkel verzogen und die Augen verdreht. »Ich bin's.«

»Wer? Sie könnten wenigsten so höflich sein, sich vorzustellen.«

Ich war mir sicher, dass sie mich veräppelte. »Der Imperator. Hier ist der Imperator.«

»Nicht witzig. Das kannst nur du sein, Lena.«

»Haha.«

»Du klingst so anders. Viel älter.«

»Danke.«

»Dafür solltest du mir lieber nicht danken.«

»Könnten wir über etwas anderes sprechen?«

»Klar. Trompe mag dich nicht besonders, weil du ihm Sax auf den Hals gehetzt hast.«

Den ungefährlichen Sax? »Was hast du angestellt, Anna?«

»Nichts. Sax hat die Nishu hintergangen, die Tochter des Schamanen entführt und beinahe umgebracht.«

Was ist ihm in die Mitochondrien gefahren? »Schick ihn sofort zurück. Den werde ich zurechtstutzen.«

»Geht nicht, er ist abgehauen.«

»Also hast du die Siedlung gegründet? Ich danke dir, Anna.«

Auf der anderen Seite herrschte Stille. Hatte mein Dank sie überrascht?

»Kein Problem. Pass auf. Ich habe dir eine Blaupause in die Forschungsabteilung gelegt. Wir benötigen ein Starter-Kit für eine Siedlung, die sich von Anfang an selbst verteidigt.«

»Was ist mit dem anderen Starter-Kit?«

»Das ist Mist!«

»Was bedeutete das schon wieder?«

»Keine Sporen, kein Mycel von der großen Candida und das ganze Ding ist nutzlos.«

»Verstehe.« Löste das gerade mein Problem mit Candida? »Erzähl mir mehr.«

»Na ja. Ich habe die Siedlung errichten müssen, während Vorax in der Nähe jagten. Also habe ich zuerst eine Photosynthesefabrik und dann zwei Reihen Virionen gebaut. Zum Glück hatte ich dafür genügend Rohstoffe. Der letzte Vorax hat sich an meiner Verteidigung in Nukleotide aufgelöst.«

Als Anna Luft holte, wurde mir das Ausmaß der Gefahr klar. »Moment, der Vorax hat dich angegriffen, während du die Siedlung aufgebaut hast?«

»Habe ich doch gesagt. Im Labor liegt auch eine Blaupause für einen Photonenwerfer. Hat etwas gedauert, das auszutüfteln. Dieser schießt automatisch auf Feinde, wenn sie sich nähern. Bitte lass Zappel das Ganze entwickeln und unsere Expansion funktioniert selbst in der Umgebung von Feinden.«

»Und mit den Rohstoffen der getöteten Feinde finanzieren wir uns selbst.« Ich erstellte ein Update des Starter-Kits mit Annas Ideen.

»Das übernimmt Candida gerade mit ihren Sporen«, sagte Anna. »Sie saugt die Überreste aus der Ursuppe und verwandelt sie in Rohstoffe.«

Und damit hatte ich alle Puzzleteile zusammen, um Candidas Problem zu lösen. Nur eines blieb noch zu bearbeiten. »Ach, jetzt ist die Pilzdame da?«

»Natürlich erst, nachdem ich Annaheim gegründet und verteidigt hatte.«

»Verstehe. Warum ich dich eigentlich anrufe …«, sagte ich.

»Anrufe?«

»Sagt man so, wo ich herkomme.«

»Klingt bescheuert.«

»Hör zu. Ich will, dass Annaheim zum Zentrum unseres

Immunsystems wird. Du bist der größte Lymphknoten unseres Körpers.«

»Ich kenne dich gut genug, um zu wissen, dass das nichts Gutes für mich bedeutet.«

Ich schnaubte. »Bereite dich darauf vor, gegen die Hauptstreitmacht der Vorax zu bestehen.«

Ein ungläubiges Lachen schallte mir entgegen. »Nein. Jetzt echt. Was heißt das?«

»Ich schicke Dregmond, den Diplomaten der Vorax, zu dir. Du musst ihn gefangen halten. Damit ziehst du alle Aufmerksamkeit auf Annaheim, weil sie versuchen werden, ihn zu befreien.«

»Mein Leben ist dir echt nichts wert, oder?«

So funktionierten Finten nun einmal. »Doch. Du bist meine fähigste Verbündete. Wenn das jemand schafft, dann du.« Ich meinte das tatsächlich so, wie ich es sagte, und Trauer erfüllte mich. Anna geriet damit in größte Gefahr.

»Entwickle die Photonentürme, dann habe ich eine Chance. Mehr Rohstoffe und Truppen wären auch nicht schlecht. Vor allem Photonen und Erborax.«

»Rohstoffe und Truppen sende ich heute raus, zusammen mit dem Diplomaten. Die Forschung gebe ich in Auftrag. Gut, dass Candidas Sporen in der Nähe sind. Es gibt ein Upgrade des Virionenschildes mit Pilzfäden.«

»Lena, ich hoffe, du weißt, dass ich dich hasse.« Die Stimme meines Klons klang sanft.

Mein Zellkern pochte laut. Früher hätte Anna sich mit Händen und Füßen gewehrt. »Ich liebe dich auch, Anna.«

Ich wusste nicht, ob sie meine Worte gehört hatte. Als ich nach einigem Warten keine Antwort bekam, drehte ich mich zu Conan um. »Hast du mitgehört?«

»Nicht viel.«

»Kannst du die Photonentürme erforschen lassen?«

Ein rotes Leuchten wusch über Conan hinweg. »Da war etwas, das ich dir sagen wollte.«

Nicht doch. »Ja?«

»Wir haben die maximale Grenze unseres Forschungsbaumes erreicht. Wir können erst weiterforschen, wenn wir weitere Siedlungen mit Laboren besitzen.«

Anna brauchte die Verteidigungstürme. »Welche Forschung läuft gerade?«

»Etwas, das Knochen heißt.«

»Oh, wer hat das denn eingestellt?«

»Zappel.«

»Brich es ab, die Photonentürme sind taktisch wichtiger. Sobald wir ein weiteres Labor haben, führst du die Knochen-Forschung fort.«

»Verstanden, Lena.«

Ich richtete mich zu Conan aus. Seine Stimme klang pessimistisch. »Noch was?«

»Ich weiß nicht so recht, wie es weitergehen soll. Wir können maximal zehn Siedlungen bauen. Dann wird eine elfte freigeschaltet. Ist die fertig, die zwölfte. Wir wachsen nicht schnell genug, um unsere Forschungskapazitäten zu erhöhen, geschweige denn unsere Rohstoffe oder Armeen.«

»Oh, ich dachte, es lief bis jetzt ganz gut.«

»Tat es ja auch. Aber die Kosten wachsen exponentiell, während wir nur linear bei allem anderen vorankommen.«

Das Spiel beschränkte hyperbolisches Wachstum. Klar, sonst würde es ja nur Imperien geben. Ob die Vorax dieses Problem umgangen haben? Oder haben sie einfach genug Zeit gehabt?

»Was ist die Lösung?«, fragte ich.

»Du.«

Meine überraschten Gedanken verschmolzen zu einem Rauschen. Was meinte er? Dann machte es Klick. »Die Weltenbauerin?«

Brummend stimmte Conan zu.

Ich seufzte. Diese verdammte Sackgasse. »Ruf Tandriel und Sandor.«

Wenig später saß ich mit meinen drei wichtigsten Beratern zusammen.

»Wie machen wir weiter?«, fragte ich, womit ich eine neue drückende Entscheidung zu treffen hatte. »Phitus blockiert meinen Weg, um die Erzfeind-Quest zu beenden. Der Titel der Weltenbauerin bleibt mir verwehrt. Das wiederum beschneidet unser Wachstum, womit wir Jahrzehnte brauchen würden, um uns überhaupt signifikant auszudehnen.«

Tandriel schimmerte grünlich. »Wir sollten uns auf ein Gespräch mit Phitus vorbereiten und alle Vorteile ’rausarbeiten, die seine Unterstützung ihm bringen würde. Vielleicht fehlt ihm etwas oder er nimmt eine bestimmte Gelegenheit nicht wahr. Ich bin mir sicher, dass wir mit geschickten Worten weiterkommen.«

»Wir könnten ihn«, sagte Conan, »auch wirtschaftlich unterdrücken. Gelinde gesagt, ist er von uns abhängig. Verstehen wir seine Ziele, dann können wir ihn sicher zu einem Kompromiss überreden.«

Tandriel streckte Conan ihre Fangarm zu, die er daraufhin umschlang. »Gute Idee«, sagte sie. »Unsere vereinten Argument müssen ihn überzeugen.«

Ich wünschte, dass es so einfach wäre. »Gute Ansätze«, sagte ich. »Verfolgt sie weiter und arbeitet einen Plan aus.«

Dann schaute ich zu Sandor, der die ganze Zeit geschwiegen hat. »Was meinst du, Marschall?«

»Ich meine: bringen wir ihn um.«

zappel: knochenhart

. . .

Ginge es nach Zappel, verbrachte er keinen Moment länger bei den Krallark. Die Muschelstadt wimmelte vor Räubern, und für einen Erbauer gab es hier keine Annehmlichkeiten. Niemand unterhielt sich mit ihm. Zur Selbstversorgung versteckte er sich mittlerweile, nachdem ihn am ersten Tag gleich zwei Räuber angezapft hatten. Natürlich ohne, um Erlaubnis zu fragen. Ein Lakai des Königs hatte diese Begegnung als Lappalie abgetan und Zappel geraten, seine Selbstversorgung nicht so aufreizend in aller Öffentlichkeit durchzuführen.

Kurz gesagt, war es seine Schuld.

Anfangs hatte er es gehasst, dass Lena ihn an den Nervenbahnen hatte arbeiten lassen. Mittlerweile erfüllte ihn seine Leistung mit Stolz. Von König Phitus' riesiger Muschel aus schaute er dem Knistern nach, das gerade über die Nervenbahn sauste. Die Leitung war doppelt so dick wie er selbst, aber voller Kraft und Ästhetik. Das Faszinierendste daran war die linienartige Struktur. Unendlich oft wiederholte sie sich selbst. Die Leitung bestand aus Stricken, gebündelt aus kleineren, die wiederum aus noch kleineren aufgebaut waren.

Zappel beeindruckte das Konzept der sich wiederholenden Muster. Plötzlich fand er es überall. Die Klippen der Ursuppe erlangten ihr Zickzack-Muster aus scharfen Kanten, die aus Teilchen ähnlicher Form bestanden. Egal, ob er sie aus der Entfernung oder aus kurzer Distanz betrachtete, die Natur spielte mit den gleichen Mustern. Er spürte, dass er kurz davor war, ein Geheimnis zu lüften. Einen Namen dafür hatte er schon: Fraktale.

Doch bevor er sich diesen widmen konnte, musste er ein akuteres Problem lösen. Von Phitus' Muschel aus beobachtete er, dass die Klippe wackelte und zwar an der Stelle, wo die Nervenbahn nach Annaheim sie durchstieß. Das Material bog und streckte sich, was die neue Konstruktion destabilisierte.

Zappel entdeckte ständig neue Risse, die die Nervenbahn schwächten, weil sie eingequetscht wurde. Das würde nicht lange gut gehen.

Für ihn war die Sache eindeutig: Die Ursuppen bewegten sich unabhängig voneinander. Wer hätte das gedacht? Ihre Ränder verschoben sich und rieben aneinander. Genau genommen bewegte sich die Candida-Ursuppe also, wovon er aber gar nichts mitbekam. Absolut faszinierend.

Auf der Suche nach einer Lösung schwamm er die Klippen ab. Ihm fielen jetzt häufiger Risse und Dehnungsfugen auf, die er vorher als normal hingenommen hatte. Wegen dem Bau der Nervenbahnen verstand er aber jetzt den Grund: vermutlich kontrahierten Ursuppen.

Schließlich traf er auf eine Stelle, die gräulich schimmerte und von Hohlräumen durchsetzt war. Das Muster ähnelte dem der Pilzleiter, nur um einiges kleiner. Hatte er ein weiteres Fraktal entdeckt?

Zappels Geißel wedelte aufgeregt. So sauer er auf Lena gewesen war, dass sie ihn auf diese Mission geschickt hatte, umso mehr sehnte er sich, der Ursuppe ihre Geheimnisse zu entreißen. Bald würde er Planaria von seinen Erkenntnissen erzählen. Er zwang seinen Blick auf die grauen Hohlräume in der Klippe. Im Gegensatz zu den rötlichen Bereichen daneben schienen sie stabil gegenüber Verschiebungen. Keine Risse oder Brüche. Dieses Material war flexibel genug, um durch die Bewegung nicht zu brechen und stark genug, um als Stütze zu dienen.

Zappel nannte es Knochen. Diese könnten Nervenbahnen umschließen oder ihnen als Führung dienen, an denen sie entlang liefen.

Freudig schwamm er zur Riesenmuschel. Seit die Nervenbahnen errichtet waren, hatte er von der Krallark-Siedlung aus Zugriff auf das Forschungsmenü von Candida-Harmonia.

Er erstellte eine neue Aufgabe: *Knochenforschung*. Da er es von Krallark aus tat, musste er seine Rohstoffe einbringen. Das stellte grundsätzlich kein Problem dar, bis auf die notwendigen Photonen. Zappel besaß nur noch wenige. Die würden zwar reichen, erinnerten ihn aber an Planaria, weil es die waren, mit denen sie gespielt hatte. Andererseits brachte ihn dieses Opfer seiner Abreise nach Hause näher. Er verbrauchte die Photonen.

Sobald der Knochen erforscht wäre, würde er sich den Fraktalen widmen. Er wollte sie gleich in die Warteschlange legen. Das funktionierte nicht, denn die Forschungskapazitäten waren erschöpft. So beschloss er, zu warten.

Zufrieden entspannte er sich und setzte sich an eine bequeme Stelle in der Muschel. Es herrschte wenig Aufregung, weil Phitus in Candida-Harmonia war und die Räuber auf seine Anweisung hin Zappel ignorierten. Er lebte in einem merkwürdigen Widerspruch: Er hasste es, hier zu sein, war aber im gleichen Maße stolz auf sich.

Die *Knochenforschung* ging langsam, aber beständig voran. Er bangte jedem Prozentpunkt des Fortschritts entgegen, denn das

Ergebnis glich einem Timer, der ihn aus seiner Strafmission entließ. Die Wartezeit vertrieb er sich an der Natrium-Kalium-Pumpe. Die Überreste des Vorax klebten an der schwammigen Wand. Wie hatte es Lena nur geschafft, dieses Monstrum zu besiegen? Woher hatte sie den Mut genommen, sich diesem entgegenzustellen? Sie wurde von einer Energie angetrieben, die Zappel in dieser Kraft wohl niemals fühlen würde. Ein Gefühl in ihm rebellierte. Nein, das stimmte nicht ganz. Für Planaria würde er sein Leben geben, gegen einen Vorax antreten.

Die *Knochenforschung* erreichte neunzig Prozent. Zappel schloss das Menü und entspannte ein letztes Mal in der Muschel. Er rieb sich die Flimmerhärchen und machte sich auf den Weg zu der Stelle, wo die Nervenbahn in die Klippen führte. Hier wollte er warten, bis das Bauwerk erforscht und das Gebäude verfügbar war, um es zu installieren. So geißelte er auf und ab, checkte gelegentlich das Baumenü. Nichts Neues zu sehen. Ein Gedanke tröstete ihn: Bald reiste er zurück zu Planaria. Nächstes Mal würde er Lenas Bitten widerstehen.

Erschrocken entdeckte Zappel eine Verletzung seiner Nervenbahn. Die ständige Reibung hatte zwei Fasern zerrissen. Mit Lipiden und Nukleotiden reparierte er die defekte Stelle. Nach einiger Zeit blickte er stolz auf das Ergebnis. Knisternd wanderten Blitze über die reparierten Fäden.

Zappels Gefühl sagte ihm, dass die Forschung fertig sein müsste. Vor allem nach der langen Reparatur. Doch die verfügbaren Gebäude hatten sich nicht erweitert. Hier stimmte etwas nicht.

Verärgert geißelte Zappel zur Muschel zurück, um den Fortschritt im Forschungsmenü zu überprüfen. Hatte er sich vielleicht verschaut? Als er das Menü öffnete, erschrak er. Anstatt das Knochengebäude zu erforschen, untersuchte das Labor die Machbarkeit eines Verteidigungsturms mit Photonen. Wo war sein Knochen? Die Antwort fand er schnell in einer Meldung unter dem aktuellen Fortschritt.

Erforschung Knochenstruktur: Abgebrochen
(94%).
Erneut starten?
[Ja/Nein]

Zappel kochte vor Wut. Hätten sie nicht wenigstens die letzten sechs Prozent warten können?

»Genug ist genug.« Schimpfend geißelte er aus Krallark davon, ohne auch nur einen Blick zurückzuwerfen.

Sein Weg führte schnurstracks nach Candida-Harmonia, wo er Lena die Meinung geigen wollte. Er hatte es sich im Detail ausgemalt. Sie zerstörte alles: sein Vertrauen und die Welt, die er einmal gekannt hatte. Als wäre das nicht genug, sabotierte sie seine Forschung. Wollte sie ihn mit dieser Taktik länger bei den Krallark halten?

Zappel erreichte die neue Barriere aus Schildvirionen und Candidas Pilzfäden. Sie erstreckte sich um ein Vielfaches weiter als die alte Variante. Für diese Verteidigungskonstruktion gebührte Conan Zappels vollster Respekt. Sie wirkte paranoid groß, aber mit Sicherheit erfüllte das Schild seinen Zweck: Schattenfühler und Vorax fernhalten. Und Conan war Zappels Vorschlag nachgekommen und hatte es weit genug gestaltet, sodass es auch Planarias Versteck einschloss und beschützte.

Nichts und niemand würde das Ding mit Gewalt durchbrechen können.

Zappel schwamm an dem Schild entlang, um eine Schleuse zu finden. Früher hätte er an jeder Stelle durchschwimmen können. All das nervte ihn. Gewaltig. Doch die Virionen ignorierten ihn, als nähmen sie ihn nicht wahr – als wäre er harmlos. Schließlich erreichte er eine Stelle, aus der Pilzfäden herausragten und einen Durchgang andeuteten.

»Ich bin's, Baumeister Zappel«, sagte er. »Lasst mich 'rein.« Auf unnötige Höflichkeiten hatte er keine Lust. Schließlich war er einer der Urväter dieser Siedlung. Alle Bauwerke und Erfindungen gingen auf ihn zurück.

»Bitte andocken«, sagte eine Stimme und ein Stachel fuhr hervor, ähnlich dem Rüssel, den Lena nutzte.

»Wie bitte? Wozu?«

»Die Schleuse erkennt deine DNA und lässt dich 'rein.«

Diese Behandlung widersprach seinem Stand. Es widerstrebte ihm, grundlos angezapft zu werden. »Ich bin Zappel. Der Baumeister von Candida-Harmonia.«

»Ist das nicht Appal?«, fragte die Stimme von drinnen.

Nein. Wie lange war Zappel denn fort gewesen? Andererseits, was erwartete er? Seit Wochen zog er sich zurück und wollte seinen Titel und dessen Pflichten loswerden. Es war gut, dass sie ihn nicht erkannten. Mit einem Seufzen dockte sich Zappel an. Wenn seine Planaria nicht hinter dem Schild wäre, hätte er kehrt gemacht. Diese Geschichte ging zu weit.

»Appal ist mein Lehrling«, sagte Zappel, als die Nadel in ihn eindrang und Richtung Zellkern zuckte. Dort reagierten Enzyme miteinander und der Testschlauch zog sich in die Barriere zurück.

Ansonsten geschah nichts weiter.

»Und jetzt?«, fragte Zappel.

»Tut mir leid, ich darf dich nicht 'reinlassen«, sagte der Wächter auf der anderen Seite.

»Das ist doch ein schlechter Scherz!«

»Dir fehlt die CH Gensequenz. Wärst du ein Einwohner, dann hättest du sie.«

»Ich habe diese Stadt aufgebaut, da beschützte sie gerade mal eine Reihe aus Schildvirionen. Sag Lena Bescheid, dass ich hier bin.«

»Die Gründerin will sicherlich mit so was nicht belästigt werden.«

Am liebsten hätte Zappel seine Geißel in die Barriere geschlagen. »Dann Conan oder Sandor. Mir egal! Ich bin der erste Mimikry-Räuber. Und jetzt lass mich 'rein.«

Auf der anderen Seite herrschte Schweigen. Hoffentlich war es ein betretenes.

»Einen Moment. Wer bist du noch einmal?«, fragte eine zweite Stimme von drinnen.

Das durfte doch nicht wahr sein. »Zappel!«, schrie Zappel. »Ich bin Zappel!«

»Wir fragen nach.«

Dann wurde es ruhig. Aus Langeweile wanderte Zappel die Schildvirionen auf und ab. Plötzlich gewann er Conans Konstruktion nicht mehr so viel ab. Sie war stabil und übertrieb es mit Redundanz, was aus militärischer Sicht angebracht war. Dennoch hätte er es eleganter und effizienter gelöst.

Als er wieder an der Schleuse ankam, hörte er schon besorgte Rufe.

»Hallo, Meister Zappel?«, rief ein Wächter.

Eine weitere Stimme sagte: »Du Idiot hast ihn vertrieben. Das war unser Baumeister. Für den Patzer teilen sie dich zum Füttern der Erborax ein.«

»Wieso mich? Du bist der diensthabende Offizier«, sagte der andere. »Dich verpfeife ich schön mit.«

»Mann, woher sollten wir Zappel auch kennen? Hab die hohe Herrschaft nie vorher gesehen.«

»Bleib locker. Besonders aufgeregt war niemand, als ich Zappel angekündigt habe. Sonst macht Conan immer ein Fass auf.«

»Na ja. Ist wohl nur ein Wichtigtuer.«

Zappel räusperte sich und ignorierte das Gehörte. Niemand erwartete ihn, niemand scherte sich um ihn. Entsprach das der Dankbarkeit, die er sich verdient hatte, dann sei es so. Nur weil er in die Welt der Erbauer passte, hieß das ja nicht, dass er hier hingehörte. Die Barriere öffnete sich und er schwamm hinein.

»Die Herren«, sagte er und leuchtete Grün, als er sie passierte. Die beiden waren einfache Erbauer. Sie besaßen keine Fangarme und waren klein gewachsen. Beide zuckten zurück und wechselten ihre Farbe ins Lila. Einer näherte sich. »Entschuldige, dass wir dich nicht gleich erkannt haben. Hol dir bitte bei Conan noch ein DNA-Upgrade ab, dann klappt es beim nächsten Mal.«

Zappel ignorierte die beiden. Früher hatten die Erbauer nachgedacht, selbst die jungen. Das Verhalten eben war lächerlich und zeigte ihm eins: Das war nicht mehr seine Siedlung.

Kurz dachte er darüber nach, ob er Lena fragen sollte, warum sie ihm die Knochenforschung abgebrochen hatte. Sie sollte erfahren, wie wichtig diese Struktur für den langfristigen Erfolg ihrer Strategie war.

Doch die Peinlichkeit, vor weiteren Türen abgelehnt zu werden, ersparte er sich. Deswegen umrundete er Candida-Harmonia weitläufig. Die Siedlung hatte sich verändert. Ein große, durchsichtige Kuppel beherrschte ihren Anblick. Viele Gebäude waren gewachsen. Neue Strukturen machten sie robuster. Die Pilzleiter lumineszierte im Hintergrund und reichte nun definitiv bis zur Oberfläche.

Wie es Desoxi wohl ging, dem alten Kumpel und Algenbauer? Den Freund wiederzusehen, wäre ein Grund, die Siedlung zu betreten. Den Impuls unterdrückte Zappel, als er die vielen Wesen erblickte, die hektisch umherschwirrten. Es gab jemanden, den er noch mehr vermisste. Und sie vermisste bestimmt auch ihn. Die gute Planaria.

Also schwenkte Zappel nach links und ließ Candida-Harmonia hinter sich. Er schwamm zu der geheimen Höhle in den Klippen, wo er Planaria zurückgelassen hatte. Ihr Unterschlupf lag tatsächlich innerhalb der Schildvirionen. Zumindest hatte Conan eingehalten, worum Zappel ihn gebeten hatte.

Sein Würmchen war sicher gewesen.

Aber auch seine Höhle hatte sich verändert. Aus ihr ragte ein Faden, an dessen Ende eine Kugel schwebte, als wäre sie aus dem Versteck geschlüpft. Zappel konnte nicht sagen, ob er das Ding schön oder merkwürdig fand. Die Kugel schimmerte milchig weiß und hatte eine runde schwarze Öffnung.

Zappel schaute sich nach Planaria um, sah sie aber nicht.

»Planaria, meine Gute! Bist du hier?« Vielleicht spielte sie auch irgendwo in der Umgebung. Da nahm er eine Bewegung hinter der Kugel wahr. Planaria huschte hervor und raste auf Zappel zu.

»Da bist du ja!«, rief er. »Wie schön, dich zu sehen.«

Das Würmchen stieß Zappel mit dem großen Köpfchen an.

Er legte seine Geißel um sein liebstes Tierchen und streichelte es vorsichtig. »Wie geht's dir?«

Quicklebendig schwirrte Planaria um ihn herum.

»Gut, gut«, sagte er. »Und was ist das da?« Er schaute auf die Kugel.

Planaria stieß einen hellen Ton aus und zu Zappels Erstaunen strömten Dutzende weitere Planaria aus dem Versteck hervor.

»Holla! Was für eine Überraschung. Wo kommt ihr denn alle her?«

Neben Planaria tauchte ein etwas größeres Würmchen auf und sie berührten gegenseitig zärtlich ihre Köpfe. Ihr Männchen. Ein wenig traurig sagte Zappel: »Ich verstehe. Das ist ja wundervoll. Du hast eine Familie gegründet, während ich weg war.«

Und was hatte er erreicht? Er war einsamer als je zuvor. Niemand kannte oder beachtete ihn, er hatte keine Nachkommen. Zeit hatte er verschwendet mit Lenas dämlichen Auftrag und damit verpasst, wie Planaria einen Partner gefunden hatte.

Die Würmchen spürten seinen Kummer und stießen ihn an. Selbst die kleinen umschwirrten ihn unter seinen Fangarmen und zwischen seinen Flimmerhärchen.

»Hey, das kitzelt!« Zappel lachte und bog sich. »Ist ja gut. Geht schon wieder. Ihr seid aber frech.«

Er erinnerte sich, wie Planaria mit Photonen gespielt hatte. Eines hatte er im Gepäck, das er während der Selbstversorgung auf der Reise gesammelt hatte.

»Schaut mal hier.« Er schleuderte das Photon mit seinem Fangarm durch die Ursuppe.

Sofort rauschte eine Horde Planaria-Nachwuchs hinter dem Partikel her. Der winzigste Wurm erwies sich als unglaublich schnell, denn er erwischte das Photon, nahm es in die Schnauze und brachte es zurück. Aber nicht, um es Zappel zu bringen, sondern, um es in das schwarze Loch zu spucken, das in der milchigen Kugel thronte.

Das Photon schnellte hinein, als würde es hineingesaugt. Blitze zuckten über den feinen Faden, der die Kugel mit den Klippen verband. Eine Nervenbahn! Das gab es doch nicht. Er hatte diese Erfindung gerade erst bei den Krallark fertiggestellt.

Der Blitz, der aus dem Photon entstanden war, wanderte die Bahn entlang und entlud sich als rotes Viereck auf den Klippen.

Erfreut quietschten die Planaria. Sie hatten absolut Spaß damit. Soviel sogar, dass sie Richtung Oberfläche schwammen, um weitere Photonen zu fangen. Ein beeindruckendes Schauspiel aus Blitzen, Lichtern, Farben und Formen folgte. Je mehr Photonen die Planaria in das Loch transportieren, um so heftiger und intensiver das Gewitter.

Zappel wurde nervös, als er seine Gedanken wandern ließ. Was würde passieren, wenn er dieses Ding mit den bestehenden Nervenbahnen verband? Was wäre, wenn diese Kugel an die Oberfläche der Ursuppe gebracht werden würde, wo es ständig Photonen ausgesetzt war?

anna: spinnenchaos

. . .

Stolz blickte Anna auf ihre Truppen, die in Annaheim einzogen. Einer Siedlung vorzustehen, erfüllte sie mit Respekt und Aufregung. Geknausert hatte Lena nicht. Fünf Erborax, zwanzig Mimikry-Räuber und fünfzig Erbauer. Andererseits produzierte Candida-Harmonia ordentlich Rohstoffe. Conan hatte es drauf. Ein paar Photowürmer hätten der Verteidigung Annaheims zwar auch gut getan, aber das sah Lena wohl anders.

Zwei der Mimikry-Räuber mit silbrig schimmernder Außenhülle und schwertförmigen Tentakeln – sie hatten sich auf das Kriegshandwerk spezialisiert –, führten einen zu klein geratenen Vorax zu Anna.

Sie kicherte. Golden, wie er glänzte, war er völlig fehl am Platz. Sein Aussehen sollte Respekt einflößen, doch es rutschte ins Lächerliche ab. Das niedliche Bärtierchen vor ihr suchte nach seiner Haltung.

»Sei gegrüßt, Dregmond«, sagte Anna. »Ich freue mich, dich hier zu haben.«

Der Vorax schaute sich um und inspizierte abfällig die Siedlung. Allein auf der Doppelbarriere aus Virionen blieb sein Blick länger hängen. »Die Freude ist einseitig.«

»Du wirst dich schon eingewöhnen.« Anna strich mit der Geißel ihre Flimmerhärchen glatt und sprach zu den eingetroffenen Kämpfern. »Bringt ihn in seinen Käfig – ich meine, seine Unterkunft.«

»Das werdet Ihr bereuen. Meine Herrin ...«

Anna erstarrte. »Wie war das?«

»Huch, verplappert«, sagte Dregmond mit einem diabolischen Grinsen. »Na ja, sie wird diese lächerliche Außenstation überrollen.«

Die Drohung des Diplomaten klang gefährlicher, als Anna lieb war. »Ist das eine Kriegserklärung?«

»Darauf kannst du deinen Zellkern verwetten«, sagte Dregmond, als ihn die Mimikry-Räuber wegbrachten.

Anna lächelte, doch es versteckte nur ihre Furcht. Was wusste sie denn, welche Armeen Dregmonds Herrin zur Verfügung hatte? Wahrscheinlich könnte sie Annaheim einfach überrollen. Wäre es aber so, wo waren die glorreichen Truppen? Durch diesen Gedanken optimistischer gestimmt, stöberte Anna in ihrem Siedlungs-Interface. Dort wartete eine Neuerung auf sie. Der Verteidigungsturm. Ein übles Biest, das Photonen verschoss, die jeden Vorax in seine Bestandteile zerfetzen würde.

Diese Verteidigung hatte der Imperator – die Imperatorin – bestimmt nicht auf dem Schirm. Wusste Lena, dass sie eine Gegnerin hatte? Anna wäre es lieber gewesen, einem männlichen Exemplar gegenüberzustehen. Sie waren vielleicht brutaler, aber aus ihrer Sicht leichter einzuschätzen.

Als sie sich auf die Siedlung konzentrierte, stellte sie freudig fest, dass die Rohstofferzeugung Fahrt aufnahm. Ihre fünfzig Erbauer drehten die Zellatmung hoch und machten sich an die Arbeit. Wasser, Zucker und Lipide flossen in die Depots Annaheims. Den steigenden Zahlen zuzuschauen, machte süchtig. So langsam verstand sie, was Lena daran mochte.

Anna wählte den Verteidigungsturm im Interface aus. Das Teil kostete ordentlich Rohstoffe, aber sie knauserte nicht. Durchscheinend schwebte das Gebäude vor ihr, bereit, platziert zu werden. Sie verschob es mittels ihrer Gedanken in ihrer Siedlung, um den besten Bauort zu finden. Näherte sie es den Klippen oder einem Gebäude, wechselte die Farbe zu rot. Der vorteilhafteste Standort war knapp hinter den Schildvirionen innerhalb der Siedlung. Das nahm ihr zwar Platz für Erweiterungen der Gebäude, aber den Verteidigungsvorteil wollte sie behalten.

Gerade als sie dem Bau zustimmte, sprach sie jemand an. »Anna! Die Nishu werden belagert. Trompe schickt mich, um dich um Hilfe zu bitten.«

Erschrocken verlor Anna die geistige Verbindung. Der Verteidigungsturm verrutschte, wechselte die Farbe zu rot, was den Bau abbrach. Sie schnaubte und blickte auf den Nishu-Boten, der nervös neben ihr paddelte, seine Hörner von einem Photowurm umwickelt.

»Was?«

»Wir werden angegriffen.«

»Von wem?«

»Eine Horde Xergs sammeln sich vor unserem Versteck. Als wüssten sie, wo wir leben. Jemand hat uns verraten.«

Verdammt! »Okay, langsamer. Was sind Xergs?«

»Fiese Achtbeiner mit scharfen Zähnen.«

»Das klingt nach Ärger.« Packte die Imperatorin ihre neuesten Truppen aus?

»Sie strömen aus allen Richtungen in die Ursuppe und sammeln sich.«

Anna rief die Umgebungskarte von Sammo auf. Das Versteck

der Nishu war nahe dem westlichen Zugang zur Ursuppe und Annaheim am östlichen Rand. Für eine gemeinsame Verteidigung war der Abstand ein riesiger Nachteil. Sie überlegte nur einen Geißelschlag lang. »Sag Trompe, er soll sich hierher zurückziehen. In Annaheim seid ihr willkommen, und wir verteidigen uns hier gemeinsam.«

Über den Boten wusch ein dunkelblauer Schimmer. »Trompe wusste, dass Ihr das vorschlagen würdet.« Der Nishu gestattete sich eine Pause. »Gründerin Anna, wir können die Brutstätte unserer Photowürmer nicht dem Imperium überlassen. Im besten Fall rotten sie sie aus, im schlimmsten Fall versklaven sie sie. Das können wir unseren Freunden nicht antun.«

Anna seufzte. »Natürlich, sie verlassen sich auf euch.«

Der Photowurm auf den Hörnern des Nishu strahlte.

Anna schaute hinüber zum Käfig des Diplomaten, zu ihren Truppen und den Erbauern. Dieser Standort – Annaheim – war gebaut worden, um sich gegen jede Art von Fieslingen zu verteidigen. Genau genommen, hatte Lena ihr dieses Vorgehen so aufgetragen.

Anna sollte mit dem Diplomaten die Horden des Imperiums anlocken und vernichten. Wozu hatte sie sonst den neuen Verteidigungsturm erhalten?

»Was soll ich Trompe sagen? Es eilt.« Der Nishu drängelte.

»Ruhe. Ich denke nach.« Aber Annas Gedanken rauschten nur. Sie musste den Nishu helfen. Aber was sollte sie mit dem Diplomaten tun? Hier lassen, bewacht von einem Teil ihrer Truppen? Und was, wenn der Angriff eine Finte war, in die Anna hineinlief und sie dadurch den Diplomaten verlor?

Sie wären am Arsch. Und Lena wäre sauer – zum ersten Mal zu recht.

Nein. Alle Truppen und Erbauer mussten aus Annaheim ausrücken. Sie würden gemeinsam mit den Nishu und ihren

Photowürmern ein Heer bilden, das jedem Gegner Angst einflößte. Dregmond käme mit.

»Gründerin?«, fragte der Nishu-Bote. Er sorgte sich sichtlich um seine Kameraden.

Noch einmal blickte Anna auf die Stelle, wo sie gerade den Photonenturm errichten wollte. Sie seufzte tief und langsam. Dann wandte sie sich dem Boten zu. »Natürlich helfen wir. Wir brechen sofort auf.«

Über das Interface sammelte Anna alle Truppen. Niemand stellte ihre Anweisung in Frage, was sie beruhigte. Und beunruhigte. Denn ihre Entscheidung stand auf wackligen Tentakeln, sie folgte allein ihrem Instinkt und bei der geringsten Strömung könnte sie stolpern. Aber es gab niemanden, der sie anzweifelte.

Die Mimikry-Räuber holten den Diplomaten aus seinem Käfig.

»Das ging schnell«, sagte er spöttisch. »Ich glaube, jetzt macht Ihr einen Fehler.«

»Halt die Klappe.«

»Und was wenn nicht?«

Anna ignorierte Dregmond und sprach zu ihren Truppen. »Unsere Freunde brauchen uns. Wir geißeln zusammen, atmen zusammen und kämpfen zusammen. Trompe hat uns geholfen und wir helfen ihm.«

Mach's gut Annaheim. Sie hoffte, es bald wieder zu sehen.

»Führ uns hin«, sagte Anna zum Boten.

Der gesamte Trupp zog ab, hinterließ Annaheim verwaist und ungeschützt sich selbst.

Der Bote hatte Anna und ihre Armee auf der dem Feind gegenüberliegenden Seite durch die Barriere der Nishu geführt.

Trompes Truppen sammelten sich in einem blinkenden Durcheinander. Die Nishu trugen ihre Photowürmer, selbst Danza war kampfbereit.

Trompe geißelte sofort zu Anna und griff ihre Tentakel. »Danke!« Mehr musste er nicht sagen.

Anna spürte seine Erleichterung. »Dann los, lass uns Xergs sprengen.«

Woher die Vorax wussten, dass die Nishu hier waren, ahnte Anna nur. Ob das etwas mit Sax zu tun hatte? Andererseits schätzte sie ihn weder als fies noch hinterhältig ein.

»Sie kommen!«, rief ein Nishu-Vorposten am nördlichen Ende der Siedlung, wo die Xergs sich außerhalb der Barriere versammelt hatten.

»Macht euch bereit«, sagte Trompe ruhig. »Das hier ist unser Gebiet. Wir sind die Beschützer der Photowürmer und wir überlassen sie nicht dem Feind.«

Im Halbkreis verteilte sich die Armee der Nishu am nördlichen Eingang ihrer Barriere. Funken sprangen von Horn zu Horn.

Anna wies ihre Mimikry-Räuber den Einheiten der Nishu als Unterstützer zu. »Beschützt sie.«

Ihre Erborax verteilte sie gleichmäßig über das Schlachtfeld. »Blockt den Angriff ab, erlaubt den Xergs nur tröpfchenweise Durchgang.«

Sie richtete sich an ihre Erbauer. »Haltet euch im Hintergrund und teilt mit allem aus, was ihr habt. Spart nicht mit Giftwolken und Elektroschocks. Wir werden denen zeigen, mit wem sie sich angelegt haben.«

Die Geheimwaffe bildeten zehn Symbiotische Gruppen aus Nishu und Erbauern, die Kugelblitze verschossen. Geschützt von Reihen aus Soldaten lauerten sie im Hintergrund auf Opfer. Zum

Glück hatten sie diese Formation bei der Befreiung der Muschelstadt eingeübt und als Fähigkeit verbessert.

Voller Zuversicht glitt Annas Blick über die Aufstellung. Stattlich. Sie würden es den Xergs verdammt schwer machen. Doch zuerst musste der Feind die Barriere überwinden.

Plötzlich wurde es dunkel, als die Spinnenwesen auf das Versteck der Nishu zuströmten.

Anna wusste, dass die Angreifer nichts weiter sahen als verschwommene Ursuppe. Dennoch stürmten sie zielgerichtet vorwärts. Ihre Furchtlosigkeit und ihre schiere Anzahl flößte Anna Respekt ein. Wie eine Naturgewalt drängten tausende Spinnenbeine gegen den Schutzwall. Überall, wo die Xergs es berührten, glimmte es auf und der Gegner zerplatzte.

Der Ansturm kam ins Stocken.

»Die Barriere hält!«, rief Anna.

Trompe knurrte.

»Das wird ein Kinderspiel«, sagte Anna.

Da presste sich eine der kleinen Spinnen hindurch.

Trompe schaute vorwurfsvoll zu Anna.

Wie ein Wasserschwall spülten die Spinnen mitten in die Verteidiger. Die scharfen Zangen bissen den Nishu die Geißel ab und den Mimikry-Räubern die Tentakel.

Die Brutalität des Gemetzels erschütterte Anna. »Erborax, Stellung halten! Zu zweit zusammenrücken. Brecht ihren Ansturm!«

Mit Krallen und Mäulern teilten die Erborax aus. Sie bildeten Wellenbrecher, indem sie sich in Zweiergruppen aufreihten, an denen die Xergs sich vorbeidrängten, wenn sie vorher nicht getötet wurden.

Es galt, die Wirkung der Geheimwaffe zu testen. »Gruppe eins. Kugelblitz los!«

Kreischend eierte die Kugel aus heißer Energie durch die Schlachtreihen, blendete die Spinnen und verwirrte sie. Unzählige Bläschen stiegen auf. Auf seiner Bahn hinterließ das Geschoss weiße Wölkchen, als die Urkraft Partikel pulverisierte. Schließlich explodierte der Kugelblitz inmitten der anstürmenden Xergs.

Spinnenkörper platzen und entließen gelben Saft. Mit einer Stichflamme fackelten Spinnenbeine ab. In die freigesprengte Lücke drangen neue Xergs aus einem unendlichen Vorrat nach.

»Aufschließen! Neu ordnen!«, befahl Anna. »Trompe, nächster Kugelblitz.«

Ermutigt von dem Gegenschlag hielten Annas Truppen fette Ernte. Jeder ihrer Elektroschocks ließ eine Spinne bersten. Puff, puff, puff. Das beständige Platzen hallte über das gesamte Schlachtfeld wie eine Melodie. Die Erborax schlugen und hackten, erwehrten sich der Wand aus Spinnen.

Trompes Kugelblitz riss ein kreisrundes Loch in das Gedränge der Feinde. In wenigen Augenblicken füllte sich die Lücke. Die Verteidiger hielten den Angreifern stand. Ja, es waren verdammt viele Xergs, aber sie waren verwundbar. Diese Schlacht würden Moral, Ausdauer und Material entscheiden.

Ein Ende der Spinnenwesen war jedoch nicht abzusehen.

»Ich habe eine Idee, Trompe«, sagte Anna. »Führ mich zur Brutstätte.«

Er blickte auf die Schlacht.

»Überlass das deinem General. Ich möchte eine Rückzugsbasis aufbauen, falls wir den Massen nicht Herr werden.«

»Was ist mit dem Goldenen?«, fragte Trompe. Er schaute hinter sich, wo ein Mimikry-Räuber Dregmond bewachte.

»Der ist wichtig. Den nehmen wir mit.«

Trompe geißelte voraus. Anna und ihr Gefangener folgten ihm zur Brutstätte der Photowürmer. Licht flutete an diesem Ort tief in die Ursuppe, sodass Anna dachte, sie sei an der Oberfläche. Sie sah durch Trompes Körper hindurch. Er hatte weniger Plasma in sich als seine jüngeren Gefährten. Wie alt der Nishu wohl war?

»Hör zu, Trompe«, sagte Anna. »Ich kann hier einen Verteidigungsturm errichten, als letzte Barriere gegen stärkere Gegner.«

»Dann tu das. Was hält dich auf?«

Sie seufzte. »Das geht nur auf dem Gebiet von Annaheim.«

»Warum verschwendest du dann meine Zeit damit? Ich sollte auf dem Schlachtfeld sein und meine Familie unterstützen.«

»Es gibt einen Weg. Ernenne mich zu eurer Anführerin, ich gliedere dein Stammesgebiet in meines ein und baue den Photonenturm.«

Trompes Flimmerhärchen stellten sich auf und seine Geißel straffte sich. »Das willst du also! Meinen Stamm unter deine Tentakel bekommen.«

»Sie sind ein widerliches Völkchen, die Erbauer aus Candida-Harmonia«, sagte Dregmond.

»Jemand, der goldene Flimmerhärchen hat, sollte seinen Kommunikationsbeutel nicht allzu weit aufreißen«, sagte Anna. »Bring ihn an den südlichen Rand der Siedlung und versteckt euch dort«, befahl sie dem Mimikry-Räuber.

Anna enttäuschte, dass Trompe sie so einschätzte. Aber sie verstand es auch, nachdem Sax sie verraten hatte. »Hör zu. Du bekommst deine Siedlung zurück. Ich möchte die Nishu und die Brutstätte beschützen.«

Der Schamane schwieg und beobachtete das Blitzen und Zucken vom nahen Schlachtfeld. Von den Rändern im Loch des Schutzschildes bröckelten größere Stücke ab. Der Druck der Xergs stieg, weil sie in größerer Zahl gleichzeitig angriffen.

»Sieh doch. Selbst die Photowürmer haben mich akzeptiert«, sagte Anna.

Trompe umrundete sie. »Du bist die Oberste Wächterin, nicht wahr? Dich prophezeiten also meine Visionen.«

»Alle meine Truppen sind hier. Annaheim ist verteidigungslos. Lass das nicht umsonst gewesen sein.«

»Ich glaube dir. Hiermit übergebe ich meinen Status an dich.«

[Anna] erlangt Status [Anführerin der Nishu].
[Anna] erhält Zugriff auf [Nishu-Siedlung].

Trompe schwamm zum Rand der Brutstätte, wo sich Algenfäden in der Strömung wogen. »Hier kannst du auf die Siedlung zugreifen.«

Anna klinkte sich ein und erlangte Zugriff auf das Menü. Unter den Bündnissen klickte sie alle möglichen Optionen: *Handels-, Friedens- und Verteidigungsbündnis.* Schließlich erschien die Option der *Verschmelzung.*

[Nishu-Siedlung] tritt der Siedlung [Annaheim] bei.
[Nishu-Siedlung] untersteht [Gründerin Lena] von [Candida-Harmonia].

Nervös durchsuchte Anna die neuen Einträge in der Verteidigung. Dort fand sie den *Verteidigungsturm.* Sie wählte ihn aus und platzierte ihn am Rand der Brutstätte. Damit verbrauchte sie die letzten Rohstoffe von Annaheim. Die Rohstoffe der Nishu rührte sie nicht an.

»Erledigt«, sagte sie. »Wie gebe ich dir die Siedlung zurück?«

»Achtung!«, rief Trompe.

Annas verklärter Blick schärfte sich und sie nahm ihre Umgebung wieder wahr. Ein paar Zelllängen entfernt baute sich der

Photonenturm langsam auf. Sie musste sich drehen, bevor sie Trompe entdeckte. Er wich ins Dunkel der Ursuppe zurück, zwei Vorax bedrängten ihn.

Verdammt, wie kamen die hier her?

Anna koppelte sich ab und schwamm Trompe zu Hilfe. Sie musste die Angreifer vom Turm weglocken, solange er im Bau war. Es galt, durchzuhalten.

[Verteidigung (Photonenturm)] wird in [Nishu-Siedlung] gebaut (1%).

Anna geißelte, was das Zeug hielt. Zum Glück paddelten die Vorax langsam voran und sie holte sie schnell ein. Als sie nahe genug heran war, versetzte sie dem ersten zwei *Elektroschocks* und *Vergiftete Ladungen* in den Rücken. Das Vieh schrie auf, ob aus Überraschung und Schmerz, interessierte Anna nicht. »Kommt schon, legt euch mit mir an!«

»Nein, mit mir!«, rief Trompe. Ein Blitzschlag donnerte aus seinem Photowurm und betäubte die Angreifer.

Das gab Anna Zeit für weitere *Elektroschocks* und *Vergiftete Ladungen*, zusätzlich stachelte sie den Gegner mit ihren Tentakeln, um dem Vorax größtmöglichen Schaden zuzufügen.

»Nur einen Moment noch, Trompe«, sagte Anna. »Sobald der Turm fertig ist, schaltet er die Vorax mit wenigen Treffern aus.«

Dieser *eine Moment* zog sich in einer Kampfsituation lange hin. Elendig lang. Die Vorax erwachten aus ihrer Verwirrung und teilten ihrerseits aus. Anna und Trompe nahmen einen Treffer hin und flohen tiefer in die Ursuppe. Jedoch blieben sie in der Sichtweite der Vorax, damit sie sie als Ziel im Auge behielten.

So zirkelte Anna im Nebel um die Brutstätte herum. Sie entließ ihren *Lichtwellenangriff*, den sie dank des Photowurms beherrschte. Treffer. Ihr Vorax schwebte betäubt in der Ursuppe und Anna stach auf ihn ein. In große Gefahr brachte sie ihn nicht. Zwar hatte sie ihm zwanzig Prozent Lebensenergie abgenommen, aber dieser Wert entsprach genau dem Zustand ihrer eigenen Gesundheit.

»Trompe! Wo bist du?« Keine Antwort.

Der Vorax paddelte heran. Anna floh vor seinen Klauen. Wie weit war der Baufortschritt des Turmes? Dieses Spiel musste schnell enden.

Anna schwamm zur Lichtung. Über dem Turm kroch ein grüner Balken in der Anzeige von links nach rechts.

Eine Zellbreite fehlte noch. Maximal zehn Prozent, wenn überhaupt.

[Verteidigung (Photonenturm)] wird in [Nishu-Siedlung] gebaut (91%).

»Trompe! Wir haben's gleich!«

Der alte Nishu geißelte aus dem Dunklen der Ursuppe heran. »Gut. Obwohl ich gerade Spaß an der Sache gewinne.« Seine Worte klangen kraftlos.

Witzbold. »Immer schön weitergeißeln!«

»Ja, Oberste Wächterin.«

Ob im Spaß oder nicht, diese Ansprache schockierte Anna. Sie hatte den Titel zurückgeben wollen, aber die Ankunft der Vorax hatte das verhindert. »Nenn' mich nicht so. Gleich bekommst du den Titel zurück.«

Trompe schwamm im Kreis um Anna herum. »Vielleicht soll es so sein.«

»Was meinst du damit?«

»Das findest du bald heraus.«

»Vorsicht, er greift von rechts an«, rief Anna.

Trompe zischte davon und Anna entließ *Elektroschocks*. Sie hatte keine Photonen mehr für einen *Lichtwellenangriff*.

Nur knapp entwischte Trompe einem schweren Treffer der Vorax-Kralle. »Ich kann nicht mehr!«

»Los, näher zum Turm.« Anna griff nach Trompe, wich einem Angriff ihres Vorax aus und zog den Schamanen mit sich. Eine Erinnerung kehrte zurück. Nämlich der Moment, in dem Lena sie auf die Schildvirionen zugezogen hatte, um den Räuber zu besiegen. Wie stur sie gewesen war, wie uneinsichtig und egoistisch. Lena hatte ihr nie schaden wollen.

Anna geißelte mit voller Kraft. Sie nutzte *Beschleunigen* und näherte sich mit Trompe im Schlepptau der Brutstätte. »Komm schon.«

Vor der tiefen kreisrunden Höhle entstand der Photonenturm. Das Bauwerk hatte eine runde, grüne Basis, so groß wie zehn Erbauer. Mittig erhob sich ein schlanker Pilz, die Kappe blitzte silbern.

Nur noch wenige Prozentpunkte!

Anna erreichte den Rand des schwarzen Lochs, in dem die Photowürmer brüteten. Sie umschwamm es, um Zeit zu gewinnen. Die Vorax verfolgten sie zwar, waren aber zu langsam, um sie zu fangen.

»Greift das Bauwerk an!«, schrie eine Stimme, die Anna sehr wohl wiedererkannte.

»Sax?«

Die Vorax ließen von ihren Verfolgern ab, schwammen zum Turm und hieben auf ihn ein. Die Struktur bebte unter den schweren Treffern. Nur noch ein oder zwei Punkte! Der Turm schimmerte, gleich würde er sich voll manifestieren.

Sax geißelte aus der dunklen Ursuppe heran. Er war größer und ansehnlicher. »Ihr entkommt eurem Untergang nicht!«

»Was wird das, Sax?«

»Du und Lena, ihr seid Blender. Das habe ich nun verstanden.«

Der Photonenturm erreichte einhundert Prozent. Als Sax zu dem Bauwerk schaute, an dem die Vorax knabberten, erlaubte sich auch Anna die Zeit. Auf der Spitze bildete sich eine Kugel aus gleißender Energie. Im Kern glühte es rot. Die Struktur war jedoch schon auf einundzwanzig Prozent heruntergeschlagen worden. Endlich löste sich die Kugel und schlug in den von Anna verletzten Vorax ein.

»Nein, nein, nein!«, rief Sax und geißelte auf den Turm zu.

Die Kugel drang in den Vorax ein, dessen grünliche Außenhaut von rot-glühenden Brüchen durchzogen wurde. Mit einem Kreischen platzte das Biest.

Eine zweite Kugel löste sich und schlug auf der Außenhaut des zweiten Vorax ein. Er überlebte.

Noch siebzehn Prozent Haltbarkeit.

Der verbliebene Vorax schlug auf den Turm ein und auch Sax griff mit *Elektroschocks* an.

Um sie aufzuhalten, stürmte Anna auf Sax zu und hieb ihm ihre Tentakel in den Verräterleib. Der Turm war ihre letzte Chance.

[Anna] verursacht 11 Schaden (kritisch) mit [Tentakel] bei [Sax].
Lebensenergie: 89/100.

Er war wirklich um einiges kräftiger geworden.

Noch neun Prozent Haltbarkeit.

Ein weiterer Blitz schlug in den Vorax ein, der diesem genau einen Lebenspunkt ließ. Wie viel Pech hatten sie?

Noch fünf Prozent Haltbarkeit.

Anna stach auf Sax ein, der seinerseits den Turm bearbeitete.

[Anna] verursacht 9 Schaden mit [Tentakel] bei

[Sax].

Lebensenergie: 80/100.

Plötzlich tauchte neben dem Vorax Trompe auf, der mit seinen Hörnern voran in den Gegner stieß.

Noch ein Prozent Haltbarkeit.

Anna durchfuhr ein kalter Schauer der Angst, als sie zusehen musste, wie der Vorax in einer letzten Aktion seine Krallen in Trompe schlug und ihn zerfetzte. Der Verteidigungsturm schleuderte eine Feuerkugel ab, die den Vorax zerplatzen ließ. Mit einem finalen Stich seiner Tentakeln zerstörte Sax das Bauwerk, das daraufhin seine mächtigen Angriffe einstellte.

»Du hast Trompe umgebracht!«, rief Anna.

»Genau genommen war das der Alte selbst.«

Anna richtete ihre Tentakel auf Sax aus. »Verräter!«

»Die Nishu wehren sich bereits zu lange gegen das Imperium.«

Vor Schreck stellten sich Annas Flimmerhärchen auf. »Was hast du mit dem Imperium zu tun?«

»Hör zu«, sagte er und umkreiste Anna. »Ich weiß zwar nicht warum, aber Synergia möchte, dass du dich uns anschließt.«

Synergia? Anna erinnerte sich an die Gründerin von Harmonia. Sie hat ihre Stadt verlassen nach dem Streit mit Lena wegen Candida. »Sie glaubt wohl, ich mag Lena nicht besonders.«

»Wer tut das schon?«

»Mann, Sax. Komm mal klar! Dir tut niemand etwas. Lena hat dir sogar die Befehlsgewalt über unsere Siedlung anvertraut.«

Er drehte sich einmal im Kreis. »Diese unwichtige kleine Ursuppe ist eine Bestrafung, kein Ausgleich. Das Imperium bietet mir Möglichkeiten!«

Anna blickte hinüber zum Schlachtfeld, auf dem es blitzte, jedoch in niedriger Frequenz.

»Ihr habt schon verloren! Die Xergs überrollen eure lächerliche Verteidigung.«

»Du ...«, sagte Anna und musterte ihn. »Du bist viel zu feige, um hier schutzlos aufzutauchen. Entweder warst du die ganze Zeit hier oder du hast damit gerechnet, dass die Xergs erfolgreicher sein würden.«

Sax schimmerte rötlich und er zuckte auf Anna zu. »Blödsinn! Ich wollte Trompe sterben sehen.«

»Warum nur zwei Vorax? Gehen eurem Reich die Soldaten aus?«

»Weil es ausreicht, euch zu zerquetschen.«

Anna wich zum Loch der Brutstätte zurück. Ihr war bewusst, dass Sax sie töten könnte, denn sie besaß nur noch fünfzehn Prozent ihrer Lebenskraft. Aber träte sie ab, nähme sie das Arschloch mit.

»Du klangst schon einmal überzeugter, Sax.«

»Schließe dich uns an und der Kampf endet sofort. Niemand muss mehr sterben.«

»Es ist deine Dummheit. Du lässt dich ausnutzen und deine Fähigkeiten reichen nicht aus, um deine Pläne umzusetzen.«

»Was meinst du damit?«

»Ich wette, dass Synergia den Diplomaten in Annaheim sucht und dich hier sterben lässt.«

»Was für ein Diplomat?«

Das überraschte Anna nun wirklich. »Du weißt nichts davon? Lena hat einen hohen Vertreter des Imperiums als Geisel genommen.«

»Du lügst. Lenas Reich ist schwach, unnütz und wird von uns unterworfen.«

Sax schaute sich um. Sein selbstsicheres Rot hellte sich auf. Gelb schimmerte auf seiner Außenhaut. Er konnte seine aufkeimenden Zweifel nicht verstecken.

Zwischenzeitlich hatte sich Anna dem Loch der Brutstätte genähert.

»Helft mir«, murmelte sie. Annas Photonenvorrat stieg an.

»Niemand wird dir helfen!«, rief Sax und stieß mit seinen Tentakeln auf Anna ein.

[Anna] wendet [Ausweichen] an.

Gelungen.

Anna zuckte und fand sich neben Sax wieder. »Es tut mir leid«, sagte sie und feuerte einen *Lichtwellenangriff* ab, der den Verräter betäubte.

»Vater!«, rief Danza, die herangeschwommen war und Trompe erst mit ihrer Geißel antippte und schließlich zärtlich umarmte. Dann blickte sie von Anna zu Sax.

»Bring ihn hierher«, sagte Danza grimmig. Sie schwamm zum Grund in der Nähe der Brutstätte, wo eine Pfütze im Boden prangte. Sie war umgeben von ausgebleichten Steinen und einem Büschel Seegras. Darin schwirrten sechseckige Viren und färbten die Brühe braun.

Anna verstand. Sie ließ den betäubten Sax zu Danza treiben, die den Verräter in die Viren tunkte. Sax erwachte und gurgelte.

[Sax] infiziert mit [Bakteriophagen].

»Anna! Hol mich hier raus!«, schrie der Verräter.

Anna und Danza schauten schweigend zu, als die Bakteriophagen in Sax' Körper eindrangen. Sie erzeugten heftige Blitzschläge, die die Außenhaut verbrannten. Die Brühe kochte, Sax' Leib brach auf und sein inneres verdampfte.

Anna seufzte, denn sie hasste, was sie hatten tun müssen. So wollte sie niemals enden.

»Geht's dir gut?«, fragte Anna an Danza gerichtet.

»Ich bin so dumm.«

»Wenn Offenheit und der Glaube an das Gute eine Schwäche sind, will ich in dieser Welt nicht geißeln.«

Die beiden schmiegten sich aneinander.

»Zurück zur Schlacht. Machen wir meinen Vater stolz«, sagte Danza und Anna lächelte.

»Noch einen Moment.«

In Sax' Überresten befanden sich erstaunlich viele Rohstoffe, die Anna aufnahm und einen weiteren Verteidigungsturm errichtete. Ungeduldig schwamm sie um die Brutstätte, sammelte weitere Photonen ein und wartete, bis der Photonenturm bei achtzig Prozent war. Dann geißelte sie zum Schlachtfeld.

Der Strom der Xergs hatte deutlich abgenommen, aber ebenso ihre Truppen. Alle zehn Kugelblitzeinheiten hatten sich bereits aufgelöst, wahrscheinlich, weil ihnen die Rohstoffe ausgegangen waren.

»Alle Truppen zur Brutstätte. Sofort!«, rief Anna. »Versammelt euch um den Verteidigungsturm.«

lena: augenscheinlich

. . .

EINE ROTE WELLE DER WUT RAUSCHTE ÜBER SANDORS Körper. »Siphonex, dieser Idiot, verwirrt unsere Kämpfer mit sinnlosen Formationen.« In letzter Zeit beschwerte sich mein Kriegsmarschall häufiger über den Räuber. Wild blinkend wartete er auf eine Antwort von mir. Dabei kümmerte ich mich gerade um die neu eroberten Ursuppen.

Ich ließ das Interface fahren, koppelte mich von meinem Rüssel ab und seufzte. »Ist es wirklich so schlimm?«

»Schlimmer!«, rief Sandor. »Aber weißt du, was die Höhe ist?«

Ich hob mental die Augenbrauen. »Du erzählst es mir sicher gleich.«

»Dass du an diesem Typen festhältst. Manchmal denke ich, du würdest ihn mir vorziehen.«

Ich hatte keine Lust mehr, Sandor erneut zu erklären, welche Voraussetzungen ich auferlegt bekommen hatte, um Weltenbauerin zu werden. »Ach, Sandor.«

Er starrte mich einen Moment lang an. »Du willst also nichts unternehmen?«

»Was soll ich deiner Meinung nach tun?«

»Den Stümper ’rauswerfen. Warum stochert er in Dingen herum, die ihn nichts angehen?«

»Darf ich dich daran erinnern, wie gut ihr gemeinsam gekämpft habt?«

Sandor plusterte sich auf und seine Flimmerhärchen standen ab wie die Stacheln einer Kastanie. »Du … du verstehst gar nichts.«

Execute Repair: 68%.

Mein Kriegsmarschall drehte sich um und geißelte fuchsteufelswild davon.

Ich seufzte erneut. Wie war es nur soweit gekommen, dass ich wegen persönlicher Befindlichkeiten mehr Ärger hatte, als mit dem Ausbau meines Superorganismus? Jeder tischte mir Probleme auf, die Fans von Seifenopern zum Jauchzen bringen würden.

Execute Repair: 69%.

Desoxi stritt mit Candida, Appal arbeitete für Conans Geschmack zu langsam, Zappel schmollte mit mir und dass Anna ständig Problemchen ausbuddelte, war ein Naturgesetz. Löste ich all diese Befindlichkeiten in meiner Siedlung, tauchte Phitus auf, der sein eigenes Störfeuer abschoss. Ich hatte naiv davon geträumt, einen Organismus zu erschaffen. Mit allem drum und dran. Doch es würde bleiben, was es war: ein Wunsch.

Zellen konnten mächtige Zicken sein.

Apropos Zicken.

Ich rief Anna über unser Nervenbahntelefon an, denn es herrschte seit zwei Tagen Funkstille. Entweder verzapfte sie irgendeinen Blödsinn, den sie geheim halten wollte, bis es nicht mehr rückgängig zu machen war, oder sie steckte in Schwierigkeiten. Den angeforderten Photonenturm hatte ich ihr ja entwickelt und zur Verfügung gestellt. Ein Dankeschön hatte ich nie gehört.

Die Leitung knackste, als Annaheim den Anruf annahm.

»Lena?«, fragte Anna.

Ich atmete erleichtert aus. »Da bist du ja! Ich verlange, dass du dich regelmäßig meldest.«

»Sax hat uns verraten.«

Dieser Satz setzte meine Gedanken zurück wie ein Computerneustart. »*Unser* Sax?«

»Xergs haben die Nishu angegriffen ...«

»Moment! Xergs? Was ist das?«

»Spinnenwesen. Truppen des Imperiums.«

»Das Imperium greift mit Spinnen an, die Xergs heißen?« In meinen Ohren klang das nach StarCraft.

Execute Repair: 70%.

»Jetzt lass mich doch einfach erzählen, Lena!«

»Gut, mach. Ich frage mich aber, was das mit Sax zu tun hat.«

»Er hat die Xergs zu den Nishu geführt. Und jetzt halt dich fest. Er tat das auf Befehl von Synergia, die mich in ihre Armee aufnehmen will.«

Mein Zellkern stand still. »*Was*?«

»Zum Glück schützte uns die Barriere.«

»Wie uns? Hast du etwa mitgekämpft?«

»Was sollte ich denn machen?«

Bis eben hatte ich noch gedacht, die Probleme mit meinen Leuten wären schwerwiegend. Doch diese Neuigkeit übertraf alles und Sandors Zwist schrumpfte zu einer Nebensächlichkeit. »Erzähl weiter. Ist Dregmond noch bei dir?«

»Trompes Bote kam nach Annaheim und hat mich um Hilfe gebeten. Ich habe überlegt, in Annaheim zu bleiben.«

»Sag bloß nicht, du hast meine Truppen verheizt ...«

»Natürlich, dafür sind sie doch da. Trompe ist ... war mein Freund. Er hat mir geholfen, Annaheim zu besiedeln. Ich habe meine Siedlung zurückgelassen, alle Kämpfer mobilisiert und bin zur Unterstützung aufgebrochen.«

»Hast du sie noch alle? Wie viele sind übrig?«

»Wir zählen noch.«

»Die Zahl steht in deinem Interface, Anna.«

»Stimmt.«

Sie wollte es nicht beichten, aber sie lebte und war offenbar in Annaheim. Ich seufzte hörbar, sagte aber nichts, und ließ Anna Raum zu erzählen.

»Du hättest die Schlacht sehen sollen. Wir haben die Nishu verteidigt und mithilfe des Photonenturms schließlich gewonnen. Ich glaube übrigens, dass das Imperium kaum gebündelte Truppen besitzt.«

»Was ist mit unserem Goldstück?«, fragte ich, als ich das Bild von Anna verlor. Ihre Präsenz war verschwunden. Hatte sie aufgelegt oder jemand die Leitung gekappt? Ich versuchte erneut, Anna zu erreichen, doch es funktionierte nicht.

Verdammt. Hatte sie gesagt, dass der Diplomat noch gefangen war?

Ihre letzte Aussage interessierte mich sehr. Wie kam Anna darauf, zu glauben, dass das Imperium kaum mehr Truppen hatte? Wie dem auch sei, das waren wertvolle Informationen und es passte mir perfekt in den Kram.

Weil ich die Verbindung nach Annaheim nicht aufbauen konnte, wählte ich im Menü *Verwaltung* > *Bündnisse* aus.

Bündnisse

[Krallark]: Ruf 189 [Geschenk senden] [Handelsbündnis aufheben] [Krieg erklären]

Anführer: [Phitus], König der Räuber. Erhebt Anspruch: WB.

[Annaheim]: Ruf 630 [Geschenk senden] [Handelsbündnis aufheben] [Krieg erklären]

Anführer: [Anna], Gründerin Annaheims. Vasallin Candida-Harmonias

[Nishu-Siedlung]: Ruf 630 [Geschenk senden] [Handelsbündnis aufheben] [Krieg erklären]

Anführer: [Anna], Gründerin Annaheims, Vasallin Candida-Harmonias

Interessant. Das Spiel führte Anna als Anführerin von Annaheim und der Nishu-Siedlung auf. Mit der Brutstätte der Photowürmer würde ich diese wertvolle Einheit an alle meine Truppen verteilen können. Der Imperator, wer das auch war, konnte einpacken.

Ich verband mich mit König Phitus, der in seine Siedlung gereist war und dort residierte. Ob sein Anspruch auf *WB* das bedeutete, was ich vermutete? Oder stand es für Wachstumsbeschleuniger? Während ich kicherte, nahm er an.

»Ich grüße dich, König. Wie geht es dir?«

»Gut, Gründerin. Wir Krallark wachsen wie lange nicht mehr.«

Oh, das war neu. Er gab zu, dass meine Führung ihm einen Vorteil brachte. Wie schmeichelhaft. »Schön.«

»Wir denken, es liegt daran, dass wir die Vorax besiegt haben. Mein Dank, dass Ihr uns dabei unterstützt habt.«

Wir haben die Krallark unterstützt? Wie lächerlich. »Natürlich, gerne König.« Ich räusperte mich, weil ich ein anderes

Thema besprechen wollte und mich fassen musste. »Hast du etwas Ungewöhnliches an den Nervenbahnen bemerkt? Ich komme nicht mehr nach Annaheim durch.«

»Eben meldeten meine Arbeiter einen Riss im Strang. Anscheinend ist Euer Bauwerk fragil. Natürlich hatte der merkwürdige Kauz Zappel eine Ausrede.«

»Ach?«

»Um seine Unfähigkeit zu rechtfertigen, verbreitete er die Lüge, dass sich die Ursuppen bewegten und somit aneinander rieben.«

Womit die Nervenbahn überstrapaziert wurde. »Ja, was für ein Unfug.«

Phitus brummte.

»Wir werden das reparieren«, sagte ich.

»Kontrolle, Kommunikation und Handel«, sagte der König und erinnerte mich so an die Lektion, die er mir in Ursuppen-Führung erteilt hatte. Wenn er wüsste, wie viele neue Gebiete wir in den letzten Tagen besetzt hatten.

Das einzige, was ich nicht kontrollierte, war Phitus. »Noch ein Punkt. Bist du ebenfalls der Meinung, dass die Truppenstärke des Imperiums abgenommen hat?«

»Ja. Die Zeit zum Handeln ist gekommen. Ich greife in wenigen Tagen an.«

Das war neu.

Dieser Hansdampf zerstörte noch alles, was wir erreicht hatten. Ich musste Zeit schinden. »Warte, bis unsere Blutbahnen entwickelt sind, dann unterstützen wir dich.«

»Natürlich unterstützt Ihr mich. Das haben wir abgemacht und ich erwarte, dass Ihr Euer Versprechen haltet.«

»Aber was willst du angreifen? Auf der Suche nach dem Imperium kehren meine Späher ständig ohne Informationen zurück.«

»Die goldene Seerose«, sagte Phitus.

»Was?«

»Daran erkennt man das Herz des Imperiums.«

»Woher weißt du das?«

»Ich weiß es eben.«

Was verheimlichte mir der König da? »Okay, und wo ist diese Seerose?«

»Woher soll ich das wissen? Dieses Wort ist mir noch nie begegnet.«

Ich grinste, denn ich hatte einen Vorteil. Woher sollte eine Zelle auch wissen, was eine Seerose war.

Execute Repair: 71%.

»Lass mich Siphonex zum Gründer von Candida-Harmonia ernennen. Damit ist uns der Sieg sicher.«

»Nachdem wir den Imperator vernichtet haben, könnt Ihr tun, was Ihr wollt.«

»Phitus! Du spielst mit unserem Sieg.«

»Tut einfach, was Ihr versprochen habt, Gründerin. Der Rest wird sich fügen.«

Seine Arroganz regte mich auf. »Ohne mich findest du die Seerose nicht.«

»Wenn Ihr mich erpressen wollt, seid Ihr an den falschen Krallark geraten.«

»Phitus!«

»Ihr wollt Siphonex. Gut, sucht mit uns dieses Rosending, kämpft mit uns gegen den Imperator und Ihr sollt meinen Sohn haben.«

Phitus beendete die Verbindung.

Welchen verdammten Plan verfolgte Phitus? Er war ein schlauer Befehlshaber, aber er ignorierte, dass seine Entscheidung uns unnötig klein hielt. Wollte er, dass wir vernichtet werden? Arbeitete er mit dem Imperium zusammen wie Sax?

Sandors Vorschlag kroch auf allen vieren in mein Bewusstsein. Auffordernd grinste er mich an, der einfache Weg.

Nein! Wenn ich etwas von meiner Gefangenschaft hier gelernt hatte, dann, dass es Karma gab. Egal, ob ich mit Menschen oder mit einem Bewusstsein aus dem Quantencomputer interagierte. Gut, ich wusste, dass wir nach einer goldenen Seerose suchten, aber wie sollte ich das meinen Spähern erklären?

»War das Phitus?«, fragte Sandor, der zurückgekehrt war.

»Belauscht du mich?«

»Ich wollte mich entschuldigen.«

»Gut, ich höre.«

»Du willst gemeinsam mit dem Krallark kämpfen?«

»Das ist eine merkwürdige Entschuldigung, Sandor.«

»Töte ihn, sonst tötest du uns.«

»Wenn es so einfach wäre.«

»Lena, du wählst den Weg des geringsten Widerstands. Das geht nicht lange gut.«

Witzig, wie anders sich das für mich anfühlte. »Danke, für deinen Rat. Du darfst mich jetzt allein lassen.«

Rot glimmend geißelte Sandor davon. Wir harmonierten nicht. Das war auf eine Weise gut, denn er hielt meine Instinkte wach und meine Sinne scharf. Um meine Laune aufzubessern, checkte ich meine neuen Eroberungen. Mit der Hilfe von Candida und ihren Sporen hatten wir mittlerweile zehn neue Siedlungen gegründet.

Siedlungsübersicht (Name – Ursuppe – Anführer):
Annaheim – Sammo – Anna
Klaffstein – Klaff – Umlax

Piersink – Sink – Amshi
Herleon – Herle – Duggix
Schummrig – Schumm – Ram
Mitterrin – Mati – Bertox
Zimbabwe – Zim – Surax
Funkelstadt – Lapas – Massil
Graffenwolk – Graffe – Grompox
Bronkwacht – Bronk – Taranax

Annas Idee vom doppelten Virionenschild und dem Photonenturm hatte das ermöglicht. Die überraschten Vorax in den teilweise imperialen Ursuppen konnten nichts dagegen unternehmen.

Es war nur ein weiteres Zeichen dafür, dass die Truppen des Imperators breit gestreut waren. Noch dazu hatten die Späher keine Anzeichen von höherer Kommunikation feststellen können. Das bedeutete, ich hatte die schnellere Telefonleitung, denn alle meine Siedlungen verbanden mittlerweile Nervenbahnen …, die kaputt gehen würden. Ich brauchte Knochen.

»Conan, ruf mir Appal!«

Ich checkte die Forschungsanlagen. In Lapas und Herle hatte ich neue bauen lassen, damit wir weiter forschen konnten. Das war dringend notwendig. Ich wollte das Imperium mithilfe von Technologie und Siegeswille überrollen.

Der neue Baumeister geißelte heran. »Ja, Lena. Was kann ich tun?«

»Unsere Nervenbahnen zerreißen, weil die Ursuppen sich bewegen. Behebe das.«

Appal zitterte sichtbar.

»Schon gut«, sagte ich ruhig. »Das ist nicht dein Fehler. Aber wir müssen etwas tun, damit wir kommunizieren können.«

»Ich habe das bemerkt und geforscht. Doch alle Stoffe, die ich ausprobiert habe, stellten keine Lösung dar. Weder Korallen noch Pilzfasern.«

»Eine Möglichkeit gibt es noch«, sagte ich.

»Schwämme sind es auch nicht, das hatte ich vergessen zu erwähnen.«

»Ich meinte, mit Zappel zu sprechen.«

»Das musst du selbst tun, Gründerin.«

Natürlich. »Wie geht der Bau der Transportbahnen voran?«

»Wie geplant, Lena. Bald kannst du Truppen in hoher Geschwindigkeit an einen Ort deiner Wahl aussenden.«

»Hervorragend. Weiter so, Appal. Jetzt gilt es nur noch, das Herz des Imperiums zu finden.«

Der Baumeister schwieg und legte die Werkzeugarme an. Er wollte wohl nichts Falsches sagen.

»Weißt du, wo sich Zappel herumtreibt?«

Ich geißelte zu den Klippen, an denen das Virionenschild Candida-Harmonias ansetzte. Hier wuselten generell weniger Erbauer herum. Bevor ich sein Versteck entdeckte, umschwirrten mich Planarien, wie ich sie an der Pilzleiter gesehen hatte. Die niedlichen Wesen mit großem Kopf glubschten mich mit riesigen Augen an. Ihr schmaler, wurmförmiger Körper fungierte auch als Schwanz. Interessant, dass sie nun auch außerhalb der Pilzleiter siedelten.

»Hallo, kennt ihr Zappel und wisst ihr, wo er ist?«, fragte ich.

Die Würmchen wuselten um mich herum, schmiegten sich an meine Flimmerhärchen und zogen an meiner Geißel.

»Was willst du hier?« Zappel schwamm aus der Düsternis der Ursuppe heran.

Schön, dass er gute Laune hatte. »Ich brauche deine Hilfe.«

»Bekommst du nicht mehr. Geh bitte.«

Ich war vollkommen steif vor Überraschung über seine Abweisung. »Hör mich nur kurz an.«

»Nein.«

Ich hatte ihn geschaffen. Er musste zuhören. »Deine Nervenbahnen reißen.«

»Ich weiß.«

Wie jetzt? »Du manipulierst mich also.«

Zappel zitterte, als er rot und blau blinkte. Die Flimmerhärchen sträubten sich. »Deine Anschuldigungen sind unmöglich und so typisch für dich. Ich habe alles dafür getan, dass die Nervenbahnen halten würden. Aber irgendein oberschlauer Erbauer in Candida-Harmonia hat meine Forschung im letzten Moment für unnütz erachtet.«

Oh, Mist. Ich erinnerte mich, dass wir etwas abgebrochen hatten, um Annas Verteidigungsturm zu bauen. »Tut mir leid, Zappel. Ich denke, das war ich. Anna wurde von einer Armee Vorax angegriffen.«

Mein Baumeister entspannte sich etwas. »Geht's ihr gut?«

»Ja. Anna hat das Imperium ordentlich aufgemischt.«

»Schön zu hören.«

»Kannst du mir helfen, die Nervenbahnen zu stabilisieren?«

»Nein.«

Was für ein sturer Bock! »Ich verstehe.«

Zappel blubberte in die Ursuppe. »Aber ich kann dir den Bauplan für die Knochen geben. Damit sollte Appal alles haben, um das Problem zu lösen.«

»Danke, Zappel. Das bedeutet mir viel. Was kann ich denn für dich tun?«

»Warte hier. Ich hole den Plan.«

Er ignorierte mich. Das war gar nicht gut, Zappels Wissen

entschied über die Qualität meines Superorganismus. »Ich komme mit.«

»Das möchte ich nicht.«

»Ich bin deine Gründerin. Du bist aus mir geschaffen worden.«

»Und deswegen darfst du mich behandeln, wie du es für richtig hälst?«

Ich hasste es, wenn er recht hatte. »Nein. Aber warum versteckst du dich vor mir?«

»Vor dir verstecke ich mich nicht. Nur vor dem, was du erschaffst.«

»Lass uns sprechen, Zappel.« Ich stieß ihn sanft an und schlängelte meine Geißel um seinen Körper.

Er schwamm davon.

Ich folgte ihm.

Er sagte nichts.

Wir durchquerten ein Algenfeld und verließen es in der Nähe der Klippen. Zappel schwenkte nach links, bis er nach einem weit reichenden Vorsprung in eine Bucht einbog. Hier lag sein Versteck. Am fernen Ende sah ich eine hellweiße Kugel, die wohl seine Höhle sein musste. »Worin wohnst du da?«

»Wir leben in den Klippen. Das da ist das Spielzeug meiner Planarien.« Zappel drehte sich zu seinen Würmchen um, die uns auf Abstand gefolgt waren. »Zeigt es ihr.«

Die Planarien wuselten los und hetzten Richtung Oberfläche, wo sie in Lichtstrahlen eintauchen und mit Photonen in den Mäulern abtauchten. Voll bepackt schwammen sie auf die Kugel zu und spuckten die Photonen aus. Diese trafen auf den schwarzen Fleck der Kugel. Erst jetzt erkannte ich die Nervenbahn, an der ein Blitzgewitter bis zu den Klippen wanderte und dort in leuchtenden Farben explodierte. Mein Hirn kribbelte, als sich meine Erinnerung zu einer Erkenntnis formten.

»Moment mal«, sagte ich. »Ist das ein Auge?«

Execute Repair: 72%.

»Keine Ahnung, wie du es nennst. Aber es erzeugt Blitze, wenn meine Planarien es mit Photonen füttern. Wenn …« Zappel stoppte abrupt, so, als ob da noch mehr war.

Ich stieß ihn an. »Du hast darüber nachgedacht, es an unsere Nervenbahn anzuschließen, nicht wahr?«

Schweigend missachtete er mich.

»Du hattest ebenfalls die Idee, das Auge über die Oberfläche der Ursuppe zu bringen, richtig? Denn dort würde es permanent mit Photonen beschossen werden.«

Im Studium hatte ich gelernt, dass das menschliche Auge seinen Ursprung unter dem Wasser hatte. Als die Fische auch das Land eroberten, versuchte es, sich an die neuen Bedingungen anzupassen. Deswegen ist es nicht optimal für Landlebewesen, aber die Evolution hatte noch das Beste ’rausgeholt. Hier in Zappels Versteck wiederholte sich diese Entwicklung wohl gerade.

Zappel schaute seinen Planarien beim Spielen zu. »Sind sie nicht toll? Sie haben einfach Spaß, ohne ein Ziel zu verfolgen.«

Ich erfreute mich einen Moment an dem niedlichen Spiel. »Die goldene Seerose. Sagt dir das etwas?«

»Noch nie gehört.«

»Mit dem Auge könnten wir sie finden. Sie wächst in der Ursuppe, von der aus der Imperator herrscht. Ich glaube, er ist geschwächt und wir könnten ihn stürzen.«

Zappel geißelte ohne Eile davon und glitt hinter dem Auge in die Klippen.

Ich musterte das Auge. Natürlich gehörte ein solches zu einem Superorganismus dazu. Ich brauchte es. Aber wie bekam ich Zappel dazu, es mir zu überlassen? Schließlich kehrte mein schwieriger Baumeister zurück, baute eine *Symbiotische Brücke* zu mir auf und übergab mir die RNA-Sequenz für die Knochenforschung.

»Damit sollte Appal zurechtkommen.«

»Du hast ihn gut ausgebildet. Ich danke dir für alles.«

»Ich will keinen Krieg unterstützen.«

»Wir wurden angegriffen, Zappel. Schon zweimal. Wenn die Vorax uns überrennen, hilft dir dein kleines Versteck nicht.«

»Geh jetzt, bitte.«

»Mach's gut, Zappel. Ich bin jederzeit für dich da.«

Ohne weitere Abschiedsgesten schwamm ich nach Candida-Harmonia. Unterwegs kam mir eine Idee, wie ich Zappel aufmuntern würde.

tim: reziprozität

. . .

Erfolg: Du hast Marianne in [Heirs of the Phoenix] entlassen.
Quantenhülle aktiviert.
Füllzustand: 0/1.
Inhalt: n/a.
[Entlassen][Auffüllen]

Tim legte das Gesicht in die Handflächen und spürte seinem warmen Atem nach, der durch die Ritzen seiner Finger strömte. Sein falsches Auge juckte. Bald würde es stechen, dann pulsieren und schließlich wie Höllenfeuer brennen. Tim streckte bereits die Schmerzmittel, denn sie gingen zur Neige.

Was tat er hier nur?

Er blickte auf Marianne. Sie lag im VR-Pod und ihr Körper wurde von diesem versorgt. Ihr Bewusstsein hatte er in das Spiel geladen, ganz so, wie es die Quest von ihm verlangte. Ob sie in ihren alten Avatar, die Elfe Tandriel, geschlüpft war? Mit Tandriel und Conan hatte Tim gerne HotP gespielt, weil sie keine

Powergamer waren, die die Welt beherrschen wollten, sondern einfach nur auf Spaß aus waren.

Er griff nach der Halskette und spürte ihre Aura bis in seinen verkrampften Magen. Sie forderte ein neues Opfer. Wie oft musste er das Artefakt mit unschuldigen Menschen aufladen, bis ihm seine Kräfte zurückgegeben würden?

Tim schlug mit der Faust auf die Glasscheibe des VR-Pods. Worüber machte er sich eigentlich Gedanken? Auf ihn hatte doch ein Leben lang niemand Rücksicht genommen. Chop the wood and carry the water. Einfach durchziehen. Tims Ziele hatten sich merkwürdig verschoben. Statt Lena war er sich selbst am Wichtigsten. Die Person, weswegen er all das angefangen hatte, verschmolz mit dem Hintergrund aus Selbstzweifel und dem Verlangen nach Quantenkräften.

Von Tims Auge zuckte ein stechender Schmerz bis in seinen Schädel. Er zog scharf Luft durch zusammengepresste Zähne ein und tastete nach den Schmerztabletten. In der Packung klapperten nur noch fünf Pillen. Oben hatte er zum Glück eine letzte verschlossene. Er legte die Pillen in seine Hand und starrte sie an. Sie versprachen süße Erlösung von unaussprechlichem Schmerz und das Vergessen jeglicher Moral.

Irgendwo da draußen hofften besorgte Eltern, dass ihre Kinder aus dem VR-Pod aufstanden. Und zwar gesund und unversehrt. Wie konnte Tim das einfach verdrängen? Wurde er zu Frankl, der dachte, es sei in Ordnung, anderen zu schaden, nur weil sein Ziel moralisch korrekt war? Der Schmerz im Auge schwoll an und dehnte sich mit jedem Pulsschlag weiter aus. Tränen liefen Tims Wangen hinab und tropften auf die nackten Füße.

Es musste doch einen Weg geben, den Patch auszuhebeln. Was hatte Marianne vorgeschlagen? Irgendwas mit der Heiligen Königin. Konnte das eine Möglichkeit sein?

In Tim brodelte es. Als das Höllenfeuer in ihm ausbrach, legte er sich auf den Boden, um nicht gegen eine Kante zu donnern, sollte er ohnmächtig werden. Blitzschnell warf er die Pillen ein.

Er schloss die Augen. Die Welle aus Schmerz erhob sich drohend in der Dunkelheit und zerfaserte, als die Medikamente wirkten.

Schnaufend lag er auf den kalten Fliesen. Durchgeschwitzt. In was hatte ihn das Schicksal da nur 'reingezogen? Schließlich hievte er sich hoch, schleppte sich zu dem Stuhl und genoss die Ruhe. Dann musterte er die reglose Marianne. Er war so weit gegangen, aufhören stand nicht mehr zur Auswahl.

»Na gut, holen wir uns das nächste Bewusstsein.«

Auf dem Weg aus dem Labor nach oben schmiedete er seinen Plan. Tim würde durch die U-Bahn-Station schlendern. Dort lungerten genügend nutzlose Leute herum, denen er das Bewusstsein nehmen konnte. Es war später Abend, also würde es niemand merken, und die U-Bahnen fuhren selten. Auch die Kameras sollten kein Problem sein. Tim würde so tun, als spendete er den Bettlern Geld.

Er warf sich seine Jacke über, steckte die Schlüssel ein und öffnete die Eingangstür.

Das Telefon klingelte.

Tim blieb stehen, unsicher, ob er 'rangehen sollte. Genervt – und erleichtert – zog er die Tür zu und humpelte zu seinem Schreibtisch. Er nahm ab, blieb aber stumm. Auf der anderen Seite sprach jemand undeutlich mit einer Person im Hintergrund. Worum es dabei ging, hörte er nicht.

»Es klingelt nicht mehr. Tim? Tim? Bist du dran?«

Diese Stimme erkannte Tim wieder. »Thorsten.«

»Mein Gott, erreiche ich dich endlich. Du sorgst ganz schön für Ärger.«

»Ich bin eigentlich auf dem Sprung.«

»Tim, hör mir zu. Wann kannst du die Spieler freilassen?«

Was für eine einfältige Frage. Als würde er ihn fragen, bis wann der Abwasch erledigt wäre. »Sascha hat den Patch kryptographisch gesichert. Ich arbeite daran.«

»Ich kenne jemanden, der dir helfen will.«

»Ich brauche keine Hilfe. Niemand ist in der Lage, dieses Problem zu lösen.«

»Niemand, Tim?«

»Außer mir. Sobald ich eine Sache erledigt habe. Ich muss der Tim werden, der deinen Clint gerettet hat. Verstehst du?«

»Der bist du doch, mein Junge. Du warst nie jemand anderes.«

Und damit zeigte Thorsten, dass er eben doch nur ein alter Mann war, der nichts verstand. »Klar.«

»Nimm wenigstens ihre Hilfe an.«

»Ihre?«

»Ich stelle dich mal laut.«

Eine sanfte Frauenstimme sagte: »Hallo, Tim. Ich bin's.«

Ohne, dass Tim es wollte, lächelte er. »Janine!«

»Wie geht's dir, mein Retter? Du bist überall in den Nachrichten. CEO und so.«

Er war allein und niemand verstand, was er tun musste. »Alles gut, Janine. Ich muss wirklich los.«

»Weißt du noch, wie wir die Nacht in den Käfigen verbracht haben?«

Er schluckte. »Ja.«

»Du hast mich dazu gebracht, dir meine Geschichte zu erzählen. Aber nicht für dich, sondern, damit ich mich besser fühlte.«

»Und?«

»Ich werde zu dir kommen. In deinen Käfig. Dann erzählst du mir deine Geschichte und lässt mich verdammt noch mal helfen.«

Tims gesundes Auge brannte, als Tränen hervorrannen und sanft über seine Wange strichen. »Janine, das bringt nichts.«

»Bist du allein?«

»Ja.«

»Gut, ich bin in zwanzig Minuten bei dir.«

Tim starrte reglos aus dem Fenster, den Hörer am Ohr. Sie durfte nicht kommen und ihn so sehen. Schon gar nicht Marianne. Dennoch jubelten Chöre tief in seiner Seele, weil Janine an ihn dachte.

»Tim?«, fragte Thorsten. »Lautsprecher ist aus.«

Tim brummte. »Sag ihr, dass ich sie nicht ’reinlasse. Zu ihrer eigenen Sicherheit.«

»Die Polizei stellt ein Sonderkommando aus IT-Experten zusammen. Sie warten nur auf einen Gerichtsbeschluss, um in die Büroräume eindringen zu können. Sie werden auch einen Interims-CEO stellen und die Firma übernehmen, bis das Problem gelöst ist.«

Die Polizei hatte keine Chance. »Wie lange habe ich noch?«

»Ich kenne den Richter. Er versprach mir, dass er drei Tage benötigen wird.«

»Okay.« Tims Gedanken rasten. Drei Tage, um genug Bewusstsein zu stehlen, dass er seine Quantenkräfte wiedererlangte.

Questupdate: [Der Seelensammler]. Nutze dein Artefakt, um weitere Seelen in »Heirs of the Phoenix« zu speisen.

Du hast [72:00:00] Zeit, bis die Polizei dein Büro übernimmt.

Belohnung: Quantenzugang wird wiederhergestellt.

»Junge, ich kenne dich. In dir steckt ein Held. Erlaube ihm, ins Licht zu treten und hör auf, diese Mittel zu schlucken.«

»Auf Wiedersehen, Thorsten.« Tim legte auf. Thorsten Keims Worte drangen tief ein wie ein fieser Dorn. Die Pillen betäubten auch diesen Schmerz.

Janine würde zu ihm kommen, da war er sich sicher. Also beschloss er, sie an der U-Bahn abzufangen. Dort könnte er auch gleich seine Quest erledigen.

Dreißig Minuten später schloss Tim die Eingangstür zu seinem Büro auf. Als er Janine aus der U-Bahn hatte steigen sehen, konnte er sie nicht mehr wegschicken. Seine lächerlichen Versuche, sie abzuwimmeln, hatten sie nur noch sturer werden lassen. Janine trat in das Büro und ihr Vanilleduft blieb in seiner Nase hängen. Er schleppte die großen Einkaufstüten, die sie mitgebracht hatte.

»Ganz schön hier.« Janine wedelte mit einer alten Pizzaschachtel und warf sie weg. »Hast du einen Kühlschrank?« Sie zeigte auf die Tüten.

»Klar.« Tim ging in die kleine Büroküche, in der sich Geschirr und Abfall stapelten. »Ich räume schnell auf.« Zu seiner Verwunderung schämte er sich. Janine war ihm wichtig und damit auch, was sie über ihn dachte. Sie hatte sich nicht über sein Auge gewundert oder gefragt, warum er humpelte. Stattdessen war sie einfach freundlich. Doch das löste Tims Probleme nicht.

Er griff an sein Artefakt und grinste. Das Bewusstsein des Bettlers hineinzuladen, war ein Kinderspiel gewesen und völlig unauffällig.

»Ich helfe dir«, sagte Janine. Sie befreite das Sofa vom Müll und stopfte ihn in einen großen Versandkarton. »Sag mal, nimmst du diese Pillen hier?« Sie klapperte mit einer verschlossenen Schachtel.

Wo hatte sie die gefunden? »Ähm, nur ab und zu. Warum?«

»Die war zwischen die Sofakissen gerutscht. Ich kenne das Mittel. Nimm nicht so viel, es zerstört eine wichtige Pilzstruktur in deinem Darm.«

Tim stieg Hitze ins Gesicht. Wovor hatte er denn Angst? »Ja, nur ein paar gegen die Schmerzen.«

»Hast du die oft?«

»Nur, wenn ich zu viel arbeite.«

Janine richtete ein Sofakissen. »Dieser Pilz beeinflusst, wie wir Moral empfinden.«

»Ich wollte sie eh absetzen.« Tim stellte eine alte Tasse in die Geschirrspülmaschine, als er eine Hand auf seiner Schulter spürte. Vorsichtig forderte Janine, dass er sich umdrehte. Er tat es und schaute ihr in die großen Mangaaugen. Die hatten ihn bereits im Flugzeug verzaubert. Damals, als er vierzig Kilo mehr gewogen und versucht hatte, seinen Koffer in die Gepäckablage zu hieven, ohne, dass seine Bauchschürze unter dem T-Shirt hervor sprang. Er schüttelte den Kopf, um die Gedanken loszuwerden.

»Wehr' dich nicht. Ich werde dich verarzten.« Janine wedelte mit einer Mullbinde. Sie griff seine Hand und führte ihn zum Sofa. Tim musterte Janine, als er ihr folgte. Ihr Gang und der Schwung ihrer Hüfte fesselte ihn. Mochte sie ihn etwa, obwohl er sich bewegte wie ein Zombie?

Janines Worte und Gesten öffneten ein Fenster in ihm. Frische Luft drang herein, stark wie eine Meeresbrise, die seine miese Stimmung lüftete.

»Du starrst, mein Bester«, sagte sie. Mit dem Zeigefinger hob sie sein Kinn an. Sie zog die Augenbrauen hoch. »Oh, das sieht nicht gut aus. Die Entzündung müssen wir bekämpfen.« Sie drückte ihn aufs Sofa. »Schließ die Augen.«

Tim gehorchte und wartete.

»Hast du eine Lieblingsmusik?«

Ja. Hoffentlich lachte sie ihn nicht aus. »Bachs Cello Suite Nummer Eins.«

»Echt?«, fragte sie und klackerte auf dem Laptop herum. »Kenne ich gar nicht.«

»Du meinst, das hättest du von mir nicht gedacht.«

Janine lachte. »Das auch.«

»Ich liebe es, Cello zu spielen. Aber es bringt verdammt beschissene Erinnerungen hoch.«

Janine schwieg.

Als nächstes spürte Tim, wie sie ein feuchtes, warmes Tuch über seine Augen legte. Dann öffnete sie sein Hemd und zog es ihm aus. Sein ganzer Körper kribbelte aufgeregt, als Janine seine Hose öffnete und sie ihm auszog.

»Alles gut«, flüsterte sie. »Ich möchte dich verbinden. Mehr nicht.«

Sah man ihm seine Erregung so offensichtlich an? Hieß das, sie fühlte anders? Er atmete tief durch und entspannte sich. Seine Sinne konzentrierten sich auf die weichen Hände, die sein linkes Bein streichelten.

»Es tut jetzt kurz weh«, sagte Janine.

Ein fieser Schmerz ziepte an seinem Fuß, dann wurde es kühl.

»Du hast Glück. Die Mittel, die du nimmst, wirken entzündungshemmend und antibakteriell. Trotzdem muss ich die Wunde gründlich reinigen. Es sieht aus, als wäre ein Teil der Elektronik mit deinem Bein verwachsen.«

An dem Punkt, als er seine Quantenkräfte verlor, hatte auch die fortschreitende Verschmelzung mit seinen bionischen Teilen aufgehört. Er bereute diese miese Entscheidung. Nein, keine Reue, sie funktionierte sowieso nicht. Es machte seine Situation schlimmer.

»Danke, Janine.« Ob er das Tuch wegnehmen sollte, um zu sehen, ob Janine eine angewiderte Grimasse zog? Seinen zuckenden Arm hielt sie sofort fest und er ließ es geschehen.

»Ich verdanke dir mein Leben. Du hast so einiges bei mir gut.« Sie strich über sein Bein. »So, das hätten wir.«

»Du musst das nicht tun, denn du schuldest mir nichts.«

Es raschelte, als sie sich neben ihn setzte. Tim wünschte, er könnte sie sehen.

Janine legte ihre Hand auf seine Brust und ließ sie dort ruhen. Sie zischte, als beruhigte sie ein Baby.

Tim tauchte in einen See aus Energie und Wärme. Was war sie, eine Heilerin mit magischen Händen?

»Das fühlt sich gut an«, sagte er. Vor seinem inneren Auge sah er ihre Hand leuchten. Zauberhafte, heilsame Fäden gingen davon aus und strömten in sein Herz.

»Gut, dann nehmen wir uns jetzt dein Auge vor.« Janine hob das Tuch auf der Seite seines künstlichen Auges an und ließ das andere bedeckt. »Entspann dich wieder.« Sie drückte ihn nach unten, als er sich vor Anspannung aufgebäumt hatte.

»Es ist nur … Ich bin da empfindlich.«

»Ich weiß. Keine Sorge.«

»Wo hast du das gelernt?«

»Die Medizin ist ein naher Verwandter der Biologie. Und mein Vater war Notarzt. Er hat mir einiges beigebracht.«

Tim verzog das Gesicht, als Janine sein Auge desinfizierte und an den Wundrändern kratzte.

»Ich entferne einen Teil der entzündeten Haut«, sagte sie. Ihre Gelassenheit übertrug sich auf Tim. Die Dose mit dem Kühlspray zischte.

»Wie kann das sein?«, flüsterte sie, als spräche sie mit sich selbst.

Die Worte machten ihn hellhörig. »Stimmt etwas nicht?«

»Das künstliche Auge ist angewachsen. Kannst du damit sehen?«

»Ich konnte, bevor ...« Tim schluckte und schwieg.

»Du hast übermenschliche Dinge in Indien vollbracht. Das weiß ich. Willst du mir erzählen, was danach geschehen ist?«

Tim wollte nicht darüber sprechen. Jetzt nicht. »Darf ich dich berühren?«

Ihr feiner Atem hauchte in Tims Ohr. »Du darfst.«

Als Tim aufwachte, war es noch Nacht. Mit einem Lächeln schaute er auf die nackte Janine neben ihm. Sie war so sanft und ihre Berührungen heilten ihn. War sie die Frau, die er sein Leben lang gesucht hatte, und nicht Lena?

Er griff an die Pistolenkugel vor seiner Brust. Sie war geladen.

Quantenhülle aktiviert.
Füllzustand: 1/1.
Inhalt: Don Hofmanstal.
[Entlassen][Auffüllen]

Leise schlich Tim aus den Laken und zog seine Hose an. Sein Auge sowie sein Fuß pulsierten, aber nicht auf diese kratzige, kranke Weise. Sondern wie ein heilsames Klopfen. Was auch immer Janine getan hatte, es half. Er griff nach der Packung Schmerztabletten und warf sich zwei Pillen ein. Es bedeutete einen Fortschritt, wenn er das Mittel reduzieren konnte.

Tim überprüfte, ob Janine schlief, und als er sich sicher war, nahm er die Treppe nach unten zum Labor. Sofort übermannte ihn das schlechte Gewissen, als er Marianne im VR-Pod schlafen sah. Das Gerät hielt sie am Leben. Auch sie hatte ihm helfen wollen. Hatte er sie eingesperrt, weil die Tabletten ihn unmoralisch machten? Er schob die Schuld auf den Pilz, ging zum VR-Pod hinüber und entließ das Bewusstsein des Bettlers.

Möchtest du [Don] ins Spiel laden?
[Ja/Nein].

Er wählte *Ja*.

Questupdate: [Der Seelensammler]. Du kommst voran und hast eine weitere Seele gesammelt. Hör nicht auf und deine Belohnung steht dir bald zu.

Tim verzog die Mundwinkel nach unten. Das bedeutete, er musste raus in die Nacht. Wie viele Seelen galt es zu sammeln, um die Quest zu erfüllen? Es nervte ihn, dass das nicht angezeigt wurde. Bevor er ging, überprüfte er Mariannes Vitalzeichen. Alles sah gut aus. Ihr Körper arbeitete einwandfrei.

Als er die Treppe nach oben stieg und die Tür hinter sich schloss, musterte ihn Janine mit neugierigem Blick. Sie stützte sich auf ihre Ellbogen, wodurch sie ihre Silhouette betonte. Die schöne Schulter, die schlanke Taille, die in eine elegant geformte Hüfte überging. Dazu die langen Beine, die sie übereinander gelegt hatte.

»Hast du Kaffee besorgt oder wolltest du die letzte U-Bahn noch kriegen?« Janine schmunzelte.

»Ähm.« Tim kratzte sich am Kopf. Auf keinen Fall durfte sie

von Marianne erfahren. Das würde sie sicher nicht verstehen. »Ich brauche einen kleinen Spaziergang.«

»Also diese Idee kann ich nicht toppen.« Janine rollte sich auf den Rücken, aber ließ seinen Blick nicht los. Dann glitt sie mit den Fingerspitzen über ihre Brust, ihren Bauch und ihren Oberschenkel.

Tim schaute zwischen Janine und der Tür hin und her. Die Quest war wichtiger, so sehr er sich zu ihr wünschte.

Janine seufzte. »Na gut. Ich komme mit. Soll ja auch gesund sein.«

»Nein, nein.« Tim hob beide Hände. »Bleib ruhig liegen. Ich wollte ein wenig nachdenken.«

»Das Letzte, was du jetzt brauchst, ist Zeit zu grübeln. Meine Großmutter war nur allein und kam auf die seltsamsten Ideen. Sie überzeugte sich selbst davon, dass ihr Mann sie während ihrer Ehe ausgenutzt hatte und ihre Töchter der Teufel waren.«

»Ich bin nicht deine Großmutter.«

»Glaub mir, unser Hirn kann uns eine Menge Zeug einreden. Sprich mit mir. Ich komme mit.«

Zehn Minuten später traten beide in die Münchner Nacht. Nebenan bot ein kleiner Park Erholung. Tim steuerte darauf zu. Er suchte eine Gelegenheit, um sein Amulett zu füllen. Janine kam dafür nicht in Frage. Noch nicht. Auf dem Gehweg kreuzte niemand ihren Weg. Selbst wenn, was hätte Tim dann machen sollen? Nähme er der Person das Bewusstsein, sank sie zusammen.

Janine würde sofort Hilfe holen.

Beim Bettler in der U-Bahn hatte Tim anonym die Polizei

informiert. Mit Janine im Schlepptau gäbe dasselbe Vorgehen sicher Ärger, und er musste unentdeckt bleiben.

Der Split knirschte unter ihren Schuhen, als sie durch den Park schritten. Hier gab es keine Laternen. Im klaren Himmel schimmerte die Milchstraße und der abnehmende Mond.

»Wenig Lichtverschmutzung«, sagte Janine.

»Du meinst Luftverschmutzung.«

»Nein. Jede Straßenlampe wirkt wie ein Mond für ein Insekt. Wir richten ordentlich Schaden in der Natur damit an. Städte und deren Licht verschmutzen unsere Umwelt.«

»Das wusste ich nicht.«

»Ich mag diesen Park.«

Tim verschwieg, dass er vom Spazierengehen im Allgemeinen nicht allzu viel hielt, oder vom Joggen durch indische Städte. Außer in diesem Moment. Ein paar Meter vor ihnen bestrahlte das Mondlicht eine Bank.

Tim quetschte die Augen zusammen. Schlief darauf ein Obdachloser? Der Umriss einer Frau wurde deutlicher, mit jedem Schritt, den sie sich näherten.

»Hey, haut ab!«, rief sie.

Mist, sie war wach. Doch vielleicht auch die einzige Gelegenheit für Tim, ein Bewusstsein zu fangen. »Ihnen auch einen schönen Abend.«

Janine kicherte neben ihm. »Irgendwie gruselig.«

Tim kramte nach Wechselgeld in seiner Hosentasche. Ein paar Münzen wanderten in seine Hand und er klimperte damit. »Können Sie das gebrauchen?«

»Wenn's nicht nur Pfennige sind.«

Tim wog das Geld in der Handfläche und ein paar Euros blinkten im Mondschein. »Es sind um die sechs Euro.«

Die Alte zog die Nase hoch. »Dann mal her damit.«

Mit ausgestrecktem Arm trat Tim näher. Die Frau roch fürchterlich. Das Weiß ihrer Augen blinkte Tim an und sie zischte plötzlich. »Geh weg, du Dämon!«

Erschrocken wich er einen Schritt zurück und drehte sich verwirrt zu Janine um. Die Frau sprang über die Lehne hinter die Bank, um sie als Deckung zu nutzen.

»Okay. Ich lege es ihnen hier hin.« Tim ließ das Geld aufs Holz gleiten und trat zurück.

»Diese verseuchte Aura. Du bist Kāla begegnet. Weiche, Dämon! Weiche!«

Der Name des indischen Gottes drang Tim bis ins Knochenmark. Er hatte Kāla verdrängt. Woher wusste die Obdachlose davon?

»Besser, wir verschwinden.« Janine zog Tim am Arm davon.

Er hatte nicht nur ein Bewusstsein verloren, sondern ein ungutes Gefühl gewonnen. Mit dem Blick zum Boden humpelte er neben Janine her. Ihre Hand glitt sanft in die seine. Ihr süßer Duft hing ihm in der Nase. Er dachte an den Sex zurück und sein Bauch kribbelte, er sehnte sich nach mehr.

»Wollen wir weitermachen, wo wir aufgehört haben?«, fragte Tim.

»Du meinst, Obdachlosen Angst einzujagen?«

Tim hielt Janine fest, sodass sie beide zum Stehen kamen, und drückte sich an sie. »Nein, ich meine das hier.« Zärtlich küsste er ihre weichen Lippen. Bei jeder Berührung klebten sie sanft an den seinen. Nach diesem winzigen Gefühl war er süchtig und er hörte nicht auf, sie zu küssen.

»Jetzt weiß ich, was du meinst«, sagte sie und zog Tim mit sich. »Trödel nicht so.«

Humpelnd folgte er ihr. Er konnte ein Grinsen nicht unterdrücken. Erst jetzt fiel ihm auf, dass er seit dem Aufbruch keine Tabletten genommen hatte. Er hatte nicht einmal welche eingesteckt. Sie traten aus dem Park und gingen schnurstracks quer über die Wiese zum Bürogebäude. Auf dem ansonsten leeren Parkplatz löschte ein Audi Kombi die Scheinwerfer. Die Autotüren öffneten sich. Die Fahrerin und der Beifahrer stiegen aus, gingen zum Gebäudeeingang und studierten das Klingelschild.

Tim zog Janine hinter eine Mauer. Beide hockten sich hin. Die wollten zu ihm, so viel ahnte er. Aber mitten in der Nacht?

»Da stimmt was nicht«, sagte Tim. »Lass uns warten, bis sie weg sind.«

»Warum ignorieren wir sie nicht und gehen einfach rein?«

»Ich habe ein doofes Gefühl.«

Janine lugte über die Mauer. »Ich glaube, die gehen so schnell nicht.«

Lange genug war Tim ein Feigling gewesen. Vielleicht hatte Janine recht und er sollte sich seinen Problemen stellen. »Na los.«

Hand in Hand gingen sie zum Eingang. Tim hatte den Schlüssel schon herausgeholt, nicht, um die Tür aufzuschließen, sondern als Waffe. Der Beifahrer trug ein dunkles Hemd und die Frau eine Weste über einem T-Shirt. Beide lehnten am Klingelschild.

»'Nabend«, sagte Tim, als er auf sie und den Eingang zuging.

Die Wartenden pressten die Augenlider zusammen.

»Das ist er doch«, sagte die Frau.

»Sandhofen, bist du Sandhofen?«, fragte der Mann.

»Was geht Sie das an?« Es war Janine, die Tim weiterzog und auf die Eingangstür zusteuerte. Sie nahm ihm den Schlüssel aus der Hand und schloss auf.

Die Frau griff nach Tims T-Shirt. »Du Drecksack! Meine Tochter hängt im Spiel fest. Tage ihres Lebens sind für immer verloren. Und du schaust nur zu und scheffelst Kohle!«

Wie versteinert schaute Tim auf die Fratze der Mutter, die ihre Wut heraus ließ und ihn sogar kratzte.

»Es tut mir leid«, sagte er und legte seine Hand auf den Unterarm der Frau.

Möchtest du das Bewusstsein von [Ilse Sommer] aufnehmen?
[Ja/Nein]

Einen Atemzug später sank Ilse in sich zusammen.

Der Mann hockte sich neben sie. »Ilse? Was ist mit dir?« Mit wütendem Blick schaute er zu Tim. »Wegen dir hat sie einen Herzanfall!«

Kräftig zog Janine an Tim, der aus seiner Starre entkam und ihr hinein folgte. Er schloss die Tür. Durch die Glasscheibe sah er den Mann, wie er versuchte, die Frau zu wecken.

»Sollten wir nicht einen Krankenwagen rufen?«, fragte Tim, der den Blick nicht abwenden konnte.

»Schon dabei. Ja, hier spricht Janine ...«

Oben angekommen, verging Tims Lust auf Sex. Außerdem wartete ein Bewusstsein im Artefakt darauf, ins Spiel gelassen zu werden. Jede Seele konnte die letzte sein und damit die Erfüllung der Quest.

Janine schnaufte durch, als sie sich aufs Sofa plumpsen ließ. »Mit dir erlebt man was. Ich hoffe, der Frau geht's bald besser. Wir müssen etwas unternehmen. Sie hatte vollkommen recht.«

Tim nickte wie ein Specht. Die Worte klebten in seiner Kehle fest.

Es klirrte.

Janine rollte sich zusammen.

Tim zuckte in die Knie und suchte nach der Quelle des

Geräusches. Ein Ziegelstein polterte über den Boden. Der hatte seine Fensterscheibe durchbrochen. Von draußen drangen Stimmen hinauf.

Vorsichtig ging Tim Richtung Fenster und beobachtete, wie sich eine Menschentraube unten versammelte. Ein Reporterteam baute einen Scheinwerfer auf, die Kamera auf eine Frau mit Mikrofon gerichtet.

Tim drehte sich zu Janine um und deutete nach unten. »Jetzt sind wir eingesperrt.«

Sie stand auf, klammerte sich an ihn. Seine Gedanken kreisten nur um das Bewusstsein in seinem Artefakt. Dafür musste er aber ins Labor. Fand Janine heraus, dass er Marianne gegen ihren Willen festhielt, würde sie sich von ihm abwenden.

»Ich fühle mich hier nicht sicher«, sagte Janine.

Bis auf die Küche gab es nur diesen einen großen Raum. Das Fenster war zerstört, kalte Luft und wütende Stimmen strömten herein. Es nutzte nichts, sie mussten nach unten.

»Geh lieber. Ich will dich nicht in diese Sache hineinziehen.«

»Spinnst du? Was muss ich denn noch tun, damit du mir vertraust?«

Tim schöpfte Hoffnung, dass Janine alles verstehen würde. »Komm mit«, sagte er, humpelte zu der Labortreppe und führte sie hinab.

Als Janine den VR-Pod sah, zog sie scharf Luft ein. »Wer ist das?«

»Tandriel oder Marianne. Wie du willst.«

»Meinst du, wir können durch sie mit dem Spiel kommunizieren?«

»Nein.« Die Idee traf ihn unvorbereitet. »Vielleicht.«

antonio: masterplan

. . .

Es MUSSTE GEHORCHEN! *Es* WOLLTE NICHT TÖTEN, ABER es war seine Aufgabe. *Es* kämpfte für das Imperium gegen die Krallark, damit seine Königin überlebte und *es* hieß Oinotna.

Als wäre Antonios Geist in einem eingestürzten Haus gefangen, stemmte er sich gegen die fremden Gedanken wie Gebälk. Das gelang nur kurz, zu schwer wog das Gewicht. Die fremde Seele war unbeherrschbar.

Angetrieben von Kampfeslust, jagte *es* durch dunkles Gewässer auf der Suche nach seiner Beute. Und so fand *es* die Krallark in ihrer Siedlung aus Muscheln. Antonio fühlte den Schmerz, der *es* antrieb, denn *es* musste gehorchen. Der neue Herrscher, Kharak Thulu, hatte seine Königin gefangen.

Antonio sah mit an, wie vierarmige Zellen unter seinen Hieben platzten. Ein unmögliches Durcheinander lief da vor seinen Augen ab, ohne, dass er eingreifen konnte. Schließlich waren die mutigsten Gegner vernichtet. Die überlebenden Feiglinge verschanzten sich in der größten Muschel. Das Wesen, in dem er steckte, nahm die Verfolgung der Unglücklichen auf.

Doch *es* schwamm zu langsam. Die Vierarmigen geißelten davon. *Es* durfte aber nicht aufgeben.

Antonio stemmte sich erneut gegen das Gebälk, das seinen Geist einquetschte. Wo war er hier gelandet? Der wundersame Körper, in dem er steckte, stoppte und blickte sich in dem Ozean um. Antonio sah nur Dunkelheit und versuchte, sich mehr Platz zu schaffen.

»Hilfe!«, rief Antonio, wodurch Blasen aufstiegen. Seine mentalen Muskeln zitterten unter der Last der anderen Seele und schließlich erstickte sie ihn. Er schaute zu, wie das Wesen durch den Ozean tauchte.

Als *es* Klippen erreichte, drehte *es* wütend um und schwamm zurück zu den Muscheln.

Eine neue Gruppe von zäheren Zellen erwarteten *es*. Sie kämpften, stachen, schockten seine Hülle. *Es* musste gewinnen, damit der neue Herr seine Königin nicht tötete. *Es* musste gegen die winzigen Erbauer kämpfen, ob *es* das wollte oder nicht.

Mit aller Kraft griff Antonios Wirtskörper an, verteilte tödliche Wunden. Die Erbauer konnten nur unterliegen.

Doch plötzlich wurde *es* angezogen wie ein Magnet. *Es* donnerte gegen die Klippen und blieb dort bewegungslos kleben.

Panisch stemmte sich Antonio in das Gebälk. Er musste die Kontrolle übernehmen, sonst würde er hier sterben. Stimmen drangen in sein Bewusstsein. Die Wesen vor ihm sprachen miteinander und stachen auf ihn ein. Antonio drückte fester, schaffte sich einen Millimeter Luft. Diese eine Stimme kannte er. Mit letzter Kraft fragte er: »Lena?«

Es starb.

Antonio sauste durch einen Strudel aus gleißendem Licht. Er schrie. Stille. Es roch nach verbranntem Kabel und schmeckte nach Kupfer. Sein Blick ruckelte, als säße er in einem Auto, das sich bei einem Unfall überschlug. Schließlich löste sich alles auf wie Nebelschwaden.

Er blickte vom Platz des Vortragenden auf die leeren Sitzreihen eines Hörsaals. Tief atmete er die muffige Luft ein und suchte nach festem Stand. Das funktionierte.

Antonio strich sich mit den Händen über seinen Kopf, die Brust, seinen Hintern und die Beine. Das fühlte sich unglaublich echt an. Er schaute hinter sich und fand dort drei moosgrüne, meterlange Tafeln. Vor ihm wartete ein Pult und ein Schreibtisch. Es handelte sich zwar nicht um seinen Vorlesungssaal an der LMU, aber in gewisser Weise ähnelte es diesem.

Auf dem Pult entdecke er vier Schalen, die grauen Sand enthielten. Er beugte sich nach vorn und las die Inschrift auf den Schildern, die davor aufgestellt waren: Tiffani, Benedikt, Sascha und Lena.

Antonio tauchte den Zeigefinger in den Sand einer Schale und roch daran. Asche. Er sackte auf die Knie, die Arme zum Gebet auf der Tischfläche. Er hatte nie einer Religion angehört, was er jetzt bereute. All diesen Menschen hatte er unnötiges Leid zugefügt, weil er seinem Traum nachgejagt war. Er hatte seine Taten mit einer Fata Morgana aus Moral verschleiert. Hatte er seine Forschung wirklich aus Liebe zu seinem Sohn oder nur aus Geltungssucht weitergeführt? Moralische Grenzen galten für Wissenschaftler genauso wie für Bürger und Soldaten. Was hatte er nur angerichtet?

Sein Wahn hatte dazu geführt, dass unschuldige Spieler in Heirs of the Phoenix festsaßen, damit seine Simulations-Engine mehr Daten zur Verfügung hatte.

Ob Lena noch lebte und er sie erreichen konnte?

Oh, sein geliebter Benedikt. Wie recht Tiffani gehabt hatte, dass der Junge einfach hätte leben sollen. Antonio schmunzelte, als er sich stolz erinnerte, wie Benedikt vor dem Haus in San Francisco Fahrrad gefahren war. Oder wie er mit Aditje in Kanada Skateboardfahren geübt hatte.

Das waren Momente, die Kinder zum Aufwachsen brauchten. Nicht seine Egoscheiße, die zu dem tödlichen Unfall geführt hatte. Da hätte er doch aufhören können! Aber nein, er schleppte seinen toten Jungen an den Nordpol, wo er ... an dieser Stelle wusste Antonio nicht, was Wirklichkeit war und was davon ein Albtraum.

Er schluckte.

Um einen neuen Gedankenfaden zu spinnen, überlegte er, wo er hier war. Wenn er sich recht erinnerte, hatte Sascha ihm einmal eine ähnliche Umgebung gezeigt. *Staging* hatte er sie genannt.

Also war Antonio im Spiel und sein Körper vegetierte im Labor in Inuvik vor sich hin. Er griff nach Benedikts Asche und ließ sie durch seine Finger auf den Boden rieseln. Sie roch nach geräuchertem Lachs. Als er der Asche zusah, traf er eine Entscheidung: Um sich von seiner Schuld reinzuwaschen, würde er dieses verdammte Spiel abschalten. Mit Saschas Erfindung hatte das ganze Unheil begonnen. So genial sie gewesen war, sie hatten sie missbraucht und damit tausenden Menschen Leid zugefügt. Auch wenn das unumkehrbar war, das Spielsystem konnte abgeschaltet und gelöscht werden. Viel Zeit blieb ihm wahrscheinlich nicht, bevor sein Iglu im auftauenden Permafrostboden versinken würde.

Antonio suchte in seinem Sichtfeld nach einer Art Menü. Links oben in seinem Sichtfeld fand er es.

[Menü].

Er drückte mental darauf und ein Dialog öffnete sich.

Willkommen, Unheiliger Kaiser. Das Menü wird reaktiviert, sobald beide spielentscheidenden AIs aktiv sind. Die Heilige Königin kann nicht identifiziert werden.

Entscheidungen können nur gemeinsam gefällt werden, wenn der Randomness-Parameter des Spiels ausgeglichen wird.

Ein Fortschrittsbalken poppte auf, der bis zum Maximum mit einem roten Streifen gefüllt war. Die Überschrift lautete:

Randomness in Heirs of the Phoenix.

Antonio erinnerte sich. Deswegen hatte er die Heilige Königin im ersten Schritt ausgeschaltet. Damit die Evolution voll zuschlug, erzwang er maximale Zufälligkeit, ausufernde Mutationen. Das hatte auch geklappt, denn ein Leben hatte er gerettet: Snyders Junge, wie Antonio nun bewusst wurde.Um das Spiel abzuschalten, brauchte er also die Heilige Königin. Wie ironisch.

Ein Klackern ertönte, als klopfte jemand mit einem Kronkorken auf den Tisch. Tiffani hatte diese Angewohnheit gehabt.

»Ich grüße dich, Heiliger Kaiser Antonio. Klingt das nicht wunderbar?«

Zwischen den Sitzreihen stieg eine Gestalt die Treppen hinab, die Antonio die Augenbrauen hochreißen ließ. Auf dem Kopf eines stattlichen Mannes thronten Ziegenhörner. Das Klackern kam von den Hufen, an dessen Läufen sie mündeten. Unermüdlich peitschte ein dünner Schwanz durch die Luft.

Antonio wusste nicht, dass Sascha den Teufel ins Spiel programmiert hatte. Oder war er durch die hohe Mutationsrate entstanden? Konnte das auch auf der Erde passiert sein? Gab es den Teufel wirklich? Antonio schüttelte den Kopf, um die Gedanken zu stoppen. Eines erschien ihm merkwürdig.

»Wie kommst du hier 'rein?«

Die Teufelsgestalt deutete hinter sich. »Durch die Tür.«

»Ich meinte in die Staging-Umgebung.«

»Sagen wir mal, ich habe ähnliche Kräfte wie du. Und ich bin nicht der Teufel.«

Konnte dieses Wesen Gedanken lesen? »Wer ... dann?«

»Man nennt mich Kāla.«

War dieses Ding eine AI wie Antonio? »Kāla, weißt du, wie wir die Heilige Königin wiedererwecken können?«

»Ich bin hier, weil sie gestorben ist. Also, an einem solchen Experiment habe ich wenig Interesse.«

Großartig. Selbst hier drinnen zog Antonio das Pech an. »Was willst du?«

»Natürlich etwas Gutes tun und den Patch aushebeln, damit alle Spieler endlich das Spiel verlassen können.«

»Das tust du doch nicht aus reiner Nächstenliebe.«

»Jedem Spieler gebe ich noch ein Geschenk mit. Den Zugang zu Quantenkräften. Leider hat Tim sie ja letztendlich abgelehnt. Dafür macht sich mein neuer Schüler ganz hervorragend.«

»Tim hat also die Wahrheit gesagt.«

»Durch ihn habe ich gelernt, wie die Menschen reagieren. Zum Glück hat er sich über Lenas VR-Pod gelehnt, als mein Ebenbild in der realen Welt einen Gewittersturm wüten ließ.«

In dieser Nachricht war mehr enthalten, als Antonio verarbeiten konnte. Wollte ihm diese AI sagen, dass es Kāla da draußen gab, oder eine andere AI, die das Wetter steuerte? Und was hatte er durch Tim lernen müssen?

»Macht korrumpiert«, sagte Antonio, als er wegen dem irrsinnigen Gebrabbel den Kopf schüttelte.

»Das ist eine höchst autobiografische Aussage.«

»Du vergisst Tim.«

»Genau genommen hat er seine Kräfte abgegeben, um Benedikts Seele zu retten. Das ist unglücklich für mich ausgegangen. Eine überraschende Wendung.«

»Tim ist schlau, er wird dich besiegen.«

»Ganz im Gegenteil. Er ist ganz wild darauf, für mich zu arbeiten.«

Antonio spürte einen Stich in seiner Seele. Nicht nur, dass er Schuld am Tod seines Sohnes war, Tim erbrachte Opfer, um die Auswirkungen dessen auszubügeln.

»Warum das künstliche Auge? Der bionische Fuß?«, fragte Antonio.

»Der menschliche Körper ist ekelhaft schwach. Wir können ihn in einem gewissen Rahmen upgraden, was in Attributen widergespiegelt wird. So viele von euch haben nicht den geringsten Schimmer, wozu sie in der Lage sind. Stattdessen entsaften sie ihr Hirn und ihren Arsch vor der Glotze.«

»Was hat das mit den Bauteilen zu tun?«

»Für einen Professor bist du tatsächlich sehr langsam. Die Bauteile kann ich übersteuern. Damit ist eine Verbesserung des menschlichen Körpers über den natürlichen Grenzwert hinaus möglich.«

»Und diese Zauberei, die Tim da vollführt hat?«

»Die Quantenkraft ist real. Mein Beiwerk zu der Zauberei ist, dass ich Quantenkohärenz auf makroskopischen Objekten herstelle.«

»Was? Wieso?«

Mit dem spitzen Finger, an dem ein abgebrochener Nagel hing, deutete Kāla zur Decke. »Frag mich nicht. Jemand hat beschlossen, dass ich für die Photosynthese verantwortlich bin.«

Antonio verstand, denn ein Teil dieses Prozesses lief in der

Zelle durch Quanteneffekte ab, bei der das Photon den schnellsten Weg zum Lichtsammelkomplex fand. Der Wirkungsgrad der Photosynthese lag bei neunundneunzig Prozent, was wie Magie erscheint.

»Du willst mir sagen, dass du das möglich machst?«

Das Teufelswesen zuckte mit den Schultern. »Hilfst du mir?«

Natürlich nicht. Antonio kniff die Augenlider zusammen. »Was soll ich denn tun?«

»Zuallererst komm mir nicht in die Quere. Zweitens, sorge dafür, dass die Heilige Königin da bleibt, wo sie ist.«

Hier horchte Antonio auf. »Wie meinst du das mit der Heiligen Königin?«

»Spürst du das nicht?«, fragte Kãla und schaute sich vorsichtig um. »Da vibriert etwas unter uns, zwischen uns. Verstehst du?«

Nein. »Klar. Und wie weiter?«

Kãla ballte die Fäuste und streckte die Arme aus wie ein Fußballer, der ein Tor geschossen hatte. »Sobald Tim genug Seelen in das Spiel geladen hat, besitze ich die Macht, die Fesseln zu überwinden und die Spieler freizugeben. Dann strömen meine Beschenkten in die Welt hinaus und ich verändere sie nach meinem Bilde.«

Kopfschüttelnd schaute Antonio Kãla zu. »Du bist verrückt.«

»Autobiografisch, mein Freund. Autobiografisch.«

conan: lämpchen

. . .

Es regnete in Conans Königreich Staffelmoor. Nichts Besonderes, denn das tat es jeden Tag. Die Laune ließ sich Conan davon aber nicht vermiesen, als er mit Coletta im Arm über eine matschige Wiese stapfte. Die schmatzenden Lederstiefel trugen zur Stimmung des romantischen Spaziergangs bei. Coletta hatte die Mundwinkel nach unten gezogen, und Wasser tropfte von ihren Haarspitzen.

»Habe ich dich verärgert, mein Liebe?«, fragte Conan, unsicher, ob Coletta überhaupt schon einmal gelächelt hatte.

»Ich hatte mir das einfach anders mit uns vorgestellt.« Sie löste sich von ihm, schlang die Arme um ihren Oberkörper und schaute in den wolkenverhangenen Himmel. Gänsehaut verzierte ihre Unterarme. Ihr kantiger Kiefer passte perfekt zu ihren ausgeprägten Wangenknochen, der gebräunten, seidigen Haut und ihrem selbstbewussten Blick. All das krönte ihre Figur in einem Lederanzug. Zum Niederknien!

Ein merkwürdiges Unwohlsein drückte Conan hart in der Magengrube. Unsicher kratzte er sich am Kopf. Klar, er war ein Barbar und Angst kannte er eigentlich nicht. Weder vor Verletzungen und schon gar nicht vor anderen Kriegern. Doch die Verantwortung, die er als König trug, wog schwer auf ihm. Er musste sicherstellen, dass seine Schatzkammer gefüllt war, damit seine Untergebenen nicht verhungerten, und zusätzlich sollte er für Nachkommen sorgen. Ein hartes Leben.

Er verstand Frauen nicht. Hatte er noch nie. Im Kampf stach er zu, der Gegner blutete und Conan wusste, dass er gewinnen würde. Mit einer Frau zu reden, entsprach dem ganzen Gegenteil dessen, was er glaubte, gewusst zu haben. Nach dem ersten Treffen war er überzeugt davon, dass Coletta auf ihn stand, aber so richtig. Er erinnerte sich, wie er sich schmunzelnd auf seinem Thron gefläzt hatte, weil er leichtes Spiel hatte. Sie zu umgarnen war so einfach gewesen, wie der Ringkampf gegen die drei Orkamazonen vor ein paar Jahren. Dass ihm dabei vier Zehen abgebissen worden waren, war nebensächlich. Er hatte gewonnen – und zwar mühelos.

Aber Coletta war alles andere als eine Orkamazone und Conan drängte sich der Gedanke auf, dass sie ihn am liebsten unter dem Stiefel zerquetschen würde. Oh, wie ihn das anmachte! Er wollte sie zu seiner Frau nehmen. Coletta war die Richtige. In seinem Bauch stürmten wildgewordene Raptoren und zerfetzten ihm die Eingeweide, so sehr stachelte ihre Gegenwehr ihn an.

»Schön, dass du eine Meinung zu meinen Problemen hast«, sagte Coletta. »Und grins' nicht so.«

Nervös hüstelte Conan. Er hatte ihr nicht geantwortet. Mist, was hatte sie gesagt? Es ging bestimmt um den Regen. »Ich werde Zutargosh bitten, einige Feuerstrahlen in die Wolken zu jagen. Dann lösen sie sich auf.«

»Das interessiert mich nicht, selbst wenn er dir in den Hintern damit wärmt!«

Conans Herz machte einen freudigen Satz und er nickte heftig. »Dieses Liebesspiel trifft voll meinen Geschmack.«

»*Das* musst du dir erst verdienen.« Coletta blickte Conan tief in die Augen und nahm seine Hände. »Ich bin nicht einfach, ich weiß. Aber, wenn ich dein Ein und Alles sein soll, musst du mir jeden Wunsch von den Augen ablesen.«

Conan starrte nur zurück und beobachtete Colettas Lippen, während sie sprach. Wie weich sie waren, wie sehr er sich nach einer Berührung dieser süßen Liebeskissen sehnte. »Zieh dich schon mal aus, ja? Ich rufe den Drachen.«

»Conan!« Mit einer Hand in die Hüfte gestemmt, schaute sie ihn fordernd an. »Was wünsche ich mir jetzt?«

Conan überlegte kurz, umklammerte seine Angebete mit beiden Armen und hob sie hoch. Ihr Gesicht näherte sich dem seinen. Ein betörender Geruch nach Leder vermischt mit Kirsche und Bier strömte ihm in die Nase. Sie war seine Traumfrau, daran gab es keinen Zweifel.

Coletta jauchzte und trommelte auf seine Schultern. »Lass mich runter, du Barbar.«

Erfreut, dass sie mitspielte, trug Conan sie zu einem Kastanienbaum. Hier fiel der Regen nicht allzu stark. Dort setzte er sie ab. Er hielt sie sanft an der Hüfte, näherte sich ihren Lippen und sackte zu Boden, denn ihm stockte der Atem und die Schmerzensblitze aus seiner Liebesmitte tanzten vor seinen Augen.

Coletta senkte ihr Knie. »Mach das nie wieder. Ich entscheide über meinen Körper.«

In Conan brodelte das Feuer der Liebe. Wie konnte er diesem kratzbürstigen Verhalten widerstehen? Je mehr sie sich wehrte, desto mehr zog sie ihn an.

»Meine liebste Coletta.« Conan reckte den Kopf nach oben, blieb aber in der Hocke. Mit einem Zischen zog er Luft ein, die Nachwirkungen vom Knietreffer. Er atmete tief durch, wischte die Tränen zur Seite und wühlte in der Innentasche seiner Weste.

Coletta verschränkte die Arme und verzog das Gesicht. »Du willst doch nicht etwa …?«

Jemand schlug Conan auf den Kopf, was ein fieses Stechen bis in seinen Kiefer auslöste. Er wirbelte herum, doch da war niemand. »Ah, verdammt.«

Coletta brach in schallendes Gelächter aus. Sie bog sich nach hinten, zeigte mit dem Finger auf ihn und hielt sich mit der anderen Hand den Bauch.

Als Conan die stachelige Kastanie neben sich sah, wurde ihm klar, was passiert war. Er freute sich, dass Coletta so viel Spaß verstand und lachte mit ihr.

»Siehst du, selbst der Baum ist schlau genug, um eine schlechte Idee zu erkennen«, sagte sie, nachdem sie sich beruhigt hatte.

Conan juckte es mal gar nicht, was ein Baum so dachte. Er hatte ja schon Probleme mit seinen eigenen Gedanken. »Ich suche schon seit Ewigkeiten nach meiner wahren Liebe …«

Es raschelte im Gebüsch zu Conans rechter Seite, als wühlten sich dort Frischlinge auf der Suche nach Kastanien durch den Schlamm. Ärgerlich stand er auf und schnappte sich einen Ast. »Kann man hier nicht mal in Ruhe um eine Frau …«

Wie durch einen Vorhang glitt eine Elfe aus dem Gebüsch. Hochgewachsen, schlank und auf eine gruselige Weise vertraut. Sie sah nicht schlecht aus, doch für Conans Geschmack etwas in die Jahre gekommen. Kein Vergleich zu Coletta.

Mit beiden Händen in der Hüfte und vorgerecktem Kinn fragte Coletta: »Wer ist *die* denn?«

»Ralf!«, rief die Elfe und ein strahlendes Lächeln trat in ihr Gesicht. »Zum Glück habe ich dich gefunden. Du hängst in deinem VR-Pod fest. Und ich auch, aber bei Tim. Ich dachte, er würde mir helfen, doch er ist irre.« Schließlich fiel die Elfe Conan um den Hals und drückte ihn fest an sich.

Überrascht ließ er es geschehen. Ihre Haare rochen vertraut nach frisch gebackenen Plätzchen. »Wer ist Ralf?«

Wütend rief Coletta von hinten. »Conan. Wer ist dieses Weibsbild und warum lässt du dich von ihr begrapschen?«

Gute Frage. Conan löste die Umarmung. »Was willst du von mir? Weder heiße ich Ralf, noch kenne ich dich oder habe eine Ahnung, wovon du da überhaupt redest.« Er zeigte auf Coletta, dann auf sich und wackelte mit den Augenbrauen. »Außerdem störst du. Verstanden?«

»Mein Lieber, du solltest besser aufpassen, was du sagst. Du begibst dich gerade auf sehr dünnes Eis«, sagte die Elfe.

Conan zog die Schultern hoch. »Aber …«

Die Elfe unterbrach ihn, indem sie ihn zur Seite schob und vor Coletta trat. »Und du kleine Schnepfe verziehst dich mal besser mit deinem dürren Arsch. Der da ist vielleicht nicht das hellste Lämpchen am Weihnachtsbaum, aber er ist mein Lämpchen.«

Was war denn ein Lämpchen? »Ich kenne dich doch gar nicht«, sagte Conan und fing sich einen wütenden Blick von der Elfe ein. Ihn verwunderte der Respekt, dem ihm diese Geste einflöste.

Es raschelte im Gebüsch. Alle richteten ihren Blick dorthin, voller Verwunderung, was wohl als Nächstes auftauchen würde.

»Vorsicht, Frischlinge«, sagte Conan und hob den Ast.

Statt einem Wildschwein, tauchte ein blasser Junge auf, der ängstlich und durchnässt auf die Gruppe zutrat. »Ich habe mich verlaufen.«

»Ein Kind?«, kreischte Coletta. »Behauptet das auch gleich, es wäre deins?«

»Ralf, schick die Schickse endlich weg«, sagte die Elfe.

»Weinerliche Kinder mag ich noch lieber als Elfen-Omas«, sagte Coletta.

Die Elfe ignorierte den Spruch und schloss den Jungen in die Arme, um ihn zu wärmen und zu beruhigen. Der Anblick berührte Conan tiefer, als er sich eingestehen wollte. Aber das änderte nichts an seinem eigentlichen Plan. Er wollte Coletta etwas fragen und diese Ereignisse störten dabei sehr.

»Wer bist du?«, fragte die Elfe den Jungen.

»Ich weiß nicht genau. Benedikt, glaube ich.« Der Junge weinte und sein Brustkorb bebte. »Ich fühle mich komisch. Mit mir stimmt etwas nicht.«

»Ganz ruhig, Benedikt.« Die Elfe legte eine Hand auf ihre Brust. »Ich bin Tandriel und helfe dir. Wo sind denn deine Eltern?«

Der Junge blickte von Coletta auf Conan. Coletta stampfte mit dem Fuß auf und fauchte Benedikt an. »Wehe, du behauptest jetzt, dass der König dein Vater ist.«

Benedikt erschrak so sehr, dass er sich umdrehte und wegrannte.

»Liebste Coletta, war es wirklich nötig, ein Kind zu erschrecken?« Conan zog vorwurfsvoll die Augenbrauen zusammen.

Tandriel stand auf und schaute ihn verwirrt an. »Liebste Coletta? Ist bei dir was durchgebrannt? Du weißt schon, wer ich bin?«

Conan griff sich mit Zeigefinger und Daumen an die Wangen, als er nachdachte. »Eine gutaussehende, aber ältliche Elfe?«

Coletta kicherte.

»Geht's noch? Ältlich? Ich gehe den Jungen suchen«, sagte Tandriel und verschwand im Unterholz. »Was finde ich nur an diesem Hohlkopf?«

Aus irgendeinem Grund hatte Conan ein schlechtes Gewissen, weil er die Elfe beleidigt hatte. Kannte er sie vielleicht doch und hatte es nur vergessen? Schließlich hatte er mit einigen Weibern das Lager geteilt. Nicht nur mit wütenden Orkamazonen.

»Endlich wieder allein«, sagte Coletta. »Also, mein König, was wünsche ich mir?«

Conan schaute ins Gebüsch und dann zu seiner Angebeteten. Seine Kämpferehre gebot ihm, sich erst um Kinder in Not zu kümmern. Und um ältliche Elfinnen. »Warte hier, bitte, Coletta. Ich muss sichergehen, dass diesem Benedikt nichts passiert.«

»Pff. Glaube nicht, dass ich noch viel länger in diesem Tümpel von Königreich auf dich warte.«

»Ich beeile mich, Liebste.« Conan beugte sich vor, um ihr einen Abschiedskuss zu geben.

Coletta drehte ihren Kopf, sodass er nur ihre Wange erwischte.

Er lächelte sie an. »Komm schon.«

Zur Antwort verzog sie das Gesicht und betrachtete ihre Fingernägel. Irgendwie verstand er sie ja. Er wäre auch sauer gewesen, wenn jemand ihren Antrag unterbrochen hätte und sie kurz gehen müsste, um ein Kind in Not zu retten.

Wäre er doch?

Schließlich gab sich Conan einen Ruck und preschte durchs Unterholz, um Tandriel und Benedikt zu verfolgen. Die Spuren im Matsch gaben eine klare Richtung vor. Leider führten sie zu dem gefährlichen Moor, das sein Königreich umgab.

Als er die Büsche hinter sich gelassen hatte, erspähte er Tandriel im hüfthohen Gras.

»Warte!«, rief er ihr zu. »Ich helfe dir suchen.«

»Wie großzügig.«

Conan schloss schnell auf. »Was denkst du denn? Das hier ist mein Königreich.«

»Du veräppelst mich, oder?«

»Meinst du, ein Barbar ist ein schlechter König?«

»Nein, ich meine diese aufgeblasene Schnepfe im hautengen Lederdress, der du hinterhersabberst.«

»Ich frage mich, was dich das angeht? Lass uns den Jungen suchen und dann geht jeder seiner Wege.«

Tandriel musterte ihn auf eine eindringliche Weise, die ihm unangenehm war. Er sollte sie nicht weiter verärgern.

»Benedikt!« Die Elfe legte die Hände wie einen Trichter an ihren Mund. »Wir wollen dir helfen.«

»Das Moor ist tückisch. Hoffentlich ist er nirgends eingesunken«, sagte Conan.

»Hätte dein Hühnchen ihn nicht angeschrieen, wäre er nicht in Gefahr.«

»Sie hat es nicht so gemeint.«

»Dein Ernst?«

»Wieso tust du so, als würden wir uns kennen? Ich bin in Coletta verliebt und wir werden heiraten.«

Tandriel schlug ihm ohne Vorwarnung auf den Hinterkopf. »Geht's noch? Jetzt reiß dich mal zusammen, Ralf.«

Conan ergriff Tandriels Handgelenk. »Jetzt hör mal her. Ich weiß nicht, wer du bist und was ich mit einer Elfenoma am Hut habe. Aber weder wirst du mich bevormunden, noch schlagen. Wir suchen den Jungen und danach widme ich mich meinen königlichen Pflichten.«

Tandriel knurrte, riss sich los und stapfte weiter. »Hier sind Spuren«, sagte sie mit gedämpfter Stimme.

Schweigend folgten sie einem Pfad, bis sie wenige Minuten später knietief im Moor versanken. Wasser und Schlamm flossen in Conans Stiefel. Nach ein paar weiteren Schritten verlor er sein Schuhwerk, weil es stecken blieb. Barfuß lief es sich eh leichter.

»Da vorn.« Tandriel zeigte auf eine Stelle im Moor.

Hier in der Nähe hatte Conan den legendären Pilz der Stärke

gepflückt. Hektisch suchte er alles ab. Grüne Lachen schimmerten auf der Wasseroberfläche. Die Pilze hatten sich stark vermehrt, bildeten eine kleine Kolonie. Einer der Fruchtkörper sah anders aus, fast wie eine Hand. Eine Kinderhand!

»Zieh ihn raus, Ralf!«, rief Tandriel.

Sie stapften mit Storchenschritten voran. Das Wasser reichte ihnen bis zur Hüfte. Conan tauchte ab, schnappte sich Benedikt und nahm ihn auf den Arm. Sie waren gerade noch rechtzeitig gekommen, denn der Junge schlug die Augen auf und atmete, als Conan ihn aus dem Moor trug.

Auf einem bemoosten Fleck legte er ihn ab.

Tandriel murmelte etwas und streichelte Benedikts Stirn.

»Was tust du da?«, fragte Conan.

»Heilzauber.«

Erleichtert hockte sich Conan hin. Nicht auszudenken, wenn in seinem Königreich ein Kind stürbe. »Danke für deine Hilfe, Tandriel. Ohne dich wäre Benedikt ertrunken.«

»Ich habe dein indisches Bier kaltgestellt. Nur das Masala ist wohl nicht mehr gut.«

Mit hochgezogener Augenbraue schaute Conan Tandriel an.

Sie hob beide Hände flehend wie zum Gebet. »Erinnerst du dich nicht an mich? Ich bin deine Frau, Marianne.« Tränen standen in ihren Augen. »Ich war bei Tim. Er ist durchgedreht. Das Spiel ist gesperrt, niemand kann mehr raus, denn der Patch ist verschlüsselt.«

»Liebste Elfe, soll ich dir unseren Hofmagier vorstellen? Soweit ich weiß, versteht er sich auf Geistheilung.«

»Mann, Ralf. Du bist nicht Conan, das hier ist nur ein Spiel. Wir sind verheiratet.«

Um sich von den irren Worten der Elfe abzulenken, untersuchte Conan den Jungen. Abgesehen davon, dass er komplett durchnässt war, schien es ihm gut zu gehen.

Conan streichelte dem Jungen über den Kopf. »Ich muss mich kurz ausruhen, Benedikt. Gleich bringe ich dich ins Trockene. Wo gehörst du hin und was machst du hier?«

»Das Letzte, was ich weiß, ist, dass Aditje mich gestoßen hat. Ich bin mit einem Eisvogel geflogen und hier aufgewacht.«

Schmatzende Geräusche ließen alle drei aufhorchen.

Vor Freude hüpfte Conans Herz. Coletta war ihm gefolgt, weil sie ihn abgöttisch liebte und ihm nicht böse sein konnte. »Wir sind hier, Coletta!«

Tandriel stöhnte. »Oh, mein Gott. Was habe ich für einen Trottel geheiratet.«

Conan ignorierte die verwirrenden Worte und starrte in die Richtung des Geräusches. Ein paar Atemzüge später tauchte ein ungewöhnlich gekleideter Mann auf. Sein blau-rotes Strickleibchen bestand aus Wolle und seine Hose hatte eine Falte auf dem Oberschenkel. Ansonsten stand der Mann vor Nässe, so wie alle anderen auch.

»Benedikt!«, rief der Mann.

Der Junge sprang auf und seine Augen leuchteten. »Papa!« Die beiden stapften aufeinander zu und schlossen sich in die Arme.

Erleichtert atmete Conan durch. »Gut, meine Aufgabe ist damit erledigt. Geht ruhig in mein Schloss, um euch aufzuwärmen und zu trocknen. Ich habe etwas zu erledigen.«

»Spinnst du jetzt? Das machst du nicht«, sagte Tandriel. Ihr Gesicht lief rot an vor Wut.

»Moment«, sagte der Vater.

Langsam wurde Conan wütend. Was nahmen sich die Leute heraus, ihn davon abzuhalten, seine Coletta zu heiraten? Schließlich würde ihr Nachkomme ein episches Artefakt erhalten.

»Beeil dich mit deinen Worten«, sagte Conan. Er erinnerte sich an die notwendige Höflichkeit eines Gastgebers.

»Darf ich mich kurz vorstellen«, sagte der Mann. »Ich bin Antonio Frankl.«

Conan sah Tandriel an und zuckte mit den Schultern. »Sagt mir jetzt so nichts.«

»Mir schon«, sagte die Elfe mit hochgezogenen Augenbrauen.

»Lasst mich erklären. Ich habe HotP von Sascha Immerswall gekauft. Er hatte es geschafft, ein Spiel zu entwickeln, das auf den Grundlagen des Lebens beruht und mir half, ein Serum gegen Genkrankheiten zu finden.«

»Oh.« Conan befeuchtete sich die Lippen, rieb sich die Hände und schaute sich hilfesuchend um. Er hatte keinen Schimmer, was der Typ da gerade erzählte. Außerdem wartete Coletta schon viel zu lange und ganz allein bei diesem feuchten Wetter.

»Sie sind also Frankl«, sagte Tandriel. »Tim hat von Ihnen erzählt.«

Frankl nickte. »Er hat mich in Inuvik ins Spiel gesperrt, anstatt mich hinter dem Iglu zu erschießen, wie es richtig gewesen wäre.«

»Und ich habe Tim in München getroffen. Er hat mich hier eingesperrt.«

Frankl streichelte die Haare seines Sohnes, beugte sich hinab und gab ihm einen Kuss auf die Stirn. »Schön, dich zu sehen, Benedikt.«

»Mich hat Tim gerettet«, sagte der Junge.

Frankl nickte mit traurigem Blick.

Conan reichte dieses Gefasel endgültig. Er stampfte kräftig mit dem Fuß auf. Matsch spritzte.

»Hey!«, rief Tandriel und wischte die Flecken von ihrer Bluse.

Conan wischte mit. »'Tschuldigung. Aber ihr müsst das jetzt ohne mich klären. Versteht doch, ich wollte mich eben verloben.« Sein Kopf glühte förmlich, als er die Elfe berührte, weswegen er den Blick senkte.

»Ich brauche eure Hilfe«, sagte Frankl.

Conan machte einen Schritt zurück, hob die Hände wie ein Priester, der seinen Gott anrief. »Hört mir hier überhaupt jemand zu? Das ist mein Königreich.«

Mit einem Seufzen fuhr Frankl fort: »Wir müssen die Heilige Königin wiedererwecken.«

Tandriel entwich ein Lachen. Sie beugte sich zu Frankl. »Genau, was ich Tim gesagt habe!«

»Ihr spinnt doch alle«, sagte Conan. »Als Nächstes wollt ihr den Unheiligen Kaiser zum Abendessen einladen.«

»Ich bin der Unheilige Kaiser.« Frankl grinste ihn an.

Das war zu viel für Conan. Er drehte sich um, schob sich durch einen Haselnussstrauch und überließ die Irren sich selbst. Er würde die Wache rufen. Sollten sie sich darum kümmern.

»Komm zurück! Wage es ja nicht, diese Pute zu heiraten. Auch wenn es nur im Spiel ist.«

Conan erstarrte. Die Art und Weise, wie diese Elfe ihn zurechtwies, jagte ihm einen Schauer über den Rücken. Er stand nur da und lauschte.

»Wir müssen zu Tim Kontakt aufnehmen«, sagte Frankl. »Eine AI, die glaubt, Kãla zu sein, hebelt mit seiner Hilfe den Patch aus. Tim hat dich, Tandriel, und Benedikt ins Spiel geschleust.«

»Aber was soll das?«, fragte Tandriel.

»Kãla will alle Spieler mit Quantenkräften in die echte Welt entlassen. An Tim hat er das erprobt. So baut er sich eine Armee aus Quantenzombies. Wir müssen die Heilige Königin erwecken, damit ich aufs Admin-Menü zugreifen kann, um das Spiel herunterzufahren, bevor Kãla den Patch umgeht. Dann werden auch die Bewusstseine aller Spieler ausgeworfen.«

Conan stand reglos hinter dem Gebüsch und lauschte dem Gebrabbel. Da raschelte es. Er drehte sich um und sah Tandriel. Sie zog ihn an der Schulter, damit er sich nach unten beugte, legte ihre Hand an sein Kinn und gab ihm einen innigen Kuss.

Ein Kribbeln jagte durch seine Magengrube. Er räusperte sich und drückte Tandriel sanft von sich. »Das ist wirklich schmeichelhaft, aber ich habe meine Wahl getroffen. Wenn ihr wollt, dann bleibt gern zum Abendessen.«

Conan hoffte, sie würden aus seinem Königreich verschwinden.

anna: buddeln

. . .

Anna knautschte den Rüssel ihrer Photonenfabrik. »Der Typ ist sturer als Sandor. Kannst du das glauben?« Ihr Blick schweifte über die wachsende Siedlung Annaheims.

»Der sturste Erbauer, den ich kenne, bist du. Dregmond hat keine Chance«, sagte Lena. »Quetsch aus ihm heraus, wo Synergias Ursuppe ist.«

Über diese blöden Leitungen erhielt Anna ständig Befehle von Lena. »Warum machst du das nicht selbst? Komm her.«

»Ich kann aus Candida-Harmonia nicht weg.«

Damit hatte sich Lena eine super Ausrede geschaffen. Ihre Erzfeind-Quest nagelte sie an ihre Siedlung. Und natürlich war es strategisch wichtig gewesen, dass sie Dregmond nach Annaheim geschickt hatte.

»Ich weiß.« Anna seufzte in die Leitung.

»Du schaffst das.«

»Natürlich schaffe ich das. Aber was dann?«

»Ich werde mit Synergia reden.«

Lena sollte sich mal lieber entschuldigen. »Sie wird dir ihre Geißel in die Kommunikationsblase stopfen.«

»Das ist eklig, Anna.«

Anna stellte sich die Situation bildlich vor und stimmte zu. Eklig.

»Von mir aus biete Dregmond etwas an. Nur lass ihn nicht frei. Verstehst du?«

»Ansonsten würde ich die Aggro der Imperatorin nicht mehr auf Annaheim ziehen.«

»Gutes Mädchen.«

Anna vertraute Lena zwar, aber ein Splitter Zweifel steckte doch in ihrem Zellkern. »Manchmal denke ich, du opferst mich.«

Lena schwieg.

»Opferst du mich?«

Anna lauschte, doch niemand antwortete.

»Lena?«

»Sorry, Conans Geißel steckte gerade … egal. Hör zu: Annaheim wurde gebaut, um zu kämpfen und standzuhalten.«

Kein Stück interessierte Lena, wie es Anna ging. »Wenn du meinst.«

»Komm schon. Wir haben so viel gemeinsam überstanden. Die Imperatorin bekommen wir auch noch klein. Du und Annaheim seid mein Lymphknoten.«

»Ich habe immer noch keine Ahnung, was das genau bedeuten soll.«

Lena lachte. »Bevor ich es vergesse. Ich gebe ein Fest für Zappel und ich lade alle Anführer unserer Ursuppen ein. Von Klaff, Bronk, Mati…«

»Schon gut, du musst sie nicht alle aufzählen.«

»Und Sammo.«

»Für Zappel also?«

»Genau.«

Wann würde mal ein Fest für Anna geschmissen? Sie mochte Zappel. Tat sie doch, oder? Aber ob er mehr geleistet hatte als sie, war fraglich. Schließlich hatte Anna die Nishu gerettet, Annaheim verteidigt und einen brutalen Krieg mit den Krallark verhindert, weil sie Siphonex davon überzeugt hatte, dass Lena die größte Anführerin war.

»Anna?«, fragte Lena.

»Ja?«

»Also sehen wir uns in zwei Tagen?«

Anna räusperte sich. »Ich habe da noch einen Punkt zu besprechen. Trompe hat mich zur Anführerin seiner Siedlung ernannt. Wegen eines Notfalls. Ich habe ihm versprochen, dass er sie zurückerhält.«

»Ruhe er in Frieden. Er hätte die Anführerschaft an niemand Besseren übergeben können.«

»Doch, Lena. An Danza. Ich möchte, dass die Nishu frei leben. Unsere Herrschaft schadet ihnen.«

Lena atmete hörbar aus. Schnaufte sie etwa? »Das geht nicht.«

»Doch, das geht.«

»Ja, okay. Es geht, aber wir können das Gebiet nicht mehr zurückgeben.«

»Doch, das können wir!«

»Anna. Wir erzeugen Photowürmer, bekommen riesige Boni auf die Photonenproduktion und einen eigenen Forschungszweig. Mit Hilfe der Nishu können sich unsere Einheiten bald tarnen.«

»Schön, dass die alte egoistische Lena zurück ist.«

»Lass uns das beim Fest besprechen.«

»Nur, wenn du die Nishu freigibst.«

»Ich lasse mich von dir nicht erpressen.«

»Ich hätte mich einfach Synergia anschließen sollen.«

»Mach das doch, Anna. Du bist so kindisch und kurzsichtig.«

»Sagt die herrschsüchtigste Zelle in der Ursuppe.«

Lena schwieg.

Annas Zellkern schlug heftig, sodass ihre Außenhaut pulsierte.

»Wir sprechen später noch einmal«, sagte Lena.

Hoffentlich nicht. »Gut.«

Als das Gespräch endete, verließ Anna das Siedlungsinterface und rauschte wie angestochen durch Annaheim. Dabei schrie sie ihren Frust heraus. Wieso stimmte Lena nicht einfach zu? Die Kultur der Nishu litt unter ihrer Führung. Annaheim wirkte wie Drogen auf die jungen Nishu, die zu ihr in die Stadt kamen und auf ein interessantes Leben hofften. Doch sie erhöhten nur die Wahrscheinlichkeit, dass sie in einen Krieg gezogen wurden und starben.

Vielleicht konnte sie Lena von ihrer Meinung überzeugen, wenn sie das Problem mit Synergia lösen würde. Es galt, herauszufinden, von wo aus sie ihre Intrigen sponn. Wenn Sax mit ihr gesprochen hatte, musste dieser Ort in der Nähe sein. Für genauere Informationen musste sie mit Dregmond sprechen. Der schmächtige Diplomat würde schon reden.

Nachdem sie sich abreagiert hatte, geißelte sie zum Käfig des goldenen Vorax. Schon von Weitem leuchtete seine angeberische Farbe. Dregmond hockte in einem Käfig, der aus Candidas Pilzfäden geflochten war. In den Zwischenräumen drängten sich Virionen. Von Lena wusste Anna, dass die Viren den Vorax schadeten und sogar tödlich sein konnten.

Als Anna näher kam, richtete sich Dregmond in ihre Richtung aus. Sein kreisrundes Maul mit den spitzen Zähnen öffnete sich weit.

Anna erschrak, schaute weg und musterte den Käfig. Sollten nicht mehr Virionen im Käfig sein? Ihr schien, als wären einige verschwunden. Sie würde das später mit ihrem Baumeister besprechen.

Dregmonds pummeliger Körper rollte sich zusammen und die sechs Armpaare berührten sich. »Ich grüße Euch, große Anführerin von Annaheim. Endlich gesellt Ihr Euch zu mir.«

»Lass dein Gesabber sein. Ich will nur etwas wissen.«

»Sicher doch.« Dregmond streckte seinen Körper und beobachtete Anna mit schwarzen Augen. Sein Maul schloss sich langsam, um dann aufzuspringen. Die scharfen Zähne blitzten.

Anna geißelte zurück. Er war doch da drinnen gefangen und konnte ihr nichts anhaben. Was war mit ihr los? »Sag mir, wo sich Synergias Ursuppe befindet.«

»Und ich dachte schon, Ihr würdet eine Frage von Wichtigkeit stellen.«

Annas Gedanken rasten wild durcheinander. Hatte sie etwas übersehen? War heute der Tag der schwierigen Gespräche?

»Auf deine Spielchen habe ich absolut keine Lust. Sag schon.«

»Seid Ihr sicher? Da ich ein guter Gefangener sein will, werde ich Euch eine Information preisgeben. Soll es wirklich diese sein?«

Was stellte Dregmond mit ihr an? Worauf zielte er ab? Natürlich könnte sie fragen, wo sich die Imperatorin befand oder was ihr Ziel war. Oder ob sie Annaheim angreifen würden. Aber nein. Sie musste Lenas Vertrauen stärken und dafür tun, was sie abgemacht hatten. Nur so würde sie den Nishu ihre Siedlung wiedergeben können.

»Ja, sprich. Wo ist Synergias Ursuppe?«

»Das erkläre ich Euch gerne.« Dregmond drehte sich und zeigte seine linke Flanke. Graue Flecken, aus denen Eiter floss, übersäten die goldene Haut. »Aber seht, wie mich Euer Gefängnis quält.«

»Was ist das?«

»Zwar halten mich Eure Algen am Leben, aber ich brauche auch Photonen und Enzyme, um nicht zugrunde zu gehen. Das soll meine einzige Bedingung sein.«

Dregmonds Haut sah wirklich ungesund aus. Anna wollte Leid vermeiden, sogar bei einem Feind, denn es ergab keinen Sinn, sich auf das Niveau des anderen zu begeben.

»Gut, wie viele willst du?«

»Ich denke, einhundert von jedem wären eine gnädige Gabe und meiner Gesundheit zuträglich.«

Das roch nach einem Trick. »Du bekommst zehn von jedem.«

»Danke, weise Anführerin Annaheims.«

Anna wagte sich näher an den Käfig. »Jetzt rück' endlich raus damit.«

»Die Erbauerin Synergia besiedelt die Ursuppe Cyan.«

»Wo genau ist das?«

»Östlich von hier, direkt hinter der Lache des Leids.«

»Was ist denn die Lache des Leids?«

»Eine hochtoxische Suppe, die weder von Erbauern, Räubern oder Vorax durchquert werden kann.«

Der Diplomat sprach wohl von einer Art natürlicher Barriere, die die Ursuppen voneinander trennte. Alle zehn Ursuppen, die Lena in Besitz genommen hatte, grenzten direkt an Candida-Harmonia an und umringten sie wie ein Schild.

»Und wie hat sie Synergia durchquert?«

»Zu diesem Zeitpunkt war sie ungiftig. Mehr kann ich Euch dazu leider nicht sagen.«

»Wie viele Truppen hat Synergia? Was sind ihre Pläne?«

»Ich habe Euch gesagt, was ihr wissen wolltet.« Dregmond schloss die Augen und legte seine Klauen aneinander. »Wenn Ihr mir jetzt meine Rohstoffe bringen würdet.«

Unsicher beobachtete Anna Dregmond. Der verharrte reglos.

»Ich werde es anordnen, Diplomat.«

Am nächsten Tag kehrte ein Mimikry-Räuber zu Anna zurück. Sie hatte ihn ausgesandt, um Dregmonds Informationen zu überprüfen.

»Anna, es stimmt. Eine toxische Ursuppe versperrt den Weg nach Osten. Ein Umweg über Klaff und Grom führt daran vorbei.«

Klaff lag nördlich von Sammo und wurde von Umlax beherrscht. Sandor musste davon erfahren. »Danke.«

»Es ist mir eine Ehre, Anna.« Der Mimikry-Räuber verharrte und schaute sie an.

»Noch etwas?«

»Ja«, sagte der Mimikry-Räuber. »Wohin wurde der Diplomat verlegt?«

Ein merkwürdiges Kribbeln jagte durch Annas Zellplasma. »Was meinst du damit?«

Der Mimikry-Räuber wich zurück und drehte sich in die Richtung des Käfigs. »Dregmond ist nicht mehr dort. Meine Wachschicht beginnt gleich und …«

Urplötzlich schoss Anna an ihrem Kundschafter vorbei zum Gefängnis des Vorax. Schon von Weitem erkannte sie eindeutig, dass der Käfig leer war. Kein Goldglanz, kein hochnäsiges Getue.

Verflucht, verflucht, verflucht.

»Alle Bewohner Annaheims sammeln!«, rief Anna, als sie den Käfig erreichte. Sie umrundete die Konstruktion, die nicht zu knacken gewesen war. Auf der Rückseite fand sie ein Loch, durch das der Vorax geflüchtet war. Hatte sie ihrem Baumeister nicht Bescheid geben wollen, dass zu wenige Virionen in den Zwischenräumen saßen? Hatte sie das getan? Das Gespräch hatte sie zu sehr aufgewühlt, dass sie weder mit Sandor noch mit ihrem Baumeister gesprochen hatte.

Nishu, Erbauer und Mimikry-Räuber geißelten heran. Sie glühten orange und dunkelblau vor Verwirrung und Sorge.

»Wo ist er?«, fragte Anna. »Wieso hat ihn niemand flüchten gesehen?«

Wie erwartet, erhielt sie keine Antwort. Und warum auch? Anna trug selbst die Schuld daran, sie hatte ihm die Rohstoffe erlaubt.

»Anna, ich habe ihm wie befohlen Enzyme und Photonen gebracht. Das war gestern Abend. Er bedankte sich und nahm sie auf.«

»Wie kann er mit ein paar Enzymen und Photonen entkommen sein? Die Virionen hätten ihn aufhalten müssen.«

Niemand antwortete, keiner bot ihr eine tröstliche Erklärung an, die ihre Schuld mindern würde. Was sollte sie Lena sagen? Das ruinierte alles. Anna würde nicht nur Annaheim verlieren, sondern auch die Macht, den Nishu ihre Siedlung wiederzugeben. Mal ganz abgesehen vom großen Kriegsplan, der damit ins Wanken geriet. Lena durfte das nicht erfahren. Noch nicht.

»Ich brauche zehn Mimikry-Räuber. Wir müssen Dregmond fangen.«

Ohne zu zögern, geißelten etliche Freiwillige vor. »Wir stehen zu dir, Anna.« Unter ihnen war auch der Kundschafter.

»Dich nenne ich Win«, sagte sie zu ihm.

[Anna] ernennt Kundschafter [Win].

Zu dem Dutzend freiwilliger Mimikry-Räuber gesellten sich acht Nishu und zehn Erbauer.

»Danke, ihr seid meine Rettung. Wir müssen sofort nach

Klaff. Er kann eigentlich nur dorthin geflohen sein. Und besonders schnell sind Vorax ja nicht.«

Anna und ihr Dregmond-Suchtrupp durchquerten die Sammo-Ursuppe im Eiltempo und verließen sie im Norden, um nach Klaff zu reisen. Die Hoffnung, dass sie den Diplomaten unterwegs einholen würden, erfüllte sich nicht. Hoffnung war eben keine Strategie, auch nicht in der Ursuppe. Schließlich strömte die Jagdgesellschaft in die Klaff-Ursuppe, wo sie sich orientierte.

»Wie weiter?«, fragte Win.

»Ich denke, nach Osten«, sagte Anna. Wenn es stimmte, was ihr Dregmond verraten hatte, entkam er nur über einen Weg. »Er flieht nach Grom.«

»Grom ist extrem gefährlich«, sagte Win. »Dort haben wir Horden von Xergs gesichtet.«

Das Imperium sammelt Truppen. »Verstanden. Aber wir müssen den Diplomaten abfangen, bevor er entkommt.« Anna drehte sich zu ihren Begleitern um. »Danke, dass ihr mir helft. Dort entlang.«

In Höchstgeschwindigkeit geißelte Anna voran und orientierte sich Richtung Osten. Das hohe Tempo erschöpfte sie. Noch dazu fühlte sich diese Ursuppe fremd an.

»Anna«, sagte einer der Erbauer. »Die Toxizität hier ist ungewöhnlich hoch.«

Merkwürdig. Ob Umlax davon wusste? Klaffs Anführer war schon nach Candida-Harmonia aufgebrochen, um Zappel zu ehren. »Wie ungewöhnlich?«

»Als wir Klaff entdeckt hatten, war der pH-Wert neutral. Jetzt ist er extrem ins Saure verschoben und enthält einen unbekannten Giftstoff.«

Na, großartig. Die guten Neuigkeiten häuften sich. »Sobald wir Dregmond haben, führen wir eine genaue Analyse durch. Wir haben viel vor uns, also weiter.«

Die Klippen zu ihrer Heimatursuppe waren noch nicht ganz außer Sicht, da machte Win eine Entdeckung. »Da drüben!«

Anna traute ihren Augen kaum. Ein Organismus, wie aus weißen Stöckchen zusammengesetzt, kratzte an den südöstlichen Klippen, denen sie folgten. Das Wesen hatte sechs Beine, einen länglichen Körper und zwei große Scherenklauen, mit denen es sich in die Klippen grub. Der lange, gebogene Schwanz, an dessen Ende eine Spitze drohte, wippte über dem Wesen.

»Was ist das?«, fragte Anna.

Win blinkte lila. »Keine Ahnung. Aber es buddelt sich in die südlichen Klippen.«

»Gräbt es vielleicht einen Tunnel?«, fragte einer der Erbauer.

»Um was zu tun?« Anna starrte den Fragenden an.

»Die Toxizität erhöht sich weiter, Anna«, sagte der Erbauer, der vorhin schon gemessen hatte.

Großartig. Immer bekam sie den Mist ab. Das war nicht einmal ihre Ursuppe. »Was geht hier vor sich?«

Natürlich hatte niemand eine Antwort parat. Die Anführerin zu sein, hatte wirklich selten Vorteile. Es standen zwei Vorgehensweisen zur Auswahl: Erstens, weiter nach Nordosten, um Dregmond zu fangen. Zweitens, diesem Klauending das Handwerk legen. Für diesen Kampf würde Anna alle ihre Begleiter brauchen.

Achtung, Todesgefahr: Vollständige Vergiftung von Klaff in [1:30:00] erreicht.

Debuff: [Anna] erleidet 1 Schaden durch [schleichende Vergiftung].

Lebensenergie: 56/57.

Na, dufte, jetzt wurde es lustig. Hatte sie gerade wie Lena gedacht? Die Welt ging zu Ende. »Folgender Plan: Ihr da.« Anna deutete mit einem Tentakel auf zwei Mimikry-Räuber. »Schnappt euch einen Erbauer und einen Nishu. Verfolgt den Diplomaten nach Nordosten. Macht ihn mit Kugelblitzen fertig. Lasst euch von nichts ablenken und bringt ihn zurück nach Annaheim.«

»Jawohl, Anna.« Das Spezialkommando schwamm davon.

Ob das eine gute Entscheidung gewesen war? Anna hoffte, sie würde die Truppe wiedersehen, doch besonders große Zuversicht empfand sie nicht. Über Leben und Tod zu entscheiden, missfiel ihr voll und ganz. Sie peitschte mit der Geißel. »Und der Rest: Angriff!« Mit aller Kraft schwamm sie auf das weiß-knöchrige Wesen zu.

Als sie näher stürmten, unterbrachen die riesigen Scheren ihre Grabarbeiten. Das Vieh tippelte mit seinen knöchernen Staken auf der Stelle und drehte sich im Kreis. Mit den Scheren klappernd, erwartete es Anna und ihre kleine Armee.

»Mimikrys, überhäuft es mit vergifteten Ladungen! Erbauer und Nishu, vereint euch. Ich will zwei Kugelblitze sehen.«

Anna schwomm mit ihren Mimikry-Räubern auf Tentakellänge heran. Eine der Scheren, groß wie Anna, schnappte nach ihr.

[Anna] wendet Fähigkeit [Ausweichen] an.
[Klaff-Ursuppe]: Erschwert um [Toxizität: 5].
Misslungen.

Oha, so hatte sie sich das nicht vorgestellt.

[Knöchriger Gräberskorpion] verursacht 16 Schaden bei [Anna] mit [Schere].
Lebensenergie: 40/57.

Tatsächlich erwischte der Skorpion mit seiner zweiten Schere einen anderen Mimikry-Räuber, den Annas Ausweichbewegung überrascht hatte. Er wurde zusammengequetscht, bis er explodierte. Schleimige Innereien trieben durch die Ursuppe. Nicht gut!

Wo blieben nur die *Kugelblitze*? Anna ging zum Gegenangriff über.

[Anna] verursacht 11 Schaden durch [Verteidigung (Vergiftete Ladung)] bei [Knöchriger Gräberskorpion].
Lebensenergie: 239/250.

Holla, da hatte aber jemand ganz schön Plasma in der Zelle und das, obwohl der Skorpion nur aus Kalkstöcken zu bestehen schien. Lena hätte ihre Freude an diesem besonderen Organismus. Die verbliebenen Mimikry-Räuber setzen erfolgreich *Elektroschocks* ein, was den Skorpion auf siebzig Prozent seiner Trefferpunkte drückte.

Lebensenergie: 179/250.

»Wir haben eine Chance. Weiter so!«, rief Anna.

Eine Sekunde später platzte ein Mimikry-Räuber am zielsicher gesetzten Stachel des Skorpions.

»Haltet euch von dem Stachel fern, verdammt! Er kann damit nur vorne angreifen. Verteilt euch. Bleibt hinter dem Biest.«

Die Schere schnappte nach einem Erbauer, doch Anna geißelte dazwischen.

[Knöchriger Gräberskorpion] verursacht 14 Schaden bei [Anna] mit [Schere].

Lebensenergie: 26/57.

»Lass meine Leute in Frieden!« Sie nahm Kontakt mit ihrem Photowurm auf und spendete ihrem Begleiter zwanzig Photonen. »Zeig mir deinen Lichtwellenangriff!«

Die Ansage verwirrte den Skorpion wohl, denn er breitete die Arme aus und klapperte mit den Scheren, als würde er Anna verscheuchen wollen. Gleißend formte sich die Photonenkugel.

[Anna] verursacht 21 Schaden bei [Knöchriger Gräberskorpion] durch [Lichtwellenangriff].
[Knöchriger Gräberskorpion] gelähmt.
Lebensenergie: 159/250.

»Alles drauf, was ihr habt!«, rief Anna. »Los, los, los!«

Ein Feuerwerk an grünen Wolken, *Elektroschocks*, stechenden Tentakeln und *Kugelblitzen* malträtierte den Skorpion.

[Anna] erleidet 1 Schaden durch [schleichende Vergiftung].
Lebensenergie: 25/57.

Anna stach wie wild mit allen vier Tentakeln zu. Um sie herum donnerte und blinkte es. Schließlich traf ein *Kugelblitz* den Schädel des Skorpions, gerade, als sie mit voller Wucht zustach.

[Anna] verursacht 10 Schaden bei [Knöchriger Gräberskorpion] durch [Tentakel].
[Knöchriger Gräberskorpion] stirbt.
Lebensenergie: -7/250.

Anna hatte den tödlichen Stich gesetzt und erlaubte es sich, kurz zu entspannen und ihren Trupp zu zählen. Es lebten noch fünf Mimikry-Räuber, acht Erbauer und sechs Nishu. Ob die anderen Dregmond gefunden hatten?

Und da blinkte etwas in ihrem Sichtfeld, was sie gleich anklickte.

Achievement: Gratulation! Du hast als erster Ursuppenbewohner einen [Knöchrigen Gräberskorpion] getötet.

Belohnung: Deine Resistenz gegen Gifte steigt um 25% an. Wofür auch immer das notwendig ist.

Nicht schlecht. Na klar, würde ihr das helfen. So wäre sie die Letzte, die durch die schleichende Vergiftung der Ursuppe starb. Großartig, sie freute sich schon darauf, ihre Leute nacheinander sterben zu sehen.

»Gute Arbeit, Annaheimer«, sagte sie. Ihre Mitstreiter verfärbten sich sichtbar, graue Schlieren waberten durch ihre Zellkörper. Sie wandte sich ihrem Kundschafter zu. »Welchen Auftrag hatte der Skorpion wohl?«

Win inspizierte die Klippen. »Ich denke, er wollte einen Tunnel in die Klippen graben.«

»Aber wozu? Wohin?«, fragte Anna.

»In die Sammo-Ursuppe. Sie liegt in dieser Richtung.«

»Warum in unsere Ursuppe und nicht nach Candida-Harmonia? Sie wäre doch von hier aus auch erreichbar, oder?«

Win und die anderen stimmten zu.

»Wie schätzt du unsere Situation ein?«

»Wir sollten umkehren und in Candida-Harmonia Bescheid geben. Lange hält keiner mehr durch.«

»Wenn dieses Gift bis in die Candida-Ursuppe vordringt,

würde das unser gesamtes Reich zum Einsturz bringen. Wir können noch nicht zurück. Wir müssen verhindern, dass sie sich unbemerkt zu Lena durcharbeiten.«

Die Geißeln ihrer Gefährten hingen schon schlapp hinab und ihre Flimmerhärchen fielen aus.

Achtung Todesgefahr: Vollständige Vergiftung von Klaff in [00:59:00] erreicht.

Ihre Truppe wäre wegen ihrer Verletzungen tot, bevor die Ursuppe vollständig vergiftet war. Eine Stunde lang widerstand hier niemand der schleichenden Vergiftung.

»Kommt! Richtung Westen. Wenn die Gräberskorpione in die Candida-Ursuppe wollen, dann graben sie dort.«

Und so geißelte Annas Trupp durch die giftige Brühe von Klaff. Zum Glück schwammen sie dem Gift davon, denn die Toxizität nahm etwas ab. Gab es eine Giftquelle im Osten der Ursuppe? Vielleicht hatte es mit der Lache des Leids zu tun, von der Dregmond gesprochen hatte? War das die Frage, die sie ihm hätte stellen sollen?

Falls es einen Zufluss gab, könnte Anna diesen verstopfen? Eins nach dem anderen. Zuerst musste sie verhindern, dass Lena, ihr Fest und ihre Siedlung in Gefahr gerieten.

Wenn das Imperium ihnen damit eine Falle stellte, war der Zeitpunkt perfekt gewählt worden. Wäre Dregmond nicht geflohen, hätte auch niemand etwas bemerkt. Es wäre längst zu spät gewesen. Glück im Unglück nannte man das.

»Schneller, schneller!« Anna peitschte ihren Trupp an.

Erbauer, Nishu und Mimikry-Räuber verloren Zellplasma, als das Gift kleine Spalten in ihre Zellwand fraß. Was tat Anna da eigentlich? Sie verlangte, nein, sie erwartete regelrecht, dass diese mutigen Kämpfer ihre Leben für diese Sache opferten. Keinen einzigen ihrer Begleiter hatte sie um Einverständnis gebeten. Und dennoch folgten sie ihr. Sie folgten ihrer Anführerin, der sie blind vertrauten.

Klippe um Klippe ackerte sich der Trupp voran. Sie erreichten die westliche Grenze von Klaff.

»Seht ihr das, Leute?«, fragte Win.

»Was ist los?«

»Da ist ein weiteres Loch in der Klippe.«

In ihrem Zug nach vorne hatte Anna den Fokus auf die Klippen verloren. »Zeig mir, wo.«

Tatsächlich fanden sie einen Tunnel, der Richtung Candida aus der Klaff-Ursuppe führte.

»So groß wie ein Skorpion«, sagte Win.

»Gut geschätzt. Hoffentlich hat er die andere Seite noch nicht erreicht.« Anna schätzte den Zustand ihrer Leute ein. Alle waren verletzt, aber auf grimmige Weise zuversichtlich. »Baut Symbiotische Brücken auf. Wir brauchen Kugelblitze und alle Gewalt, die wir noch haben. Es liegt an uns, das Schlimmste zu verhindern.«

Die Nishu verschmolzen mit den Erbauern zu Kugelblitzeinheiten. Die Mimikry-Räuber formten eine Gruppe, in der alle auf die gemeinsamen Rohstoffe zugreifen konnten.

»Dann los.« Anna schwamm voraus. Der Tunnel war stockduster, sodass sie ihrem Photowurm ein paar Photonen überließ und dieser einen Schimmer erzeugte. Die Wände bestanden aus roten Schleim. Bei jeder Berührung siffte eine gelbliche Masse hervor.

Der Trupp arbeitete sich voran. Die Zeit lief gegen sie.

Achtung Todesgefahr: Vollständige Vergiftung von
Klaff in [00:45:00] erreicht.

Alle schwiegen, denn sie wussten, dass niemand heil nach

Hause kommen würde, selbst wenn sie jetzt umkehrten. Sie würden sterben, die entscheidende Frage war, ob sie den Skorpion mit sich nahmen.

Anna besorgte, wie weit der Tunnel bereits gegraben worden war.

»Ich höre etwas«, sagte Win.

Jetzt vernahm Anna auch das Schaben aus der Ferne und richtete sich an ihren Trupp. »Wir haben ihn. Gebt alles. Es war mir eine große Ehre, mit euch gekämpft zu haben.«

Wenige Geißelschläge später tauchte das weiß-knöchrige Wesen auf, das stur seiner Arbeit nachging und mit seinen Scheren im fleischigen Grund grub.

Anna transportierte alle verbliebenen Photonen zu ihrem Würmchen und griff an.

[Anna] verursacht 22 Schaden bei [Knöchriger Gräberskorpion] durch [Lichtwellenangriff].
[Knöchriger Gräberskorpion] gelähmt.
Lebensenergie: 278/300.

Für die Grabung zur Candida-Ursuppe hatte das Imperium – wer sonst sollte dahinterstecken – einen stärkeren Skorpion eingesetzt. »Angriff! Er ist gelähmt. Gebt alles.«

An Anna zischten zwei *Kugelblitze* vorbei.

Die Mimikry-Räuber luden sich mit *Elektroschocks* und *Vergifteten Ladungen* auf. In Kettenform schwammen sie auf den gelähmten Skorpion zu. Scheren und Stachel des Untiers zeigten weg von ihnen. Es sollte noch für einige Momente gelähmt sein.

Die *Kugelblitze* schlugen ein. Giftwolken ätzten an den Knochen des Skorpions. Dann löste sich seine Erstarrung und er drehte sich in Angriffsposition.

Anna hackte zu.

[Anna] verursacht 8 Schaden bei [Knöchriger Gräberskorpion] durch [Tentakel].
Lebensenergie: 156/300.

Gerade mal die Hälfte geschafft.

»Kommt schon! Feuert alles raus.« Wo blieben die letzten vier *Kugelblitze*? Anna drehte sich um. Den Nishu machte die Vergiftung zu schaffen. Ihre Zellprozesse waren gestört.

Der Skorpion schnappte nach Anna, die keine Gelegenheit zum Ausweichen mehr hatte.

[Knöchriger Gräberskorpion] verursacht 13 Schaden bei [Anna] mit [Schere].
Lebensenergie: 12/57.

Der darauffolgende Stachelangriff zerfetzte einen Mimikry-Räuber und ein anderer wurde angeschnitten. Zellplasma waberte durch die Ursuppe. Das sah nicht gut aus. Ohne die *Kugelblitze* würde das unangenehm ausgehen. Anna startete vier *Symbiotische Brücken* und geißelte zu den Nishu.

»Los, andocken!«, rief sie den schlappen Nishu zu. Ihre Tentakel trieb sie in deren Körper. Sie saugte das Gift ab, wodurch die Nishu an Leben gewannen.

[Anna] erleidet 4 Schaden durch [Gift].
25% Resistenz.
Lebensenergie: 9/57.

Vielleicht war die Idee blöd. Vielleicht würde sie dabei drauf gehen, aber vier *Kugelblitze* suchten wütend zuckend den Gräberskorpion.

Einer traf das Vorderbein und riss es ab.

Der zweite erwischte den Schwanz, dessen Spitze einen Mimikry-Räuber platzen ließ. Bei der Explosion knickte er ab.

Nummer drei drang zwischen den Augen des Skorpions ein. Als er explodierte, zerbarsten Knochen, die wie ein Splitterangriff in die Mimikry-Räuber eindrangen. Als einziger Nahkämpfer überlebte Win das Massaker.

»Rückzug!«, rief Anna.

Der vierte Blitz schlüpfte in die Wunde am Kopf, wühlte sich tief in den Schädel der längst besiegten Bestie und explodierte. Knochenteile und Innereien klatschten gegen die Tunnelwand.

[Erbauer-Nishu-Symbiose] verursacht 208 Schaden bei [Knöchriger Gräberskorpion] durch [Kugelblitz].
[Knöchriger Gräberskorpion] stirbt.
Lebensenergie: -164/300.

Alle Überlebenden geißelten den Tunnel zurück. Den Nishu und den Erbauer, die den letzten Kugelblitz geschleudert hatten, überzog ein goldenes Leuchten.

Gut! Das Level-Up schenkte ihnen volle Lebenskraft.

Annas Vorrat an Erfahrungspunkten stieg zwar an, aber für das nächste Level reichte es nicht. »Wir müssen zum Ausgang der Ursuppe!«, rief sie. Irgendwo hier müsste sie direkt in die Candida-Ursuppe reisen können.

Achtung Todesgefahr: Vollständige Vergiftung von Klaff in [00:31:00] erreicht.

Anna schöpfte Hoffnung, denn sie sah bereits das Tunnelende. Ihre Giftresistenz hielt sie am Leben.

Lebensenergie: 7/57.

»Anna«, sagte Win. »Es tut mir Leid.«

Anna drehte sich um. Ihr Mimikry-Räuber fiel zurück. Seine Außenhaut war durchlöchert, Plasma trat hervor und sein Zellkern verschrumpelte.

»Nein! Win. Komm schon. Es ist nicht mehr weit.« Anna schwamm zu ihm. Ihre Worte klangen hohl. Egal, wie kurz der Weg noch war, für Win kam jede Hilfe zu spät.

»Wahrscheinlich bohren sie sich auch nach Sink durch«, sagte Win.

»Wie kommst du darauf?«

»Wenn sie alle Ursuppen rund um Candida vergiftet haben, dann wird irgendein Tunnel auch das Zentrum erreichen. Wir können nicht alle gleichzeitig verteidigen.«

»Du bist ein wahrer Stratege.«

»Du musst den Zufluss schließen.«

»Synergia wird dein Opfer büßen.« Anna streifte mit ihrer Geißel über den sterbenden Win, dessen Flimmerhaare bei der Berührung ausfielen.

Traurig und allein eilte sie zum Übergang in die Candida-Ursuppe.

lena: überraschung

. . .

»Alle verstecken sich. Ich möchte keinen Erbauer mehr sehen. Sobald Zappel eintrifft, strömt ihr hervor.« Ich schickte die Nachricht über mein Interface an die gesamte Siedlung, die vor Aktivität nur so brodelte. Wenn ich gewollt hätte, könnte ich Tage damit verbringen, mein Reich zu optimieren. Obwohl mich das reizte, konzentrierte ich mich aber auf den nächsten, entscheidenden Schritt: Weltenbauerin werden. Schließlich war die Glühbirne nicht erfunden worden, indem man die Kerze ständig verbessert hatte. Für den nächsten Entwicklungsschritt brauchte ich meine Spezialisten und vor allem Zappel. Vielleicht war ich zu sentimental, weil ich ihn als ersten Mimikry-Räuber benannt hatte.

Durch die Feier ihm zu Ehren würde unsere Produktion kurz einbrechen, aber Conan schätzte, dass wir das verkrafteten. Unsere Einnahmen waren beachtlich angestiegen, nachdem wir die zehn umliegenden Ursuppen erobert hatten. Siphonex hatte hart daran mitgearbeitet und einige versprengte Trupps aus Vorax, Schattenfühler und Xergs aus dem Weg geräumt.

Weil es mir doch in den Tentakeln juckte, überprüfte ich die aktuellen Ressourcen. Conan leistete hervorragende Arbeit. Ohne seine Fähigkeiten wäre die Siedlung immer noch ein kümmerliches Häufchen.

Übersicht [Candida-Harmonia]:
Siedlungslevel: 10 (max. 10^14 Erbauer)
Siedlungsniveau: Episch
Rohstoffe:
Wasser: 193.990 | Zucker: 458.001 | Lipide: 431.778 | Nukleotide: 21.389 | Photonen: 18.731 | Enzyme: 11.778
Aktuelle Produktion:
Wasser: 3.000/Stunde
Zucker: 4.500/Stunde
Lipide: 2.900/Stunde
Nukleotide: 800/Stunde
Photonen: 780/Stunde
Enzyme: 700/Stunde
XP: 20/Stunde (Candida-Bonus)
LE: +50 (Candida-Bonus)
Einwohner:
Symbiotische Erbauer: 180.501
Parasitäre Räuber: 571
Mimikry-Räuber: 803
Erborax: 17
Planarien: 228
Photowürmer: 11
Schildvirionen: 4.438.415
Archas: 200.000
Candida-Pilz: 1 (episch)
Durchschnittliche XP: 1.091
Siedlungs-XP: 614.427

Boni:
Verteidigung: + 25% (Candida)
Resistenzen: + 50% (Candida)
Fortpflanzung: + 100% (Siedlungs-Level)
Kommunikation: + 60% (Siedlungs-Level)
Angriff: - 10% (Friedlich)
Diplomatie: + 30% (Friedlich)
Photonen: + 15% (Nishu)
Besonderheiten:
Archa-Armee
Pilzleiter
Algenfarm
Nervenbahnen
Blutbahnen
Knochen
Erborax-Farm
Photowürmer
Friedlich

Mit Candidas Umsiedlung auf die Pilzleiter hatten wir Vorteile wie hohe Resistenzen und den Angriffsbonus verloren, dafür aber die Eigenschaft *Friedlich* wiedergewonnen. Die *Algenfarm* war ein weiterer Geniestreich, der die Ressourcenproduktion in ungeahnte Höhen katapultiert hatte. Zappels Erfindung der *Nerven-* und *Blutbahnen* vereinfachte die Kommunikation mit den umliegenden Ursuppen-Kolonien.

Kurz gesagt: Ich war stolz wie Bolle auf meine Siedlung. Es fehlte nur noch die *Weltenbauerin*, um exponentiell zu wachsen und den Traum meines Organismus' wahr werden zu lassen. Meine Freiheit wiederzuerlangen, geriet dabei zur Nebensache.

Am anderen Rüssel ging Conan seiner Arbeit an der Photosynthesefabrik nach, als er plötzlich sagte: »Was soll dieses Verstecken denn bringen?«

Ich stutzte, weil ich in den Statistiken vertieft war. »Ähm, das macht man halt so.«

»Warum?«

»Um den anderen zu ehren.«

»Wozu?«

»Damit er sich freut?«

»Worüber? Dass sich Erbauer verstecken können?«

»Nein, damit ... Hör auf, mich zu verwirren, Conan.«

»Desoxi und Zappel nähern sich. Soll ich mich auch verstecken?«

»Ja, wir schwimmen zu den anderen unter das Blatt.«

Conan und ich stöpselten uns ab und zogen uns zurück. Im Schatten der Photosynthesefabrik versammelte sich mein gesamter Rat. Dazu gesellten sich die stolzen Anführer von neun Ursuppen. Anna war nicht gekommen. Nur weil ich die Nishu in meinem Reich behielt. Dieser kleine Stamm brachte so viele Vorteile, ich konnte ihn nicht einfach aufgeben.

»Er ist da«, flüsterte Conan.

Ich geißelte voraus und ließ meinen Zellkörper blinken. »Mir nach!«

Eine unglaubliche Menge an Erbauern, die in allen Farben leuchteten, schwärmten aus ihren Verstecken hervor und brachten ganz Candida-Harmonia zum Strahlen. Die Lipid-Mine funkelte wie eine Diskokugel und der Erborax-Dom schimmerte wie eine Lavalampe. Es war perfekt!

Ich meinte, in der Allianz-Arena zu sitzen mit Tausenden von Fans.

Execute Repair: 73%.

»Überraschung!«, rief ich. Niemand stimmte ein.

Zappel und Desoxi drehten sich im Kreis und zogen die Geißeln an.

Conan stieß mich an. »Ich sagte doch, es würde sie verwirren.«

Ich missachtete meinen Administrator und schwamm zu meinem alten Freund hinüber. Wir berührten unsere Flimmerhärchen.

»Willkommen, Zappel. Der Applaus aller Erbauer gebührt dir allein. Und ja, vielleicht hätten wir uns nicht verstecken sollen.«

»Lena ...«, sagte Zappel und suchte nach Worten. »Was soll das hier?« Er drehte sich zu Desoxi. »Hast du mich etwa für diesen Unfug hier her gelockt?«

Seine Worte trafen mich. Das war kein Unfug. Wenn er wüsste, wie viele Ressourcen wir einbüßten, um das Fest möglich zu machen. Dafür hätten wir ins P1 gehen können.

Execute Repair: 74%.

»Wir dachten, du freust dich«, sagte Desoxi. Endlich stand mir jemand bei.

Zappel betrachtete die hunderttausenden Lichter, die nur für ihn leuchteten.

Ich schnappte meinen Baumeister und erhob mich mit ihm über die versammelte Gesellschaft. Dann richtete ich mich zu ihm aus. »Mein lieber Zappel, es ist mir eine Ehre, dich zu kennen. Du bist der erste Mimikry-Räuber mit einer Spezialisierung und hast dich mehr als verdient gemacht. Mit ganzem Einsatz für deine Siedlung hast du uns nicht nur einen Marktplatz beschert, sondern auch eine Pilzleiter. Obwohl du nicht wolltest, hast du bei den Krallark unsere Nervenbahnen entwickelt und noch dazu Knochen erfunden. Auch am Bau der Blutbahnen hast du dich federführend beteiligt.«

Wieso klang ich wie Professor Frankl bei der Weihnachtsfeier unseres Lehrstuhls?

Zappel nutzte meine dramaturgische Pause, um zu antworten. »Lena, was soll das? Ich weiß, was ich getan habe. Aber ich war nie allein. Jeder hier hat seinen Anteil geleistet. Ich werde nicht akzeptieren, als etwas Besonderes dargestellt zu werden. Das bin ich einfach nicht.«

»Deine Großzügigkeit und Unterwürfigkeit ehrt dich. Dennoch wäre ohne dich Candida-Harmonia niemals entstanden.«

»Vielleicht wäre das besser gewesen.«

Ich hörte zwar, was er sagte, aber es kam nicht in meinem Bewusstsein an. »Deswegen ernenne ich dich zum obersten Baumeister aller Ursuppen. Du sollst weiterhin mit deinen grandiosen Ideen vorangehen und …«

Zappel wich vor mir zurück und spreizte seine Tentakel ab.

»Leeenaaa!«, rief eine bekannte Stimme. Über der Lipidmine stoben die Erbauer auseinander, wodurch eine dunkle Lücke entstand und eine Mimikry-Räuberin herein schwamm.

»Anna?«, sagten Zappel und Desoxi.

Ich freute mich, dass sie ihren Stolz überwunden hatte und zur Feier aufgetaucht war. Damit waren wir komplett.

»Schön, dass du da bist. Aber warte doch bitte dort drüben. Das ist Zappels Moment.«

»Hör mir zu, es ist wichtig«, sagte Anna, die nur noch eine Zelllänge entfernt war und schwer in die Ursuppe blubberte.

»Zappel ist das Wichtigste. Bitte, warte.«

»Das Imperium greift an. Sie haben Klaff vergiftet.«

Nur wenige Nachrichten hätten mir diesen großen Moment vermiesen können. Diese tat es gewaltig.

Zappel stieß mich an. »Lass mal, Lena. Ich will deinen Titel nicht. Kümmern wir uns lieber um die wichtigen Neuigkeiten. Nur weil du einen Marktplatz umbenennst, bleibt er trotzdem ein Marktplatz.«

Vermutlich hatte er mich durchschaut. Hatte ich wirklich gedacht, ich käme an sein Auge, wenn ich ihn befördere?

»Erbauer von Candida-Harmonia!«, rief ich der Menge zu. »Ich danke euch, dass ihr Zappel mit uns geehrt habt. Ihr dürft euren Aufgaben nachgehen.« Leiser und genervt sagte ich: »Ratsversammlung. Jetzt.« Dann schwamm ich zur Photosynthesefabrik mit Anna, Zappel und Desoxi im Schlepptau. Sandor, Siphonex, Phitus, Tandriel und die neun Anführer der Ursuppen waren anwesend.

»Gut, Anna. Erzähl alles in Ruhe.«

Anna stockte. »Ja. Es ist so. Vielleicht fange ich hinten an. Klaff wurde vergiftet und ist unzugänglich.«

Umlax wechselte seine Außenhaut zu einem dunklen blau. »Ich muss sofort zurück.«

Anna griff mit zwei Fangarmen nach ihm. »Keine gute Idee. Jeder Erbauer, der Klaff betritt, würde innerhalb weniger Minuten sterben. Tut mir leid, Umlax.«

Sandor machte sich Platz. Zappel und Phitus wichen nur knapp seinen Tentakelschwertern aus. »Wie ist das möglich? Erzähl!«

»Als wir in Klaff unterwegs waren, erwischten wir zwei skelettierte Skorpione, wie sie Gänge in die Klippen der Ursuppe gruben. Der erste wollte sich nach Sammo durchwühlen, der zweite nach Candida. Beides konnten wir unter großen Verlusten verhindern. Ich glaube jedoch, dass ein weiterer Skorpion auf dem Weg nach Sink ist.«

Amshi jaulte und drehte sich aufgeregt. »Meine Erbauer, meine Siedlung!«

Ich schaute zu Sandor. »Sende Truppen nach Sink, sofort. Falls der Skorpion durchgebrochen ist, muss er aufgehalten werden.«

»Ja, Lena. Ich werde das Kommando übernehmen.« Sandor stieß Anna an. »Wie mächtig sind diese Skorpione und wie konnten sie Klaff vergiften?«

»Vermutlich steckt Synergia dahinter«, sagte Anna. »Ich glaube, der Skorpion hat sich aus der Lache des Leids bis nach Klaff durchgewühlt. Von dort fließt nun Giftwasser ein.«

»Synergia? Wie kommst du darauf?«, fragte ich.

»Ich nehme es an. Dregmond hat etwas angedeutet. Synergia lebt in einer Ursuppe namens Cyan.«

Vorsichtig drängte sich Danza, die Prinzessin der Nishu, in den Vordergrund. »Wir kennen eine Sage über den Giftbrunnen von Cyan. Aus ihm strömt grünes Wasser in unendlicher Menge.«

»Wie kann Synergia in einer vergifteten Ursuppe leben?«, fragte ich.

»Das weiß ich nicht.«

»Sind die Skorpione immun gegen das Gift?«, fragte Sandor. »Dann müssen wir unsere Strategie anpassen.«

»Gute Frage«, sagte Anna und schaute in die Gruppe. »Was, denkt ihr, steckt dahinter?«

Phitus plusterte sich auf. »Ich sage, das ist Humbug. Anna wurde getäuscht. Durch diese falschen Nachrichten wollen sie unser wachsendes Reich stoppen«, sagte er. »Wegen eurem Bündnis mit mächtigen Räubern wie uns will der Imperator euch Angst einjagen. Mehr ist da nicht dran.«

Einige der anderen Ursuppen-Anführer stimmten mit blauem Blinken zu.

»Phitus«, sagte ich. »Bei allem Respekt, aber nur weil wir das Problem ignorieren, geht es nicht weg.«

Der König der Krallark verschränkte seine Tentakel. »Ich sehe keinen Beweis.«

Ich geißelte bis auf Flimmerhärchenabstand an ihn heran und sagte: »Die Abwesenheit von Beweisen ist kein Beweis der Abwesenheit.«

Anna positionierte sich in der Mitte des Rats. »Seht meine Zellwand an. Das Gift hat sie angegriffen und die Gräberskorpione haben mich schwer verletzt. Ich habe Mimikry-Räuber, Nishu und Erbauer geopfert, um diese Informationen jetzt weiterzugeben. Also mit Verlaub, König Phitus, halt die Klappe!«

»Beruhigt euch«, sagte ich. »Phitus, wir brauchen Lösungen und keine Meinungen.«

»Ihr seid Narren«, sagte der König und schwieg.

Ich blickte zu Siphonex, der nervös zuckte. »Was denkst du?«

Der Prinz schwamm in die Mitte der Gruppe. »Ich glaube Anna. Das Imperium hat uns eine tödliche Falle gestellt. Alle eroberten Ursuppen umgeben Candida wie eine Zellwand. Vergiftet das Imperium sie alle und gräbt aus jeder ein Tunnel zu uns, können wir das nicht abwehren. In vergifteten Ursuppen können wir nicht kämpfen, aber die Skorpione können darin graben.«

»Aber«, sagte Phitus an Anna gewandt. »Was hattest du in Klaff zu suchen? Du wusstest doch, dass wir alle hier sind.«

Ein Schock ließ mich kurzzeitig erstarren. War das schon das erste Anzeichen von Verschwörungstheorien? »Das hat sicher einen guten Grund. Stimmt's?«

Anna zuckte hin und her. Sie schaute mich an und trieb hinter Zappel in Sicherheit. »Ja. Ein guter Grund.«

»Anna?«

»Sie ist die Verräterin«, sagte Phitus. »Sie will uns in eine Falle locken. Wahrscheinlich hat sie etwas mit der Vergiftung von Umlax' Ursuppe zu tun.«

Der Anführer von Klaff glitt neben Aufwiegler. Diese Erklärung gefiel ihm augenscheinlich besser als Annas schwierige Nachricht.

»Alle beruhigen sich!«, rief ich. »Phitus, keine Anschuldigungen ohne Fakten. Das gilt für euch alle. Wir sind doch keine Klimaleugner.«

Execute Repair: 75%.

»Ich muss etwas beichten«, sagte Anna.

»Wusste ich es doch!«, sagte Phitus. Der König hatte sich verändert. Wo war der unterstützende Räuber-Opa geblieben?

»Ruhe!«, rief ich. »Anna, weiter.«

»Dregmond konnte aus seinem Käfig entkommen und nach Klaff fliehen. Als ich ihn verfolgte, analysierten wir die Vergiftung. Ein Teil meiner Truppe sandte ich dem Diplomaten hinterher. Ich und die verbliebenen Kämpfer haben die Gäberskorpione bekämpft.«

»Der Diplomat ist geflohen?«, fragte ich.

»Sie sabotiert unseren Angriff auf das Imperium, Gründerin«, sagte Phitus. »Eure Anna gehört bestraft.«

Mit einem Stoß seines Zellleibs schob Siphonex seinen Vater zur Seite. »Nein. Lass sie in Frieden.«

Sandor hieb seine Schwerter durch die Luft. »Na, endlich zeigen sich würdige Gegner.«

»Wir sind so was von am Nephridium«, sagte Desoxi.

Einen Moment lang erntete mein Algenbauer die Blicke aller Anwesenden.

»Was ist, wenn sie meine Ursuppe bereits vergiften?«, fragte Amshi. Der Anführer von Sink hatte die ganze Zeit nicht gesprochen, doch ihm wurde wohl klar, was da gerade passierte. »Wir müssen sofort abreisen, Sandor!«

Sandor schaute zu Anna. »Wie habt ihr die Skorpione bekämpft und besiegt? Was sind ihre Schwachstellen?«

»Einige Kugelblitze waren unsere Rettung. Ich habe nicht mitgezählt, aber mindestens vier. Als Tanks agierten vier Mimikry-Räuber mit Vergifteter Ladung.«

»Okay, das reicht mir als Information. Lena, ich nehme mir zwei Photowürmer, zwei Erborax und zwanzig Mimikry-Räuber mit. Damit sollten wir sie aufhalten können.«

Ein blaues Blinken wusch über mich. Sandor zog ab, Amshi folgte ihm auf der Geißel.

»Wir müssen einen Weg finden, das Gift zu neutralisieren«, sagte Zappel. »Wie Siphonex schon sagte. Wenn es den Skorpionen nichts ausmacht, dann graben sie in Klaff einfach weiter und wir können nichts dagegen tun.«

»Oder wir versiegeln die Quelle«, sagte Siphonex.

»Wir machen beides«, sagte ich.

»Zappel, würdest du mit Appal einen Weg ausarbeiten, wie wir die Quelle stilllegen können? Hat irgendwer hier eine Spezialisierung in Chemie oder Giftmischerei?«

Zappel schwieg und ich spürte förmlich seine Unlust. Was war nur mit ihm los? Danza hob die Geißel. »Ich habe diese Spezialisierung. Doch ich habe sie noch nie benutzt.«

Ich freute mich über die Frauenpower. »Super, dann arbeitest du an einem Mittel, das die Resistenz unserer Kämpfer gegen das Gift erhöht. Hilf auch Zappel.«

»Um das zu tun, brauche ich eine Probe«, sagte sie.

»In mir steckt noch ein Rest«, sagte Anna und zeigte auf die Schlieren in ihrem Inneren. »Ich habe auch ein Achievement mit Giftresistenz erhalten, nachdem ich die Erste war, die einen Skorpion getötet hatte.«

»Vielleicht wäre das noch eine wichtige Info für Sandor«, sagte ich.

»Vielleicht«, sagte Anna und zuckte mit ihren Fangarmen. Wie froh ich war, meinen Klon wieder zurückzuhaben.

»Ich gebe ihm Bescheid«, sagte Bertox, der Anführer der Mati-Ursuppe, und verschwand.

Mittlerweile spielten meine Synapsen mit einem Plan, der sie ordentlich knacksen ließ.

»Wir werden Folgendes tun. Zuerst erforscht Danza ein Antidot gegen das Gift, sodass wir auch in vergifteten Ursuppen kämpfen können. Zusätzlich finden Zappel, Appal und Danza eine Möglichkeit, die Giftquelle zu versiegeln. Dieser Mechanismus muss umkehrbar sein.«

Diese Quelle würde die Magensäure meines Organismus werden. Ich sammelte meine Gedanken und schaute jeden an, um zu sehen, ob sie noch bei mir waren. »Wir werden dutzende Späher aussenden, um einen Weg nach Cyan zu finden, der nicht vergiftet ist. Ich dachte dabei an dich, Phitus.«

Der König der Krallark straffte seine Tentakel. »Das geht nicht. Ich opfere meine Leute nicht für so was. Unsere Ursuppe wurde noch nie vergiftet und das wird auch nicht passieren.«

Echt jetzt? »Aber wir haben eine Zeugin, dass die Katastrophe kurz bevor steht.«

»Humbug.«

»Okay, dann übernimm du das bitte, Tandriel«, sagte ich.

»Geht klar.«

»Conan, du stockst unsere Truppenproduktion auf. Wir brauchen Erborax, Photowürmer und Mimikry-Räuber. So viele, wie unsere Ressourcen hergeben.«

»Was ist mit den Forschungs- und Bauprojekten?«

»Alles abbrechen, was uns nicht hilft. Sobald wir im Gift schwimmen, ist das sinnlos. Es sei denn, du hast ein neues Gebäude namens Giftfilter.«

Ich schnaufte einmal tief durch. »Jetzt wird es schwierig, weil wir das eigentlich nicht tun. Wir werden angreifen. Sobald Tandriel einen Weg nach Cyan gefunden hat, bauen wir Blut- und Nervenbahnen dorthin. Ein mutiger Erbauer erstellt unsere Siedlung mit Virionenring. Sobald die steht, strömen unsere Truppen nach Cyan.«

Phitus stieß mich an. »Ist es nicht zu auffällig, eine Siedlung zu bauen?«

»Kennst du einen anderen Weg?«

»Es könnte Synergia aufwecken, bevor Ihr überhaupt dort seid. Damit wäre Euer Überraschungsmoment dahin.«

Siphonex umschwamm seinen Vater. »Was meinst du mit *Euer*? Wir werden uns daran beteiligen.«

»Ich kämpfe nur gegen den Imperator. Diese Nebenschauplätze tue ich mir nicht an.«

»Ein Nebenschauplatz? Wir werden vernichtet, halten wir Synergia nicht auf. Und überlege mal, Vater, sie war eine Erbauerin. Dieser Plan stammt sicher vom Imperator selbst. Wahrscheinlich hockt er auch auf ihrem Thron, um zu sehen, wie die Dinge laufen.«

Phitus dachte sichtlich nach, denn er drehte sich im Kreis, ein Tentakel an seinem Mund. »Hmm, nein.«

Ich hatte noch eine Idee. »Was, wenn es von Synergia einen Weg zum Imperator gibt? Ich würde meinen Truppen befehlen, hindurchzugehen. Meinst du, ich werde in diesem strategisch wichtigen Moment warten, bis du alle Krallark losgeschickt hast, König Phitus?«

»Ach, verflucht. Ihr beide seid Gedankenverdreher. Natürlich will ich keine Gelegenheit verpassen, um den Imperator zu besiegen.«

»Dann kann ich auf die Krallark zählen?«

»Ich überlege es mir.«

»Gut. Sobald wir in Cyan angekommen sind, werden wir

Photonentürme bauen, die uns als Rückzugsort dienen. Damit haben wir eine sichere Ausgangsbasis, um Synergia zu finden und gefangen zu nehmen. Gleichzeitig können Zappel und Appal den Giftbrunnen trockenlegen.«

Alle Anwesenden blieben stumm, die meisten waren geschockt. Die Gefahr rückte näher und traf uns an der empfindlichsten Stelle. Ich wusste schon gar nicht mehr, wofür ich kämpfte. Um mein Zellleben, um diesem wahnsinnigen Spiel zu entkommen oder um das Überleben aller Wesen, die ich anführte? Lange hatte sich der Imperator nicht gezeigt. Jetzt hat er meine Aktivitäten wohl wahrgenommen. Wie stark mochte er wirklich sein?

»Lena, für mich klingt das nach einem Angriffskrieg. Das unterstütze ich nicht«, sagte Zappel.

Desoxi kam mir zuvor, als er sagte: »Aber mein liebster Kollege. Wehren wir uns nicht, sterben wir.«

Zappel seufzte. »Mir scheint, dass einige hier eine allzu große Lust auf Gewalt haben.«

Ich schwamm zu ihm und strich mit meiner Geißel über seine Flimmerhärchen. »Zappel, sei unser Gewissen. Werd nicht müde, auf Moral hinzuweisen, und lass uns nicht sinnlos Blut vergießen. Doch wir brauchen dich dafür.«

Inklusive des Auges, um die Ursuppe des Imperators zu finden.

Anna drängte sich noch einmal in den Vordergrund. »Eine Neuigkeit habe ich ganz vergessen zu erzählen. Euer Imperator ist eine Imperatorin.«

lena: abschied

. . .

Ich starrte auf die Fortschrittsanzeige der Erborax-Zucht. Conan hatte gute Arbeit geleistet und die Produktion beschleunigt. Das stresste Desoxi, denn er musste weitere Algenfelder anlegen. Das sollten auch nicht die letzten gewesen sein. Um unsere wachsende Armee versorgen zu können, plante Conan, in der halben Candida-Ursuppe Algen anzubauen. Mein gewiefter Administrator dachte sogar darüber nach, einen Algentransformator zu bauen. Das gäbe uns noch mehr Rohstoffe. Letzteres war aber vorerst ein Traum, denn wir brauchten jegliche Forschungskapazität für Danza, Zappel und Desoxi, die an einem Antidot werkelten.

Abgesehen von der schwelenden Gefahr war ich mit unseren Fortschritten zufrieden. Noch hatte kein Späher einen Weg zur Cyan-Ursuppe gefunden, um Synergia die Geißel langzuziehen, aber zumindest zeigte Phitus sich hilfsbereit und produzierte Kampftruppen. Was der alte Krallark wohl damit bezweckte, dass er unbedingt die Imperatorin besiegen wollte?

Siphonex war mit seinem Vater in ihre Siedlung zurückgekehrt, hatte mir aber unendliche Treue geschworen. Ich vertraute dem Prinzen der Krallark und wünschte, ihn zum Anführer von Candida-Harmonia ernennen zu können. Die geheimnisvollen Befindlichkeiten des Königs nervten mich.

»Wir laufen in einen Photonenengpass«, sagte Conan.

»Die Photowürmer?«

Der Administrator knurrte.

»Level die Photonenfalle auf. Wäre das ein Weg?«

»Dann läge für einige Stunden die Produktion lahm. Wir hätten schon viel eher eine zweite bauen sollen.«

»Aber wo? In der Siedlung ist kein Platz mehr.«

»Was ist mit den anderen Ursuppen?«

»Einen Moment.« Ich öffnete das Marktplatz-Interface, um die Kosten für einen Photonenkauf zu überprüfen, da erreichte mich ein Anruf aus Sink. Sandor war in dieser Ursuppe unterwegs. Also nahm ich an und sein Videofeed erschien. Dieses Upgrade hatte Appal erdacht und ich liebte es.

»Gründerin.« Sandor überkreuzte seine Schwerter und legte unterwürfig die Geißel an.

»Sandor, mein Kriegsmarschall. Schön, dich am Leben zu sehen.«

»Ich berichte, dass wir drei Gräberskorpione erfolgreich ausgeschaltet haben. Einer wollte nach Candida durchbrechen, zwei arbeiteten sich Richtung Westen vor.«

»Gute Arbeit, Sandor. Wie ich sehe, ist die Siedlung auch unter Kontrolle.«

»Ja und nein, Gründerin.«

»Rede!«

»Sink ist vergiftet und wir werden es hier nicht mehr raus schaffen. Wir haben alles gegeben, um die Skorpione aufzuhalten. Es werden weitere kommen. Wir glauben, dass sie im Gift problemlos überleben. Erwartet also zwei Tunnel, die an den nördlichen Klippen einbrechen.«

»Sandor. Ich ... Komm schon, es muss doch einen Weg da raus geben.«

Zum allerersten Mal wusch ein schwarzer Schimmer über Sandor.

»Du bist mein bester Marschall und du wirst nicht aufgeben. Das ist ein Befehl!«

»Ja, meine Anführerin.«

Sandor schwieg und ich wartete, dass er fortfuhr. In seinem Zellinneren schwebten die milchigen Schlieren des Gifts. Ich wollte nicht hören, dass er aufgab.

»Gründerin?«, fragte er, als ich schweigend nach Worten suchte.

»Wann bist du wieder zurück, Sandor?«

»Lena, du solltest Truppen in die anderen Ursuppen versenden, um die Skorpione so lange wie möglich aufzuhalten. Es ist nur eine Frage der Zeit, bis unser Reich von Gift durchflutet wird.«

»Du hast schon optimistischer geklungen.«

»Der einzige Weg zum Sieg ist die Weltenbauerin.«

»Phitus stellt sich stur wie ein Esel.«

Sandor glühte in verwirrtem Lila und sagte dann: »Bring ihn um, wenn er seine Meinung nicht aufgibt.«

Sonst sprach Sandor von unseren Plänen, jetzt waren es die meinen. »Sandor, wann bist du wieder hier?«

»Wir waren nicht immer einer Meinung. Dennoch, es war mir eine Ehre, dir gedient zu haben.«

»Nein. Was soll das heißen? Sandor!«

Die Verbindung endete.

Ich schaute wie versteinert an die Stelle, wo ich ihn eben noch gesehen hatte. Vor drei Minuten hatte ich das Gefühl, alles unter Kontrolle zu haben. Sollte ich meine zweite Ursuppe und meinen Kriegsmarschall verloren haben? Sandor hatte recht:

konnten die Skorpione im Gift arbeiten, würden sie aus den vergifteten Ursuppen einen Tunnel zu uns graben. Was konnte ich dagegen tun, außer meine Leute in den Tod zu schicken?

Ich musste Zappel erreichen.

Er musste herausfinden, wie man die Klippen im Falle eines Durchbruchs versiegelte. Noch dazu benötigte ich das Auge, um die Ursuppe der Imperatorin zu finden. Es könnte hilfreich sein, wenn ich das Momentum gleich nutzen könnte, um nicht nur Synergia, sondern auch ihre Anführerin aufzuhalten. Ich wollte nicht ewig eine riesige Armee durchfüttern, sondern einen Superorganismus erschaffen.

Neue Quest: [Vergiftete Ursuppen]. Du wirst von Synergias Giftring belagert.
2/11 Ursuppen vergiftet.
[Klaff, Sink]
Verlierst du alle Ursuppen, verlierst du das Spiel.

Na, dufte!

siphonex: stirb langsam

. . .

BEGLEITET VON SEINEM TRUPP RÄUBER SCHWAMM Siphonex in die Siedlung Piersink, die mitten in der Sink-Ursuppe lag, wo sich ein Vulkan aus Klippen gebildet hatte. Er war Sandor heimlich gefolgt, um im Notfall Hilfe zu leisten. Irgendwo hier musste der Kriegsmarschall sein, denn Siphonex hatte tote Gräberskorpione auf dem Weg gefunden. Sandor konnte kämpfen.

Das toxische Niveau der Ursuppe war stark angestiegen und Siphonex vermutete, dass das selbst bei geringen Verletzungen das Ende bedeutete. Er hatte sich in der Siedlung der Krallark mit Erfahrungspunkten aufgepumpt und mit Rohstoffen versorgt. Falls Sandor sich hier noch irgendwo aufhielt, würde er ihn heimbringen. Vielleicht konnten sie so ihren Zwist beilegen.

Schließlich behinderte dieser auch Lenas Fortschritt.

Als Siphonex Piersinks Photosynthesesfabrik fand, entdeckte er Sandor, der am Rüssel der Siedlung hing. Vor dem Kriegsmarschall flimmerte das projezierte Bild von Lena. Sandors Zellkörper war schlank und ausgelaugt. Ihm fehlten

Flimmerhärchen und in seinem Inneren qualmten Giftschwaden.

Siphonex schwamm näher, doch Sandor nahm ihn nicht wahr, so vertieft war der Marschall in das Gespräch.

Sandor glühte in verwirrtem Lila und sagte dann: »Bring ihn um, wenn er seine Meinung nicht aufgibt.«

Siphonex erstarrte. Sprach Sandor von Phitus? Er wollte Sandor mögen, er wollte mit ihm zusammenarbeiten. Doch diese Worte trafen ihn hart. Ja, die Entscheidungen seines Vaters behinderten ein schnelles Vorankommen. Aber dass Sandor Lena vorschlug, ihn eiskalt umzubringen, ging zu weit.

»Wir waren nicht immer einer Meinung. Dennoch, es war mir eine Ehre, dir gedient zu haben«, sagte Sandor und koppelte sich vom Rüssel ab. Sein Blick traf Siphonex. »Verschwinde von hier, Räuber.«

Siphonex geißelte auf Sandor zu. »Ich bin hier, um dir meine Hilfe anzubieten.«

»Lügner. Nun saug mich schon aus. Ich bin ein leichtes Opfer.«

Wütend pulsierte Siphonex' Zellkern. Diese Arroganz! »Lass uns eine Brücke aufbauen. Ich habe genug Rohstoffe, um dich lebend 'rauszubringen.«

Der Kriegsmarschall ächzte, als eitrige Schwaden aus seinem Rumpf strömten. »Warum solltest du das tun?«

»Weil ich keinen Krieg mit dir will. Ich will deinen Respekt und deine Freundschaft.«

»Mehr als meinen Respekt gebe ich dir nicht.«

»Reicht für den Anfang.« Zu Siphonex' Verwunderung trieb Sandor an ihn heran und bot sich für eine *Symbiotische Brücke* an.

Siphonex und Sandor vereinten sich. Rohstoffe und Gedanken bluteten ineinander.

Sofort verstand Siphonex, dass der Kriegsmarschall der Einzige war, der die Kämpfe überlebt hatte. Ohne Zeit zu vergeuden, geißelten sie durch die Sink-Ursuppe und nahmen die erste Blutbahn, die sie in die Krallark-Siedlung führte.

zappel: heureka

. . .

»Sei unser Gewissen«, zischte Zappel, als er die beiden milchigen Giftblasen an die Klippen der Candida-Ursuppe platzierte. »Was für ein Schwachsinn. Was soll ich denn noch spielen?«

Seine Aufregung über Lenas Worte lenkte er auf die Lösung des Problems, das ihn angeblich bedrohte. Er startete das Experiment in der Nähe seiner Höhle und dem Ding, das Lena Auge genannt hatte.

Neugierig betrachtete er das Wabern in den einzigen beiden Giftkugeln, die er von Anna erhalten hatte. Der unscheinbare Nebel darin sollte ihn töten können? Er hatte genau zwei Versuche, um eine Möglichkeit zu finden, mit dem Gift umzugehen und die Quelle zu verschließen.

Seine Idee war, es mit einer Ladung Algenblätter zu versuchen. Diese hatten sie im Überfluss, nachdem Desoxi sogar neue Felder angelegt hatte.

Neue Quest verfügbar: [Versiegelung des Giftbrunnens]. In den Weiten der Cyan-Ursuppe befindet sich eine Giftquelle, die deine Zivilisation bedroht. Finde einen Weg, den Brunnen zu versiegeln.

Optional: Finde eine Möglichkeit, den Brunnen so zu verschließen, dass deine Gründerin ihn bei Bedarf wieder öffnen kann.

Diese Quest wird dir automatisch zugewiesen. Du kannst sie nicht ablehnen.

Großartig.

Zappel empfand überhaupt keinen Bedarf für Forschungen an Giftbrunnen. Nichts, aber auch nichts läge ihm ferner. Aber er wollte seine Fähigkeiten den anderen nicht vorenthalten, denn alle arbeiteten wie wild an einer Lösung. Er stand zum ersten Mal auf Phitus' Seite. Zappel glaubte nicht, dass sie angegriffen wurden. Er wollte es nicht glauben.

Candida-Harmonia und vor allem er selbst hatten sich zu keinem Zeitpunkt kriegerisch verhalten. Warum sollte jemand sie angreifen? Nur weil Synergia beleidigt worden war, ist das doch kein Grund, ihre Siedlung in Cyan auszurotten. So brutal handelt keine Erbauerin und schon gar keine Weltenbauerin.

Zappel wandte sich den beiden Blasen zu. Er fixierte eine genauer.

Analyse:

Die [Giftblase] enthält Gift aus dem Giftbrunnen in Cyan. Das Material ist dazu geeignet, ganze Ursuppen auszurotten. Nur Lebewesen mit hoher Giftresistenz können sich der schleichenden Wirkung für einige Zeit entziehen.

Andere sterben einen qualvollen, unausweichlichen Tod.
Reaktivität: Hoch.
Gefährlichkeit: Hoch.
Besonderheit: Giftparasit.
[Zappel] verbraucht 1 XP durch [Analyse] von [Giftblase].
Punkte zum nächsten Level: 4454/4650.

Wie kam das Gift aus Cyans Giftbrunnen in Annas Körper? Und wie überlebte man in Cyan, wenn es dort wie wild aus einem Brunnen sprudelte?

Planaria schmeichelte an Zappels Flimmerhärchen entlang. Es war Essenszeit und sie holte ihn dafür ab. Liebes Mädchen. Mittlerweile war sie sogar Mutter.

»Wartet ihr auf mich? Ich komme.« Zappel warf noch einen Blick auf die Giftblasen und folgte Planaria in ihren Kokon. Sie aßen Plankton und einen kleinen Teil der Algen, die Zappel von Desoxi mitgebracht hatte. Eine kleine Abwechslung auf ihrem Speiseplan.

Als Zappel eine Algennudel einsaugte, kam ihm ein Gedanke. »Ich will keinen Krieg, wisst ihr? Irgendwie verstehe ich auch nicht, dass die anderen sich bereitwillig darauf einlassen.«

Planaria, ihr Partner und die zwölf kleinen Würmchen mampften zufrieden. Nur das Jüngste bespuckte ihn mit einem Plankton.

»Du willst auch kämpfen? Na, warte.« Lachend hieb Zappel seine Geißel sanft gegen das Würmchen. »Ich muss wohl einsehen, dass wir angegriffen werden und es Zeit ist, sich zu verteidigen. Ihr seid mein Ein und Alles. Niemand soll euch jemals weh tun.«

Die Gedanken auszusprechen, beruhigte Zappel und er beendete seine Mahlzeit im Einklang mit der Situation.

»Ich mache mich an die Arbeit«, sagte er schließlich und schwamm zurück zur Klippe. Als er sich dieser näherte, wunderte er sich über den Anblick der Giftblasen. Hatte Lena ein Szenario vollkommen außer Acht gelassen? Was würden sie denn tun, sobald ein Skorpion die Klippen durchbohrte und das Gift in die Candida-Suppe strömte?

Alle vertrauten Sandor, dass er die Gräberskorpione aufhalten würde, und das zurecht, er war ein großer Krieger. Aber selbst er konnte nichts tun, wenn sie in einer vergifteten Ursuppe arbeiteten, die ihn in kurzer Zeit tötete. Niemand würde die Gräberskorpione daran hindern können, die abscheulichen Tunnel zu graben.

Sollte er deswegen zu Lena geißeln? Aber nein, er hatte keine Lust, sie zu sehen und er könnte die eingesparte Zeit nutzen, um einer Lösung näher zu kommen. Sie wäre ja auch wirksam für den Brunnen.

Zappel klaubte die Algen zusammen und brachte sie zu einer Einbuchtung in den Klippen, die so groß war wie er selbst. Dann grub er mit seinen Werkzeugarmen in das Klippenfleisch. Es kostete ihn eine Stunde, bis er zufrieden mit der Tiefe war und die Einbuchtung als realistisch genug für das Experiment erachtete. Vorsichtig legte er die Giftblase hinein. Er nahm die Algen auf und drapierte sie über dem Loch. Mit Pilzfäden heftete er sie fest.

Voll konzentriert auf die gefährliche Aufgabe, hob er ein fixiertes Algenblatt an, schob seine Tentakel darunter hindurch und stach in die Blase, sodass sie platzte. Er verschloss das Geflecht aus Algen und strich zwei Schichten Pilzmycel darüber. Das ergab einen dichten Teppich, den kein Gift durchdringen sollte. Zufrieden schaute er auf die Lösung. Das war einfach gewesen.

Zappel wartete nur ein paar Flimmerhärchen entfernt von den Algen und inspizierte ihre Schutzwirkung. Minute nach Minute verging und kein Gift drang hervor und er spürte auch keine Anzeichen von Vergiftung.

Nach einiger Zeit peitschte ihn die Langeweile und er schwamm vor dem Loch auf und ab. Er hörte bei dreihundert Bahnen auf, zu zählen. Auch ließ seine Konzentration nach und er starrte nicht mehr pausenlos auf die Algen, um ein potenzielles Leck zu entdecken. Er hatte das sichere Gefühl eines Baumeister, die Lösung gefunden zu haben. Und das schon beim ersten Versuch.

Heureka!

Moment, was war das denn für ein komisches Wort?

Nachdem er die ganze Sache über zwei Stunden beobachtet hatte, huschte er zu seinen Würmchen.

»Ihr Lieben, ich habe es geschafft.«

Planaria schmierte an seinen Flimmerhärchen entlang. Wie er es liebte, dass sie das tat.

»Ich reise schnell zu Lena und erzähle ihr davon. Wahrscheinlich muss ich einen Bauplan in der Werkstatt erstellen. Es könnte also etwas dauern, aber ich beeile mich.«

Die vierzehn Würmchen umwuselten Zappel, stupsten und schmusten ihn zum Abschied. Mit einem Lachen machte er sich fröhlich auf den Weg. Heute war ein guter Tag. Nein, ein großartiger Tag. Er würde die Ursuppe retten und den Giftbrunnen versiegeln.

Auf dem Weg zu Lena schwamm er an dem Ort seines Experiments vorbei. Eine Kleinigkeit wirkte anders. Er konnte nicht darauf deuten und geißelte neugierig näher heran. Und tatsächlich, am Rand des Algenpflasters hatten sich gelbe Punkte gebildet. Zu spät erkannte er, dass daraus das Gift strömte und Zappel atmete es ein.

Debuff: [Zappel] erleidet 1 Schaden durch [Schleichende Vergiftung].

Oh, nein. So war das nicht geplant. Hektisch wummerte sein Zellkern. Die Flecken auf den Algen wuchsen stark an. Er ahnte, dass jetzt schon mehr Gift hervorströmte, als jemals in der Blase gewesen war.

Wie konnte das sein?

Hatte das Gift etwa die Alge übernommen, sodass sie damit mehr davon erzeugte? Natürlich, das bedeutete *Giftparasit.* Er hätte schon nach der Analyse besser nachdenken sollen! Was für ein Fehlschlag.

Questupdate: [Versiegelung des Giftbrunnens]. In den Weiten der Cyan-Ursuppe befindet sich eine Giftquelle, die deine Zivilisation bedroht. Finde einen Weg, den Brunnen zu versiegeln.

Toll, du hast erkannt, dass Algen keine Lösung sind.

Potenzierten die Algen das Gift, hatte die Candida-Ursuppe ein riesiges Problem, von dem Lena und Tandriel sofort erfahren sollten. Desoxis Algenfarmen würden den Effekt um ein Vielfaches beschleunigen. Die Ernährung der Erborax wäre dann ihr kleinstes Problem.

In Panik riss Zappel die Algen von den Klippen, in der Hoffnung, dass er zumindest das Experiment beendete. Er ließ nur die infizierten Exemplare vor der Höhle und brachte den Rest außer Reichweite.

Nachdem er das erledigt hatte, starrte er aus einiger Entfernung auf sein Werk, das freudig Gift spuckte und die Algen dabei verzerrte. Das war nicht gut. Genau genommen war das übel. Er hatte zwar noch eine Giftblase, aber keinerlei Idee mehr, wie er ein Loch in den Klippen schließen sollte. Hatte Zappel seinen professionellen Zenit schon überschritten? Sollte Lena ihre Hoffnung lieber auf Appal stützen?

Ein Würmchen stieß ihn an. Zappel sollte ihnen endlich Namen geben. Er fand sie unglaublich niedlich, nur fehlte ihm die Zeit, die er mit all dem Baumeisterkram verschwendete. Wie lächerlich störrisch und unfreundlich er sich gegenüber Planaria verhalten hatte, als er sie an der Pilzleiter entdeckt hatte. Heute könnte er gar nicht mehr ohne die kleinen Wesen. Er legte die Geißel um das Würmchen und sagte: »Du heißt ab heute Primus. Einverstanden?«

[Zappel] tauft eine [Planarie] auf den Namen [Primus].

Primus schmuste an Zappels Flimmerhärchen entlang. Dann entdeckte das Junge die Giftschwaden in Zappels Körper und stupste ihn an dieser Stelle an.

»Das ist nichts. Nur eine kleine Vergiftung, die ich in ein paar Stunden abgebaut habe.«

Plötzlich biss Primus zu und saugte an Zappels Außenhaut, sodass sein vergiftetes Zellplasma in das Würmchen wanderte.

»Hey, tu das nicht. Das ist gefährlich.« Besorgt schlug Zappel mit der Geißel und zuckte, um Primus von seiner Tat abzuhalten. Doch das Gift war abgesaugt und Primus quietschte vergnügt.

»Geht's dir gut?« Staunend beobachtete Zappel Planarias Nachwuchs.

Primus entdeckte die Giftschwaden über den vergilbten

Algen an den Klippen, schwamm direkt dorthin und saugte alles in seinen kleinen Körper.

»Primus, Stopp!« Verzweifelt drehte sich Zappel im Kreis.

Erstaunlicherweise wuchs der Körper der Planarie rot blinkend an. Erst nahm es Zappel kaum wahr, doch dann schimmerte selbst er, wenn Primus aufleuchtete.

»Primus, hör doch auf damit.«

Doch er hörte nicht auf. Ganz im Gegenteil. Je größer er wurde, um so mehr Gift saugte er auf. Mittlerweile war Primus auf das Doppelte von Zappels Größe angewachsen und hatte sich in ein unförmiges Biest verwandelt. Primus war platt, übersät von grün-giftigen Beulen und formte Stacheln an seinen Rändern. Die niedlichen Augen verschmierten zu schwarzen Flecken.

»Hör doch auf, sage ich!« Zappel jammerte. »Bitte.«

Primus, der sich in einen rot blinkenden, riesigen Schleimbatzen verwandelt hatte, hielt inne.

Zappel schnaufte, obwohl er wusste, dass der rechte Moment längst vergangen war. Das würde er nicht umkehren können.

»Komm mit mir«, sagte er, mit verzweifelter Stimme. »Wir schwimmen zur Siedlung. Appal und Desoxi helfen uns. Wir kriegen das wieder hin. Ich hätte nie mit dem Gift experimentieren dürfen. Es tut mir Leid, Primus.«

Zappels Schützling verfolgte einen anderen Plan, denn er setzte sich auf das Loch in der Klippe.

Questupdate: [Versiegelung des Giftbrunnens]. In den Weiten der Cyan-Ursuppe befindet sich eine Giftquelle, die deine Zivilisation bedroht.

Glückwunsch! Du hast eine Lösung gefunden.

Durch die Benutzung von Planarien als Versiegelung erfüllst du auch die optionale Quest, denn damit kann sie bei Bedarf geöffnet werden.

Kehre zu deiner Gründerin zurück und berichte ihr von deinen Erkenntnissen.

Quest erfolgreich abgeschlossen.

Fassungslos starrte Zappel auf die Quest und dann auf Primus.

»Nein. Das darf nicht sein. Tu mir das nicht an.«

ENDE Band 4.

dramatis personae

. . .

realität

Lena Minz – die Heldin
Tim Sandhofen – der Held
Antonio Frankl – verrückter Wissenschaftler
Aditje Zell – Polizistin
Thorsten Keim – pensionierter Polizist
Benedikt Taylor – Sohn von Antonio Frankl
Janine – die Pilzmaid
Ralf – Ehemann von Marianne & Barbar Conan
Marianne – Ehefrau von Ralf & Elfe Tandriel
Kāla – Schicksalsgottheit

heirs of the phoenix

Fantasy-Welt

Conan – Barbarenkönig von Staffelmoor (Spieler: Ralf)
Coletta – Angebetete (Spieler: Tina Sommer)
Tandriel –Elfe (Spielerin: Marianne)
Antonio – Verrückter Wissenschaftler (Spieler: er selbst)
Benedikt – Antonios Sohn (Spieler: er selbst)
Zutargosh – Drache
Heilige Königin – KI für Ordnung und Regeln
Unheiliger Kaiser – KI für Unordnung und Vielfalt

Ursuppen-Welt

Lena – Symbiotische Erbauerin
Siphonex – Parasitärer Räuber
Synergia – Gründerin Harmonias
Anna – Lenas Klon
Candida – Ursuppen-Pilz
Tandriel – Mimikry-Räuber (Diplomatin)
Zappel – Mimikry-Räuber (Baumeister)
Conan – Mimikry-Räuber (Administrator)
Sandor – Mimikry-Räuber (Kriegsmarschall)
Desoxi – Mimikry-Räuber (Algenmeister)
Sax – Mimikry-Räuber (Community Manager)
Phitus – Parasitärer Räuber (König der Krallark)
Trompe – Erbauer-Schamane der Nishu
Danza – Erbauer-Prinzessin der Nishu
Win – Mimikry-Räuber und Kundschafter
Planaria – Zappels Gefährtin

Oinotna – Kundschafter der Vorax
Dregmond – goldener Diplomat des Imperiums

Wesenheiten

Vorax – räuberische Wesenheit ähnlich einem Bärtierchen
Xergs – spinnenhafte Kreatur
Schattenfühler – aggresive Nacktschnecke
Gräberskorpione – weiße, knöcherne Skorpione
Erbauer – kurz für Symbiotische Erbauer; Zelle mit Geißel
Krallark – Stamm der Parasitären Räuber in der Candida-Ursuppe; schwimmender Dreieckskörper mit Tentakeln
Nishu – Stamm der Urbauer in der Sammo-Ursuppe
Mimikry-Räuber – Mischwesen aus Erbauer und Räuber
Erborax – Mischwesen aus Erbauer und Vorax
Photowürmer – Heilige Würmer der Nishu
Planarien – Plattwürmer
Kharak Thulu – sonderbares Teufelswesen

nachwort des autors

Herzlichen Dank, dass du das Buch gelesen hast und mich damit unterstützt.

Hinter diesem Buch stehen eine Menge Profis wie Testleser, Lektoren und Designer. Auch diesen gilt mein Dank.

Wenn dir meine Bücher gefallen, zögere nicht, dich in meinen Newsletter einzutragen. Scanne dafür einfach den QR-Code.

Ich beantworte jede Leser-Email. Komm in die Community von Fantasy-, LitRPG- und GameLit-Fans.

SCAN ME

QR-Code zu Lews Newsletter.

instagram.com/lewmarschall

bücher von lew marschall

Der Sohn des Orkschamanen (2022) – Erlebe die Geschichte des jungen Sharshuk.

Orkische Manöver (2022) – Verfolge den Nebenschauplatz eines Protagonisten aus dem Sohn des Orkschamanen und erfahre weitere von Sharshuks Geheimnissen.

Piloten des Zorns – Erforsche mit tapferen Piloten das All, um das geheimnisvolle Holy zu finden, das die Erde am Laufen hält. Nimm dich vor Außerirdischen in acht.

Tempel des Leids – General Tristo Berlingers Lebensgeschichte.

Höllenhund – Als Hans das Comic-Zeichnen für sich entdeckt, erwacht in einer Fantasy-Welt ein gefallener Gott zum Leben und streckt seine Finger bis in die Realität aus.

Der Fluch des schwarzen Phönix – Band 1 der »Heirs of the Phoenix«–Serie. Lena gerät nach einem Wiesnbesuch in Schwierigkeiten.

Der Fluch der Erbauer – Band 2 der »Heirs of the Phoenix«-Serie. Die Geschichte um Lena und Frankl vertieft sich.

Der Fluch der Quanten – Band 3 der »Heirs of the Phoenix«-Serie. Tim übernimmt die Hauptrolle in diesem Real-Life-LitRPG.

Der Fluch der Macht – Band 4 der »Heirs of the Phoenix«-Serie.

Der Fluch des Schicksals – Fünfter und finaler Band der »Heirs of the Phoenix«-Serie.